BESTSELLER

Christian Gálvez (Madrid, 1980) es miembro del Leonardo DNA Project, un proyecto internacional cuyo objetivo es crear ideas sobre la vida y obra de Leonardo da Vinci a través de la aplicación de herramientas de avance rápido en biología, ciencias moleculares y antropología en estrecha asociación con la experiencia de la historia y las artes. Asimismo, es miembro del Consejo Internacional de Museos (ICOM), de la Asociación Española de Museólogos y de la Alianza Americana de Museos.

Desde 2009 compagina su trabajo en televisión con la investigación de las grandes figuras del Renacimiento, como Leonardo da Vinci, que es el tema principal de sus conferencias y de su trilogía Crónicas del Renacimiento, publicada en Penguin Random House.

Es comisario de la exposición española *Leonardo da Vinci: los rostros del genio* durante 2019 para conmemorar el 5º centenario de la muerte de Da Vinci, un proyecto avalado por la Embajada de Italia, el Istituto Italiano di Cultura, la Fundación Montemadrid, el Leonardo DNA Project, la Biblioteca Nacional de España, el Comune di Firenze y el Ayuntamiento de Madrid.

Gioconda descodificada es su quinto libro de no ficción.

Para más información, visita la página web del autor:
www.christiangalvez.com

También puedes seguir a Christian Gálvez en Twitter e Instagram:
🅣 @ChristianG_7
🅞 @galvezchristian

Biblioteca

CHRISTIAN GÁLVEZ

Matar a Leonardo da Vinci

DEBOLS!LLO

Primera edición en Debolsillo: octubre de 2015
Décima reimpresión: julio de 2020

© 2014, Christian Gálvez
© 2015, Penguin Random House Grupo Editorial, S.A.U.
Travessera de Gràcia, 47-49. 08021 Barcelona
Mapas de interior: Fernando de Santiago

Printed in Spain – Impreso en España

ISBN: 978-84-663-3025-1 (vol.1113/1)
Depósito legal: B-18.766-2015

Impreso en Novoprint
Sant Andreu de la Barca (Barcelona)

P 3 3 0 2 5 1

Penguin
Random House
Grupo Editorial

A Almudena,
Amore

Vinci, tu victore.

Vinci colle parole un propio cato.

Tal che dell arte tua ogni autore

resta dal vostro stil vinto e privato.

Vinci, tú vences.
Vences con las palabras como un verdadero catón.
Y es tal tu arte que a todos los demás autores
derrotas y eclipsas con tu estilo.

ANÓNIMO

Nota del autor

Esta novela está inspirada en hechos reales. Es el resultado de varios años de trabajo, de viajes, de visitas a numerosos archivos, bibliotecas y museos. Fruto de una minuciosa labor de investigación, compilación de fuentes y reconstrucción de los hechos acaecidos en la historia.

Para completar la novela, se recomienda visionar después de la lectura el documental "Los lugares de *Matar a Leonardo da Vinci*" en www.christiangalvez.com.

1

«Majestad, Leonardo da Vinci se muere».

Salvó las amplias escaleras que separaban la entrada de la primera planta de la hacienda de Clos en cuestión de segundos. Francisco I, rey de Francia, hizo caso omiso de la conducta propia del protocolo real para llegar cuanto antes al lecho de su amigo. No había dudado lo más mínimo en dejar a buen cuidado a su esposa Claudia de Valois un par de días atrás, una vez comprobado el estado de salud de su cuarto hijo y futuro delfín de la casa Valois-Angulema. Confiaba plenamente en el servicio del château de Saint-Germain-en-Laye.

El mensajero había sido escueto y directo. «Majestad, Leonardo da Vinci se muere». No hizo falta añadir nada más. Francisco y Claudia solo necesitaron una mirada para comprender que ese imprevisto tenía un único desenlace. El mismísimo monarca estaría presente en el último aliento del maestro florentino. Como rey, como padrino, como alumno, como amigo.

Dos días intensos de camino reflexionando sobre los últimos tiempos. Solo hacía tres años que Francisco I de Valois y de Angulema había entrado victorioso en Milán después de vencer en la batalla de Marignano a la Confederación Suiza, que por aquel entonces se proclamaba dueña del Milanesado. En ningún momento sus ansias de expansión territorial habían cegado la mente de este joven rey amante de las letras y de las artes. Desde su buen juicio, solo reclamaba lo que por herencia le pertenecía a su esposa Claudia, hija del anterior rey de Francia Luis XII de Orleans.

Allí, en Milán, esperaba un Leonardo cada vez más anciano, pero lo suficientemente vivaz como para embarcarse en una aventura más: cruzar de nuevo las fronteras de su patria y, esta vez, aceptar la invitación de todo un monarca para convertirse en primer pintor, primer ingeniero y primer arquitecto del rey. Aunque, por aquel entonces, Francisco tenía otros planes. Quería, más allá de cualquier cargo cívico, un consejero, un amigo, un padre.

«Haz lo que quieras». Esas fueron sus palabras a un Leonardo que, nada más llegar a la nueva residencia campestre, ya estaba imaginando su nuevo taller mientras el servicio aún no había terminado de desembalar los útiles y las pinturas del maestro.

«¿Cómo despedirte de alguien cuando no estás preparado? ¿Cómo despedirte de alguien cuando sientes que te queda mucho por compartir?». Esas preguntas rondaban la mente del rey mientras subía las escaleras directo a la primera planta de la hacienda donde se había asentado su amigo italiano tres años atrás.

Sus pocos amigos, el servicio, parte de la corte real destinada en Amboise, todos estaban allí, encerrados en una construcción de ladrillo rojo y pizarra. Al cruzar la puerta, no quiso interrumpir el ritual que se celebraba a los pies del anciano que yacía en la cama. Más tarde se enteraría de que Leonardo, que siempre se había debatido entre la fe y la razón, se acababa de confesar y estaba recibiendo la extremaunción, un indicio de que el hijo de Vinci sabía que, poco a poco, se le iba extinguiendo la vida.

Echó un vistazo a la estancia. Todo seguía igual. El escritorio de su amigo seguía donde lo vio escribir por última vez, frente a la ventana. A su derecha, la chimenea, sin síntomas de que se hubiera utilizado recientemente.

En cuanto el sacerdote terminó el trabajo de Dios, se apartó de la cama para dejar paso al rey de Francia. Esta vez, la prisa con la que había llegado hasta el dormitorio se transformó en una sucesión de zancadas pesadas, lentas, prudentes, respetuosas. A medida que Leonardo tornaba la cabeza y, con sorpresa, recibía esa inesperada visita, Francisco I supo valorar con una sonrisa forzada la compañía de la que gozaba su «padre».

Mathurina, su cocinera, ama de casa y la extensión viva de la residencia, ya entrada en años, aguardaba a un lado con una manta, ya que solía preocuparle que su señor cogiera frío. Las arrugas que acumulaba en el rostro eran, en realidad, un conjunto de volúmenes sobre la experiencia que no se habría podido encontrar ni en las mejores colecciones de Lorenzo de Médici.

—Lo último que cenó fue una sopa caliente —dijo entre dientes apartando la mirada al rey, quien a pesar de la confianza que tenía con su señor le causaba un profundo respeto.

Francesco Melzi estaba junto a la cabecera. El fiel secretario personal de Leonardo no llevaba más de doce años junto a él, pero su cariño, su preocupación y su trato familiar le habían valido para ser su mano derecha.

—Todo está dispuesto, majestad —le dijo al rey.

El monarca lo captó enseguida. Leonardo había tenido el suficiente tiempo y reparo para preparar su marcha, y daba por sentado que tenía el testamento dispuesto y que nada más le ataba al mundo de los vivos.

Francisco I de Francia dirigió una rápida mirada a su consejero real, François Desmoulins. Una de las habilidades del joven regente era la comunicación no verbal, algo muy útil en situaciones como aquella. En una fracción de segundo, Desmoulins instó a la comitiva que abarrotaba la pequeña sala que hacía las veces de dormitorio principal que otorgaran a su majestad unos minutos de intimidad. Con un leve gesto de la mano, indicó que los allegados a Leonardo podrían, si era de su agrado, quedarse en la estancia. Nada tenía que ocultar a quienes compartían el mismo afecto por la misma persona.

—*Mon père...* —fueron las únicas palabras que se atrevió a pronunciar el gobernante de Francia.

—Francesco —dijo con una confianza más allá de toda solemnidad real y un finísimo hilo de voz Leonardo, que había mantenido la costumbre de italianizar los nombres de aquellos con quienes trataba—. *Grazie* por realizar semejante…

—Nada que agradecer —interrumpió Francisco, evitando que el anciano malgastase esfuerzos en vano—. ¿Dónde está Caprotti? Pensaba que, en un momento así, querría estar presente. —Sabía que la pregunta era la menos adecuada, pero necesitaba arrancar de una u otra manera, y no sabía cuánto tiempo le quedaba.

El joven Francesco se apresuró a contestar. Sabía que Salai era consciente del delicado estado de salud del maestro. Él mismo había procurado hacérselo saber mediante una carta, de la que obtuvo como respuesta un escueto «Tarde o temprano tenía que suceder». Una información que gestionó con cuidado y disimulo, ya que la misiva nunca llegó a manos de Leonardo. Ganas no le faltaron a Francesco, ya que, a pesar del abandono, Leonardo se había acordado de Gian Giacomo Caprotti, alias *Salai*, con gran generosidad en su testamento. Pero era la voluntad del mayor genio que él había conocido, y decidió mantenerle en la ignorancia para no provocar males mayores. No le costó demasiado mentir a un rey.

—Giacomo se encuentra en Florencia arreglando unos asuntos financieros —afirmó con una credibilidad apabullante— y, ante la imposibilidad de llegar a tiempo hasta vuestras tierras de Francia, he preferido no alertarle de este funesto acontecimiento.

—¡Maldito fornicador, este diablo! —gritó Leonardo acompañando las palabras de una ruidosa tos—. Seguro que está sacando a pasear su verga y, a la vez, limpiando bolsillos, ¡no sabe hacer otra cosa!

Francesco tuvo que apartar la mirada para esconder su risa. Buscó complicidad en Mathurina, pero lo que halló fue una silenciosa reprimenda que le hizo sonrojarse. Francisco seguía con atención toda la escena y, a pesar de la tristeza que se respiraba en el ambiente, esbozó una mueca que bien podría haber desembocado en un gesto hilarante. Pero acto seguido, Leonardo volvió a posar sus ojos en el rey de Francia, como llevaba más de veinte años haciendo.

—Leonardo, *mon ami*, tranquilo… —susurró Francisco mientras mesaba los cabellos de un anciano ahora alterado que se revolvía ligeramente bajo las sábanas—. ¿Hay algo que pueda hacer por ti, *maître*?

—No, majestad. Ya no hay nada que hacer. Querían matar a Leonardo da Vinci. De una u otra manera, lo han conseguido.

Unas diminutas lágrimas se asomaron por los espejos del alma de Mathurina. Francesco Melzi negó con la cabeza.

Cuanto más tiempo pasaba, más le costaba a Leonardo da Vinci articular alguna palabra, y se tomaba su tiempo para poder dosificar el aliento que expelía de una manera inteligente y racional, como si se tratara de un nuevo invento para formular las palabras necesarias en el tiempo correcto.

—Tenéis que disculparme, majestad. —Los ojos atónitos de Francisco I no entendían el porqué de esta súplica—. Vos y todos los hombres. Vos y el mismísimo Dios que está en el cielo. Pido perdón, porque mi trabajo no tuvo la calidad que debería haber tenido. Y es una ofensa para el Creador y para todo lo creado...

Esta vez fueron los ojos de Leonardo los que, a través de la humedad, se volvieron cristalinos. El aire que se respiraba en aquella habitación tenía olor a despedida... y sabor a amargura. François Desmoulins, la personificación del protocolo en la corte real, hacía un titánico esfuerzo por mantener la compostura. No había formado parte del círculo de confianza del casi extinto maestro florentino, pero le profesaba cariño solo por cómo trataba a su alumno y, a la vez, señor de Francia. A los pocos meses de instalarse en los dominios franceses de Francisco, ya se podía leer en la cara del avezado artista italiano la expresión más sincera de agradecimiento por un mecenazgo sin parangón en su tierra natal.

—No soy yo quién para dar consejos a un rey, eso es trabajo de otros que, muy posiblemente, lo hagan mejor que yo —dijo Leonardo señalando con su única mano útil a François, que en ese momento salía de sus pensamientos—. Pero dejadme deciros, majestad, que tenéis que procurar adquirir en esta, vuestra juventud, lo que disminuirá el daño de vuestra vejez. Vos, amante de las letras y las artes, que creéis que la vejez tiene por alimento la sabiduría, haced lo que sea posible e imposible en vuestra juventud de tal modo que, a vuestra vejez, majestad, no os falte tal sustento.

—Así haré, *maître* Leonardo...

Un nudo en la garganta le impedía hablar. Ni siquiera el utilizar sesenta cañones de bronce contra veinte mil soldados pertenecientes a los tres contingentes de los confederados en la batalla por Milán le había dejado sin palabras.

—Kekko, amigo mío —se dirigió a Melzi—, disponed de todo tal y como hemos decidido. Ahora vos sois el protector.

Las pausas entre palabras eran cada vez más largas.

—Así se hará, maestro —asintió de manera más sentimental que profesional Francesco—. Todo está preparado. Podéis descansar en paz.

Leonardo se volvió hacia su vetusta sirvienta. Antes de abrir la boca, la abrazó con una enorme sonrisa. Mathurina se secaba las lágrimas con un paño, el mismo que días después le sería entregado de una manera especial.

—Mathurina, mandad mis cumplidos a Battista de Villanis, que cuide de Milán y de Salai. Y a vos, constante compañera, gracias por cada palabra de aliento que me habéis dedicado. —Ni siquiera la tos del maestro ensució la atmósfera de cariño—. A veces, al igual que las palabras tienen doble sentido, las prendas están cosidas con doble forro.

Nadie entendió esta última frase, ni siquiera Mathurina. Tampoco nadie hizo un esfuerzo ipso facto por entender el enigma de sus palabras. Tarde o temprano, alguien se llevaría una sorpresa o el maestro se llevaría el resultado del acertijo a la tumba.

—Leonardo, he dado la orden de iniciar vuestro proyecto. El *château* de Chambord se empezará a construir en cuanto dispongamos de lo necesario. Domenico está ansioso por visualizar su trabajo arquitectónico fusionado con tu escalera de doble hélice. Francia e Italia todo en uno. A pesar de la dificultad que suponía crearlo partiendo de la nada, os aseguro que será un éxito, *mon ami*.

Francisco I le regaló esas bellas palabras. Sabía de sobra que Leonardo nunca llegaría a ver la obra terminada. Ni siquiera llegaría a ver el ocaso del sol. Aun así, daba por hecho que una buena noticia alegraría los oídos receptivos de su sabio amigo. Sin embargo, el rey no estaba preparado para escuchar las palabras que serían pronunciadas a continuación.

—Majestad, no he perdido contra la dificultad de los retos. Solo he perdido contra el tiempo… —dijo Leonardo restando importancia a las noticias de Chambord.

—*Maître*, prefiero que me llaméis Francesco —respondió el rey en un acto de humildad que Leonardo supo agradecer con la más cálida de sus miradas.

—Así sea, querido Francesco, así sea. —Y cerró los ojos—. Kekko…, acercaos…

Su ayudante se aproximó raudo. En ese breve espacio de tiempo, Francesco Melzi obvió la presencia del rey de Francia, y el mismo Francisco I pasó por alto cualquier ausencia de formalidad.

—Decidme, maestro… ¿Qué necesitáis? —preguntó como si el tiempo se parara solo para complacer a su instructor.

—Solo un abrazo, amigo mío. Solo un abrazo —respondió Leonardo con un delicado tono de voz.

Cuando Melzi se abalanzó apaciblemente sobre el cuerpo de su mentor, se creó tal fusión que cualquier pareja de amantes habría recelado. Pero lejos de toda libido, allí se respiraba cariño, respeto, admiración y dolor, mucho dolor.

—Kekko, amigo mío. No estéis tan triste. —Leonardo intentó apaciguar a su joven incondicional con bellas palabras—. Viviré cada vez que habléis de mí. Recordadme. —Y terminó guiñándole un ojo cargado de complicidad.

Leonardo inhaló de tal manera que los camaradas allí presentes supieron al instante que no vería un nuevo amanecer. Que se le escapaba la vida. Después de tanto sufrimiento y tanta persecución. Después de tanto mensaje cifrado y tanta pincelada para la historia. Leonardo da Vinci llegaba a su fin.

—Francesco…, amigos… Ha llegado la hora… —Venerable y vulnerable a la vez, Leonardo estaba preparado para partir—… de que andéis el camino sin mí.

—¡Maestro! —gritó Melzi sin reprimir el sollozo.

—*Maître… Mon père…* —Las siguientes palabras del rey se ahogaron no solo en su propio mar de lágrimas, sino en el océano que se fusionaba con las lágrimas de los demás.

—Ha llegado la hora… de volar…

Y voló. Más alto y más lejos que nunca. Un vuelo solo de ida. Un vuelo que, tarde o temprano, todos tomaremos. Un silencio sepulcral invadió la sala.

François Desmoulins, como si de un fantasma se tratara, dio media vuelta y, sigilosamente, cruzó la puerta que, acto seguido, cerró con extrema precaución.

Mathurina empapó de lágrimas el paño que ya no enjugaba líquido alguno.

Francisco I guardó silencio. Un silencio cortés y admirable. Un silencio que lo decía todo.

Francesco Melzi, *Kekko*, se derrumbó en el suelo al pie de la cama con el guiño cómplice revoloteando en su memoria.

Leonardo da Vinci había conquistado el cielo anclado al suelo.

2

29 de mayo de 1476, calabozos subterráneos
del palazzo del Podestà, Florencia

En el año 1476 de Nuestro Señor, una mano trabajaba con esfuerzo sobre la fría y húmeda pared de piedra que cerraba una de las celdas de la prisión, en las estancias inferiores del palazzo del Podestà, futuro palazzo del Bargello, situado a poco más de cuatrocientos metros del centro neurálgico de Florencia. Un edificio bastante reconocible desde la lejanía, pues su torre almenada era una de las más altas de la ciudad. Allí residía el magistrado gobernador de la urbe, un extranjero elegido con el fin de representar la objetividad a la hora de ejercer la justicia.

En la fachada, una inscripción advertía del poder de Florencia:

Florencia está repleta de inimaginables riquezas.

Se proclama vencedora contra sus enemigos tanto en la guerra como en las contiendas civiles.

Disfruta del favor de la Fortuna y tiene una poderosa población.

Con éxito fortifica y conquista castillos.

Reina sobre los mares y las tierras y sobre la totalidad del mundo.

Bajo su mandato, toda la Toscana rebosa felicidad.

Al igual que Roma, Florencia siempre triunfa.

La mano rasgaba una y otra vez en el mismo sentido, para que lo grabado quedara nítido y se pudiera desarrollar la idea siguiente. Ajeno a todo lo que le rodeaba, el veinteañero dueño de esa mano parecía aplicar el arte de la docencia a unos pupilos inexistentes en vez de estar tramando un imposible plan de fuga. Las líneas horizontales terminaban en una bifurcación, y cada opción se convertía en una nueva línea que volvía a concluir irremediablemente en una nueva divergencia. Una ramificación pedregosa con una sola intención. Sus compañeros de celda no sabían distinguir qué le controlaba, su obstinada testarudez o la genialidad que poco a poco le rebosaba por los poros de la piel.

Baccino, días atrás sastre y hoy también prisionero, no se atrevió a preguntar. Sabía perfectamente cuál sería la respuesta del hombre que tenía a escasos metros. El silencio. Tal era su concentración. Aunque tampoco era necesario pronunciar palabra alguna para descodificar el misterio que poco a poco se extendía por la celda pétrea. Estaba calculando probabilidades; «calculando posibles futuros», le habría contestado su compañero de celda. Lo sabía muy bien. Le había visto crear de la misma manera en el taller de Verrocchio, situado desde hacía cinco años en el cuartel de San Michele Visdomini en vía Bufalini, adonde una vez al mes llevaba las indumentarias remendadas de los aprendices por orden del maestro Andrea. El taller era fácil de localizar, pues al menos quince pequeños edificios habían sido demolidos a su alrededor para la inminente construcción del futuro palazzo Strozzi y él tenía que proteger los ropajes que portaba del polvo que se levantaba.

Pero a Baccino se le escapaba esa información, ya que, para él, creyente en el Todopoderoso, solo había un destino y, en el momento y en el lugar en el que se encontraban, este parecía muy próximo. Lo aceptaría con resignación si era lo que el Señor había decidido. Aunque, para qué negarlo, parte de su espíritu deseaba volver al barrio de Or San Michele, donde recientemente había emprendido un negocio, su propia tienda. Trató de ayudar a su manera, escudriñando cualquier indicio de debilidad de la celda con forma de cúpula en la que se encontraban. «Demasiado pequeña, aun para cuatro ocupantes. Es inhumano», pensó.

De repente, sus ojos se posaron en Tornabuoni, con su habitual hábito negro, que descansaba con las manos apoyadas en la cabeza en la esquina opuesta, como si lamentara cada uno de los minutos de vida que se le escapaban bajo las capas infinitas de roca y humedad. No quería que esa falsa imputación manchara el inmaculado apellido que portaba, emparentado nada más y nada menos que con Lucrecia Tornabuoni, esposa de Piero de Médici y madre de Lorenzo de Médici. En definitiva, emparentado con la mujer más influyente de la familia más poderosa de los Estados italianos.

Todo se remontaba a dos meses atrás, a cuatro días antes del vigésimo cuarto cumpleaños de Leonardo. Una mano tan anónima como cobarde destapó la caja de Pandora en una arqueta lateral del palazzo Vecchio. No se conocían las motivaciones de ese individuo, pero el caso es que desató la guerra. Depositó una acusación falsa en el peor sitio donde podía depositarla en toda la ciudad de Florencia. El buzón de piedra, la boca de la verdad, el *tamburo*. Una simple nota con una acusación detallada con nombres y apellidos era suficiente para comenzar la persecución de los calumniados y conducirlos, como mínimo, ante la justicia. El documento notarial sería desestimado en unas semanas si no llegaban pruebas definitivas y testigos de peso sin cortinas de anonimato para reafirmar la acusación.

«Absoluti cum condizione ut retamburentur».

La entrada a prisión había sido grotesca. El recibimiento en el palacio había sido una constante guerra psicológica. Nada más penetrar por la puerta de la inexpugnable fortaleza, el patio les acogió con una serie de explícitos murales difamatorios, donde los criminales eran atormentados por sus pecados y los diablos les torturaban de camino al infierno.

Una vez dentro, la duda revoloteaba por el reducido techo de la prisión. ¿Se presentaría alguien? ¿Serían condenados? O, por el contrario, ¿quedarían absueltos del crimen imputado? Fuera como fuese, nadie cuestionaba que la duda sembrada mancharía la reputación de más de uno. Solo tenía que correr de boca en boca el texto de la acusación entregado en el *tamburo*:

Os notifico, *signori Officiali*, un hecho cierto, a saber, que Jacopo Saltarelli, hermano de Giovanni Saltarelli, vive con este último en la orfebrería de Vacchereccia enfrente del *tamburo*: viste de negro y tiene unos diecisiete años. Este Jacopo ha sido cómplice en muchos lances viles y consiente en complacer a aquellas personas que le pidan tal iniquidad. Y de este modo ha tenido muchos tratos, es decir, ha servido a varias docenas de personas acerca de las cuales sé muchas cosas y aquí nombraré a unos pocos: Bartolomeo di Pasquino, orfebre, que vive en Vacchereccia; Leonardo di *ser* Piero da Vinci, que vive con Verrocchio; Baccino el sastre, que vive por Or San Michele, en esa calle donde hay dos grandes tiendas de tundidores y que conduce a la *loggia dei Cierchi*; recientemente ha abierto una sastrería; Lionardo Tornabuoni, llamado «il teri», viste de negro. Estos cometieron sodomía con el dicho Jacopo, y esto lo atestiguo ante vos.

Dos meses de interrogatorios, torturas y vejaciones que, poco a poco, acabaron minando la moral de los acusados.

Bartolomeo, el orfebre vecino de la localidad de Vacchereccia, fue el primero en rasgar el ambiente con su voz preocupada.

—¿Qué va a ser de nosotros? —preguntó con inquietud más por su integridad que por el resto de sus acompañantes.

—No creo que a estas alturas nos paseen por la calle con un capuchón con la palabra «sodomita» zurcida. Nos van a torturar. Y por muy falsa que sea la acusación, cualquier indicio de veracidad será motivo suficiente para que nos castren. Eso o nos llevarán directos a la hoguera.

La voz era firme. Los ojos no acompañaron la dirección de las palabras que acababa de pronunciar. Seguía pendiente de los ramales que se desvirtuaban en su mente y se restauraban en múltiples oportunidades, la mayoría con resultado funesto. Bartolomeo permutó su preocupación por miedo.

—¡¿Nos van a torturar y quemar?! ¡¿Por una simple acusación anónima carente de pruebas?!

Su reclamo se podía oír a metros de distancia, pero no importaba ni a los nuevos inquilinos de los subterráneos ni a los pocos Oficiales de la Noche y Custodios de la Moralidad de los Monasterios. Baccino se puso a rezar. Estaba tan seguro de su inocencia que sabía que el fin no podía ser otro que el Paraíso, pero una plegaria nunca estaba de más.

—Solo temo una cosa —interrumpió Tornabuoni intentando reflejar una serenidad que no acompañaba al sentimiento que le recorría el cuerpo—. Si los guardias sobornan a Saltarelli y declara en nuestra contra, dará por verdadera la calumnia vertida sobre nosotros y tendremos graves problemas. Jacopo es un imberbe de diecisiete años al que no creo que le guste que le señalen por la calle como un perro al que le agrada que le azoten con la verga.

—¿Crees que se venderá por un par de florines? —se apresuró a indagar Bartolomeo.

—No lo creo —respondió dubitativo Tornabuoni.

Baccino interrumpió la oración. Los ojos se le salían de las órbitas. No daba crédito a la conversación que sus compañeros de celda, que no amigos, mantenían mientras aguardaban un castigo consistente en flagelos y sabe Dios qué cosa peor.

—¡Ignorantes! —gritó, como si de repente quisiera iniciar un ritual cristiano—. ¿No lo veis? Si Judas traicionó a Nuestro Señor por un puñado de monedas, ¿qué no hará este joven de quien nadie hace carrera? ¡Maldita sea, seremos ejecutados en la plaza! Dios mío, ten piedad…

—Dios es sordo.

De nuevo, la voz del ingeniero que surcaba la piedra con un punzón metálico sesgó como una hoz la discusión tan inútil como acalorada que se mantenía en los escasos metros cuadrados que les servían como estancia. Mantenía un tono tranquilo y seguro y no solo en apariencia. El convencimiento de sus palabras y la serenidad de su entonación no eran propios de una situación tan preocupante.

—Y un poco de silencio, *per favore*. Intento concentrarme. No es fácil para alguien iletrado como yo mantener la serenidad de mis pensamientos si solo decís necedades.

—¿Necedades? —preguntó ofendido el creyente Baccino—. Por lo menos jugamos a adivinar el futuro unos con otros. No tratamos de agarrar con avaricia al destino con las manos y un punzón y adueñarnos de él ignorando la compañía que, tan injustamente acusada como tú, te rodea.

A pesar de que no había una profunda relación entre ellos, nunca se habían hablado de esa manera, todo había sido cortés y educado. Pero el miedo y la incertidumbre poco a poco hacían mella entre los más débiles e inseguros, como era el caso de Baccino.

—La boca ha matado a más gente que la espada, querido Baccino —pronunció la voz. Y añadió—: La libertad es el mayor don de la naturaleza. En cuanto nace la virtud, la envidia viene al mundo para atacarla; y recordad lo que os digo, amigos míos, antes habrá un cuerpo sin sombra que virtud sin envidia.

—Vamos, amigo mío, no es momento de filosofar —inquirió Bartolomeo—. ¿Qué piensas hacer?

Durante unos segundos, el único sonido que hacía caso omiso al silencio que se había producido en la sala eran las esquirlas de piedra que saltaban al suelo golpeadas por un incansable punzón. Nadie se esperaba lo que iban a oír. No era una propuesta. Era una sentencia.

—Yo, Leonardo da Vinci, pienso escapar de esta prisión. Antes muerto que sin libertad.

Mientras tanto, a ciento veinte kilómetros de allí, estaba a punto de emerger la encarnación del nuevo representante del Cielo en la Tierra para desatar su propio Juicio Final.

3

1476, basílica de San Domenico, Bolonia

Todo había sido silencio. Paz y estudio. Desde que abandonara la casa natal de su padre en Ferrara dos años antes, la tranquilidad del convento de Santo Domingo, en la ciudad de Bolonia, le había servido para poner en orden sus pensamientos. El silencio era un canalizador perfecto para su misión divina. El disgusto que le provocaban horrores como la maldad del ser humano o los cada vez más frecuentes adulterios en unos estados italianos demasiado liberales para su gusto era sutilmente apaciguado por la satisfacción espiritual que le otorgaba la soledad.

Gracias a su abuelo Michele, un buen día descubrió la Biblia. Algo que transformaría para siempre su mente y su alma. Michele, al ejercer de médico de la familia ducal de Ferrara, contaba con una situación económica bastante boyante y no reparó en gastos a la hora de instruir a su pequeño pero curioso nieto.

Ávido de conocimiento, devoraba volúmenes de Platón, Aristóteles, Petrarca o Santo Tomás. Poco a poco moldeaba su realidad desde un punto de vista cada vez menos utópico. Pero, desgraciadamente, su mentor expiró sin completar su formación. Un joven de dieciséis años, ya iniciado en una carrera teológica sin parangón, decidió honrar la memoria de su abuelo, el único miembro de la familia que estuvo verdaderamente a su lado, y lo hizo contra pronóstico, ya que su padre estaba convencido de que sería un buen facultativo.

La ciudad de Ferrara se le quedaba pequeña. Próxima a Venecia, lejos quedaban otros centros políticos y económicos como Milán o Florencia y, más lejos aún, el centro del catolicismo por excelencia, Roma.

Paralelamente, se venían desarrollando, por un lado, tensiones religiosas que condujeron al nacimiento de ideologías conciliaristas que le restaban autoridad al mismo Papa; por otro lado, un periodo de grandes cambios culturales que, desde su punto de vista, llevaban a los Estados italianos a la total destrucción. El pueblo italiano parecía ser partícipe de una floreciente época dorada. Atrás quedaban las historias orales sobre la guerra de los Cien Años, que colapsó los bancos más importantes de Florencia. Atrás también quedaba el miedo a un nuevo resurgir de la peste negra que un siglo atrás había barrido ciudades enteras. El pueblo italiano renacía. Pero para un joven afincado en Ferrara que deseaba despertar a los pecadores y cambiar el mundo, un renacimiento no era suficiente. La sodomía, palabra que instauró el monje benedictino Petrus Damiacus en el siglo XI, se adueñaba de las clases sociales más bohemias. Cualquier acto sexual que no estuviera relacionado con la reproducción sería objeto de castigo terrenal y celestial. Más aún ahora, con el brote de los *firenzer*, simpatizantes masculinos del sexo anal procedentes de Florencia, la cuna de Piero el Gotoso.

Estaba decidido. Tenía una misión bienaventurada. Esperó el momento oportuno y no tardó mucho en llegar. Siete años de espera no eran nada comparado con lo mucho que tendría que hacer. Durante ese tiempo, Piero di Cosme de Médici fue víctima de la gota y le sucedió Lorenzo de Médici, amante de las artes y el mecenazgo y que, según muchos, propiciaría un periodo de riqueza cultural e intelectual. Venecia perdió de nuevo Negroponto frente a los ejércitos otomanos y, fuera de las fronteras italianas, las coronas de Castilla y Aragón se unieron en una monarquía decididamente católica mediante el matrimonio de Isabel de Castilla con Fernando de Aragón.

En 1474 había llegado la señal que esperaba de los cielos. Un sermón pronunciado por un padre agustino en la pequeña ciudad de Faenza, a cincuenta kilómetros al sudeste de Bolonia, fue el detonante definitivo. Saldría de la tutela de su padre y se trasladaría a Bolonia, nada más que una escala en el meticuloso plan que poco a poco se forjaba en su mente.

Una nota nada más. Ese sería el mensaje que dejaría a su familia, ya que el dolor que le provocaba apartarse de sus seres queridos solo lo mitigaba el amor profundo que sentía por el nuevo mensaje mesiánico que crecía en su interior.

Os ruego, pues, padre mío querido, que pongáis fin a los lamentos y no queráis darme mayor tristeza y dolor de los que ya tengo. Pronto pasarán estos días, en los que la herida es reciente y, después, espero que vosotros y yo seamos consolados por la gracia de este mundo y por la gloria del otro. No me resta sino pediros que varonilmente, como corresponde, consoléis a mi madre, a la cual, tanto como a vos, ruego me concedáis vuestra bendición, y con todo fervor rezaré por vuestras almas.

Dos años después del sermón revelador ya estaba instalado en la ciudad de Bolonia, en un habitáculo lo suficientemente discreto como para seguir con la instrucción necesaria. Todo estaba a punto para su primera aparición pública. Su carácter perseverante le había proporcionado la proposición generosa de oficiar una misa, nada más y nada menos que en la basílica de San Domenico, una de las mayores iglesias de la ciudad. «No podía ser de otra manera», pensó mientras repasaba las palabras que ahora reposaban en un papel pero que, más tarde, se asentarían en su memoria. No podía defraudar a los oyentes, no podía defraudar a San Domenico, fundador de la orden de los dominicos y cuyos restos reposaban en el mismo lugar sagrado donde él estrenaría su trayectoria profesional. Y mucho menos podía defraudar a Dios.

Se había puesto la cogulla de lino teñido de color negro, pues había rechazado cualquier color que pudiera significar lo contrario al luto que sentía en su corazón. Luto por las almas perdidas que intentaría recuperar con la oración. Solo el cíngulo le apretaba el hábito en la cintura como símbolo de castidad. Un voto que juró ejercer la primera y única vez que probó en sus carnes el despecho de un amor no correspondido. Laodamia Strozzi. Aún recordaba su nombre. Y sus ojos. Y su pelo. Mas nunca estuvo lo suficientemente cerca de ella como para recordar su olor. Y ante la negativa del amor, juró no entregarse al querer con ninguna mujer. El cordón que ceñía su alba así se lo recordaba una y otra vez.

No hubo rito de entrada. Ni canto ni saludo. La misa se celebró fuera de la basílica. Miles de personas se amontonaban en la piazza San Domenico, expectantes. Inseguras al principio al ver a aquella figura aparecer en el púlpito de la esquina izquierda del templo. Una señal de la cruz como saludo a la asamblea dominica expectante y al pueblo reunido fue suficiente. La capucha de la cogulla dejaba entrever una imagen poco usual. De aspecto casi enfermizo a pesar de la edad que tenía, los ayunos prolongados y las continuas vigilias se habían apoderado de su porte. Las mejillas hundidas, los pómulos pronunciados, la frente estrecha y la nariz grande y curva invitaban mucho más a la desconfianza que a la fe.

No le hacía falta nada más allá de su voz. No era melodiosa, ni mucho menos dulce. Pero era una voz severa, autoritaria, más parecida al castigador Yahvé que al Padre Todopoderoso anunciado por Cristo. Pero dentro de la supremacía de su voz, la gente hallaba verdad. Aunque fuera su verdad. Escucharle era como ver un amanecer con distintos ojos.

—Veo el mundo al revés, las virtudes y las buenas costumbres olvidadas. Es feliz quien vive de la rapiña y se alimenta de la sangre de los otros. El alma es más hermosa cuantos más fraudes y engaños acumula. Aquel que desprecia al Cielo y a Cristo y procura mantener a los demás bajo su bota gana los honores del mundo. Roma yace postrada, hombres y mujeres compiten en herirse mutuamente. Creo, ¡oh, Rey de los Cielos!, que debes reservar tu castigo solo para hostigar con mayor severidad a los más culpables.

La multitud gritó. Como si se tratase de un clamor único, el nombre del novato predicador se alzó a los cielos. El carácter melancólico y retraído del otrora aspirante a galeno desaparecería para dar paso a un nuevo dominico con una voluntad férrea. Nada más y nada menos que quince mil almas coreaban al novato predicador en la piazza San Domenico. A pesar del fuego que ardía en su interior, no se sentía abrumado. Sabía perfectamente que esas ánimas serían las primeras de otras muchas miles. Tal era su convicción.

Con solo veinticuatro años, en un claro acto de rebeldía, exhibía en público su repugnancia para con Roma, que, a su juicio, había corrompido el mensaje evangélico.

Con solo veinticuatro años, acababa de renacer. Y se había convertido, de la noche a la mañana, en el peor enemigo de Florencia, de Roma y de la propia Iglesia.

4

*30 de mayo de 1476, calabozos subterráneos
del palazzo del Podestà, Florencia*

El joven Leonardo, con un aspecto desmejorado después
de dos meses sin los cuidados a los que le gustaba someter
su pelo ondulado de color miel, miraba fijamente la pared
recién tallada al bajorrelieve. Miraba, mas no observaba. Sus
pensamientos estaban en otra parte. Ni siquiera los ronqui-
dos de Tornabuoni, que se había quedado dormido, ni los
rezos de Baccino en voz baja le sacaban de sus reflexiones.

No encontraba una explicación al porqué de la ausencia y el silencio de su padre Piero. En primera instancia,
y ante el ofrecimiento del juez, tuvo la posibilidad de so-
licitar defensa del exterior, y Leonardo no tuvo ninguna
duda. *Ser* Piero Fruosino di Antonio da Vinci, su padre,
era un importante notario en la nada más y nada menos
que poderosa ciudad de Florencia. Sería una ayuda valiosa e imprescindible para demostrar que todo lo vertido, no
solo sobre él, sino sobre el resto de su compañía, era falso.
Pero lo único que había obtenido por respuesta era el silencio. La duda le asaltaba. ¿Le habría llegado la misiva?

El miedo le asaltaba por partes iguales. ¿Habría ignorado el mensaje de auxilio?

La relación con su padre no había sido como él hubiera querido. Desgraciadamente, el hecho de haber nacido fuera del matrimonio y fruto de una noche de pasión le hacían partir con desventaja con respecto a sus hermanos en cuanto a educación y cariño. «Fruto de una noche de pasión, no hay mejor manera de nacer», se consolaba Leonardo. La poca pasión desplegada en una noche de sexo con una campesina fue desapareciendo poco a poco de la mente de *ser* Piero. Aquella relación no podía ir a más. Su hijo no podría portar su apellido. *Ser* Piero estaba prometido con otra mujer. Siguiendo la tradición de la familia, orquestó un matrimonio ventajoso desde el punto de vista económico y social. Albiera, una muchacha de dieciséis años hija del notario Giovanni Amadori, pasó a hacerse cargo de la noche a la mañana de un joven bastardo de menos de un año de edad. *Ser* Piero quiso que su hijo fuera participando poco a poco en las labores del campo, y Leonardo tenía en su mente imágenes muy frescas de aquellos tiempos en los que se dedicaba, siendo todavía un niño, a la siembra y a la recolecta mientras varios milanos revoloteaban en las proximidades de su cercado. Albiera ya no estaba. A causa de un parto murió repentina e inesperadamente, pero eso no le supuso a su padre ningún impedimento para formalizar un segundo contrato matrimonial con Francesca, hija de *ser* Giuliano Lanfredini.

Su madre, Caterina, una esclava oriental reconvertida en campesina, se vio obligada a rehacer su vida ante la imposibilidad de hacer frente a los cuidados de un por entonces muy joven Leonardo. Un tiempo después, contrajo matrimonio con un hombre de la región llamado Antonio di Piero Buti del Vacca, conocido por aquellas tierras como *Accattabriga,* por su pasado como soldado. En estos momentos, se acordaba de ella. De lo mucho que la echaba de menos, de lo mucho que hacía que no se veían. Del cariño que tendría guardado para él. Pero su condición social no habría bastado para deshacer este enredo conspirativo.

Tampoco habría servido la compañía de su abuelo Antonio y de su tío Francesco, grandes impulsores del talento que desarrolló Leonardo junto a ellos. Si no hubiera sido por Francesco, Leonardo nunca habría llegado a Florencia para entrar como aprendiz en el taller de Andrea del Verrocchio, años atrás. Necesitaba a su padre. Ese notario y otrora embajador de la República de Florencia. Ese hombre cuyos contactos no tenían fin.

«Ya que no me diste educación, concédeme la libertad».

Leonardo estaba confuso. No podía haber ningún error. La vieja pañería reformada que servía como oficina para el notario *ser* Piero da Vinci se encontraba exactamente en la esquina de la vía della Condotta y la piazza Sant'Apollinare, a escasos metros del palazzo del Podestà, donde cuatro individuos se encontraban recluidos sin ningún tipo de justificación. La notificación de Leonardo no debería haber caído en saco roto. Por si eso fuera poco, la casa del notario se encontraba a escasos metros de la oficina donde ejercía, entre la misma piazza Sant'Apollinare y la vía delle Prestanze. No podía tratarse de un error. A menos que no fuera un error.

A pesar de la confusión casi tormentosa, seguía contemplando mentalmente la posibilidad de la fuga, pero cuando echaba un rápido vistazo a su plan tallado en piedra, se daba cuenta de las opciones que quedaban al azar. Cuántas posibilidades no dependían de él. Y poco a poco el plan se fue tiñendo de un negro utópico.

«No puede ser el fin», se decía a sí mismo. «Sé que, tarde o temprano, brindaré al mundo conocimientos nuevos. Soy discípulo de la experiencia. Tiene que ser así». Estaba convencido de su valía. Valores como la curiosidad, la observación, la perseverancia y el sacrificio le habían llevado a abandonar las tierras de Anchiano y Vinci, a trabajar para el maestro Verrocchio e, incluso, a forjarse un espíritu emprendedor con su amigo del alma, Sandro Botticelli.

Estaría fuera, preguntándose en qué lío se habría metido su joven y alocado Leonardo, mientras diseñaba cómo sería su nuevo negocio: Las Tres Ranas de Sandro y Leonardo. Un restaurante con el que pensaban cambiar la historia de la cocina. Seguro que Sandro seguía diseñando cómo sería la fachada de la nueva andadura de sus espíritus emprendedores. En la vida podría imaginar que su socio, su amigo, estaba a escasos metros de distancia con un futuro cuando menos incierto.

Sandro Botticelli se desvaneció en la cabeza de Leonardo cuando los miembros de la guardia se acercaron a la celda vociferando improperios. Leonardo alzó la vista para ver cómo cuatro hombres se aproximaban con un regocijo que no acababa de entender. Tornabuoni, que aún roncaba, se despertó sobresaltado y pasó en cuestión de segundos a un estado nervioso fruto de la visión que tenía delante. Baccino siguió rezando, más fuerte incluso, pero esta vez las oraciones relegaban el protagonismo a unas incipientes gotas de sudor que le surcaban las arrugas de la frente. Bartolomeo, que se mantenía en silencio y distante desde la última conversación, seguía preocupado por su propia integridad y en ningún momento buscó complicidad ni auxilio en sus compañeros. Simplemente se rascaba los brazos con una energía progresiva.

Por alguna extraña razón, los cuatro miembros de la guardia se reían mientras uno de ellos extraía la llave que abría la cancela que separaba a cuatro inocentes de la libertad. Los cuatro ocupantes de la celda pronto descubrirían lo que motivaba la risa de sus captores.

—¡Cerdos sin escrúpulos! ¡En pie! —La voz retumbó en el austero agujero.

El guardián que llevaba la voz cantante no tuvo que repetirlo una vez más. Como impulsados por resortes, los cuatro cuerpos que albergaban almas cada vez menos esperanzadas se alzaron, sin dejar de manifestar síntomas de una mala alimentación durante las últimas semanas, que se traducían en movimientos pausados sin firmeza. No hubo muchas palabras más. Con un simple gesto de cabeza, los tres perros guardianes aferraron al azar a Baccino, Tornabuoni y Bartolomeo y los expulsaron de la celda. El líder de aquel grupo, más parecido a unos mercenarios que a una corporación de justicia, agarró a Leonardo y repitió la operación.

Fuera de la celda, cada uno de los acusados fue conducido por un pasillo diferente, no lejos de la estancia donde habían sido recogidos. Leonardo oía las voces de sus compañeros. Baccino seguía rezando. Bartolomeo intentaba negociar en vano su libertad ofreciendo lo imposible. Tornabuoni se decantó por la parte más protocolaria y mentó a la familia Médici, parientes suyos. El guardia, obviamente, no le creyó, y Tornabuoni solo logró incrementar las risas de su guardián.

Leonardo callaba. Solo observaba. Si había una posibilidad de escapar, pasaría de la utopía a la realidad a través de su riguroso método científico de observación. Escudriñar cada detalle de las celdas, los pasillos, los guardias que iban dejando atrás. El detalle de cada gotera, de cada entrada de luz natural, de los puntos muertos donde solo la luz de las candelas arrojaba algo que no fuera intimidad. Leonardo observaba todo hasta que llegó a la siguiente sala. Una estancia con la que no contaba. Un lugar que no desearía haber visto nunca.

Era una de las salas de tortura del palazzo del Podestà. Leonardo miró a su alrededor con la intención de racionalizar qué le esperaba. Pero no tuvo tiempo suficiente. El guardia le sentó en una silla de madera algo inestable. El hecho de que su centinela fuera más alto, mucho más fuerte y que, posiblemente, estuviera mejor alimentado disipaba cualquier intento mental de Leonardo de enfrentarse a él. Una vez sentado, escasos segundos bastaron para que brazos y piernas fueran fijados con fuerza a la madera mediante unas tiras de cuero que amenazaban con cortarle la circulación sanguínea.

Leonardo probó a mirar a su alrededor de nuevo. «Si sobrevivo a esto, posiblemente encuentre aquí algo útil para mi huida», pensó. Pero no fue la voz del forzudo que afilaba un instrumento inapreciable lo que interrumpió su pensamiento. Fue el llanto de una mujer. Lágrimas acompañadas de lamentos y gritos ininteligibles provenientes de una sala no muy lejana.

—¿Torturáis también a mujeres, cobarde? —acusó Leonardo—. No es una actitud muy viril para alguien que acusa de sodomía.

Una mano le cruzó la cara a Leonardo de izquierda a derecha. Fue la única respuesta que obtuvo frente a la acusación. Solo cuando el forzudo terminó de afilar el objeto fino y punzante que tenía entre las manos pronunció palabra.

—No te preocupes, *firenzer*. Cuando acabemos con esto, serás tú quien llore y grite como una mujer...

Acto seguido, se despejó la incógnita. Lo que hacía unos momentos era un instrumento que necesitaba afilarse, ahora era un amenazante tenedor de dos puntas por ambos lados. Dos aguijones recién afilados en cada uno de los extremos ansiaban carne para trinchar. Leonardo no entendía nada. No sabía dónde ni cómo iba a ser utilizado. No tuvo mucho tiempo para poner a prueba la rapidez de su inteligencia. De repente, la mano derecha del hercúleo captor le agarró del pelo y le obligó a levantar la cabeza directamente hacia el techo. Sintió cómo el tenedor se le clavaba tanto en el triángulo submandibular como en la parte superior de los pectorales, allí donde los trapecios buscan un punto en común. La posición en la que se encontraba imposibilitaba a Leonardo bajar la cabeza a su posición natural, por lo que en poco tiempo le generaría un gran dolor muscular, debilidad en la zona y, por lo tanto, una inevitable flaqueza con un final no muy agradable.

—A ver cuánto tiempo tardas en bajar la cabeza, bocazas —espetó el guarda.

—¿Cómo te llamas? —murmuró entre dientes Leonardo evitando así ensartarse la boca en el amenazante tenedor.

—¿Y para qué diablos querrías saber mi nombre? —masculló el vigilante mientras desempolvaba una maquinaria al fondo de la habitación.

—Para devolverte la cordialidad que me has ofrecido cuando salga de aquí —dijo Leonardo.

El corpulento torturador se acercó casi doblado de la risa que le habían provocado las últimas palabras de su indefenso prisionero.

—Ja, ja, ja, en estas condiciones acepto el reto, *firenzer*. Me llamo Giulio.

—Giulio... ¿Qué más? —insistió Leonardo.

—Sabagni, Giulio Sabagni.

Esta vez el guardia se lo deletreó despacio, con cierta ironía, al hombre que tenía en sus redes.

—Te voy a decir algo Giulio Sabagni —masculló Leonardo casi sin poder despegar un labio de otro sobre la amenaza lacerante—. Soy Leonardo da Vinci y no solo tengo memoria. Tengo rencor.

Bajo esta amenaza, el recién identificado Giulio salió de la estancia y, en un breve lapso de tiempo, volvió con un nuevo elemento sorpresa entre las manos. Una jaula que guardaba en su interior un ser que, en masa, había provocado una plaga denominada «peste negra» el siglo anterior. De niño, su abuelo le había contado que, en Florencia, solo un quinto de la población había sobrevivido a esa pandemia provocada en gran parte por las pulgas y las ratas. Y no era precisamente una pulga lo que se hallaba en el interior de la jaula.

Giulio abrió la puerta de la pequeña jaula que sostenía entre las manos y la aproximó al pecho de Leonardo. La rata tenía vía libre para salir, siempre y cuando atravesara las tripas del prisionero. Un pequeño aliciente bastaría para convencer al roedor. Giulio se acercó a una de las candelas que alumbraban la estancia y la aproximó al lado opuesto de la jaula, donde la puerta chocaba contra el pecho del artista. La rata, presa del pánico al ver la llama al otro lado de la jaula, se dirigió a la puerta abierta y se estrelló de lleno con el fino pedazo de tela que le impedía la absoluta libertad. El fuego amenazaba con no dejar de arder, así que la rata se sirvió del instinto más primitivo de todo hombre o animal: el de supervivencia.

Rápidamente, el animal intentó escarbar en la andrajosa vestimenta que Leonardo portaba desde hacía semanas. Al principio, el de Vinci notó una fuerte fricción en el vientre, pero poco a poco se fue agudizando. El tenedor que le sujetaba la cabeza permanecía impasible y Leonardo acusaba en el cuello los dolores de la tensión, aunque procuraba no abrir demasiado la boca a pesar del dolor.

Sin noción del tiempo alguna, al cabo de un rato Leonardo notó cómo la rata le había desgarrado un poco de piel del vientre. Como un acto reflejo, su mente se llenó de imágenes, entre las que destacaban algunas poderosamente por encima del resto. En la primera, se imaginaba a él mismo como una rata desgarrando la pared para trazar un plan de fuga en la roca, tal y como el animal hacía en su vientre. La segunda imagen evocaba a su tío Francesco. Gracias a él, la actividad física y un ligero culto al cuerpo se habían arraigado en Leonardo y su cuerpo atlético tenía una resistencia extra. Había ganado un concurso de fuerza no hacía mucho doblando herraduras con las manos, aunque la parte más musculada y fibrosa de su cuerpo había dado paso a una incipiente delgadez fruto de la escasa ingesta alimenticia en la prisión.

—Vamos, *firenzer*, solo tienes que cantar —le intentó persuadir Sabagni—. Declárate culpable, acepta las acusaciones y todo esto terminará mucho más rápido. ¿Quién sabe? Igual en la hoguera tardas poco en arder… ¿Qué me dices?

—Solo te agradezco que el tenedor no tenga más puntas… —ironizó Leonardo entre dientes.

Giulio, sorprendido con la respuesta, retrocedió. Le restó importancia, pues sabía que tarde o temprano su preso cedería, bien su lengua mediante declaración, bien su piel mediante la presión de la tortura.

Segundos o minutos, daba igual. Para Leonardo, parecían siglos. Sabía que las gotas que iban surcando su bajo vientre no eran de sudor, tenían un tinte carmesí.

Ese rojo carmesí se tornó metafóricamente en verde esperanza cuando una visita inesperada irrumpió en la sala. Giulio, en un acto reflejo, apartó la llama de la celda. La rata se calmó y frenó su deseo de atravesar carne y entrañas. Leonardo respiró aliviado con síntomas de una imperiosa necesidad de desmayarse, a lo que su cerebro se negaba, ya que cualquier vacilación desembocaría en un cráneo ensartado. Y ese era un futuro que no había calculado ni en sus peores pesadillas. En ese estado de trance, no alcanzó a descifrar la conversación que tenía lugar a escasos metros, pero su cuello de repente se encontró libre, sin presión. El arma punzante había desaparecido. Respiró tranquilo. La rata parecía estar sosegada. Las heridas del cuello provocadas por los aguijones metálicos cicatrizarían. Dejaría crecer aún más la incipiente barba de su cara, eso haría. Todo arreglado. Una barba de color miel.

—¿Padre Piero? —preguntó suplicante con un hilo de voz casi inaudible.

De nuevo, otra mano conocida le cruzó la cara. Como resultado, Leonardo recuperó algo la claridad, no solo de vista sino también de pensamiento. Lo suficiente para darse cuenta de que no era su padre Piero quien había venido en su busca.

—Hemos acabado con la intrusa y el zagal ha recibido lo suyo. ¿Qué se cuece por aquí?

Eran dos nuevos guardias de la noche que iban a sumarse a la fiesta. Quizá su barba no crecería mucho tiempo más.

5

30 de mayo de 1476, convento de
San Marcos, Florencia

Sandro paseaba por las calles de Florencia sin un rumbo fijo. Botticelli, le llamaban sus más allegados. Un apodo que poco tenía que ver con él. Botticello era el sobrenombre por el que era conocido su hermano mayor Giovanni, un tipo al que le gustaba comer y beber a partes iguales y que, de muy buen talante, aceptó ese apelativo impuesto con más maldad que bondad. Al pasar la mayor parte de su tiempo con su hermano, este no solo le transmitió sus pocos conocimientos, sino también el apelativo por el que sería reconocido en Italia.

Botticelli deambulaba preocupado. Parecía incluso estar perdido en su propia ciudad. Varios pensamientos sin aparente conexión convergían en su cabeza. Casi sin darse cuenta, se topó con un callejón que reconoció enseguida. Su amigo Leonardo, cuatro años atrás, se había independizado del maestro Andrea para montar su propio taller. Se hallaba al final de la calle, a la derecha. «En el futuro, crearé la Academia Vinciana», solía decir Leonardo. Pero lo que se hallaba al final del callejón era una pequeña *bottega*, suficiente para trabajos esporádicos y con capacidad para tres o cuatro personas. Lamentablemente, el estado en el que se encontraba el taller no tenía nada que ver con cómo se hallaba dos meses atrás, cuando Leonardo lo abría por la mañana temprano. Los listones de madera que hacían las veces de enrejado se hallaban maltratados, pintarrajeados. Alguien había hecho correr la voz, y el rumor se había extendido por la ciudad. La joven promesa de la pintura que gestionaba ese taller se encontraba en las dependencias del palazzo del Podestà acusado de sodomía, prácticas sexuales innobles con un joven inocente. El vecindario no lo perdonó. Sin comprobar la información y sin pulsar la opinión de la mayoría de la ciudadanía, algunos vándalos se habían tomado algo parecido a la justicia por sus propias manos.

Palabras desagradables aparecían talladas irregularmente en la madera. Alguno se había tomado la molestia de utilizar pigmentos para colorear las tablas horizontales. «*Cazzo*», «*firenzer*» y otras palabras de mal gusto se podían leer con una caligrafía poco ortodoxa.

Si volvía Leonardo, se llevaría otro gran disgusto. ¿Cómo remontar el taller? ¿Cómo empezar una nueva empresa culinaria? Pero Sandro no quería malgastar el tiempo con esos pensamientos. Tenía que preocuparse de sus encargos.

Apresuró la marcha. Esa visión le había producido cierto malestar, y debía tener todos los sentidos puestos en el siguiente encargo, y a cuya reunión llegaba tarde. De repente, se encontró en la Loggia de Pesce, el gueto de Florencia, y ahí se percató de que su cabeza no estaba centrada en su próxima asamblea privada. Cruzó el Mercato Vecchio no sin dificultad, ya que se encontraba atestado de gente y los olores que allí se mezclaban dejaban sin aliento a más de uno. Debía tener cuidado y mantener los ojos abiertos, ya que muchos peregrinos que pasaban por Florencia en aquellos tiempos llegaban a su destino con mucho menos de lo que había portado desde casa.

Tras sortear una lista interminable de productos comerciables, Sandro aligeró el paso a través de la vía Larga. Pronto llegó a la piazza de San Marco, donde se hallaba el convento del mismo nombre. Allí se efectuaría el pago por su último encargo. Por aquel entonces, el edificio, convento dominico cedido en 1436 por Cosme de Médici, se encontraba en proceso de reestructuración social, ya que Lorenzo de Médici, *el Magnífico*, estaba estudiando un proyecto de reconversión de parte del convento en biblioteca pública, la primera en el mundo occidental.

Nada más llegar, Sandro se adentró por la puerta principal del convento desde la piazza de San Marco, a la derecha de la basílica. Se persignó y giró a la derecha, en dirección al corredor del Peregrino, donde el legado de Fra Angelico reposaba sobre sus paredes desde hacía no menos de treinta años. Tras rodear el claustro de San Antonio y girar a su izquierda, avanzó por el refectorio hasta llegar a la sala capitular. Allí esperaba su pagador.

Al entrar, lo primero que llamaba la atención era el *Santo Domingo* asentado en el luneto de la sala y, ya en el interior, una *Crucifixión* del ya mencionado Fra Angelico. Fray Domenico, de Pescia, esperaba con un grupo de frailes en el centro de la sala. En cuanto llegó Sandro, hizo un gesto leve y su compañía desapareció lentamente. Tan pronto como su séquito se disgregó, fray Domenico abrió los brazos en señal de hospitalidad.

—*Caro Alessandro, benvenuto* —dijo en un tono de voz que no perturbó la paz del convento.

Sandro, nervioso, imitó el hilo de voz de su pagador.

—Un *piacere*, fray Domenico. Y un honor.

—El honor es nuestro, querido amigo. ¿Puedo ofreceros algo, por muy humilde que sea?

—No, gracias —contestó nervioso Sandro—. Solo vine a recoger el pago por los servicios ofrecidos.

—Claro, claro. Un artista como vos debéis de estar hasta arriba de encargos, ¿y quién soy yo para robar el tiempo a la musa de la inspiración?

—No son buenos tiempos, fray Domenico. Hay mucha competencia. Ya sabéis…

—Claro, claro… —Fray Domenico alargó la pausa—. ¿Satisfecho con el trabajo realizado? —inquirió el fraile.

—Se podría hacer mejor, pero entonces debería haberlo realizado otro —se defendió Botticelli—. Yo lo hice lo mejor que pude.

—Fue suficiente, amigo mío. Aquí tenéis el pago.

—*Grazie mile.*

El sonido de las monedas en el saco de tela era directamente proporcional al brillo en los ojos, segundos antes apagados, de Sandro Botticelli. Era un trabajo muy bien remunerado, y con poco esfuerzo para un artista como él.

Sandro dio media vuelta, no sin antes hacer la señal de la cruz por segunda vez. Avanzó decidido hasta la puerta de la sala capitular, pero la misma voz que hacía unos segundos era un hilo tenue casi celestial, ahora retumbó en la habitación.

—¡Sandro Botticelli!

Sandro se quedó petrificado en el sitio. Sabía como buen devoto que cualquier gesto contra la casa de Dios era motivo suficiente para arder en los infiernos toda la eternidad. El tiempo que tardó en girar sobre sus pasos se le hizo eterno. Más que un gran artista de una época dorada que florecía en los estados italianos a pasos agigantados, parecía un chucho a punto de ser castigado. Cabizbajo, giró la cabeza e inició un leve movimiento vertical hasta que sus ojos miraron a la cara de fray Domenico.

—Amigo mío, se me olvidaba proponeros una cosa más…

Sandro dudó. No sabía si se trataba de un nuevo encargo espontáneo o de una estrategia preparada con anterioridad. Que hubiera gritado su nombre en lo sagrado de la sala no ayudó a alimentar su confianza.

—Sandro querido. Después de lo bien que habéis ejecutado vuestro reto anterior, no quería dejar pasar la oportunidad de ofreceros de nuevo un gran trabajo.

—Soy todo oídos, fraile —asintió desconcertado.

—Tengo a otro gran artista de la ciudad pintando para nosotros. ¡Un cenáculo! Acaba de empezar la obra, pero doy por seguro que será una obra maestra. ¡La gente pagará por verla!

Fray Domenico se encontraba satisfecho de su visión de negocio y de la posibilidad de ampliar sus rentas.

—¿De quién se trata? —preguntó celoso Sandro.

—De Domenico di Tommaso Curradi —respondió el fraile sin más. Sabía perfectamente que Sandro Botticelli le reconocería.

—¿El maestro Ghirlandaio? ¡El año pasado pintó los frescos de la capilla de la iglesia de Ognissanti y su nombre suena para convertirse en el retratista oficial de la alta sociedad de la ciudad!

Fray Domenico no cabía en sí de gozo. Sabía perfectamente de quién rodearse.

—Como veis, amigo Botticelli, no escatimamos en gastos. Nunca —más que una afirmación parecía una sentencia.

La inseguridad de Sandro creció. Aceptar un trabajo al lado del maestro Ghirlandaio era todo un reto difícil de asumir, casi imposible de superar. «Lo difícil se consigue, lo imposible se intenta», decía su amigo Leonardo. Pero desgraciadamente su amigo no se encontraba allí con él para llevar la voz cantante y, sin reflexionar, haber aceptado la oferta en nombre de Sandro. Pero ahora tenía su taller bajo el mecenazgo de la familia Médici. Un año atrás, mientras el maestro Ghirlandaio pintaba la capilla de Ognissanti, él creaba para la poderosa familia italiana una *Adoración de los Magos* donde se podía distinguir perfectamente a Cosme, Piero, Giovanni, Giuliano y Lorenzo. Todos ellos Médici. Incluso se había tomado la libertad de autorretratarse como rúbrica laboral. También sabía que esa obra era del gusto del papa Sixto IV, y se rumoreaba entre el gremio que tarde o temprano sería llamado a Roma. No podía ni quería negar un trabajo a la Iglesia. La disyuntiva surgió cuando fue la Iglesia dominica la que le procuró un nuevo encargo.

—Pondré en orden mi calendario de compromisos y os responderé tan pronto como pueda, fray Domenico. Muchas gracias por vuestra confianza.

—Muchas gracias a vuestro talento, querido Sandro. Ya sabéis dónde está la salida. Permitidme que no os acompañe.

—*Grazie, ci vediamo.*

—Id con Dios…

Esta vez Sandro aceleró el paso. No quería que su nombre retumbara entre las paredes de la sala capitular y en cuanto cruzó la puerta y giró hacia la derecha para atravesar el largo refectorio que desembocaría de nuevo en la Sala del Peregrino, dejó de sudar.

El sol de la Toscana volvió a acariciarle el rostro. Era el mismo sol que unos minutos atrás, solo que esta vez, acariciaba un rostro con un buen puñado de monedas fruto de un gran trabajo.

Sin pensarlo dos veces, deshizo el camino andado y regresó al barrio del Mercato Vecchio, esta vez convencido de su destino. Se había ganado un buen banquete, pero no de olores, sino de sabores. Paladearía el triunfo. Y se cuidaría mucho de que no le robaran tan preciado botín. Pasaría de largo una vez llegase al Malvagia, más conocido como el prostíbulo de las «mujeres embrujadas» o «las rameras feas», para evitar la tentación, y quizá se tomase un descanso en la Taberna del Caracol, jugase una partida de dados y bebiese una buena copa de un vernaccia o de un trebbiano, vinos de precio prohibitivo, mas no tanto para un recién retribuido Sandro.

Durante el resto del día, tres nombres revolotearían por su cabeza: fray Domenico, Domenico Ghirlandaio y Leonardo da Vinci.

6

*30 de mayo de 1476, calabozos subterráneos
del palazzo del Podestà, Florencia*

De nuevo, otra mano conocida le cruzó la cara. Como resultado, Leonardo recuperó algo la claridad, no solo de vista sino también de pensamiento. Lo suficiente para darse cuenta de que no era su padre Piero el que había venido en su busca.

—Hemos acabado con la intrusa y el zagal ha recibido lo suyo. ¿Qué se cuece por aquí?

Eran dos nuevos guardias de la noche que iban a sumarse a la fiesta. Quizá su barba no crecería mucho tiempo más.

—*Bene, bene...* ¿Qué tenemos aquí? Otro joven salido que no sabe que hay agujeros donde está prohibido meter la verga... —Uno de los guardias agarraba la cabeza de Leonardo, forzando a que se pinchara un poco más.

—Ja, ja, ja, con lo fácil que es contratar en Florencia los servicios de cualquier ramera, ja, ja, ja —se sumó el otro.

—Tú sí que eres un *figlio di puttana*, Stefano, ja, ja, ja, ja —contestó el primero soltando el pelo del prisionero.

—¡Basta! —gritó el líder, aquel que llevaba interminables minutos torturando al joven Da Vinci—. Tenemos trabajo que hacer. Quitadle la silla, las correas y todo lo demás. Dejadle desnudo.

Acto seguido, los dos fortachones arrancaron de un tirón el mortífero tenedor punzante y lo depositaron en una mesa. Uno de ellos cogió la jaula y cerró la puerta. «Podría ser la cena», pensaba. En pocos segundos las tiras de cuero desaparecieron de muñecas y tobillos, dando lugar a unas marcas amoratadas fruto de la mala circulación por la presión. Leonardo no tuvo fuerzas para impedir que le arrebataran las pocas ropas que llevaba. El esfuerzo que había realizado con el cuello, así como con el abdomen, le habían dejado exhausto. No podía decir no. No podía evitar lo que pudiera acontecer a continuación. Su cerebro funcionaba despacio y selectivo, como si la poca energía que le quedaba fuera para suministrar órdenes estrictas de supervivencia a sus órganos vitales.

Una vez despojado de toda ropa y dignidad, sintió cómo tobillos y muñecas eran presos, de nuevo, de unas cintas aún más anchas que las anteriores. Un cinturón metálico le agarraba el tronco, con varias cuerdas fijadas que se suspendían de una abrazadera de hierro. De repente, un tirón inesperado accionado por el líder de los carceleros le volteó en el aire y le dejó suspendido.

—Bueno, bueno, bueno…, querido *firenzer*, ha llegado el momento más placentero de la tortura —volvió a decir Giulio con sarcasmo—. ¡Stefano, acércalo!

A la orden, Stefano aproximó una estructura que Leonardo no había visto en su vida. No entendía el porqué de la estructura piramidal que, paso a paso, venía hacia él.

—Si en algún momento creíste que íbamos a tirar de las cuerdas hasta arrancarte las extremidades, te equivocabas —explicó lentamente Giulio—. He dicho que esta parte es la más placentera. Parece ser que la nueva corriente sodomita que invade Florencia rinde culto al sexo anal, algo solo reservado para los animales. No sé, querido amigo, si eres de cabalgar o de ser montado, pero en esta ocasión hemos decidido que tú seas el receptivo.

Leonardo se sentía indignado. No solo por la falsa acusación, sino también por el trato despectivo que Giulio profería a aquellos hombres que, de una forma u otra, habían decidido amar a otros hombres. Tenía muchos amigos que así lo sentían, y no por ello su amor era fruto de la lujuria o de la perversión. Había visto, años atrás, en las dependencias del taller del Verrocchio, a dos zagales besándose con tanta pasión y respeto que no pudo encontrar parangón en ningún otro tipo de pareja. Nada más lejos del vicio. Pero no era momento de hacer entrar en razón a su torturador. Tenía que ganar tiempo.

—Soy inocente de lo que se me acusa —recuperó la palabra Leonardo—. No tengo nada que ver con ese muchacho, Jacopo Saltarelli. Era un modelo del taller de mi maestro en otros tiempos, mas yo llevo cuatro años con mi propio taller, independiente de todo lo que allí se gesta. ¡Podéis preguntar en la Corporación de Pintura de Florencia! ¡Estoy registrado en el Libro Rojo del Gremio de San Lucas! ¡Ellos darán fe de lo que digo!

—Sí, sí. Eso mismo han dicho tus compañeros de celda —afirmó uno de los recién incorporados—. Incluso uno de ellos, el que reza mucho, se ha declarado culpable y os ha culpado a todos vosotros, con tal de que no continuáramos con el, digamos, interrogatorio. Solo por traicionar la amistad que os profería, nos hemos entretenido un poco más con él. En cuanto a Saltarelli…

Todos los hombres de la sala, a excepción de Leonardo, se rieron. Acto seguido, elevaron el cuerpo del joven de Vinci a una altura de dos metros y colocaron la estructura piramidal de forma que coincidiera con el año del reo.

—Te presento la cuna de Judas. Así la llamamos. ¿No es encantadora? Podemos hacer esto de dos maneras. Poco a poco, para comprobar si es de tu agrado; o, por el contrario, dejarte caer con tu propio peso, aunque lamentablemente no creo que sobrevivieras al impacto.

Los dos nuevos guardias, como respuesta a un gesto de Giulio, empezaron a soltar las cuerdas poco a poco, y el cuerpo de Leonardo comenzó a descender suavemente hacia la afiladísima estructura piramidal que, impacientemente, esperaba a escasos centímetros de su cuerpo.

Leonardo tensaba el cuerpo con las pocas fuerzas que le quedaban, pues el agotamiento era extremo, mas sabía que, si se rendía, el vértice de la pirámide acabaría por desgarrarle el ano o los testículos, que colgaban débilmente encarando la cuna de Judas.

—No te defiendas, tarde o temprano te relajarás. Tarde o temprano te dormirás y, entonces, no habrá semental capaz de llenarte por detrás. ¡La última vez que utilizamos la cuna, el confesor quedó con un ano de dos metros!

Los tres guardias rieron al unísono. Leonardo interrumpió el jolgorio.

—Quiero saber vuestros nombres…

Los guardias se quedaron asombrados por la inesperada petición. Todos menos Giulio, que ya había pasado por ese examen.

—*Vai, vai*, decid vuestros nombres, mostrad un poco de condescendencia con el preso. Tranquilos. Simplemente quiere recordar vuestros nombres para vengarse cuando salga de aquí. —El tono jocoso era más que evidente.

—Pero si no va a salir de aquí —comentó Stefano ingenuamente.

—Por eso mismo, si es una de sus últimas voluntades, concedédsela —replicó con aspavientos Giulio Sabagni para que no perdieran más tiempo.

—*Sono* Stefano Molinari, rata inmunda —el insulto sonó impostado.

—*Sono* Fabio Gambeta. —Este último le escupió.

—Ahora no tenéis escapatoria. Cuando salga de aquí, me vengaré —dijo Leonardo con los ojos cargados de ira.

—¿Es una amenaza, *firenzer*? —cargó de nuevo contra él el Gambeta, esta vez sin salivazo, pero con más agresividad en su hablar.

Leonardo memorizó las caras de cada uno de ellos, sincronizando nombres con rasgos faciales: Giulio Sabagni, Stefano Molinari y Fabio Gambeta.

—Es una promesa —sentenció Leonardo tan seguro de sí mismo que, por un momento, el silencio se apoderó de la cruel situación.

Pasaron horas. Los guardias se habían retirado a comer y a descansar, mientras Leonardo yacía colgado a punto de ser atravesado por una pirámide fálica afilada solo para él. Durante toda la noche, el insomnio provocado por el estrés de la grave situación le hizo pensar en muchas cosas. Tuvo que focalizar la energía parte por parte, recorriendo cada centímetro de músculo en tensión para no convertir sus fuerzas en flaqueza. Pero su mente expansiva le llevaba lejos de allí. A kilómetros de distancia, no en un plano horizontal, sino en un plano vertical. Deseaba poder volar. Volar y escapar de allí. Escapar de todo. Dos alas nada más. ¿Por qué el Creador no nos había otorgado un par de alas para poder escapar de la prisión del suelo?

Volar. Solo volaba con la imaginación. Juró que, si escapaba de allí, centraría sus esfuerzos en conseguir que el hombre surcara, de una u otra manera, los cielos.

Un desgarro hizo que sus pensamientos se estrellaran contra el suelo. Su cuerpo cada vez más fatigado iba cediendo terreno, y la pirámide había alcanzado a su presa. Levemente, había empezado a punzar entre nalga y nalga. Primero notó un pinchazo que se extendió por las ingles.

La punzada dio paso a un dolor irritante debido a la incipiente perforación que la pirámide iba ejecutando.

Leonardo pensó en la mujer, aquella cuyos gritos le habían llevado a enfrentarse a Giulio. Aquella mujer que, de una u otra manera, había sido torturada por Stefano y Fabio. A saber cuál habría sido su crimen, si lo había, y cuál habría sido su tortura. También pensó en Saltarelli. «Le habían dado lo suyo», ¿qué significado tenían esas palabras? ¿Significaban que el propio Saltarelli, aquel sobre el cual supuestamente se había cometido el delito, era tan preso como ellos? ¿Qué sentido tenía todo?

El dolor llamó de nuevo a la puerta. Leonardo no sabía de dónde provenía. Sabía que, de momento, los testículos los tenía a salvo. Una de las caras de la pirámide le rozaba y sentía el frío metálico. La zona anal la tenía desubicada por el dolor. No sabía muy bien si el recto era la zona más afectada de su cuerpo o si, por el contrario, con tanto movimiento y tensión de su cuerpo, había conseguido desplazar algún centímetro su complexión para dificultar la penetración.

Solo tenía clara una cosa. Había herida. Y por lo tanto, sangraba.

¿Cuánto tiempo había pasado? ¿Minutos? ¿Horas? Imposible saberlo a ciencia cierta, ya que la sala no contaba con ninguna oquedad que facilitara la entrada de luz natural a la estancia. ¿Era de día?, ¿de noche? Leonardo trataba de pensar en cosas cotidianas para evitar pensar en el dolor físico.

«*Mamma, babbo*», pensaba en sus padres. «*Vitruvio*», pensaba en su perro. Seguro que estaba defendiendo día y noche el taller hasta que llegara su dueño. A pesar de ser casi un cachorro de mastín napolitano, era fiel y muy valiente. «Quiero un caballo», pensaba en los caballos, en lo mucho que le gustaban y lo mucho que deseaba tener uno. «En cuanto salga de aquí compraré un caballo, aunque tarde mucho tiempo en sentarme sobre él». A pesar de lo incómodo de la situación, Leonardo aún tenía tiempo para bromear consigo mismo.

Algo le sacó del trance. De repente, notó mucho movimiento en los pasillos. ¿Se habían olvidado de él? «Una pregunta estúpida», pensó. «Por supuesto. No quieren que confiese, les da lo mismo». Y en efecto, así era. Tarde o temprano corroborarían su culpabilidad y serían colgados en las ventanas del palacio, siempre y cuando tuvieran la suerte o la desgracia de sobrevivir a los «interrogatorios».

Leonardo no habría imaginado ver lo que contempló a continuación ni en tres vidas. Algo parecido a un magistrado daba órdenes a varios varones que, rápidamente, retiraron la pirámide de Judas. En efecto, un leve rastro de sangre reflejaba el sufrimiento de Leonardo, quien al no sentir el hiriente punto de apoyo, se dejó vencer fruto de la fatiga. Con suma delicadeza, los individuos recostaron el cuerpo de Leonardo como si se tratase del descendimiento de una crucifixión, y le desataron por completo. Con una capa, envolvieron el cuerpo de Leonardo que de vez en cuando, reaccionaba con un espasmo provocado por la humedad y las bajas temperaturas de la habitación.

—Ahora tranquilícese —susurró una voz amable—, Lorenzo de Médici está aquí. Están todos en libertad.

Leonardo cerró los ojos. Pocas cosas le importaban en ese momento. Cerró los ojos y voló.

7

2 de junio de 1476, hospital de los
Inocentes, Florencia

Abrió los ojos. De repente, se encontró perdido. Después
de dos meses de oscuridad, aquella claridad le parecía celestial. La luz natural que entraba por las ventanas tenía el
sabor del triunfo, de la victoria, de la verdad. Estaba tum-
bado, relajado. Con síntomas de haber sido atendido las
últimas ¿horas?, ¿días? No lo tenía muy claro. Pero el simple hecho de mezclar la luz natural de la bella Florencia
con las risas de unos niños que, al parecer, se encontraban
jugando no lejos de su estancia le parecía suficiente. No
recordaba mucho más. Tan solo un dolor persistente en la
zona rectal le provocaba inevitablemente una retrospección
hasta su recién terminado martirio. Era peor que un sueño,
peor incluso que una pesadilla. Había sido muy real.

Se puso en pie, no sin dificultad, y se asomó por la
ventana. Cuando sus pupilas asimilaron la cantidad de luz,
tan ausente en los últimos días, por fin pudo enfocar. Al ver
bajo su ventana la piazza della Santissima Annunziata, enseguida ubicó su posición. ¿Ironía? ¿Destino? Fuera como

fuese, no era un asunto en el que él pudiera intervenir. El hospital de los Inocentes le parecía un buen lugar para descansar. El edificio había sido diseñado por una de las personas a las que más había admirado, Filippo Brunelleschi, conocido como el «constructor de la catedral imposible».

Gracias a Filippo, el arte de los puntos de fuga desde el punto de vista pictórico ya no era un enigma. Había inventado la perspectiva cónica. Gracias a esa experiencia en la perspectiva, había conseguido grandes logros arquitectónicos, y uno de ellos era exactamente donde Leonardo se recuperaba física y moralmente. El hospital de los Inocentes marcó un antes y un después en la arquitectura del Renacimiento. En el caso del hospital, los porches porticados de gran espacio diseñados exclusivamente por el artista habían marcado un hito. Menos inspirador para la arquitectura y más útil para el ciudadano de a pie fue la inclusión de un torno de piedra en el muro exterior del hospital, donde las mujeres, de una manera anónima, podían entregar sus bebés recién nacidos para que el orfanato se hiciera cargo de ellos.

«Dos maneras de utilizar un torno de piedra», pensaba Leonardo. «El torno del palazzo Vecchio te puede arrebatar la vida. Sin embargo, el torno aquí presente te puede proporcionar una nueva».

Miró a su derecha. Algunos viandantes portaban votivas de cera e, inequívocamente, eso solo podía significar que se encaminaban al interior de la basílica de la Santissima Annunziata, allí donde la milagrosa imagen de la anunciación había sido iniciada por un monje y terminada, según la creencia popular, por un ángel. Se relajó unos minutos, los suficientes como para volver a sus preocupaciones. A la derecha saludaba la vía dei Servi, que unía las dos iglesias más importantes de la ciudad, con permiso de Santa Maria Novella.

Se imaginaba paseando por la plaza con *Vitruvio*, su perro. El mastín napolitano que le había regalado su maestro Verrocchio la misma semana en la que decidió independizarse. «Ya que no puedo regalaros un ángel como me habéis regalado a mí, os regalo a vuestro futuro mejor amigo», dijo el maestro Andrea. Dudó cómo llamar al can. Andrea, como su maestro; Ficino, como el responsable del neoplatonismo en la ciudad; Brunelleschi, pero le parecía raro. Al final, había optado por *Vitruvio* en honor a Marco Vitruvio Polión, arquitecto romano del siglo I a.C. Durante su estancia en el taller como aprendiz, tuvo la ocasión de hojear unos apuntes manuscritos incompletos, que habían pasado por tradición oral, de *De Architectura* que rondaban la *botegga*, y se quedó fascinado con los avances. Tardaría años en leer los tratados completos e impresos. Pero los breves apuntes que aunaban principios arquitectónicos con la anatomía humana le abrían un mundo de posibilidades. Así pues, para tratar en un futuro estos temas, nombró a su perro *Vitruvio*.

¿Dónde estaría Sandro? Leonardo estaba seguro de que no solo ignoraría su paradero, sino también su situación actual. Tenía ganas de abrazarle. De contarle lo sucedido. Algo se forjaba en su interior. Algo con forma de venganza. Y quería hacer partícipe de ese sentimiento a su mejor amigo. Aún quedaba pendiente su gran proyecto culinario, aunque hablar en esos momentos de tenedores no iba a ser de su agrado. «Comida caliente con cuchara durante unos meses», pensaba con socarronería.

Algunas reflexiones le conducían inexorablemente a sus padres, pero para evitar el dolor, Leonardo repasó lo poco que recordaba de sus últimas semanas. Su apresamiento, cuatro días antes de cumplir veinticuatro años. «*Mamma mia*», ya contaba con veinticuatro primaveras. Casi dos meses preso. «¿Qué habrá sido de mis compañeros de celda?». La tortura, «Giulio Sabagni, Stefano Molinari y Fabio Gambeta», recordaba perfectamente nombres y rostros. Lo último que recordaba era su rescate. No consiguió invocar el rostro y el nombre de la persona a la que vio en último lugar. Lo que sí consiguió traer a la memoria fue el nombre de la persona que lo había rescatado.

—¡Lorenzo de Médici! —exclamó exaltado Leonardo.

El grito no se debió a un efusivo recuerdo. El mismísimo Lorenzo de Médici había accedido a la estancia de Leonardo. Da Vinci estaba estupefacto, por lo que no tuvo tiempo suficiente para refrescar su memoria y darse cuenta de que el palazzo Médici-Riccardi, el gran edificio de estructura cúbica almohadillada con un fuerte carácter horizontal, se encontraba a no más de quinientos metros del hospital, en la vía Larga.

—¡Tranquilo, Leonardo! —El tono amigable de Lorenzo hizo que Leonardo se pusiera más nervioso.

El príncipe instó a sus acompañantes a que esperaran fuera, ya que le gustaba crear un ambiente distendido cada vez que se rodeaba de artistas.

—Amigo Leonardo, poneos cómodo.

—Pero… —titubeó Leonardo—, disculpe la indumentaria. Si hubiera sabido…

Lorenzo de Médici se rio.

—¿Creéis, amigo Leonardo, que estáis en condiciones de hacer gala de buenas maneras y de comportaros como cualquier artista presumido?

Leonardo se sonrojó.

—Amigo Leonardo, relajaos. ¿Todo va bien? Me acaba de informar vuestra cuidadora de que habéis dormido dos jornadas completas y aún no habéis probado bocado. —La preocupación del príncipe Lorenzo era sincera—. Sentaos, por favor.

—No estoy en condiciones óptimas de sentarme, majestad. En cuanto al descanso, lo necesitaba, no voy a engañaros.

—*Va bene, va bene*. ¿Necesitáis algo más?

—Necesito saber, majestad. ¿Qué ha pasado? ¿Cómo nos localizó? ¿Qué les ha sucedido a mis compañeros?

Leonardo escupía una pregunta tras otra. La necesidad innata de saber y su excesivo sentido de la curiosidad, sumados a la preocupación innegable de cuanto había ocurrido, hacían que sus palabras sonaran atropelladas en su boca.

—Tranquilo, amigo Leonardo, vayamos por partes. No sabemos muy bien qué ha pasado, pero no me cabe ninguna duda de que se trata de la competencia. ¿Quién? Aún es pronto para saberlo. Quizá no lo descubramos nunca pero lo mejor de todo es que ya ha pasado.

—¿La competencia? No hace ni cuatro años que me independicé y me inscribí en la Compañía de San Lucas. Apenas he tenido trabajos, terminé el año pasado una anunciación, y el contrato se firmó antes de salir del taller de Andrea. Y para nada estoy orgulloso de ese trabajo. ¡Cometí un error de perspectiva! ¿Qué clase de competencia vería una amenaza en mi trabajo? —Leonardo subía el tono cuanto más hablaba—. Aunque en mi defensa sobre esa pintura diré que ¡hay un punto de vista desde el cual todo se vislumbra perfectamente! Si el hipotético espectador se coloca según mira la obra a la derecha de esta…

—Calma, amigo Leonardo, calma —Lorenzo trataba de tranquilizar a su joven promesa—. Hay competencia por todas partes. No olvidéis que ejerzo el mecenazgo en ese mismo taller donde crecisteis y os convertisteis en quien sois hoy. No dudo para nada de vuestra inocencia, ni mucho menos de lo que atañe al taller del Verrocchio. Sé que es poco ortodoxo en el método, que antepone la creatividad de los alumnos antes que las normas estrictas, pero eso no es símbolo de libertinaje, ni mucho menos de sodomía. Pero todo alumno formado en ese taller, así como en el de su competencia, el taller de Antonio del Pollaiuolo, supone una amenaza para todo artista en ciernes. Yo mismo podría serviros como ejemplo. Soy consciente de que no soy un gran gestor. Lo reconozco, pero tengo otras virtudes. Creo que ejerzo la diplomacia política con habilidad, pero aun así, uno se granjea enemigos sin quererlo. Ahí están los banqueros del Papa, los Salviati. Poco a poco van minando la moral de familias florentinas, como es el caso de la familia Pazzi. Pero no me preocupa. No creo que lleguen a ser peligrosos. Algunos florentinos me temen y no me queda más remedio que gobernar con poder absoluto y autoritario. Vuestro caso es distinto, amigo Leonardo. Alguien os profesa ira y envidia. Tanta como para llevarse por delante a tres personas más.

Leonardo repasó mentalmente y de manera prodigiosa las *bottegas* de pintores que se hallaban en la ciudad. Dentro de los once kilómetros de murallas, cuarenta y cinco torres defensivas y once puertas de acceso bien protegidas, se podían contar, entre los cuatro *quartieri* en que se hallaba dividida la ciudad, setenta y cinco mil habitantes, ciento ocho iglesias, cincuenta plazas, treinta y tres bancos y veintitrés mansiones a los dos lados del río Arno, unidos por cuatro puentes. Desde el punto de vista comercial, el que a él le concernía, podría encontrar en Florencia unos doscientos setenta talleres especializados en lana, otros ochenta y cuatro especializados en el arte de la talla de madera y casi los mismos dedicados al comercio de la seda. Pero los talleres de artes mayores —pintura, escultura y arquitectura— decidieron romper la vinculación que les unía con la artesanía y cualquier tipo de gremios para gozar de una mayor independencia creativa. ¿Cuántos talleres habría en Florencia? Su déficit de atención en algunas materias le jugaba malas pasadas. Nunca se había tomado la molestia de contar los talleres de sus rivales. Leonardo solo competía contra sí mismo. O eso creía él. Aun así, por aquel entonces, Florencia era una de las ciudades más grandes de Europa. «¿Un lugar con mucha competencia o un lugar donde cuesta mucho hacerse con un nombre?». Dejó a un lado su descuidado recuento y pensó en los suyos.

—¿Cómo están? Baccino, Tornabuoni, Bartolomeo. ¿Están bien?

—Hay buenas y malas noticias. —Lorenzo bajó la mirada, respiró y continuó—: Lionardo Tornabuoni está bien. Gracias a él fue que os encontramos. ¡Es familia mía, por el amor de Dios! No sé cómo no se dieron cuenta en el Podestà. Mi madre quiere arrasar con el consistorio ese. Quiere reconvertirlo en una biblioteca o una sala de exposiciones y acabar con los horrores que allí se cometen. No creo que esto suceda, pero mi madre no entiende de utopías. En cuanto al sastre… la próxima vez tendrá que rezar sin manos…

—¿Le cortaron las manos? ¿Sin juicio? —Leonardo estalló.

—La lengua también, por soplón, supongo… Los carceleros estarían ebrios…

—¡Valientes *figli di puttana!* —Dio un golpe en la ventana y se llevó las manos a la cara.

—De Bartolomeo no sabemos nada. No sabemos si huyó o si nunca salió de allí. En cuanto a Saltarelli —Leonardo abrió los ojos—, lo encontraron en la orilla del Arno, debajo del ponte Vecchio. Estaba rodeado de carne y pescado putrefactos. Vivo, pero con signos evidentes de haber recibido una paliza y abusos sexuales. Tenía un desgarro anal bastante desagradable y le faltaba algún diente. Todo esto es bastante extraño. Prometo que dirigiré una investigación para hallar a los máximos responsables. Alguien de la Guardia de la Noche tendrá que responder por estos crímenes.

Unas lágrimas recorrían las mejillas del joven de veinticuatro años nacido en Vinci. No sentía mucho aprecio por sus compañeros de celda; de hecho, incluso le molestaban. A Jacopo Saltarelli ni le conocía. Pero lo que allí se había cometido era una injusticia. Y una locura.

—Príncipe Lorenzo —dijo enjugándose las lágrimas—, éramos…, somos inocentes, no hicimos nada. Jacopo era solo un modelo.

—Lo sé, amigo Leonardo. Aun así, todos los artistas de esta generación saben que respeto con quién se quiere ir cada uno al lecho. Me dan igual las relaciones entre hombres, mujeres… Pero la acusación de sodomía ha sido a conciencia. Unos cuatrocientos implicados son acusados cada año y alrededor de cuarenta son castigados y torturados. Debo hacer algo… ¿Qué haréis ahora?

Leonardo se tomó un tiempo para contestar. Necesitaba ordenar de nuevo sus pensamientos. No se hacía a la idea de lo que les había ocurrido a sus compañeros de celda por culpa de una acusación injusta. No tenía explicación para tanta maldad.

—No…, no lo sé… —intentó buscar las palabras adecuadas—. Supongo que comprobaré el estado de mi taller. Debe de estar bastante abandonado. Mi perro debería estar allí. Intentaré retomar el contacto con mis amigos…

—Intentad descansar, amigo Leonardo. Si fuera de vuestra necesidad, no dudéis en localizarme en palacio.

—Gracias, majestad…

—Necesitamos artistas como vos para que se siga escribiendo la historia.

Con ese halago, Lorenzo de Médici hizo ademán de abandonar la sala. Antes de cruzar el umbral de la puerta, la voz de Leonardo reclamó una última atención.

—Una cosa más, majestad —intervino—. Encuentre a los culpables. Se lo suplico. Recuerde que quien no castiga la maldad ordena que se haga.

8

25 de abril de 1478, Florencia

Los dos últimos años habían desembocado en una época de constantes modificaciones en toda Europa. En lo que al viejo continente se refería, Borgoña y sus fuerzas militares habían sido derrotadas en la batalla de Nancy contra los suizos. Las noticias que llegaban sobre la clase de muerte que le aguardó a Carlos el Calvo eran espeluznantes. La Península ibérica se hallaba en una guerra de sucesión que enfrentaba a Isabel, reina de Castilla desde la muerte de Enrique IV en 1474, con Juana la Beltraneja, sobrina de la primera. El desenlace era inminente y, salvo sorpresas de última hora, Isabel seguiría al mando del reino de Castilla. Quizá lo que más preocupaba acerca de las tierras al otro lado del Mediterráneo eran las breves noticias, a veces tildadas de bulos, que sugerían la inminente creación de un Tribunal del Santo Oficio de la Inquisición.

En los estados italianos, Venecia estaba en boca de todos. En guerra contra los turcos desde 1463 y a pesar de que la ciudad italiana era una gran potencia en sus territorios, estaba a punto de ceder terreno a los otomanos por su ejército naval. La costa de Albania y las islas de Lemnos y Negroponto se preparaban para una invasión inminente. Roma, bajo el mandato de Francesco della Rovere, conocido como el papa Sixto IV, no comulgaba con la política artística liberal de Lorenzo de Médici. El Papa tampoco era un gran ejemplo a la hora de gestionar nada. El mismo Sixto IV ejercía su poder de tal manera que, según la lealtad que se le profesara, así se ascendería de cargo en su gobierno. La preferencia con respecto a su familia era tal que llegaba a ser irritante. Al menos veinticinco familiares directos gozaban de un estatus privilegiado. En relación con Florencia, tal era la confrontación que, durante su mandato, eligió a su sobrino Girolamo Riario como nuevo gobernante de la Toscana. Antes de tomar el poder en su nuevo cargo, Lorenzo y los Médici debían desaparecer. El papa Sixto IV solo puso una condición: sin asesinatos.

En lo que a la ciudad de Florencia concernía, se respiraba en el ambiente un hedor a traición, pues no era ningún secreto para el ciudadano que se avecinaba una guerra por el poder de la ciudad entre la familia Médici y los banqueros Pazzi. Lorenzo el Magnífico, al frente de la ciudad, se había acomodado demasiado y había supuesto que el peso del nombre de su familia sería lo suficientemente fuerte como para evitar cualquier intento de sublevación popular. Pero no era así. Mientras unos admiraban su forma de gobierno por olvidar y dejar atrás costumbres obsoletas de la Edad Media y por su manera de gestionar el progreso intelectual que iluminaba la ciudad, otros pensaban que Lorenzo había convertido sus territorios en un estado feudal cuya economía solo manejaba y malgastaba él mismo. El miedo estaba en las calles. Era cuestión de tiempo saber cómo y dónde, el porqué estaba claro.

Girolamo Riario hizo los contactos necesarios para acceder al puesto que el mismo representante de Dios en la Tierra le había prometido. Con una negociación rápida y ventajosa para ambas partes, accedió a otorgar a la familia banquera de los Pazzi el monopolio de unas minas ricas en alumbre cerca de Tolfa, así como a gestionar algunos derechos en los bancos de la Santa Sede. Nada podía salir mal. Además, era el aliciente final que esperaban los Pazzi. Meses atrás, Lorenzo de Médici les había acusado públicamente de entorpecer las negociaciones de Florencia para la compra de la pequeña ciudad de Imola. Girolamo se cuidó mucho de facilitar cuanta información fuera necesaria para llevar a cabo su brillante plan, pero procuró no dar detalles. La única condición de «no asesinato» del Papa fue omitida. Al fin y al cabo, el fin justificaría los medios.

En medio de esta guerra invisible pseudopolítica, Leonardo estaba ocupado con un retablo que le había sido encargado para la capilla de San Bernardo del palazzo della Signoria, gracias al éxito que había tenido recientemente con su *Virgen del clavel* para la familia Médici y con el retrato de Ginebra de Benci, encargo de su amigo Bernardo Bembo, que opos021itaba para senador y gobernador de Rávena. El encargo se había concedido en un primer momento a Filippino Lippi, también por aquel momento amigo y compañero de Sandro Botticelli en la Compañía de San Lucas. Generoso él, le dejó el trabajo a su admirado Leonardo y él se hizo cargo de un pedido posterior, esta vez en la Sala dell'Udienza del mismo palazzo della Signoria o palazzo Vecchio. Aun así, los pagadores no estaban nada contentos con el trabajo de Leonardo. No por la ausencia de calidad, sino por el incumplimiento de los plazos. En su taller, Leonardo dedicaba mucho más tiempo a la ingeniería, la hidráulica y la aeronáutica que a la extracción de colorantes para su nueva obra. Incluso se había inmiscuido en el arte oscuro de la alquimia. Quería conocerlo todo, independientemente de lo que pensaran sus paisanos. El vecindario se había acostumbrado a escuchar sonidos extraños provenientes de su taller, tanto por el día como por la noche, y algunos ya se habían cansado de preguntar qué diablos sucedía en su *bottega*, pues poco más que el silencio de su propietario se encontraban, ya que Leonardo, bien por protección o bien porque le gustaba cargar con un halo misterioso sobre su persona, imponía la ley del secreto. Fue durante este periodo cuando Da Vinci, receloso no solo de sus inventos y proyectos a largo plazo sino también de sus estudios, apuntes y notas, empezó a escribir de «una manera extraña», como advertirían los escasos privilegiados que atravesaban las puertas del taller como clientes. Leonardo perfeccionó la escritura de derecha a izquierda, de modo especular, para que nadie, ante una posible redada y captura en prisión, fuese testigo de lo que allí experimentaba.

La *bottega* de Leonardo no tenía la luz natural suficiente como para albergar un taller de pintura propiamente dicho. Era tal el secretismo con el que trabajaba en los últimos tiempos que las ventanas estaban cerradas y solo inmensas cantidades de cera en forma de velas alumbraban el proyecto en el que estuviera metido. Los rayos de sol entraban únicamente cuando recibía a un cliente y, poco a poco, la asistencia a su taller había menguado. Las lenguas eran tan malas como rápidas y Leonardo se acostumbró a recibir y aceptar encargos provenientes de las poblaciones cercanas a las murallas de Florencia.

El aislamiento al que se sometió tampoco ayudó a disipar a los escépticos, con lo que lejos de abrirse al mundo y recuperar la confianza perdida con sus grandes dotes de oratoria, se recluyó en su taller. Los compañeros de la academia del Jardín de San Marcos le echaban de menos.

Habían sido dos años muy duros para él. Mientras estaba a la espera de alguna noticia por parte de Lorenzo de Médici con respecto a las aberraciones que se habían cometido injustamente en el palazzo del Podestà, Leonardo luchaba psicológicamente día y noche contra las pesadillas que le atormentaban. Si durante el periodo de luz solar evitaba acercarse a las pandillas de niños que correteaban por la piazza della Signoria por si pudieran ejercer una prostitución encubierta, de noche se cuidaba mucho de no tomar caminos que incluyeran prostíbulos, tanto heterosexuales como homosexuales. No sabía quién podría estar tras sus pasos. Quizá era un miedo psicológico nada más, pero enseguida la fobia de verse encerrado en una prisión con tres cerdos que caminaban a dos patas le hizo volverse ultraprecavido.

Durante los dos últimos años, la mente emprendedora de Leonardo le había llevado a realizar uno de sus sueños. Bien por pasión o bien por mantener la mente alejada de todo cuanto había sucedido, Leonardo convenció a su amigo Sandro para inaugurar, cerca del ponte Vecchio, su ansiado experimento culinario, Las Tres Ranas de Sandro y Leonardo. Aún no gozaban de la fama suficiente como para que se convirtiera, de la noche a la mañana, en un rotundo éxito. Si bien es verdad que para la inauguración, asistieron un gran número de artistas de la época, sobre todo aprendices, jornaleros, asistentes y algún que otro maestro como Andrea del Verrocchio. Se echó en falta la presencia de algún Médici, lo que le habría dotado de un gran prestigio desde un primer momento. «Agravio comparativo», argumentaron, y no les faltaba razón. Podría ser la primera inauguración de muchas y la asistencia de la más alta nobleza por obligación no sería bien vista por parte de los contribuyentes, que asociarían gastos innecesarios a efectos de dichas celebraciones. Aun así, era un gran motivo para tener el taller bajo mínimos y dedicarse absolutamente a esta nueva empresa. Ya de por sí llamaba la atención la exquisita decoración de la *trattoria*. El viandante nada más plantarse en la puerta veía perfectamente la división natural desde la entrada. El flanco izquierdo se hallaba decorado por Sandro Botticelli, mientras que el derecho había sido ornamentado por su socio, Leonardo, el de Vinci. No existía competencia en aquel lugar. Nada más lejos de la realidad, pues se hallaban no solo en perfecta armonía, sino también en perfecta sincronía. Mirando de un lado a otro, se podía diferenciar perfectamente el estilo propio de cada uno, pero si uno fijaba la atención en el centro, el *sfumato* que Leonardo acababa de empezar a perfeccionar cumplía su cometido. Dos artistas para un mismo estilo, el estilo de la cocina.

Pero no todo fue como ellos hubieran querido. Una mañana, un cocinero aporreó la puerta del taller de Leonardo con gritos exageradamente endiablados. El sobresalto de Leonardo fue mayúsculo y tardó unos minutos en recuperar la clarividencia mientras corría por las calles de la ciudad siguiendo a su asalariado sin entender muy bien qué sucedía. Al llegar a su *trattoria*, se espabiló de súbito. Sandro se hallaba de rodillas, con los brazos abatidos, cabizbajo. Las llamas casi le acariciaban el rostro. Llamas enormes que devoraron todo cuanto podía llegar a quedar en pie. Ni siquiera la proximidad del Arno fue suficiente para apaciguar el incendio, cuyo humo podía verse desde cualquier punto de la muralla que circundaba la ciudad. No era un incendio fortuito. El local llevaba varias horas cerrado. Alguien había decidido tirar sus sueños por tierra. De nuevo. Leonardo no lloró. Sandro lloraba por los dos. El de Vinci sentía la ira que, meses atrás, había sentido cuando le acariciaba la «cuna de Judas». La venganza que trataba de evitar se estaba empezando a convertir en un asunto personal.

Pasaron las semanas y el dolor se fue apaciguando. Cada uno volvió a lo que mejor sabía hacer: pintar. Cada uno volvió a abrir las puertas de sus *bottegas*. Sin embargo, Leonardo cerró las puertas de su amor y de su corazón.

Su socio y amigo Sandro Botticelli trabajaba duro para Lorenzo di Pierfrancesco de Médici, conocido como *el Populista* y primo del mismísimo gobernante de la República de Florencia, Lorenzo de Médici. Era una situación complicada para el *botticello*, pues Lorenzo di Pierfrancesco acababa de romper todo tipo de relación con su primo por una mala gestión de la herencia dejada por Piero *el Gotoso* de Médici, su padre. La disputa con la familia fue a más, y Sandro se encontró en medio de una guerra familiar con el fisco de por medio. «Demasiadas deudas de unos para tantos gastos de otros», pensaba Sandro. Pero Lorenzo di Pierfrancesco era una pieza fundamental en su economía, pues para este *La primavera* había sido un primer encargo de los muchos que estaban por llegar. Además, la tabla era grande, dos metros de alto por tres de ancho, lo que significaba mucho pigmento. En definitiva, una no desdeñable suma de dinero. No podía dar un no por respuesta a la espera de que Lorenzo el Magnífico se decantara por él.

En realidad, Lorenzo de Médici se había desentendido de los dos. Tanta era la preocupación del Magnífico por la estabilidad de la ciudad que le dedicaba poco tiempo a las artes, sobre todo en esos días, a punto de celebrar la misa de Pascua en el Duomo.

La preocupación del regente de Florencia no podía ser menos, porque, a pesar de su ignorancia, estaba a punto de producirse uno de los mayores atentados de la historia italiana.

Florencia anocheció.

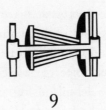

9

Florencia amaneció.

El domingo 26 de abril del año 1478 de Nuestro Señor se levantó despejado. Un clima soleado para un día de júbilo. La ciudad de Florencia se disponía a participar en el día de Pascua, y las clases sociales más privilegiadas disfrutarían de un lugar excepcional en la misa que se celebraría en el duomo de Santa Maria del Fiore, situado en una plaza bastante concurrida donde los florentinos solían pasear al atardecer. El oficiante era un invitado de lujo, el cardenal Raffaele Riario, primo de Girolamo y también sobrino del Papa. La catedral, consagrada en 1436 por el papa Eugenio IV, se vestía de gala, como cada año, para recibir a lo más selecto del panorama toscano.

Todo estaba dispuesto, la plaza rebosaba de gente. Por un lado, la burguesía que, lejos de poder acceder al interior para disfrutar de la ceremonia, se conformaba con ver pasar a las celebridades de la época en el cortejo de acceso al recinto. Por otro, los mercaderes ambulantes pretendían sacar tajada, así como los lisiados y los vagabundos que, aprovechando el motivo religioso de las fechas e intentando ganar un sitio cuanto más cerca de la catedral mejor, sacaban toda su artillería interpretativa para cautivar a los más nobles y débiles de espíritu. Los maleantes estaban al tanto, ya que un día como aquel se podría equiparar a toda una semana de saqueos a viajeros descuidados.

El acceso prioritario se dividía, por este orden, en nobleza, banqueros y jueces, doctores y artistas afiliados a un gremio con documento acreditativo. Como si de un cuentagotas se tratara, poco a poco los bancos de Santa Maria del Fiore se fueron llenando. Las fuertes medidas de seguridad, que incluían turnos diurnos de la propia Guardia de la Noche, relajaban el ambiente, y se procuraba que la tranquilidad y la serenidad gobernaran durante el ritual.

Lorenzo de Médici acudió a la misa acompañado no solo de su mujer Clarice de Orsini y de su hermano enfermo Giuliano de Médici, sino también de su madre Lucrecia Tornabuoni y de sus hijos Lucrecia, de ocho años; Piero, de seis; Magdalena, de cinco; y Giovanni, con tres años, todos ellos con sus correspondientes instructores. También marchaba al lado del Magnífico su secretario personal, Angelo Poliziano, humanista de la región de Montepulciano. En la residencia quedaron la pequeña Luigia y la recién nacida Contessina, demasiado jóvenes para guardarse sus llantos espontáneos. Partieron con su séquito pronto, por la mañana, si bien es verdad que el palazzo Médici quedaba a escasos metros de la piazza del Duomo por la vía Larga. Aunque por fuera la residencia de la familia más poderosa de la ciudad parecía una fortaleza sólida, firme e inquebrantable, en su interior se hallaba todo lo que faltaba en la fachada. Cosimo de Médici, el abuelo de Lorenzo, había adquirido tiempo atrás trabajos de Donatello, Paolo Ucello, Giotto y Fra Angelico. En el estudio del Magnífico se guardaban antigüedades, gemas, medallones, monedas y una biblioteca con más de mil volúmenes, algunos de ellos manuscritos salvaguardados con fundas de piel.

La sombra invisible de Girolamo Riario, el sobrino del papa Sixto IV, era alargada. A pesar de permanecer en Roma para no verse involucrado en ningún acto vandálico, había dispuesto sus piezas como si de una buena jugada de ajedrez se tratara. Sus piezas fundamentales: su primo el cardenal Raffaele Riario, oficiante de la misa; el nuevo arzobispo de Pisa, Francesco Salviati, que dada su condición no generaría ningún tipo de sospecha a la hora de acceder a los aposentos del confaloniero y a la Signoria en el palazzo Vecchio; Francesco de Pazzi, ahora tesorero del pontífice y máximo representante de la familia rival de los Médici; y, por último, Bernardo Bandini Baroncelli, el banquero sicario. Este, aprovechando que tiempo atrás había tratado con los Médici, no perdió el tiempo y, a la salida del sol, visitó a Giuliano, hermano de Lorenzo, en su propia residencia. La enfermedad que acusaba sembraba la duda entre los conspiradores, pues no sabían si se confirmaba su asistencia o, por el contrario, causaría baja repentina, lo que trastocaría radicalmente los planes de los Pazzi. Nada más llegar, después de pasar los controles pertinentes de seguridad, Bernardo constató la asistencia de su objetivo, pues ya estaba ataviado con la vestimenta de gala. Acto seguido, abrazó estrechamente a Giuliano, gesto disfrazado de amistad pero que ocultaba un fin mucho más cruel. Con el abrazo, Bernardo se aseguraría de que Giuliano no iría armado a la misa. Después de lisonjear al hermano menor del Magnífico, se excusó con la necesidad de reservar un sitio en el Duomo y partió veloz para hacer circular la noticia. Lorenzo y Giuliano de Médici estarían juntos en la misa. Solo dos objetivos. Solo dos bajas. Una familia y un poder destruidos.

El cortejo atravesó la vía Larga sorteando con autoridad los grupos de curiosos que se acercaban a alabar las cualidades de la familia. Clarice de Orsini fue la más laureada por su belleza, mientras que su madre política, Lucrecia Tornabuoni, era agasajada por su eterna solidaridad. Si bien es cierto que no todos les medían por el mismo rasero, aquellos que pudieran suponer no solo un retraso en la comitiva sino también cualquier tipo de incidente eran apartados con una violencia descarada. Al llegar a la plaza, el servicio de seguridad formó un pasillo humano apartando a los hombres y bestias amontonados en el lugar para dejar paso a la familia regente. La multitud había acudido en masa para disfrutar de la recién terminada procesión.

Aunque los métodos de financiación y los gastos públicos fueron puestos en duda, en general la gente quería a la familia Médici, incluso a pesar de un despotismo oculto que velaba por los propios intereses del linaje.

A la derecha de la puerta mayor, se alzaban imponentes ochenta y dos metros de puro arte y verticalidad. Otro de los grandes símbolos de la ciudad, aunque con algo menos de prestigio que la gran cúpula del maestro Brunelleschi. El campanario, injustamente conocido como Giotto, debía su existencia y su fama no solo al mencionado Giotto di Bondone, sino también al talento de Arnolfo di Cambio, que comenzó la construcción de la catedral; a Andrea Pisano, que continuó la labor de Giotto; y a la finalización de Francesco Talenti, quien le daría la forma definitiva que, en el día de Pascua, observaba impasible e inerte a todos aquellos que accedían al interior de Santa Maria del Fiore.

La figura alta y esbelta de Lorenzo de Médici entró en primer lugar. Inteligente y con una memoria brillante, era muy conocido por su encanto y su brillantez en los coloquios. Se había cuidado mucho en ese aspecto, ya que sus facciones no eran muy atractivas. En un primer momento, sus ojos, su nariz y su voz llamaban la atención de una manera desapacible, desagradable por momentos. Pero Lorenzo sabía cómo desviar la atención del continente y darle la importancia necesaria al contenido de la conversación. Los interlocutores pronto olvidaban el rostro de quien hablaba.

Ataviado con una vestimenta de lujo de colores blancos, morados, verdes y con bordados de lirios de Francia, llamaba la atención de todos los nobles. Su yelmo plateado provisto de plumas azules se podía observar desde cualquier rincón de la catedral. Previamente, había dado órdenes a sus asesores de estar al tanto de cualquier oportunidad de negocio, a pesar de que la iglesia se oponía rotundamente al arte de tratar, pactar y especular en la casa del Señor. Nada más entrar, un gran paño grueso dividía la nave central de la catedral. Las mujeres tomaban el camino de la izquierda, o la *sinistra*, en el argot florentino; los hombres, el de la derecha. Cuanto mayor era la posición en la sociedad, más cerca se sentaban del altar mayor. La primera fila estaba reservada, a izquierda y a derecha, a la familia Médici.

El cortejo de la familia Médici no tardó en ocupar sus cómodos asientos. En menos de diez minutos, todo el mundo se había acomodado en la nave central, de noventa metros de ancho en la parte del crucero y con capacidad para diez mil personas. Los últimos en llegar, que no disponían de asientos reservados, se conformaron con colocarse en los pasillos laterales de arcos angulares. Incluso hubo quien se atrevió a tomar asiento en el frío suelo de mármol que dibujaba figuras geométricas debatiéndose entre el blanco y el negro. Desde las primeras filas, se podía contemplar la vidriera de la cúpula diseñada por el maestro Donatello. Muchas caras conocidas fueron completando sus puestos. Cualquiera que echara un vistazo rápido a las caras asistentes se encontraría con Francesco Albertini, el clérigo dedicado a escribir las guías turísticas de la ciudad; Giovanni Pico della Mirandola, humanista acogido por el mecenazgo de Lorenzo; el recién llegado de Roma Domenico Ghirlandaio acompañado de su futura esposa Costanza di Bartolomeo Nucci, que se sentaron junto a Sandro Botti-

celli; Cosimo di Lorenzo Rosselli, conocido por sus trabajos de temática religiosa; el joven Pietro Perugino, recién
llegado de la región de Umbría y a quien Lorenzo tenía
en muy buena estima; o Antonio di Jacopo Benci, conocido como el *Pollaiuolo,* autor de los relieves de las puertas
del baptisterio junto a Ghiberti, fallecido tiempo atrás.

Pocos minutos antes de comenzar la ceremonia y mientras las primeras filas se deleitaban con la ornamentación
decorativa para la ocasión y en los pasillos centrales empezaban los negocios, se inició un ligero movimiento, casi imperceptible.

Cerca del altar mayor, rondaba tranquilo el cura Stefano da Bagnone, que poco a poco fue saludando a los
primeros fieles reunidos a la espera del cardenal. La orden
era precisa. El último al que saludaría sería a Lorenzo de
Médici, justo después de saludar a su hermano Giuliano.
Cuando Da Bagnone hubo terminado, dirigió la mirada
a un monje que se hallaba detrás del trono episcopal sobre
el altar mayor. Era la mirada que esperaba Antonio Maffei.
Con su hábito claustral, se dio la media vuelta y, en breves
segundos, se produjo la señal que los conspiradores esperaban. Las telas con las banderas de Florencia que colgaban
de las cuatro galerías cuadradas que componían la nave
central cayeron sobre los asistentes. El revuelo fue una
hecatombe. No solo suponía una señal para los traidores,
sino toda una declaración de intenciones. Caería la antigua
Florencia y resurgiría de nuevo a manos de los Pazzi bajo
la supervisión papal. Raffaele Riario no había hecho acto
de presencia. De repente, la comparsa Médici se puso en

alerta. Demasiado tarde para algunos. Varios guardaespaldas, al no esperar un ataque de tal magnitud y acostumbrados solo a lidiar con algún que otro viandante molesto, se vieron superados por la retaguardia y cayeron en el suelo sin vida. La orden era decapitar solo la cabeza del eje de los Médici, Giuliano y Lorenzo, pero al tratarse de mercenarios contratados a sueldo que, además, disfrutaban del trabajo, Santa Maria del Fiore parecía una de las carnicerías localizadas en el ponte Vecchio después de una matanza. Entre las voces de confusión y los gritos de damiselas en apuros, se oyó una voz por encima de todas. Era la voz de Francesco de Pazzi. Una voz que declaraba la guerra.

—¡Soy Francesco de Pazzi! ¡Ha llegado la hora de acabar con la tiranía de los Médici!

No dio tiempo a mucho más. Acto seguido, tres hombres saltaron por encima de la congregación de creyentes sobre Giuliano, mientras otros tantos intentaron alcanzar a Lorenzo. Giuliano no tuvo tiempo de reaccionar. La enfermedad que arrastraba desde hacía semanas le había dejado bastante débil y, lamentablemente, fue una presa fácil para sus asesinos. Diecinueve puñaladas en un breve espacio de tiempo. Las puñaladas, generosidad de Bernardo Bandini, Jacopo Pazzi y el secretario de este, Stefano. Una muerte brutal, aunque rápida. Giuliano no superó una de las primeras estocadas, que prácticamente le destrozó el pecho. Francesco de Pazzi, al ver los ríos de sangre que teñían el suelo de la basílica, instó a Bandini a que le siguiera a su próximo y último objetivo, Lorenzo de Médici. Mientras, los sicarios, presos de la ira y la lujuria a través del baño de sangre, se ensañaban con el cadáver de Giuliano hasta que quedó prácticamente irreconocible. A escasos metros una madre vivía el infierno en la puerta del cielo. Lucrecia Tornabuoni se derrumbó, presa del pánico, y comenzó a gritar. Su escolta intentó auparla, mas Lucrecia prefería morir allí mismo antes que huir.

La atención se centró en Lorenzo de Médici. Una desafortunada puñalada le rasgó el cuello. El corte no era profundo, con buenos cuidados saldría de esa. El problema que tenía el líder de los Médici era cómo salir de esta situación. Mientras su guardia personal se afanaba por mantener a un grupo pequeño de sicarios fuera del alcance del Magnífico, Francesco de Pazzi y Bernardo Bandini llegaron a su posición sobre el altar mayor. Stefano da Bagnone y Antonio Maffei querían sumarse a la fiesta. Lorenzo era amante del deporte, en particular del *calcio* practicado en la piazza Santa Croce, el Calendimaggio y la fiesta de la colombina, con lo que su resistencia y su fortaleza física estaban al alcance de pocos, en las clases sociales elevadas. En ese sentido, tan solo Francesco de Pazzi podría estar a su altura. En un desliz de sus captores, Lorenzo consiguió soltar la mano de Bandini que sujetaba su capa con una fuerte patada. El propio Lorenzo escuchó cómo se quebraban los huesos del traidor y cómo gritaba de dolor arrojándose al suelo, mientras Francesco seguía detrás de él. Angelo Poliziano llamó la atención de Lorenzo. Le esperaba en la sacristía de los canónigos, pegada a la Tribuna de la Concepción, con el fin de que pudiera esconderse hasta que las cosas se calmaran.

Los siguientes instantes quedaron guardados en la retina de Lorenzo de Médici de manera confusa. Como si del mejor ejército de la Tierra se tratara, los asistentes a la misa, al ver cómo la familia Médici era presa de un acto terrorista, se unieron en espíritu y comenzaron a auxiliar a la menguante guardia Médici. Cada uno como podía, fueron lanzándose como animales sobre los conspiradores y los redujeron uno a uno. Un minúsculo grupo se plantó entre Francesco de Pazzi y Lorenzo de Médici. Desarmados y sin una preparación en combate mínimamente decente, fueron presa del acero del conspirador en un breve periodo de tiempo. Tiempo más que suficiente para que Lorenzo desapareciera de allí. A escasos metros, Poliziano huía dejando la puerta de la sacristía entreabierta entre dos estatuas de apóstoles. Francesco conocía perfectamente la sacristía del Fiore. No había escapatoria. Si Lorenzo de Médici seguía sangrando por el cuello, no tardaría mucho en debilitarse. Esperaba que el hecho de hallarse sorprendido, acorralado y, en esos momentos, en absoluta soledad, jugaran a su favor. Cuando llegó a la puerta, asió fuertemente su espada, de la que aún goteaban los restos de vida de los simpatizantes que habían intentado impedir otro crimen. Miró hacia arriba. Una «ascensión» en el luneto de terracota esmaltada de Luca della Robbia daba la bienvenida. Una sonrisa malévola se dibujó en su cara. Quería disfrutar del momento. Un último vistazo atrás. Se aseguraba de esta manera de que nadie interrumpiese tan deliciosa ocasión.

10

16 de julio de 1451-15 de abril de 1452, Florencia, Vinci

En el año 1451 de Nuestro Señor, *ser* Piero Fruosino di Antonio da Vinci contaba veinticuatro años y ya se perfilaba como un prometedor notario en la ciudad. Su lugar habitual de residencia se encontraba en la pequeña villa de Vinci, que pertenecía a Florencia desde 1254, a una distancia de algo más de media jornada hasta entrar en la piazza San Firenze. Allí tenía su pequeño negocio junto a la abadía Florentina, famosa desde hacía un siglo por ser el lugar de culto escogido por Beatrice Portinari, amor temprano de Dante personificado en su *Divina comedia*. La oficina, situada privilegiadamente enfrente del palazzo del Podestà y a escasos metros del centro neurálgico de la ciudad, le proporcionaba el suficiente tránsito como para establecer los contactos pertinentes. De hecho, las negociaciones para llevar los asuntos de la abadía comenzaban a dar resultados. Si conseguía cerrar el trato, pronto caerían bajo su supervisión el convento de San Pietro Martire, ¿y por qué no?, la Santissima Annunziata. Con ese trío de ases, Piero llamaría la atención lo bastante como para que los Médici se interesasen por sus talentos.

Ser Piero era un joven avaricioso. Tenía muy claro cuál era su propósito en la vida: amontonar cantidades de dinero para disfrutar de los placeres de la vida. Una política bastante apartada de la tradición familiar pues, aunque la notaría era un cometido de la estirpe, Antonio, el padre de familia, había inculcado unos valores mucho más espirituales. Sin embargo, al estar prometido con Albiera di Giovanni Amador, quería retirarse no demasiado entrado en años y comprar un viñedo al norte de Vinci, en la ladera de Anchiano.

La vida le cambió de la noche a la mañana. Un cliente suyo, Vanni di Niccolò di ser Vanni, partió del mundo de los vivos y, en agradecimiento al trabajo prestado y sin descendiente alguno conocido, legó a su mujer alguna propiedad y a Piero da Vinci el resto de sus posesiones. Esto incluía varias propiedades en la ciudad, incluida una gran casa en la vía Ghibelina y a su criada, una de las quinientas esclavas de Oriente Próximo que servían en la ciudad, de nombre Caterina. Piero no recibió de mala gana este legado y, como buen notario y gestor administrativo, dispuso las propiedades de manera que le proporcionaran un sobresueldo extra. A la esclava Caterina la llevó a su tierra natal, Vinci, para que sirviera a la familia.

Caterina se había convertido a la religión cristiana. Nunca se supo su nombre real, mas era bien conocido que todas las esclavas de la época portaban el mismo nombre. Caterina, la esclava de Piero, era hermosa, bella. Una chica joven, de rasgos árabes, pelo castaño suavemente ondulado y ojos castaños. Una *ragazza* demasiado bella para los veinticuatro años de Piero di *ser* Antonio da Vinci. Una tentación irresistible para alguien que sabía valorar los placeres de la vida.

Así es como Piero acabó arrendando una casa a tres kilómetros de su Vinci. No solo como inversión, sino también como lugar donde desatar su pasión. La casa, a los pies de las colinas que comenzaban a formar la cadena montañosa de Montalbano, tenía el espacio suficiente como para pasar largas temporadas. Disponía de tres espacios, dos al nivel del terreno y una despensa en la parte inferior. La cocina se encontraba fuera de la casa. La primera estancia se dividía en tres saletas. A la derecha, el estudio; en el centro, un pequeño salón con chimenea, pues los inviernos en Vinci eran fríos, y a la izquierda, un austero dormitorio.

Este dormitorio sería testigo de unas cuantas noches de pasión entre Piero da Vinci y la prohibida Caterina. La muchacha era nueve años menor que su dueño pero, a pesar de que conocía el acuerdo matrimonial entre su amo y Albiera di Giovanni Amador, se dejó llevar por la pasión y las promesas vacías. Caterina creía que era la mujer más afortunada del mundo. Un joven notario, encantador, con ambición. Un joven que la trataba como la mujer más especial del mundo. Un joven que le hacía disfrutar del sexo como nunca antes había tenido la oportunidad de probar. Cada vez que Piero la penetraba, era un paso más cerca del Paraíso. Cada vez que Piero la besaba, un paso más a un futuro lleno de dignidad.

Poco tiempo duró esa red de mentiras y engaños. Para el infortunio de Caterina, esta se quedó preñada de Piero. Un embarazo nada deseado por parte del notario, quien instó a Caterina a deshacerse de la criatura que llevaba en su interior. Piero, al verse envuelto en un lío de amores, le ofreció a Caterina su libertad, pero Caterina se había enamorado completamente de Piero y ahora estaba prendada del pequeño ser que vendría al mundo. Muy a pesar de *ser* Piero da Vinci.

La noticia se extendió por todo el valle. Incluso llegó a oídos de Albiera, la prometida de Piero. La dama hizo caso omiso a la información. Por un lado, aún no estaba casada con Piero, así que, por mucho que lo lamentase, no le serviría para nada. Por otro lado, la situación laboral y económica de Piero era tan apetecible que todo cuanto le rodease sería ignorado. La única condición que impuso Albiera fue que *ser* Piero no reconociese al hijo de Caterina, y que se convirtiese en un hijo bastardo de por vida.

Pasaron los meses. Caterina vio cómo poco a poco su vientre crecía. Piero tuvo la decencia de aportar una matrona y un ama de casa. Ellas se encargarían de Caterina, ya que él se ocupaba de otros asuntos de extrema urgencia. A decir verdad, cualquier asunto, por nimio que fuera, era más urgente que acompañar a la joven Caterina. No quería dar un paso en falso. No quería comprometerse con la madre ni con el futuro bebé.

Caterina pasó mucho tiempo sola, aunque de vez en cuando salía a pasear. Quería que su bebé tuviese contacto con la naturaleza, con todas aquellas cosas buenas que proporcionaba la Madre Tierra. Quería que escuchara el sonido del arroyo al pasar, la melodía de los pájaros al cantar, y la de las ramas al moverse cortando el paso al viento. En uno de sus paseos fue donde conoció a Antonio di Piero Buti del Vacca da Vinci, un campesino sin familia que volcó su afecto en Caterina sin importarle de quién fuera la criatura que portaba en su seno.

Llegó el día sábado 15 de abril del año 1452 de Nuestro Señor. Durante todo el día Caterina, ahora con dieciséis años, sufrió de contracciones. Todo indicaba que la criatura había decidido venir a este mundo. *Ser* Piero llegó a tiempo para darle la bienvenida. Habría estado muy mal visto en la localidad que hubiera renegado por completo de la criatura, por muy ilegítima que fuera. Ordenó que Antonio di Piero Buti, el joven campesino conocido por el apodo *Accatabria,* no se acercara a la casa, cosa que Caterina criticó mientras se deshacía en gritos de dolor. Así pues, en la tercera hora de la noche, en torno a las diez y media, nació el hijo de *ser* Piero y Caterina.

Ser Piero, de veinticinco años, a escondidas, le había rogado al Señor que fuera hembra, con una presencia más difuminada en la sociedad. Con casarla con cualquiera de los hijos de sus amigos notarios habría sido suficiente. Quiso el destino que fuera un macho para castigo del certificador, quien, nada más verlo, abandonó la estancia. Este hecho fue muy criticado por su madre Lucía y su padre Antonio, quien anotó los hechos del nacimiento para darle una mayor dignidad al bebé. Fue así como el abuelo del pequeño acabó organizando todo lo necesario para el bautizo de la criatura en la pila bautismal de la parroquia de Santa Croce, a escasos metros de la morada de la familia en el mismo pueblo de Vinci.

Fue así como el abuelo Antonio de Vinci dejó para la posteridad el siguiente escrito: «Nació un nieto mío, hijo de *ser* Piero, mi hijo, el 15 de abril, sábado, a las tres de la noche. Fue llamado Leonardo. Lo bautizó el sacerdote Piero di Bartolomeo de Vinci».

11

*26 de abril de 1478, duomo de
Santa Maria del Fiore, Florencia*

El grupo de defensa de la familia Médici se recomponía
gracias al milagro. La gente estaba de parte de Lorenzo. El
pueblo florentino se había sublevado contra los conspiradores, algo que estos, ni por asomo, se podían imaginar.
Tuvieron el tiempo suficiente para agrupar a los más pequeños y a Clarice de Orsini que, al parecer, en ningún momento había sido señalada como objetivo.

Francesco de Pazzi esperaba un banquete, pero lo
que obtuvo fue un corte de digestión. La sacristía de los
canónigos se encontraba totalmente vacía. Allí no había
nadie. La ira se desbordó en su interior. Enfurecido, salió
de nuevo en dirección al altar mayor y, mientras atravesaba a dos florentinos simpatizantes del gobierno Médici,
exploraba una posible vía de escape. «¿Cómo diablos no
he podido darme cuenta antes?», pensó enfurecido Francesco. El rastro de sangre de Lorenzo marcaba el camino.
En efecto, Lorenzo había intentado llegar hasta la sacristía,
donde su secretario privado le esperaba. Pero había un vi-

raje brusco en su trayectoria. Los restos de huellas que arrastraban la sangre por el suelo se dirigían inequívocamente a la escalera en dirección a la cúpula. La obra maestra de Filippo Brunelleschi.

Momentos antes, mientras Francesco de Pazzi despachaba al pueblo insurgente y Angelo Poliziano instaba a Lorenzo a entrar en la sacristía, una figura envuelta en una capa rosácea había tirado de él con una fuerza descomunal a la que el objetivo principal de la conspiración no pudo resistirse. Para ganarse la confianza del Magnífico y que este pusiera de su parte, se retiró parte de la capa que le cubría el rostro y Lorenzo entró en razón.

Era imposible no identificar el cabello largo, ondulado, de color miel. Era imposible confundir aquella barba perfectamente recortada con cualquier otra barba en toda Florencia. Era imposible apartar la mirada de aquellos ojos azules, el espejo donde el alma del genio se reflejaba.

—¡Leonardo!

—*Buon giorno, signore!* —dijo Leonardo guiñando un ojo.

Desde ese momento, Lorenzo de Médici entregó su destino a un joven de veintiséis años con el pelo y la barba de color miel y una capa rosa alrededor del cuello. Atravesaron el altar mayor en dirección a la Tribuna de la Cruz y giraron a la izquierda, a la puerta de acceso a la escalera que le llevaría a la cúpula.

Francesco llamó la atención de tres sicarios que se defendían de un grupo de nobles que les atacaban con trozos arrancados de los bancos de Santa Maria del Fiore.

Con un gesto, hizo además para que le acompañaran rumbo a la cúpula, atravesando el espacio que había sido destinado a una balaustrada octogonal de mármol para resaltar el altar mayor. Si la sacristía era un callejón sin salida, la linterna de la cúpula, única parada posible, era el fin definitivo.

—¡Lorenzo de Médici es mío! ¡Vuestro objetivo es matar al pintor, Leonardo da Vinci!

El ascenso a la cúpula no fue fácil para Lorenzo. Más de cuatrocientos escalones separaban el asesinato de un posible punto de fuga. Leonardo tiraba de él como podía, pero poco a poco el príncipe se iba debilitando cada vez más. Las estrechas escaleras que servían de acceso tampoco facilitaban mucho la vía de escape. El primer tramo fue relativamente sencillo, pues la pendiente no era demasiado inclinada y los escalones eran lo suficientemente anchos como para que el punto de apoyo pisara fuerte. Tan solo unas pequeñas oquedades a modo de ventanas servían de iluminación. Al llegar al primer anillo, avanzaron sin pausa para alcanzar el siguiente tramo de la escalera. No podían permitirse el lujo de comprobar si eran los únicos en tener el valor de subir allí arriba. Lorenzo se asomó un instante a su derecha, al interior de la catedral. Preferiría no haberlo hecho. Al fondo, varios metros abajo, se hallaba la figura de Giuliano, su hermano, en un baño teñido de carmesí. Leonardo volvió a tirar de él y se embarcaron en el siguiente tramo de ascenso. Un rellano, un giro a la derecha y una escalera de caracol, tan empinada como estrecha, que giraba sobre sí misma hacia su izquierda.

Francesco y sus tres secuaces llegaron al primer anillo. Como si de una obra macabra del destino se tratara, el Pazzi dirigió su mirada en dirección opuesta adonde, momentos atrás, Lorenzo la había depositado. Esta vez el líder de la conspiración miró hacia arriba y divisó unos segundos el interior de la cúpula que aún no había sido decorada.

—Sea quien sea, aquí debería pintar el Juicio Final —concluyó Francesco.

Leonardo y Lorenzo, cada vez más lentos, avanzaron por el pasillo que dejaba atrás la escalera de caracol y afrontaron el último trecho. El último esfuerzo. Los pequeños huecos en la pared, lejos de iluminar, ahora eran un elemento indispensable de ventilación. A pesar del cansancio, a esa altura respiraban aire puro. La última escalera empinada que atravesaba la base de la linterna de la cúpula fue la parte más difícil, pero estaban a punto de conseguirlo. Un nuevo rellano minúsculo y los pequeños peldaños que permitían el acceso al mirador exterior.

A medida que se acercaban a su meta podían oír las voces de sus perseguidores. Un último empeño y lo conseguirían. Al pasar por el hueco de acceso, Leonardo soltó literalmente a su amigo en el suelo, con el consiguiente golpe. Lorenzo estaba tan magullado que ni se percató del dolor que le produjo el impacto contra el pavimento. Solo vio que Leonardo se desenvolvía con familiaridad en la linterna de la cúpula. En un movimiento rápido, atrancó la puerta desde el exterior con una tabla de madera y varios ladrillos. Dos segundos más tarde, el golpe estrepitoso al otro lado del listón le sobresaltó. Estaban a salvo, pero no por mucho tiempo. Y la única salida que tenían acababa de ser invadida.

—¡Ahora entiendo por qué Dante incluyó a la familia Pazzi en sus infiernos hace doscientos años!

Leonardo no podía dejar de trabajar con la mente. Incluso en momentos como ese, el humor siempre estaba presente. No quería repetir el sufrimiento psicológico del palazzo del Podestà. Después de cerciorarse de que la madera colocada de una manera un tanto ordinaria evitaría cualquier acceso al exterior durante un tiempo se puso manos a la obra.

—Majestad, ¿cuánto pesa? —preguntó rápidamente Leonardo.

—¡No es momento de hacer este tipo de preguntas, por Dios! ¡Han asesinado a Giuliano!

—No es cuestión de curiosidad, majestad —se excusó Leonardo justificando su falta de sensibilidad—, ¡es cuestión de vida o muerte!

—Alrededor de ciento cincuenta libras —contestó, a punto de entrar en un estado de conmoción.

—Está bien, deshágase de todo cuanto pueda, cualquier cosa que añada un peso extra al suyo. —Al ver que, ante estas palabras, Lorenzo de Médici dudaba, gritó—: ¡Ahora!

El grito añadió una dosis extra de adrenalina. El Magnífico empezó a desprenderse de todo material pesado que portaba en ese momento, que no era poco, ya que el atuendo de gala llevaba demasiada parafernalia. Objetos como las botas, los cinturones y las bolsas de cuero con cantidades importantes de florines quedaron en el suelo. Lo mismo hizo Leonardo, mucho más veloz que su perseguido colega. A todo esto, Francesco y sus tres sicarios se amontonaban en el acceso de la linterna de la cúpula intentando tirarla abajo. Gritaban, insultaban y golpeaban sin parar. Lorenzo de Médici estaba asustado de verdad. Tarde o temprano, la madera, con el peso y los golpes, cedería.

Leonardo no tenía tiempo para estar asustado. Sabía perfectamente que parte de los andamios de madera que su maestro el Verrocchio había utilizado para levantar la enorme bola de cobre sobre la linterna seguían ahí. Al finalizar semejante proeza, un Leonardo de diecinueve años, obsesionado con volar, pidió permiso a su maestro para dejar un prototipo de planeador con el que investigar llegado el momento. «Si eres tú el que te lanzas con semejante artilugio, te matarás. No seas un chiflado, Da Vinci», le dijo su maestro. Leonardo arguyó que pensaba hacer planear el artilugio con un peso muerto, y prometió no probarlo él mismo. Andrea del Verrocchio accedió, siempre y cuando permanecieran los andamios de madera.

«Algunas promesas nacen para no ser cumplidas», se excusó Leonardo. Afortunadamente, los andamios seguían allí con el fin de garantizar el equilibrio de la linterna. El joven de Vinci ya había subido en más ocasiones. No era la primera vez que montaba su planeador. No necesitaba mucho tiempo. Solo el suficiente para no morir allí arriba. Recomponiendo piezas aquí y allá, dibujando un plano imaginario en el aire y volviendo a atar cabos sueltos, el armazón que poco a poco iba adquiriendo forma asustaba. El pánico empezó a invadir a Lorenzo. No sabía muy bien qué venía a continuación. Se encontraba a más de cien metros del suelo y, como únicos espectadores de lo que pudiera acontecer, estaban los sicarios asesinos, cuatro millones de ladrillos que formaban la cúpula de Brunelleschi y algo así como un demente mental que estaba intentando, mediante telas de lino, cuerdas, cuero y madera, crear una especie de murciélago gigante. O al menos, eso es lo que aparentaba la estructura alada que Leonardo estaba a punto de terminar.

—Disculpad, querido amigo, ¿qué pretendéis hacer con ese…, digamos…, artilugio?

—Salvar vuestra vida, señor —Leonardo contestó sin dirigir la mirada a Lorenzo, pues acababa de terminar de atar el último pedazo de madera y sujetaba unas correas de cuero.

—¡No termino de entenderlo, Leonardo! —gritó Lorenzo.

La madera que servía de débil fortificación improvisada en el acceso comenzaba a ceder. Los perseguidores no solo eran fuertes, sino que venían lo bastante motivados económicamente por Francesco de Pazzi.

—¡No se preocupe, majestad, llevo años intentando comprenderlo yo y aun así no creo que pudiera explicarlo! Es simple, señor. Vos y servidor nos lanzamos al aire. Pueden pasar dos cosas. La primera es que nos estrellemos contra el suelo, señor, cosa que personalmente preferiría a ser descuartizado por los cerdos que están a punto de asaltarnos. La otra es que…, ¿cómo decirlo?…, volemos…

—¿Volar? ¿Cómo un pájaro? —Lorenzo no conseguía entender nada—. ¡Eso parecen alas de murciélago!

—¡Pues nos convertiremos en hombres murciélagos, *signoria!* —Leonardo sabía que estaban perdiendo un tiempo precioso con tan vana discusión.

—¿Estáis mal de la cabeza? —preguntó Lorenzo sin ánimo de esperar respuesta. La pregunta era retórica.

—No tan mal como su cuello, *signore*.

Leonardo tenía razón. La herida provocada por la daga en el cuello de Lorenzo no paraba de sangrar, a pesar de que el trozo desgarrado de tela taponaba lo suficiente como para no permitir una pérdida mayor. Era imperiosamente necesario que le viera un médico cuanto antes. Leonardo tomó la decisión. Con o sin Lorenzo, había llegado el momento de comprobar la eficacia del estudio al que había dedicado tantos meses. O se deslizaba por el aire o impactaba contra el suelo. No tenía más opciones. Calcular otro tipo de destinos o desenlaces era prescindible. Era A o B. La madera elegida era la correcta, madera de ciprés, resinosa y ligera, con un secado uniforme para evitar que se rajara. Solo tenía una duda. Qué dirección tomar. Si bien la opción lógica y correcta era alcanzar el palazzo Médici que se encontraba a escasa distancia, Leonardo no conocía su interior, y cualquier viraje imprevisto fruto de cualquier corriente de aire pondría en peligro el trayecto. Miró al otro lado y comprobó la dirección del viento. La piazza della Signoria sería un buen espacio para aterrizar. Una zona amplia, con un margen de error bastante grande y espacio suficiente como para posarse sin problemas y sin accidentes. Setenta kilos de peso extra eran demasiados y, aunque el viento que rondaba la catedral a esa altura era bastante fuerte, Leonardo no hallaba ninguna columna de aire caliente proveniente de las hogueras que los florentinos solían hacer por la noche en los tejados, con el fin de cocinar algo de carne. Estaban vendidos a plena luz del día.

—Majestad, iremos al palazzo Vecchio —dijo con decisión Leonardo mientras se colocaba el arnés alrededor del pecho y la cintura—. Acérquese.

Lorenzo se acercó a Leonardo. Este, con un giro brusco, le volteó y presionó su pecho contra la espalda del Magnífico. Le abrazó. Lorenzo se sobresaltó.

—No se preocupe, señor, llevo bastante tiempo sin pensar en ello. —Con el arte del sentido del humor de Leonardo, le dio una nueva orden—. Preste atención, majestad, estamos sobre un tambor poligonal. La cúpula sobre la que nos hallamos consta de ocho caras. Señor, en cuanto diga «*Andiamo!*», echaremos a correr por la cara frente a nosotros sin parar. No se asuste con la verticalidad, no podremos frenar una vez iniciado el descenso. Necesitamos un breve impulso para tomar la corriente de aire. *Capito?*

Lorenzo no tuvo tiempo de contestar. La madera que les separaba de una muerte segura cedió definitivamente. Ante el inesperado golpe brusco de la madera contra el suelo, los sicarios tropezaron unos con otros y los ladrillos cayeron sobre ellos. En ese momento Leonardo empujó a Lorenzo y comenzaron a correr en dirección al vacío. No hubo tiempo de decir nada. Cuando Francesco y los esbirros se levantaron torpemente, no encontraron a nadie. Era la segunda vez que le sucedía al líder de los Pazzi. En esta ocasión no había rastro de sangre que seguir.

Mientras, la nave central de Santa Maria del Fiore se había convertido en algo menos que una batalla campal. Los Pazzi y los matones asalariados que mantenían su posición en la cruz latina del Duomo no habían contado con el factor sentimental. Giuliano yacía apuñalado en el suelo. Su madre, como si de una Piedad se tratara, agarraba y abrazaba el cadáver de su hijo en un mar de sangre y lágrimas. Cuatro guardaespaldas en formación circular protegían la dramática escena. Los tutores de la prole de Lorenzo, así como la escolta personal que protegía a Clarice, se abrían paso con violencia a través de sus ciento cincuenta y tres metros de longitud hacia la puerta mayor. Su destino era el palazzo Médici. El reloj pintado en 1443 en la fachada interior por Paolo Uccello era testigo de excepción. En cuestión de minutos los florentinos que se hacinaban en la plaza recibieron la dramática noticia. Un atentado contra sus protectores y benefactores en la catedral de la ciudad, ante los ojos de Dios. Fueron muchos los voluntarios que entraron en el espacio cada vez más abarrotado para desarmar a los pocos intrusos que aún se defendían. La ira fue a más y lo que en un principio parecía una carga defensiva para proteger a los Médici poco a poco se fue transformando en una masacre. Los sicarios, acorralados, se dieron por vencidos y soltaron las armas. Mas ya era demasiado tarde. No hubo perdón. No hubo piedad. En un intento de respetar la casa del Señor, uno por uno, incluyendo los recién descendidos de la cúpula, fueron sacados entre la multitud a la plaza, frente a las puertas de bronce de Ghiberti del baptisterio de San Juan. Los florentinos, como si de un castigo divino se tratara, cargaron contra los terroristas y los aniquilaron con cualquier cosa que tuvieran a mano. El color rojo tiñó por momentos la ciudad.

El otro grueso del pelotón que formaba el golpe de Estado dirigido por el arzobispo Francesco Salviati no había corrido mejor suerte. La falta de planificación dejó sin alternativas a los conspiradores. Salviati logró, debido a su posición eclesiástica, entrar en las primeras estancias del palacio, mientras que el pelotón encargado de hacerse con el control del edificio más emblemático del poder florentino se quedó a las puertas, con el ejército de la ciudad rodeando la plaza y entreviéndose el inminente final de la conspiración. Salviati cayó preso de su propia ignorancia y, en un intento de salir del palacio sin llamar la atención, se encerró en una habitación trampa. Fue el que menos resistencia puso.

Leonardo, Lorenzo y un par de alas gigantes corrieron cúpula abajo tomando una velocidad vertiginosa. Por fortuna, el planeador vinciano logró tomar la corriente de aire suficiente como para no estrellarse. Por increíble que pudiera parecer, la máquina voladora de Leonardo da Vinci se entregó a los cielos de Florencia. La idea de Leonardo era trazar una trayectoria descendente en diagonal para sortear los tejados y llegar a la piazza della Signoria. Los cálculos no estaban pensados para un exceso de peso, por lo que Leonardo tuvo que manejar el artefacto con muchísima dificultad. Pudo ver rápidamente el edificio donde, más de un siglo atrás, había residido uno de los mayores poetas italianos de la historia, Dante Alighieri. «Esto sí que es un infierno», pensó brevemente y por instinto Leonardo. Con un movimiento de vaivén producido por el aire, a punto estuvieron de chocar estrepitosamente con las torres en cuyo interior se encontraban las residencias de la nobleza florentina. A pesar de que, años atrás, este tipo de viviendas se había convertido en algo habitual durante la época de los «comunes» en la Edad Media, la única que se interponía en su trayecto final era la casa-torre Uberti, de los descendientes de la familia que provocó una guerra civil en Florencia en el año 1177 de Nuestro Señor.

En un intento de salvar las distancias, Leonardo probó suerte con un movimiento brusco de las alas, pero la carga de Lorenzo era demasiado pesada como para poder virar. Era la primera vez que probaba a escala real su máquina voladora y, casi con seguridad, la última. La velocidad aumentaba a cada segundo y ese incremento era directamente proporcional a la trayectoria descendente del planeador. En pocos segundos, el accidente sería inevitable. La única torre que obstruía el paso se puso en su camino, y el ala izquierda se hizo añicos nada más rozar la fortaleza pétrea. Lorenzo de Médici y Leonardo da

Vinci salieron despedidos a la parte superior de la vivienda, lo que amortiguó el golpe, y acto seguido se precipitaron de nuevo al vacío por la cornisa sur, que daba directamente a la piazza della Signoria. Solo tuvieron tiempo para cerrar los ojos, porque sabían que, a esa altura, no lo conseguirían.

12

El primero en abrir los ojos fue Leonardo. El esperado golpe que le habría partido la columna no se produjo. De entre todos los posibles futuros que podía haber tenido en cuenta, este no era uno de ellos. El domingo de Pascua era una jornada en la que todas las gentes salían a misa y, muy a pesar del clero, los comerciantes, en particular los jornaleros del campo y todos aquellos relacionados con el negocio de la lana, salían a mostrar sus mercancías. Leonardo se incorporó sobre blando. Había tenido la fortuna de caer en un pequeño carromato cargado de paja de calidad mediocre, llevado a la plaza para alimento de rumiantes. Las ovejas, ante el susto provocado por la caída de Leonardo, habían salido corriendo despavoridas. Lorenzo se hallaba en el suelo, tendido sobre los restos del artilugio que le había llevado hasta ese lugar. Al parecer había caído sobre la cubierta de tela del puesto donde vendían lana y productos lácteos, supuestamente de los animales que acababan de huir. Gracias al ambiente hostil que había castigado la plaza momentos atrás, los únicos seres vivos que habían quedado en los aledaños eran los ovinos que corrían sin control. Los miembros del ejército que montaban guardia en la plaza quedaron asombrados. Leonardo se abalanzó hacia Lorenzo, quien, a pesar de sangrar copiosamente de nuevo por el cuello y de tener magulladuras en el rostro, tenía un semblante victorioso.

—¡Lo conseguimos, Leonardo, lo conseguimos! —gritaba frenético.

La imagen de Lorenzo era una caricatura de sí mismo. Las vestiduras rasgadas, así como la sangre que del cuello manchaba su rostro, no le daban en esos momentos credibilidad al máximo exponente de la autoridad de la ciudad. Pero Lorenzo solo pensaba en su vida. No tuvo tiempo ni para pensar en su maltrecho hermano, Giuliano, muerto momentos antes en el mismo Duomo.

—Por poco no lo logramos, majestad… No estaría mal, sin ánimo de ofender, que perdiera tres o cuatro kilos —le regañó Leonardo—. Usted pesa más de ciento cincuenta libras, *signore*…

Lorenzo de Médici hizo caso omiso al apunte del ingeniero. Un error mínimo de cálculo les habría precipitado directamente al pavimento pétreo que formaban las vías de Florencia, con un resultado funesto. No fue así, pero había faltado poco.

—¿Lo habéis sentido vos también, amigo? ¿No parecía que surcábamos los cielos del bosque pétreo de San Gimignano con tanta torre? —Lorenzo se reía de su propio chiste—. Contádmelo todo, Leonardo, ¡quiero saber cómo diablos habéis conseguido que escapemos!

—Fue en el año 1471 de Nuestro Señor, majestad. Mi maestro, Andrea del Verrocchio, recibió el encargo de colocar el orbe sobre la linterna de la cúpula del Duomo, la más grande del mundo, del maestro Brunelleschi. En aquel tiempo, solo contaba diecinueve primaveras, pero Andrea confiaba en un Leonardo en ese momento tan aprendiz como cualquiera. La verdad es que de poco serví al maestro, pero mientras colocaban la esfera yo, allí arriba, me maravillaba con el vuelo de las aves. Poco a poco fui recogiendo los sobrantes de la colosal obra. Como ha podido comprobar, madera, lino, sogas y cuero no me han faltado, y haciendo pequeñas pruebas a escala determiné lo que vuestra señoría acaba de probar, mi máquina voladora. Por increíble que parezca, creo que algún día el hombre surcará los cielos.

—No lo creáis, amigo Leonardo, no lo creáis. ¡Hemos volado! —Lorenzo estaba embriagado de felicidad.

—No, majestad, no es así —le corrigió Leonardo—. Hemos planeado, y no muy bien, la verdad. Las pruebas de vuelo con alas batientes las realizaré más adelante en el monte de Ceceri, cerca de Fiésole.

—Llamadlo como queráis, amigo Leonardo, pero hemos volado.

A pesar de lo rudimentario del plan de huida, Lorenzo de Médici había salvado la vida.

—Majestad, será mejor que llame a Moses, ese doctor judío suyo, y que le trate las heridas. Bastante desagradable es ya su voz como para que ese corte en el cuello lo empeore. —El oportunismo del humor de Leonardo sorprendió a Lorenzo de Médici que, tras encajar el golpe, se deshizo en una tremenda carcajada.

En mitad de la sonora carcajada, las puertas del palazzo della Signoria se abrieron, y un pequeño ejército de apoyo salió al encuentro de los soldados que rodeaban la dantesca escena. Curioso destino el de la familia Médici para con el palacio. En el año 1433 de Nuestro Señor, el abuelo de Lorenzo, Cosimo de Médici, el Padre de la Patria, estuvo unos meses encerrado en una pequeña celda en los altos de la torre, justo un año antes de ser nombrado confaloniero de Florencia. En un abrir y cerrar de ojos, los soldados le despojaron de sogas, maderas y lino, y lo condujeron a los aposentos interiores en formación defensiva ante la mirada de dos leones pétreos de tamaño descomunal, símbolo del emblema heráldico de la ciudad, mientras el grueso de la tropa se afanaba en despejar la plaza de curiosos y detener a los rebeldes que aún se resistían a pesar de las ataduras. El único que bajó los brazos y se rindió ante la autoridad fue el arzobispo Salviati, aún dentro del palacio, que suspiraba por haber estado tan cerca de la victoria final. Al salir preso de la trampa donde se encontraba y nada más ver a Lorenzo de Médici vivo, supo de inmediato que el plan de los Pazzi se había truncado. Alguien había cantado y se esperaba lo peor.

Leonardo se quedó en medio de un esperpéntico amasijo de materiales reciclados. Miraba el caos a su alrededor. Las puertas del palacio se cerraban. Nadie, ni siquiera su protegido durante su carcajada final, se había fijado en él. Se quedó solo. Los soldados pasaban alrededor de él, pisando los vestigios de lo que, momentos atrás, surcaba los cielos. Leonardo estaba solo, sí. Pero ahora era él el que reía. Fuerte, alto. Se reía de él y con él. Había echado un pulso a la gravedad y a la historia. Y lo había ganado. Sus ropas, su capa, que en el estado actual parecían más las de un mendigo que las de un artista, pasaron a segundo plano. Los cortes producidos durante su descenso no dolían, no escocían. Todo era felicidad. Ya tendría tiempo al día siguiente de lamentarse por la ignorancia que le habían profesado los allegados más íntimos de su mecenas.

—¡Tío Francesco, lo he conseguido! —gritó al cielo.

Cuando su ego dio paso a la serenidad, Leonardo actuó rápido. No se quería ver envuelto en otra situación que diera motivo alguno de pasar por el sistema judicial de la ciudad. Buscó con la mirada alguna antorcha. Algo que tuviera llama viva en pleno día, cosa difícil. Surcó con la vista la fachada del palacio, y no encontró más que las nueve banderas de los nueve escudos de la ciudad de Florencia, junto a su símbolo inmortal, la flor de lis roja sobre fondo blanco. Enfrente, en la Loggia della Signoria, no encontró nada diferente. Al no localizar una tea disponible, tuvo que probar el fuego tradicional que se venía usando desde la antigüedad. Con una esquirla de piedra, abrió un pequeño agujero en un trozo de madera partido debido al impacto. Otro de los pedazos de madera desparramados por el suelo tenía forma de varilla e ipso facto no dudó en lanzarse a por él y colocarlo sobre la pequeña apertura que acababa de producir. Sabía que era muy complicado, no solo por la metodología sino por el exiguo tiempo del que disponía. Tiró de un trozo de lino y lo colocó debajo de la madera a modo de la inexistente yesca. Con la varilla, se dispuso a frotar rápidamente con la fe de que la pequeña brasa producida fuera lo suficientemente potente como para que el lino ardiera. Una vez prendida la primera llama, lino, cuerdas y madera arderían en momentos.

Al cabo de unos instantes, su invento ardía. Pero no más que la llama que germinaba en su interior. Sabía que era capaz. Sabía que podía cambiar el curso de los acontecimientos a través de sus creaciones. Se sentía vivo. Y con esa viveza, semioculto con lo que quedaba de su capa rosa, huyó.

Florencia anocheció de nuevo y en el ambiente se respiraba ira, odio y, peor aún, un sentimiento irremediable con sabor a venganza. La venganza de Lorenzo de Médici.

13

27 de abril de 1478,
piazza della Signoria, Florencia

La vaca mugió. No hizo falta esperar mucho más. A la jornada siguiente, lunes 27 de abril del año 1478 de Nuestro Señor, la vaca mugió. Todo florentino sabía qué significaba aquello. La campana de la torre del palazzo Vecchio era conocida como *Vaca* no solo por el sonido que producía, sino también porque se asentaba sobre una antigua casa-torre propiedad de la familia Foraboschi llamada Torre de la Vaca. El sonido de la vaca indicaba una crisis en la ciudad. Una declaración de guerra, una toma de decisión consensuada con el pueblo. Pero Florencia sabía cuál era el motivo. La ciudad había pasado la noche en vela, fruto de la resaca de la sangrienta jornada anterior. No era fácil olvidar a los insurgentes y el destino fatal que les esperaba. El pueblo estaba triste por el fatal desenlace tanto de la familia Médici como de la familia Pazzi, pero el percance había servido para afianzar los lazos de arraigo. Los florentinos, por instinto, habían actuado en conjunto y habían remado todos a la vez. En la misma dirección. Florencia estaba triste, sí. Pero también orgullosa.

Los vecinos acudieron a la piazza della Signoria. Poco a poco, no fue quedando resquicio que un florentino pudiera ocupar. En la fachada principal, una plataforma en forma de *L* se alzaba sobre las cabezas de los vecinos. El gentío comentaba los acontecimientos acaecidos e incluso en la esquina de la Loggia della Signoria algunos truhanes aprovechaban para hacer negocios. Eran varios los adictos al juego que no querían dejar pasar la oportunidad de hacer sus propias apuestas con respecto al castigo que esperaba a los conjuradores.

De repente, se hizo el silencio. Las puertas del palacio se abrieron y la imponente figura de Lorenzo de Médici salió a la palestra. La seguridad era extrema. A pie de calle, toda la plataforma se hallaba rodeada de la guardia personal del Magnífico. Los tejados que la rodeaban, por muy lejanos que estuvieran, y la plaza también estaban bajo control ante la posibilidad del uso del arco o la ballesta. Florencia, de un día para otro, se había convertido en la ciudad más inexpugnable de todos los estados que componían la Península itálica.

Lorenzo avanzó decidido y con el rostro serio. No hacía ni una jornada que guardaba luto por su difunto hermano. Cuando llegó a la posición de la pasarela se detuvo y levantó la vista. Nadie osaba pronunciar palabra. Nadie hacía el menor ruido. Todo el mundo estaba expectante. El regente iba a hablar.

—¡Hijos de Florencia! —comenzó Lorenzo.

Los ciudadanos se excitaron con las primeras palabras a pesar de la desagradable voz de Lorenzo, ese día más rota que nunca.

—¡Yo, Lorenzo de Médici, señor de las tierras de Florencia, os doy las gracias desde lo más profundo de mi corazón!

La gratitud mostrada por el Magnífico, fuera sincera o no, fue recibida con vítores por los congregados. Ni por un solo momento habían pensado que Lorenzo mostraría su lado más humano y más humilde. Esperaban a un *signore* justamente despiadado por el ataque terrorista. Mas Lorenzo lo tenía todo preparado.

—¡Desgraciadamente, mi hermano ya no está aquí, pero gracias al espíritu guerrero y perspicaz, yo sigo entre vosotros!

Lorenzo sabía perfectamente cómo ganarse a su pueblo.

—¡Como dirigente supremo, no tengo por qué pedir permiso ni mucho menos perdón pero aun así, creo que el pueblo florentino debe tomar parte de mi decisión! —La gente estaba tan expectante como excitada—. ¿Queréis que libere a los presos, a aquellos que atentaron no solo contra mi familia, sino contra todo lo que significa la gran Florencia para vosotros?

El pueblo no dudó.

—¡No! —gritaron al unísono cientos de personas.

—¡Muerte a los traidores! —vociferaban otros.

—¡Florencia libre de usurpadores! —se desgañitaban los más patriotas.

Lorenzo, contento con la respuesta popular, se volvió hacia una de las ventanas que daban a la plaza e hizo una señal. El Magnífico lo tenía todo preparado. En uno de los balcones de la Sala del Duecento expusieron el cuerpo aún con vida del arzobispo Francesco Salviati. Llevaba una gruesa soga atada al cuello.

—¡Florentinos! ¡Aquí tenéis a uno de los responsables del caos! ¡Con su disfraz de arzobispo, nombramiento no apoyado por nosotros, los Médici, y portando el nombre de Dios bajo una falsa bandera ha atentado contra el gobierno y contra el confaloniero Petruzzi! ¿Qué queréis que haga con él? ¿Cuál es vuestra voluntad?

Florencia pidió a gritos que lo colgaran. No tardaron mucho en pensarlo.

—¡Colgadlo! —abucheaban unos.

—¡Irá al infierno! —voceaban otros.

Lorenzo, a pesar de saber que esa acción provocaría represalias por parte del papado, accedió a la sed de sangre de su pueblo. En su rostro, se dibujan sus ganas de venganza también.

Su mano derecha dibujó un gesto en el aire. Francesco Salviati llevaba un rato rezando. Pero llevaba mucho más tiempo sudando. En el último momento, dudó de su fe y el miedo se le reflejó en el rostro. Después, el vacío. La caída se vio interrumpida por un tirón súbito que provocó el quiebre de las cervicales del prisionero. Muchos se lamentaron de que no hubiera muerto asfixiado, una muerte mucho más cruel. Pero aun sin vida, el cuerpo de Salviati reflejaba el horror de la caída. Acto seguido, los encargados del reo ofrecieron un regalo más al pueblo. Cortaron la cuerda para prolongar el espectáculo. El arzobispo cómplice de la conspiración cayó como un peso muerto contra el pavimento, y nadie que le hubiera conocido en vida y se acercara le reconocería. Un amasijo de carne, huesos y tela juzgado, condenado y ejecutado. La gente sabía que no era el fin. Había alguien más. Muy posiblemente, los sicarios cómplices de los Pazzi que habían sobrevivido a la revuelta espontánea popular estarían en las cárceles del Bargello o habrían corrido peor suerte. Pero si Salviati había sido humillado en público, eso solo podía significar una cosa. Lo mejor estaba por llegar.

En cuestión de segundos, otra figura apareció en una ventana, bastante más cercana al suelo donde momentos antes se colocaban los espectadores fieles a los Médici. Una figura maniatada y con una capucha en la cabeza que le impedía la visión. Con otro gesto del líder Médici, le arrancaron súbitamente la capucha y la cara de Francesco de Pazzi quedó al descubierto. Al mirar hacia abajo, los ojos casi se le salieron de las órbitas. La piazza della Signoria, otrora un centro pacífico de paseo, negocios y algo de política de vez en cuando, se encontraba saturada de miles de florentinos que pedían su cabeza.

—¡Muerte a los Pazzi! —gritaban a escasos metros de distancia.

—¡Muerte a los traidores! —No hubo ni una sola voz en Florencia que implorase perdón.

Lorenzo de Médici lo tenía claro. Matar a Francesco de Pazzi él mismo sería privar al pueblo florentino de algo que pedía a gritos. Por supuesto, de muy buena gana le habría asestado diecinueve puñaladas con sus propias manos como habían hecho con su hermano, pero lanzarlo al pueblo no solo era reclamar venganza, sino una estratagema política para ganarse aún más a sus súbditos.

—¡Francesco de Pazzi! Yo, Lorenzo de Médici, y todo el pueblo florentino te declaramos culpable. ¿Alguna última plegaria?

Francesco, viendo a la parca llegar, voceó:

—¡*Forza* Pazzi!

Las palabras de Lorenzo cortaron el inútil grito del Pazzi.

—Antes de morir, Francesco, quiero que escuches estas palabras. Hoy mismo decreto que la familia Pazzi sea despojada de todo cuanto posea en la ciudad de Florencia. A partir de este día, maldigo tu nombre y el de tu familia. Hoy comenzará la destrucción de todo aquello que pudiera llevar vuestro nombre y vuestro escudo. Francesco de Pazzi, ¿querías Florencia? Yo, Lorenzo de Médici, *el Magnífico*, *el Generoso*, te entrego Florencia. Es tuya.

No hubo tiempo para más. El reo fue empujado al vacío. La altura a la que se encontraba Francesco de Pazzi no era mortal, pero sí lo suficientemente elevada como para que el impacto contra el suelo le rompiera ambas piernas. El dolor físico que sintió se unió al dolor psicológico. Todos los que rodeaban al conspirador se enzarzaron en una cruenta batalla para despojarle de sus atavíos. Cuando estuvo desnudo, un grupo de florentinos lo arrastró a través de la plaza para que todos pudieran verle. No resultaba difícil seguir el rastro de sangre que sus destrozadas piernas iban dibujando por los adoquines de la ciudad. A cada paso, una lluvia de salivazos y un torrente de patadas impactaban contra el cuerpo de Francesco. La vía que desembocaba en el río Arno, vecina del ponte Vecchio, quedó atestada de gente. Todos querían participar de la jauría. Al llegar al río, el cuerpo sin vida de Francesco de Pazzi fue lanzado con ausencia total de sentimientos. Era difícil calcular en qué momento había expirado el reo, pero muy posiblemente Francesco habría deseado pasar a mejor vida en la caída desde la cornisa del palazzo Vecchio.

Florencia había reclamado venganza y había obtenido justicia. Lorenzo de Médici se encontraba triste por la pérdida, pero satisfecho por el resultado. El atentado no había hecho más que reforzar su condición de líder y señor de la ciudad.

El Magnífico había procurado poner a todos aquellos que consideró oportuno a buen recaudo. Familiares, amigos, artistas. Incluso al cardenal que debería haber ejercido en la misa que no llegó a celebrarse. Al cardenal Raffaele Riario le consideró un títere en manos de los confabuladores. No solo lo puso en libertad, sino bajo protección.

Cometió dos errores. El primero, regalarle un salvoconducto para su autonomía exenta de cualquier pesquisa. El segundo, no haber ordenado un interrogatorio que le procurase la información de la que carecía.

El cardenal Raffaele Riario era sobrino de Francesco della Rovere. Era familia directa del papa Sixto IV. Era cómplice de asesinato. Y estaba libre.

14

16 de noviembre de 1479,
facultad de Teología, Ferrara

Tres años habían pasado ya desde el triunfal recibimiento del dominico en la basílica de San Domenico en la ciudad de Bolonia. La orden a la que pertenecía sabía del valor en alza del joven predicador, que ya contaba veintisiete años. Había estado en contacto con tres maestros que le habían proporcionado toda la sabiduría que poseían, pero el joven quería más. Poseía una extraordinaria inteligencia y capacidad de asimilación y tenía más del ochenta por ciento de la Biblia memorizada. Los dominicos deseaban que sus conocimientos teológicos se ampliaran, se perfeccionaran y fueran más allá de Santo Tomás de Aquino. Una vez hubo tomado los votos de manera solemne, consagrando su vida a la pobreza, a la obediencia y a la castidad, fue llamado de nuevo a su ciudad natal, Ferrara, no solo para comenzar la culminación de su formación en la facultad de Teología, sino también para ejercer en calidad de maestro de novicios. Estaría cerca de su familia y aprovecharía para seguir desarrollando su increíble capacidad oratoria. El joven —pero no por ello inexperto— no contemplaba su vuelta a Ferrara como un fracaso. Si bien es verdad que para él primero estaba la religión y después su familia, consideraba que toda experiencia adquirida en Bolonia y en su patria era imprescindible para su objetivo final: la ciudad de su destino, la mal llamada República de Florencia.

¡Oh, Florencia! ¡Oh, Florencia! ¡Oh, Florencia! ¡Por tus pecados, por tus vicios, por tu locura, por tu ambición, tendrás que sufrir todavía padecimientos y afanes!

En el interior del dominico solo había sitio para dos elementos: alma y fuego.

Al otro lado del mar Mediterráneo, otra figura dominica poseía las mismas cualidades que el joven de Ferrara. Alma y fuego. El castellano fray Tomás de Torquemada, un monje y erudito de destacado reconocimiento, era uno de los tres confesores de los Reyes Católicos. A raíz de la sospecha de prácticas judías en los territorios de Sevilla, los Reyes Católicos solicitaron una bula papal a Sixto IV en noviembre del año 1478, meses después de la fallida conjura de los Pazzi. Sixto IV, el mismísimo Francesco della Rovere, expidió la solicitada bula para el control de la pureza de la fe y se creó en la Corona de Castilla la Santa Inquisición. En el reino de Aragón existía desde hacía siglos, así que la institución se extendería por todo el territorio español con la unión de Isabel de Castilla y Fernando II de Aragón.

Fray Tomás de Torquemada se hizo con el control absoluto de la Inquisición y, bajo el título de inquisidor general, comenzó la persecución de blasfemos e infieles.

Alma y fuego. La Santa Inquisición. Tomás de Torquemada.

Alma y fuego. El futuro azote de Florencia. Girolamo Savonarola.

La gloria eterna les esperaba.

15

13 de febrero de 1481,
taller de Leonardo da Vinci, Florencia

Durante dos años Florencia entró en guerra con los Estados Pontificios. En cuanto el papa Sixto IV recibió la terrible noticia del fallido plan de los Pazzi y del brutal asesinato de Francesco Salviati, emitió un interdicto contra la ciudad de los Médici. Con esta decisión, provocó que todos los clérigos de la ciudad dejaran de celebrar sus funciones a excepción del bautismo, con lo que prácticamente convertían la ciudad en maldita. Asimismo, el Papa instó a los venecianos a atacar la ciudad de Ferrara, ya que, en un ejemplo más de nepotismo, se había comprometido con su sobrino Girolamo a entregarle la ciudad. No encontró apoyo en Ludovico Sforza, duque de Milán, que se alió con Florencia para evitar la expansión de los Estados Pontificios. Esta declaración de intenciones hizo reflexionar al Papa, que declaró una tregua temporal.

Ahora la ciudad de Florencia gozaba de una tranquilidad inusual. Tres años después de la rebelión aplastada de los Pazzi, aún se seguía borrando todo rastro de la familia conspiradora pero, de cara al exterior, la política pacífica tranquilizaba los corazones de los florentinos. Pocos meses atrás, Lorenzo el Magnífico había enterrado definitivamente el legado bélico contra el Reino de Nápoles que le había dejado su padre Pedro de Médici al morir. Fernando I y Lorenzo habían alcanzado la paz, y los tiempos de paz siempre eran beneficiosos. Sobre todo para las clases más humildes.

Lorenzo, pese a conservar la amenaza contra la Iglesia en su mente, consiguió que uno de sus hijos tomara la carrera eclesiástica desde muy joven. Giovanni di Lorenzo de Médici estaba dispuesto a tomar los votos. El trono de San Pedro era su objetivo. La familia al completo estaba mucho más tranquila, pues el último de los conspiradores y asesino de Giuliano, Bernardo Bandini, había acabado detenido hacía dos años en Turquía, donde lo habían puesto a disposición de los gobernantes de Florencia, que pagaron un buen precio por su repatriación. En diciembre del año 1479, fue ahorcado en la plaza pública para regocijo del pueblo. El mismo Leonardo registró el acontecimiento con un dibujo en el que reflejaba el momento en que el traidor expiró y lo guardó con recelo.

Llegaron noticias de los cinco reinos de España. Apenas una semana atrás se había celebrado el primer auto de fe de la Inquisición española bajo el control de Tomás de Torquemada, en el que fueron ejecutadas seis personas quemadas vivas por impertinentes. Las posesiones de los herejes fueron incautadas por la Iglesia. La noticia causó revuelo, porque fue el propio papa Sixto IV el que había concedido la bula necesaria, y los rumores que circulaban no ayudaban a resolver la duda. A este paso, ¿qué poder no tendría la Iglesia?

Leonardo, mientras tanto, terminaba de despachar al último cliente de la jornada en su taller.

—*Grazie mille*, amigo.

—De nada, Ezio, de nada. Pero recuerda, nuestra vida está hecha de la muerte de otros —sentenció misteriosamente Leonardo—. Ve con cuidado.

—Así lo haré, maestro.

Con esa frase, el enigmático personaje se despidió, al tiempo que se colocaba su capucha de color blanco. Al salir por la puerta de la *bottega*, se cruzó con Sandro Botticelli, pero no le prestó ni la más mínima atención.

—¿Quién era? —preguntó curioso Sandro a un Leonardo que no paraba de andar de un lado a otro del taller tratando de dejar todo listo.

—Mi último cliente de Florencia, Sandro. El hijo de un amigo banquero de mi padre, Giovanni. Murió hace poco en extrañas circunstancias durante la conspiración de los Pazzi. Qué desgracia, gran familia los Auditore. Ahora el joven arde en deseos de consumar su venganza.

—Como tú, amigo Leonardo —replicó Sandro cargado de verdad y sin mirar directamente a los ojos de su colega.

—Cierto es, querido Sandro, mas yo guardo el rencor para no derramar sangre innecesaria. Por eso parto de Florencia. Ha llegado el momento de ver mundo. Está todo preparado en la parte de atrás. El carro, el caballo, el material necesario para ganarme la vida… todo.

—¿Adónde te dirigirás? ¿Roma, Milán? —Sandro sabía que no podía haber otro destino para el talento de su joven amigo, aunque a la hora de preguntar parecía como si guardara algo de información.

—¡Para, *Vitruvio!* —al grito, el mastín napolitano se quedó quieto, pero seguía moviendo el rabo de un lado a otro, como si notara que partían de viaje, algo que parecía gustar al perro.

—Nunca entenderé el nombre del perro…

Sandro tomó asiento con confianza mientras escudriñaba el desangelado taller que, tiempo atrás, había estado cargado de vida, de pigmentos, de arte.

—Es sencillo. Durante nuestro periodo de aprendizaje en el taller de Andrea, leí unos manuscritos incompletos de varios autores desconocidos hasta el momento. El hecho de que el Concilio de Basilea se celebrara finalmente en nuestra ciudad abrió las puertas a un mundo nuevo de conocimientos y textos perdidos. Pude leer parte del trabajo de un arquitecto romano de la antigüedad llamado Marco Vitruvio, que buscaba la cuadratura del círculo a partir del ser humano. Ese estudio, aunque brillante, tenía errores de base, y llamé al can de esa manera para recordarme que tengo que solucionar el error de Vitruvio. Todo a su tiempo.

—¡¿Lo dices en serio?! —Sandro no se lo podía creer. Miró al perro con cariño y condescendencia.

—Por supuesto, ¿por quién me tomas? —respondió ofendido Leonardo a su amigo—. Y contestando a tu anterior pregunta, a mis casi treinta años el destino me aguarda fuera de estas fronteras. Partiré a través del mar hasta el reino de Aragón, uno de los reinos de España. Años atrás un pariente lejano mío murió en la ciudad de Barcelona, Giovanni da Vinci. Creo que allí seré bien recibido. Es un gran puerto mercantil, al nivel de Génova o Venecia. Buscaré a mis antepasados y me alejaré de la maldad que me rodea en esta ciudad. Mi amigo Bernardo Bembo me ha hablado muy bien de sus gentes de mentalidad abierta.

—Leonardo, ¿estás seguro? Después de la acusación...

—¡Falsa acusación! —cortó tajante Leonardo.

—Eso es, falsa acusación —corrigió rápidamente Sandro—. Y tu posicionamiento con la política de Lorenzo el Magnífico... Posiblemente los reinos de España no sean la mejor elección.

—¿Por qué no? —preguntó inquieto Leonardo.

—Es un territorio políticamente inestable. La fusión de algunos reinos para la unificación del país ha provocado revueltas. Creo que debería preocuparte, sobre todo, la implantación de la Inquisición en ese país. Sixto IV en persona apoya la caza y tortura de los infieles. Leonardo, ¡allí queman a las personas vivas!

—Veo que el fresco que pintaste para los Médici en la Puerta de la Aduana ha valido para algo. Cuatro retratos de los ahorcados a cambio de una posición privilegiada a la hora de recibir información. —La cabeza de Leonardo iba más rápido que su lengua—. Escúchame bien. Aquí hacen cosas peores con los reos, Sandro. Tú no estuviste allí dentro, en el Podestà. No oíste cómo gritaban las mujeres y cómo violaban a niños. Ellos sí deberían arder en cualquier hoguera.

—Yo te he avisado, amigo —dijo tristemente Sandro.

—Me habría gustado que me acompañaras, no que me avisaras —sentenció.

La pausa se hizo eterna. Leonardo terminaba de preparar su bolsa de cuero, donde embutió unos últimos pergaminos que quedaban en la mesa de madera. Botticelli dudó, como si buscara en su mente la manera de administrar la información que estaba a punto de articular.

—Leonardo, yo… no puedo… Parto a Roma. El Papa ha convocado a varios artistas para realizar unos frescos sobre la antigua Capilla Magna. Dudan si remodelar la basílica o, por el contrario, encargar la construcción de una nueva obra, pero ahora es el turno de la nueva capilla, la Capilla Sixtina. ¡El propio Ghirlandaio en persona estará! ¡Y Cosimo Rosselli! ¡Y el Perugino!

—¿El Papa? ¿El mismísimo Sixto IV? ¿Por qué no ha recomendado a alguien como yo? ¿Porque según Florencia soy un *firenzer*? Y otra cosa Sandro, ¿qué hay en Domenico Ghirlandaio que tanto te obnubila? Fue discípulo de Andrea, como tú, y solo goza de la confianza de los Vespucci. De esa familia solo se salva Américo, gran comerciante y navegante. Tú saboreas la seguridad de los Médici y ahora, como él, del propio Papa. Deja de subestimarte, Sandro. Y deja de comer y trabaja más. ¿Qué has hecho estos últimos años?

Sandro no entendía la reacción de Leonardo. Sabía perfectamente que tenía varios ídolos en los que inspirarse, y Domenico Ghirlandaio era uno de ellos. Aquellas palabras le dolían profundamente.

—¿Por qué me atacas de esa manera? —Sandro se puso a la defensiva.

—Porque podrías ser uno de los más grandes, Sandro. Te permites el lujo de aceptar trabajos religiosos hasta para el mismísimo Papa y lo único que has hecho en estos últimos años, aparte de fracasar en la cocina como hice yo, ha sido tu *Primavera*. Una temática demasiado pagana para alguien tan religioso como tú. La gente, cuando lo ve, no sabe cómo interpretarlo. Deja de marcar los perfiles de las figuras, adopta el realismo. ¿Dónde está la perspectiva en tu obra? ¿No sabes que las figuras más alejadas deben representarse en un tamaño menor? ¿Flotan las figuras en el aire? Solo tus transparencias son dignas de admirar.

—¡Y tú, aprende a pintar brazos de vírgenes! —replicó Sandro.

—¡No es un error anatómico! ¡Es un experimento de perspectiva! —defendió con cólera Leonardo.

—¡Nunca sabes reconocer tus propios errores!

—¡Puedes hacer mucho más, Sandro! ¡Deja de perder el tiempo admirando a tus ídolos y supéralos! ¡Mediocre es el alumno que no supera a su maestro!

Sandro respiró para evitar que la discusión fuera a más. Leonardo era un genio, pero también era testarudo.

—Creo que lo único que tienes son celos, Leonardo. Mientras tú te distraes con animales muertos en tu taller o te dedicas a dibujar ahorcados, como es el caso de aquel conspirador aliado de los Pazzi…

—¡Bernardo Bandini, los muertos también tienen nombre!

—Como se llame, ¿¡qué más da!? Yo voy más allá. Acepto retos, desafíos. Puede que no pinte tan bien como tú, pero estoy convencido de que pintaré mucho más que tú.

Leonardo terminó de colocarse los cordones del justillo y se pasó la capa florentina por encima.

—También se salva la bella Simonetta Vespucci... Cuando regrese de Roma, la convertiré en inmortal. Como la diosa Venus... —se intentó justificar Sandro—. ¿Sabes por qué admiro al maestro Ghirlandaio? Porque él sí termina sus encargos. Los suyos y los tuyos. Sé lo que has hecho en el convento de San Donato de Scopeto. Has engañado a los monjes agustinos. Les has robado veintiocho ducados y te has quedado tan ancho. Ahora, esa tabla está en casa de tu amigo Amerigo Benci, mientras el maestro Ghirlandaio repara el dolor psíquico y el vacío artístico que has dejado. Solo piensas en ti, Leonardo. —Sandro intentaba llamar la atención de su amigo de una y otra manera pero era tarde—. ¡En ti y en lo que crees que es más conveniente para tu persona!

Leonardo, haciendo caso omiso a las palabras de su irritado amigo, al que no le faltaba razón, miró alrededor y se cercioró de no dejarse nada allí, pues en breve entraría un nuevo inquilino en régimen de alquiler, lo que le procuraría algunos florines a finales de año. Después de comprobar que todo estaba como debía estar, se dirigió a Sandro de un modo escueto.

—Hay tres tipos de personas. Aquellas que ven, aquellas que ven únicamente lo que se les muestra y aquellas que nunca ven nada. Hasta otra, amigo Sandro.

Con esta despedida, Leonardo se abalanzó hacia Sandro, quien no se había repuesto de la reprimenda, y le dio un fuerte abrazo. Aprovechó ese mismo momento para introducirle con sigilo una carta en el bolsillo abierto del bolso que le colgaba del cinturón, y por último le besó en la mejilla.

—Te escribiré. Cierra la puerta cuando salgas.

Sin más palabras. Sin mirar atrás. Leonardo miraba al frente. Al futuro. Y dejaba atrás aquello que había ensuciado su alma. No quiso girar la cabeza y ver una última vez el fruto de su ánima emprendedora, ni mucho menos a Sandro, al que consideraba su mejor amigo, pero también alguien que constantemente se subestimaba. Por dentro, la ira, compañera de viaje desde hacía años, dio paso a una profunda tristeza. Pero su testarudez no iba a permitir que nadie lo notase. Con un grácil movimiento, se envolvió la capa al cuello y se tapó la barba. Cualquiera que en esos momentos le mirara pensaría que se escondía de alguien. Pero se equivocaría. Se escondía de algo. De sus sentimientos. De su tristeza. De su adiós.

Dentro de la *bottega* se quedó solitario y pensativo Sandro Botticelli. Tenía que preparar un viaje. Pero mientras que para Leonardo se trataba de un éxodo, para él era una aventura, una excursión. Mientras que Leonardo huía del fracaso, él avanzaba hacia el éxito. Mientras que su amigo se tapaba la cara, él echaba un último vistazo al taller y esbozaba una leve sonrisa.

Sandro se dirigió a la puerta y, tras cruzar el umbral, cerró la cancilla. Pronto llegaría el nuevo inquilino.

Sin embargo, no emprendió su camino a un paso ligero. Algo le llamó la atención. Al fijarse en el cierre de su bolso, vio cómo el pequeño cuerno de hueso que hacía las veces de cierre estaba fuera de su lugar natural. Rápidamente, metió la mano, pues pensó que, al cruzarse con el tal Auditore, había sido víctima de un pequeño hurto. Pero no fue así. Lo que halló fue una lámina de papel verjurado doblada finamente a modo de carta. No le cupo la menor duda. Leonardo era el emisor y él, el receptor. Cuando levantó la vista en busca de su amigo, este había desaparecido. La calle estaba repleta de gente. Comerciantes, aspirantes a artistas que buscaban sus *bottegas*, damas de compañía que buscaban clientes con florines para gastar. Pero ni rastro de un carro pequeño tirado por un caballo cuyo dueño tenía un perro de nombre *Vitruvio*.

Sorprendido, desplegó la carta poco a poco. No tenía muy claro si quería leer lo que contenía. Pero, a su pesar, lo hizo.

A Alessandro di Mariano di Vanni Filipi.

Amigo Sandro, te escribo estas palabras con la certeza de que sabrás perdonar mi cobardía. Son palabras que se deslizan a través de mi pluma, porque no querían resbalar por mi lengua. Palabras que, de un modo u otro, viven en mí y, a partir de ahora, espero vivan en ti.

Desde mis dieciséis primaveras te conozco, amigo Sandro, y ahora que ya son diez abriles durante los cuales juntos hemos reído, llorado, comido, robado, pintado, creado y un sinfín de maravillosas cosas, ha llegado el momento de abrir las puertas de mi corazón.

Me marcho a otro lugar, como ya sabrás. No soporto la idea de tener que enfrentarme a la injusticia que se ha cometido sobre mi figura. Sé que eres creyente y que estás convencido de que la justicia divina traerá a cada uno lo que se merece. Pero en mi interior no hay, de momento, hueco para un dios. Ni siquiera para una fe determinada que no sea la fe en mí mismo. Solo hay sitio para la ira y la venganza, y creo que la mejor manera de apaciguar el fuego interno que crece en mi interior es alejarme del nido de víboras donde nos encontramos. No puedo dejar que el león ardiente dentro de mí tome el mando.

Aún recuerdo aquellas noches de experimentos culinarios en las cocinas de Los Tres Caracoles cerca de nuestro ponte Vecchio. Pensaba que iba a cambiar el mundo de la cocina hasta que llegó la fatídica primavera de 1473. Se insinuó que yo, Leonardo da Vinci, podría ser el culpable del envenenamiento de los cocineros de aquella mísera taberna. Pero supe cómo lograr que no me afectara.

Sin embargo, esto ha ido mucho más lejos. Las pinturas insultantes en el taller, nuestra prometedora taberna de Las Tres Ranas de Sandro y Leonardo quemada… convertida en cenizas, como los deseos que siempre quise compartir contigo. Tú tampoco tenías fe en ello: «Nadie entenderá un menú escrito de derecha a izquierda», decías…

No soy lo suficientemente fuerte como para poder crear y, a la vez, observar tanta destrucción. Te habría pedido que te unieras a mi aventura, a este mi nuevo destino, pero mientras mi espíritu vuela como un milano, el tuyo parece estar anclado sentimentalmente a la tierra que nos vio nacer. Eres un superviviente del día a día mientras que yo miro lejos, más lejos.

Sé fuerte, amigo Sandro, y no tan glotón, y nunca olvides que, cuando la fortuna venga, debes tomarla a mansalva y por delante, ya que por detrás es calva.

io, Leonardo da Vinci.

En el año 1481 de Nuestro Señor, Leonardo, el genio de Vinci, abandonó Florencia. Una pérdida que la ciudad no lamentó.

Al año siguiente, Girolamo Savonarola, el brazo armado de Dios, entraría en Florencia. Una llegada que la ciudad terminaría lamentando.

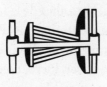

16

Verano de 1457, Anchiano, Vinci

Los primeros años de vida del pequeño Leo fueron tranquilos. Hacía poco que su abuelo le había incluido en un documento oficial de la declaración de impuestos. Aunque esto el pequeño nunca lo supo. Caterina, su madre, junto con Antonio, criaron al mozo compartiendo su pasión por la naturaleza y la cocina. El pequeño Leo pronto demostró ser una persona inquieta, curiosa. Lo quería saber todo, preguntaba en su todavía incorrecta lengua materna, el porqué de las cosas. Y aunque Antonio y Caterina se esforzaban incluso por explicar aquello que para ellos no tenía una explicación, Leonardo veía, tocaba y cuestionaba.

Un año antes un tornado había asolado el valle del río Arno, lo que causó innumerables inundaciones. Lejos de asustar o provocar algún tipo de fobia al pequeño curioso, los movimientos de agua que Leonardo pudo observar le suscitaron una pasión por los flujos de los líquidos que le acompañaría toda la vida.

Pronto la situación idílica de la familia se convertiría en una pesadilla para Caterina. *Ser* Piero, padre natural de la criatura, reclamó para sí la custodia de Leonardo. Caterina poco pudo hacer. Piero, como notario, sabía de cualquier artimaña para que Leonardo partiera del lecho materno y entrara plenamente en el universo de Piero, Albiera y su familia.

A pesar de la añoranza Antonio di Piero Buti del Vacca da Vinci supo consolar en cierta medida a su amada. A raíz de la desaparición del pequeño Leonardo, *Accatabria* le dio cinco hijos en total. Pero Caterina, a pesar de que su amor no tenía límites, nunca olvidó a Leonardo.

Por otro lado, *ser* Piero, lejos de querer acometer las tareas de un padre, entregó la custodia de Leonardo a su hermano Francesco y a sus padres Lucía y Antonio. Fue lo mejor que le pudo pasar a un por entonces desconcertado Leonardo. Gracias a su abuela, empezó su curiosidad infinita por el mundo de las artes, pues Lucía se dedicaba al negocio de la cerámica en el pueblo. Francesco, su tío, acompañó a Leonardo en sus aventuras por el campo y los bosques colindantes. Francesco, versado en el maravilloso mundo de las aves y los árboles, inundó la mente de Leonardo. Juntos fantaseaban sobre cómo el hombre podría llegar a volar. El castello de Vinci, construido tiempo atrás por el conde Guidi, sería un buen lugar para las pruebas. La torre dominaba todo el paisaje toscano, y Francesco y Leonardo se imaginaban juntos, volando por encima de los problemas mundanos de la gente. Se reían, suspiraban y volaban. Con la imaginación, mas volaban.

La apacible vida de Vinci se le antojaba insuficiente a un Leonardo cada vez más despierto, cada vez más curioso, cada vez más genio.

Ya bien fuera por su capacidad innata de absorción de conocimientos, ya bien fuese un método para suplir la ausencia del calor de un padre o una madre, Leonardo era una esponja para todo cuanto le rodeaba. *Ser* Piero, a pesar de no ser el responsable directo de su educación, observaba cada paso que daba el pequeño. Su madre Lucía le había advertido no hacía mucho tiempo: «Será un gran artista». La habilidad que mostraba Leonardo con las artes manuales no había pasado desapercibida para la abuela.

Una tarde Piero instó a Leonardo a pintar una rodela. En un principio, Piero le dijo que era por entretenimiento, ocultando sus verdaderas intenciones. Un aún pequeñísimo Leonardo adicto a los retos accedió. Al cabo de unas semanas, cuando la villa de Vinci dormía, Leonardo accedió al lecho de su padre, que dormía junto a Albiera. El susto casi le para el corazón a Piero. Leonardo, apostado junto a la puerta, estaba completamente empapado en sangre con una extraña sonrisa en su cara.

—He terminado —dijo sin más.

Ser Piero estaba totalmente desconcertado. No sabía a qué se refería su hijo Leonardo. Solo tenía clara una cosa. La sangre no era suya. Rápidamente se puso algo por encima, ante la mirada pasiva y asustada de su mujer, y salió detrás de él.

Cuando llegó a el destino, todo cobró sentido. Había olvidado por completo el encargo que le había hecho algunas jornadas atrás. Leonardo había terminado la rodela que su padre le había encomendado. La rodela mostraba un animal mitológico, un dragón, soltando fuego por la boca. El enigma estaba resuelto. Como pudo comprobar más adelante, Leonardo había utilizado partes de animales muertos para componer un animal que no existía, o al menos uno del que no había constancia. Alas de murciélago, ancas de rana, una serpiente y algún que otro pedazo de animal inclasificable. Todos los restos de los animales formaban una demente mezcolanza que después Leonardo plasmó con absoluta perfección en el trozo redondeado de madera. *Ser* Piero vio enseguida el potencial de su hijo ilegítimo. No solo su potencial artístico, sino también su potencial creativo. Vendería la rodela y se plantearía hablar formalmente con Andrea del Verrochio, aquel gentil hombre que poseía una especie de taller de artistas. ¿Quién sabía? Igual podría hacer carrera del pequeño diablo que había venido al mundo sin su permiso.

Leonardo, satisfecho con su trabajo, no supo cuál era el verdadero significado de aquella rodela. Sería el principio de una vida peregrina.

17

19 de septiembre de 1481, puerto Marítimo,
Santa María del Mar, Barcelona, Corona de Aragón

A Leonardo le había tomado unas cuantas jornadas llegar
a su destino. Tras partir de Florencia, se dirigió con sus
pertenencias hacia el puerto de Pisa, al oeste, evitando caminos principales. Las relaciones entre Pisa y Florencia no
eran las más propicias últimamente, a pesar de que la ciudad
de la torre inclinada había sido vendida a la ciudad de los
Médici en el año 1406 de Nuestro Señor. Allí tomó un barco que fue costeando de cabo a cabo el litoral mediterráneo
hasta su destino, Barcelona, en la Corona de Aragón.

Las paradas necesarias empezaron en Génova, otra
ciudad en competencia con Pisa por el control mercantil
del Mediterráneo. Tras una breve estancia, se puso de nuevo en marcha con parada en Marsella, recién anexionada
la provincia de la Provenza. Una ciudad algo turbulenta
por aquel entonces, ya que el rey francés Luis XI estaba
obcecado con la incorporación de la región al reino de
Francia. Después de pasar el tiempo justo para el trans-
bordo, partió hacia su destino final.

La ciudad, otrora condado, de Barcelona pugnaba contra Génova y Venecia por el control del mercantilizado Mediterráneo, aunque a menor nivel. Si bien es verdad que la unión con la Corona de Aragón le había facilitado su expansión por los territorios catalanes y que incluso había llegado a albergar las Cortes de Aragón un buen número de veces, el ánimo de la población mermaba con cada brote de peste negra que venía azotando la ciudad en las últimas décadas. Al menos, Barcelona se beneficiaba de las transacciones de paso entre las rutas marítimas de Sevilla a Génova con el porte de metales preciosos. Incluso la guerra de los Remensas, que enfrentó a campesinos contra nobles, parecía poco a poco llegar a su fin.

Al llegar a las costas catalanas, Leonardo observó cómo los obreros se afanaban en construir el nuevo muelle de Santa Creu, para ganarle terreno al mar. Algo necesario para evitar que los barcos fondearan antes de tiempo.

Al pisar tierra, buscó rápidamente el barrio de la Ribera, uno de los grandes centros económicos de la ciudad. Cogió sus enseres y a *Vitruvio* y, en el puerto, contrató a uno de los mozos que esperaban para que le llevara el equipaje. La carga era pesada y, aunque el portentoso físico de Leonardo podía soportar grandes fardos, no consideraba que fuera bien visto que un artista de su talante arrastrara sus pertenencias por una ciudad en la que quería labrarse un porvenir. El muchacho, hijo de un profesor de la Universidad de Barcelona fundada en el año 1450, aunque de origen navarro, se abría paso en el mercado laboral con el fin de implantar un negocio de portavoces de humanistas, en el que pudiera conseguir contratos beneficiosos para las tres partes de la negociación. La parte contratante, la parte contratada y el representante de la parte contratada. Él mismo. Sin embargo, al joven no le importaba hacer horas extras en el puerto como mozo de carga para sacar algo más de dinero cada jornada. Tenía pensado formar una familia con su prometida, Ana, amante de la medicina. Su nombre era Gonzalo.

Para salvar la diferencia del idioma, Leonardo había comenzado recientemente el estudio autodidacta de la lengua latina. No solo porque gran cantidad de los volúmenes que caían en sus manos llegaban versados en esta lengua, sino porque además, al tratarse de un idioma utilizado en los templos sagrados, le podría facilitar la comunicación en un país extranjero como en el que se hallaba. En los reinos de Italia, el humanismo que había invadido la península desembocó en que exponentes como Petrarca o Ficcino renovaran el interés por la lengua latina. Pero Leonardo, al no haber recibido la tutela necesaria del *pater familias*, había dejado de lado las lenguas para centrarse en trabajos manuales y temas relativos a las ciencias. Aun así, se sentía con el nivel suficiente como para poder encontrar, al menos, un lugar donde dormir y otro donde trabajar.

El puerto estaba abarrotado, era uno de los centros económicos de la ciudad y uno de los lugares favoritos de los mercenarios para el estraperlo. Los administradores se encargaban de controlar la carga de los barcos recién llegados. No muy lejos, los oficiales del puerto controlaban a los marineros indispuestos con el fin de evitar un brote de peste en la ciudad. Los sastres, en sus puestos, intentaban tener la mejor jornada de su vida mientras un par de acróbatas deleitaban a los niños que deambulaban sin parar. Un pequeño puesto de madera hacía las veces de oficina de un banquero italiano, cambiante de monedas y dado a conceder préstamos usureros. Un fraile predicador, un puesto de cuero español y alguna pelea relacionada con apuestas ilegales también daban vida al puerto.

Allí se dirigió, al lugar donde la gente podía disfrutar del poder económico del barrio, la basílica gótica de Santa María del Mar, conocida como la «Catedral de los pobres» y rodeada de las viviendas de los pescadores barceloneses. Desde allí mismo se podía respirar la sal del mar y la curiosidad hizo que la circundase para mezclarse con el entorno.

Cerca de la basílica, la calle Montcada era un hervidero de burgueses. En plena obra, un palacio pugnaba contra los ya existentes en calidad y ostentación. El apogeo de la arquitectura fascinó a Leonardo, a quien le habría encantado tomar apuntes de todo cuanto veía. «Un maravilloso cuaderno de viajes», soñaba Leonardo. Pero no tenía tiempo para entretenerse. Era un extraño en una tierra extraña. Más de uno le miraba por los llamativos colores que portaba en su vestimenta, aunque en la zona de Montcada pasó más desapercibido. Se hizo de nuevo con la vía a la basílica en cuestión de minutos, a pesar de que *Vitruvio* se entretenía a cada paso olfateando todo lo que hallaba en su camino. Tampoco era fácil para el mozo, que cargaba con la vida material de Leonardo, atravesar tanto caos. Dejaron atrás los palacios Finestres y Dalmases.

Leonardo se sorprendió con la fonética de los catalanes. Al ser una lengua proveniente del latín, encontró similitudes orales con el italiano. A pesar de que se podía notar un destierro progresivo del latín, las derivaciones que llegaban a sus oídos no eran tan extrañas para él. Ambas lenguas tenían un alto porcentaje de similitud léxica. Pero el catalán bebía de varias fuentes, como el occitano, la lengua romance extendida por Europa, o *lingua d'Oc*, como la había llamado el gran Dante. También del castellano, del portugués o del francés, por su cercanía geográfica. Pero Leonardo al menos se sintió aliviado por la similitud con su propia lengua.

Al llegar, el italiano se quedó maravillado. La fachada principal le recibía como una fortaleza con dos torres octogonales como puestos de vigía. Enseguida buscó similitudes con su tierra natal. La forma octogonal de las torres de la catedral le recordaba al altar mayor de Santa Maria del Fiore, donde aún yacía Giuliano en sus pensamientos. Un pensamiento que tardaría bastante tiempo en olvidar.

Un rosetón gigante, protegido por sendos contrafuertes, le otorgaba un halo de invencibilidad. Leonardo se habría pasado jornadas enteras admirando la épica obra gótica catalana, fruto de los talentos, como pudo saber más tarde, de Ramón Despuig y de Berenguer de Montagut.

Después de dejar sus pertenencias a la entrada junto con Gonzalo, ató a *Vitruvio* para que le hiciera las veces de acompañante al mozo que aguardaba su recompensa final. Como si del profeta Jonás se tratara, la colosal catedral engulló al maestro florentino.

Una vez dentro, escudriñó la iglesia. La gran nave, con una altura realmente excepcional, le recordó de nuevo al Fiore. Aunque la comparación solo tenía que ver con las dimensiones, pues Santa María del Mar era más austera ornamentalmente y de tonalidades ennegrecidas frente al blanco mármol que predominaba en el Fiore. Los únicos rasgos de los que se enorgullecía la basílica eran los elementos que le proporcionaban una verticalidad sin par.

Avanzó por una de las naves hasta llegar al deambulatorio y allí se encontró con el primer paisano que veía. Un tipo que parecía cercano, con gafas. Algo más bajo que Leonardo, con aspecto de profesor bastante letrado.

—*Buona sera!* —exclamó Leonardo para declararse extranjero.

Esperaba una respuesta en latín. Algo que le habría llevado algún tiempo a la hora de formular oraciones perfectamente desarrolladas. El hombre le contestó en un correcto italiano.

—*Buona sera, signore! Come stai?* —respondió el «profesor», apelativo que utilizó Leonardo desde ese momento para referirse a él.

Mantuvieron una buena charla. Leonardo le explicó el motivo de su visita. De cómo un pariente lejano suyo, Giovanni da Vinci, estaba enterrado en Barcelona en el año 1406 de Nuestro Señor. Era un notario de reconocido prestigio, como la mayoría de los componentes de la familia Da Vinci a excepción de Leonardo, al tratarse de un hijo ilegítimo. También tenía la necesidad de conocer cuanto fuera posible del pueblo de Vinçà, posible origen etimológico de su familia, que se encontraba al norte de la región. Por otra parte, Josep Lluís, que era el verdadero nombre del «profesor», dijo ser oriundo de la ciudad, amante de la historia en su totalidad y, sobre todo, de sus misterios. Gustaba de apuntar todo cuanto allí sucedía, bien fuera testigo directo del acontecimiento, bien tomando apuntes de los testigos. Un historiador e investigador nato. Se comprometió a buscar tanta información como fuera posible sobre todo aquello que preocupaba al italiano de ojos azules y melena de color miel.

Leonardo aprovechó el momento y preguntó por las demandas laborales. Estaba convencido de que el infortunio que le había obligado a marcharse de Florencia no había traspasado fronteras. Aún no era un pintor de renombre. Josep Lluís estaba bastante informado de las necesidades de la ciudad, y un artista con la reputación de haber ejercido bajo el mecenazgo de los todopoderosos Médici de Italia no caería en desgracia. De hecho, el monasterio benedictino de Montserrat, no lejos de la ciudad, buscaba artistas con talento para realizar algunos encargos religiosos. Leonardo recibió de muy buen gusto aquella noticia. Desde pequeño, en los tiempos en los que correteaba por los viñedos de Vinci con su tío Francesco, se había convertido en un amante de la naturaleza. Vivir lejos de los trajines de la ciudad y acomodarse a las nuevas costumbres. Componer obras de arte mientras, lejos del mundano ruido burgués, diseñaba artilugios que cambiarían el mundo. O eso pensaba él. La idea era endiabladamente irrechazable. Probaría suerte. Convencería a los eclesiásticos.

Él era el hombre.

18

20 de septiembre de 1481,
abadía de Montserrat, Corona de Aragón

Las primeras ermitas en el macizo rocoso de Montserrat databan del año 700 de Nuestro Señor. Un lugar mágico, atrayente y no exento de misterios. Desde tiempos remotos había adquirido tal fama. Casi sin querer, el emplazamiento que poco a poco fuera transformándose en abadía, se convirtió en un eje central de la cristiandad. Todos los peregrinos que acudieran a Roma o a venerar los restos del apóstol Santiago organizaban una parada obligatoria para venerar a la Virgen allí expuesta.

> Algunos se dirigen hacia Montserrat guiados por el cielo, para visitar a la Virgen que sirve al pueblo: quien acude a este lugar, aunque sea un pecador, siempre encontrará clemencia.

Giuliano della Rovere paseaba por el claustro gótico. Se sentía bastante orgulloso de la obra realizada cinco años atrás. Además, había servido para reforzar su posición dentro del monasterio, al cual acudía unas pocas jornadas a lo largo del año. Si bien es cierto que había cedido sus poderes a Llorenç Maruny, le gustaba pasear por la zona cuando los periodos de sosiego acompañaban. En ese momento, era visto como la representación del Hijo del Hombre en la abadía y de él dependía el gobierno espiritual, la educación y el sistema financiero de la comunidad. A priori, parecía que Della Rovere no sería el hombre adecuado. Un abad no benedictino que, además, vivía lejos de Montserrat. Pero demostró con paciencia que las decisiones que tomaba, junto con el gobierno impecable de Maruny, devolverían los años gloriosos de Montserrat. Poco a poco, nuevos desfiles de peregrinos se volvían a asomar por la montaña. Esta escuela al servicio del Señor pedía a gritos una expansión en cuanto a dependencias se refería. No eran pocos los que insinuaban la posibilidad, en principio utópica, de construir una basílica.

La tímida ansia necesitada de dilatación territorial se debía, en gran parte, a la concordia reinante. Una paz, la calma de la abadía, que no era longeva. Ni siquiera cien años contemplaban el sosiego que recorría los páramos naturales de la montaña serrada que les acogía. En marzo del año 1410 de Nuestro Señor, habían conseguido la independencia del monasterio de Ripoll, lo que les condujo a un acelerado crecimiento territorial y económico. Estos hechos, unidos a que pronto correría la voz de que se trataba de un lugar sagrado para venerar a la Virgen María, tuvieron el efecto de que Giulio comenzara a tener un poder inimaginable, a pesar de encontrarse apartado a cientos de kilómetros, en tierras francesas.

Ni siquiera suponía una amenaza para la paz el hecho de que la Inquisición exigiese a los judíos portar un sambenito. El escapulario con las cruces de color rojo y las llamas boca abajo solo podían significar que el portador había admitido sus pecados y se había librado de la hoguera. Eso sí, estaría señalado por el resto de sus días. En efecto, en el propio monasterio solo se permitía tomar el hábito a aquellos que fueran bien nacidos.

Poco imaginaba que la tranquilidad de la que disfrutaba iba a cambiar de un momento a otro. Della Rovere estaba preparado para cualquier cosa. O para casi cualquiera.

Un religioso novicio se acercó a la carrera. Llevaba consigo una misiva. El sello estampado en el lacre no dejaba lugar a dudas. Un estampado con las figuras de Pedro y Pablo solo podían significar un remitente. El papa Sixto IV.

Della Rovere inspeccionó con la mirada al joven que portaba el mensaje. Sabía perfectamente que la carta llegaba desde Roma y el único autorizado a conocer el contenido de la misma era Giuliano della Rovere. El joven no podía contener ni el entusiasmo por conocer la información ni el afán por que se reconociera al menos la pasión que ponía en su labor.

Della Rovere no esperó. Abrió cuidadosamente la epístola y comenzó a leer. Al parecer, los espías vaticanos apostados en la ciudad de Florencia habían transmitido la siguiente información. El joven artista Leonardo da Vinci, hijo de *ser* Piero el notario, había sido cómplice de la fuga de Lorenzo de Médici mediante extrañas artes próximas a la alquimia, pseudociencia que empezaba a ennegrecer los corazones de los estudiosos. Gracias a su ayuda, el líder florentino ejecutó su cruel y despiadada venganza. El pintor, sin embargo, huyó de la ciudad al extranjero pero sin ser lo suficientemente invisible a los ojos de quienes le seguían. En definitiva, el cómplice de Sixto IV sabía dónde se hallaba el culpable de que el plan no solo de la familia Pazzi sino de toda su confabulación de extensión territorial fallase. Y la situación no quedaría así. Ni mucho menos.

El abad comandatario de Montserrat terminó la carta. Giuliano della Rovere no cambió la expresión, ni para bien ni para mal. Simplemente leyó la breve misiva. Su rostro se torció brevemente.

En solo cuatro jornadas recibiría una importante visita. Fernando el Católico se encontraba en la ciudad de Barcelona y había prometido una visita a los monjes de la abadía de Montserrat. Esperaba que no le supusiera un contratiempo.

—¿Todo bien, señor? —preguntó el novicio.

—Todo correcto, gracias —contestó con brusquedad Giuliano della Rovere.

—Si requiere de cualquier cosa en la que pueda ser útil… —insistió el opositor a la abadía.

—Todo correcto, gracias —esta vez el abad casi deletreó letra a letra la respuesta, con evidentes síntomas de enfado.

No hizo falta más. El impulsivo joven se sonrojó, dio media vuelta y desapareció en cuestión de segundos.

Giuliano della Rovere tenía que jugar muy bien sus cartas. Durante los últimos años había realizado lo necesario para su objetivo final: el trono de Pedro en Roma. Diez años atrás ya había tenido el privilegio de convertirse en obispo de la comuna de Carpentras, en la Provenza francesa. Poco a poco adquirió ocho obispados e incluso el arzobispado de Aviñón. La influencia que adquirió gracias a su gran capacidad de estratega en la Iglesia le permitió convertirse en legado pontificio al sur de Francia, y ahora disfrutaba de unas jornadas exentas de trabajo. Había decidido poner en orden sus pensamientos y sus planes de futuro en la abadía de Montserrat, lo suficientemente cerca de tierras francesas por si alguna urgencia le reclamase. Pero lo que acababa de leer podría echar por tierra todo el esfuerzo y sacrificio que había realizado hasta esa fecha. Tenía que actuar con tacto y discreción. Cualquier error podía costarle muy caro y sabía que, fuera como fuese, no podía negarse. No ante una orden tan clara. Nunca ante un decreto de tan poderoso emisor.

El edicto del papa Sixto IV, su tío Francesco della Rovere, era nítido. Su sello papal aún más: «Matar a Leonardo da Vinci».

19

10 de agosto de 1469, Florencia

—¡Bienvenido, *ser* Leonardo da Vinci!

Una voz ronca y grave se escuchó en el taller. Eran palabras de Andrea del Verrocchio, escultor, tallista, pintor y músico. Amante de la geometría y la orfebrería, Del Verrocchio se convertiría durante los próximos años en el tutor de un Leonardo que ya tenía cumplidos los diecisiete años. A pesar del talento del maestro, su gesto era serio, como si constantemente estuviera malhumorado. Nada más lejos de la realidad. Le encantaba el arte de la docencia y trabajar en todo aquello que le apasionara. Su gesto era una caricatura de sí mismo para que ningún mozo cogiera más confianza de la necesaria. Rara vez le veían sin su delantal de piel curtida de color marrón, pues eran jornadas y jornadas lidiando con pigmentos. Con un aspecto deteriorado, pelo relativamente corto, rizado y una frente bastante despejada, no aparentaba los treinta y cuatro años que tenía. Así lo habría definido cualquiera de sus alumnos.

—¡Déjenos a su hijo, *ser* Piero, y no se preocupe! ¡Seguro que sacamos algo bueno de él! —añadió el maestro.

Entre sus contemporáneos, Andrea del Verrocchio gozaba de una gran fama. Tan solo dos años atrás había sido el ejecutor del monumento funerario del Padre de la Patria, Cosme el Viejo, Cosimo de Médici. *Ser* Piero da Vinci sabía que, si su hijo ilegítimo tenía algún talento, Del Verrocchio lo puliría. Además, trabajo no le faltaría, pues un joven, con quien tenía buenos tratos, llamado Lorenzo, había accedido al poder del Estado florentino tras la muerte de su padre.

Aquello era nuevo para el joven de Vinci. De repente, un laberinto de estancias se abría ante sus ojos. Por un lado, una sala servía para preparar los metales; por otro, una habitación de igual tamaño hacía las veces de laboratorio donde se preparaban los pigmentos que habrían de ser utilizados para las obras pictóricas. No era ajeno a Leonardo que tendría que empezar como todos los mozos que se encontraban en aquella gran escuela. Limpiando, preparando las mezclas de colores y trabajando como chico de los recados. No tenía ningún problema. Aprendería más. Aprendería rápido, pero aprendería mucho. Ya tendría la oportunidad de demostrar sus talentos.

Mirara donde mirase, podía encontrar obras de arte de cualquier índole. Pinturas cristianas, esculturas paganas. Perspectivas nuevas, sentido del movimiento. Todo se llenaba de luz y color. En las mesas, yesos, arcillas, hierros, malaquitas, lapislázulis, azuritas, rocas rojas extraídas directamente de la tierra, aceite de linaza, cal, agua…

Algunos pigmentos rojos se obtenían de insectos, de las cosconas o las cochinillas; los azules se extraían del lapislázuli o de la azurita; los púrpuras de la planta conocida como índigo; los verdes de la celadonita o la malaquita; los amarillos de un óxido de plomo llamado massicot o el antimoniato con sobrenombre «Amarillo de Nápoles»; tizas y yesos para los blancos; arcillas para los marrones y los negros que provenían de los viñedos carbonizados o del hollín de las lámparas de aceite. Leonardo registraba todo cuanto veía. Le quedaba aún mucho que recorrer antes de empuñar su primer pincel, pero desde bien joven ya le encantaban los estudios preparatorios. No le importaba el qué, estaba enamorado del cómo.

Leonardo conoció en el taller a un por entonces joven Sandro Botticelli, que contaba con veinticinco primaveras. Solo llevaba dos años bajo la tutela de Del Verrocchio, ya que se había formado previamente con otro gran maestro de las artes, Filippo Lippi, en la localidad de Prato, muy próxima a Florencia. Pronto entablaron una estrecha relación de amistad. Leonardo era un joven con una capacidad de asimilación de conocimientos increíble, pero no por ello se alejaba del muchacho travieso que se había criado en Vinci. Por otra parte, Sandro Botticelli era un alumno que había recibido una educación exquisita antes de convertirse en aprendiz en un taller de arte, pero le encantaba comer y beber. Solo se cohibía cuando suponía que podía ser acusado de pecar contra las normas del Señor, y ese era el punto donde su amistad chocaba de bruces. Sandro había sido criado bajo una tutela cristiana, mientras que Leonardo dejaba ver síntomas de agnosticismo. Poco a poco arraigaba en su personalidad la creencia de que no existía nada que pudiera ser amado sin ser demostrado. Sandro, por otra parte, era creyente y su credo se basaba en la fe. Pero la religión nunca supuso nada más allá que un mero coloquio intelectual que siempre terminaba de la misma manera: sin llegar a un acuerdo.

Sandro estaba convencido de que, al seguir los pasos de Dios, se vería recompensado con riquezas y conocimientos. Quería pasar a la historia como un gran artista, siempre admirando y respetando por encima de todo a sus maestros. Leonardo se reía de los aires de grandeza de su amigo. No pensaba en el mañana. Todavía no. Vivía el día a día, curioseando, observando. Ya tendría tiempo de preocuparse. Pero Sandro sí tenía motivos para tales inquietudes. Al comenzar el siguiente año, el año 1470, Sandro se emanciparía de su maestro y montaría su propio taller. Dependería de él mismo y de su talento. Y, sobra decirlo, de sus clientes.

Leonardo, medio en broma medio en serio, le aconsejó que no inaugurara ningún taller. Dada su afición al comer y al beber, Leonardo le auguró un futuro aún más prometedor si se decantaba por la hostelería.

—¡Amigo Sandro! ¡Deberías abrir una *trattoria!* —se mofaba Leonardo.

—¡Solo si es contigo, joven Leonardo, alguien tiene que barrer! —contestaba con el mismo sentido del humor Sandro.

Sandro y Leonardo aprovecharon todo el tiempo que pudieron. No se trataba de exprimir todos los momentos que estuvieran juntos, ya que, a pesar de la inminente autonomía del Botticelli, las distancias en la ciudad no suponían ningún impedimento a la hora de reunir a los grandes amigos.

Poco a poco, se convirtieron en el centro de atención del taller. Alguno incluso sacó su lengua cargada de veneno a pasear y sembró la duda sobre la sexualidad de los dos amigos. Nunca hubo nada entre ellos que no fuera pura amistad, pero el sentimiento que se fue arraigando en el resto de los aprendices fue el de los celos. Leonardo y Sandro avanzaban a pasos agigantados. Mientras que Sandro perfeccionaba su técnica desarropándola paso a paso, Leonardo tenía al personal desorientado. Si bien algunas jornadas seguía las técnicas tradicionales de su maestro, a veces experimentaba mezclas a priori incorrectas de pigmentos y sustituía los aceites por yemas de huevo.

No era difícil encontrar a Leonardo lanzando piedras a un estanque y verle observar los movimientos que el impacto producía en el líquido. De repente, como si un rayo hubiera caído sobre él, salía corriendo a su puesto de trabajo y comenzaba a trazar ondulaciones sin ninguna conexión que, en breves momentos, se transformaban en la cabellera de una *madonna*.

Andrea del Verrocchio no era ajeno a su alumno experimentador. Sabía que tenía algo que no podía descifrar aún. Darle un pincel en aquel momento provocaría una crisis en el taller difícil de apaciguar. A comienzos del nuevo año esperaría a que su otro gran alumno, Sandro Botticelli, se independizase. Viajaría a Roma por un breve espacio de tiempo a terminar un encargo encomendado y, a la vuelta, decidiría qué hacer con el joven pero prometedor Leonardo.

Tarde o temprano descubriría si el joven y a la par bello vinciano era un genio o no.

Lo que descubriría Andrea del Verrocchio al volver de Roma no terminaría de gustarle. Nunca supo que, al darle una oportunidad al muchacho, cambiaría su vida para siempre.

20

20 de noviembre de 1481,
Corona de Aragón

Leonardo no había tenido ocasión de desperdiciar el tiempo. A pesar de que el principal motivo que le había llevado a tierras extranjeras era convertirse en artista de renombre,
su insaciable curiosidad le había hecho priorizar la visita
a aquellos lugares que pudieran serle de utilidad a la hora de
establecer un árbol genealógico lo más real y verosímil posible. A lo largo de más de treinta jornadas interminables,
había conseguido recorrer extensos territorios, desde las lla-
nuras del Rosellón hasta el Ampurdán, desde el monte Ca-
nigó hasta la población de Vinça. Todo en busca de un posible origen, muy a pesar del sentimiento de rechazo que le
provocaba su padre. Pero el sentimiento de pertenecer a algo,
a un linaje, aunque fuera remoto, hacía mella en él. Allí descubrió que Giovanni da Vinci, en realidad, era el hermano
de su bisabuelo y, tras casarse con Lottiera di Francesca Bec-
canugi, había pasado sus últimos días en tierras catalanas.

Tanto Josep Lluís *el Profesor* como Gonzalo habían
formado parte de su séquito. *Vitruvio*, inseparable, seguía

a su amo fuera adonde fuese. Había tomado apuntes de dibujos de todo cuanto le rodeaba, como años atrás había hecho en su tierra natal, Vinci, y más tarde en toda la Toscana.

La economía poco a poco menguaba. Sus ahorros florentinos nunca tuvieron en cuenta dos bocas más que alimentar, ya fueran como guías o porteadores de equipaje, y Leonardo tuvo que apartar su sentido de la improvisación para dar paso al sentido común. Este le llevaba inevitablemente a la abadía de Montserrat donde al parecer, se requería de la destreza de un buen artista para llevar a cabo unos encargos que ensalzarían la gloria de la Virgen de Montserrat, conocida como «la Moreneta».

Poco pudo hallar Leonardo en su ir y venir, tan solo ligeros apuntes sobre el paradero de su familiar enterrado tiempo atrás y una extraña similitud entre el escudo de armas de su familia, tres palos de gules sobre un campo de oro, y el escudo de tierras catalanas, que constaba de cuatro palos de gules sobre el mismo campo de oro. Algo que Leonardo no pasó por alto.

Leonardo echaba de menos pocas cosas de su tierra. Una parte de ellas era la gastronomía. De vez en cuando, se le antojaba algún bistec a la florentina o alguna *schiacciata*, el bizcocho que solían preparar en época de carnavales. Cuando paraban a descansar durante un par de jornadas, Leonardo asumía el rol de la cocina y se sacaba de la manga alguna crema de setas y pan viejo o alguna sopa de pan y verduras, tan típicas de la región toscana.

Tras varias jornadas de camino a través de Sant Boy, Martorell y Monistrol de Montserrat, arribaron a la abadía. Gonzalo se sentía realizado. Todo ese tiempo le había servido no solo para ahorrar, sino también para escuchar las conversaciones entre dos eruditos. Si bien es cierto que el italiano no era una lengua que entendiese, mientras Leonardo se sumergía en apuntar detalles y dibujar planos de los lugares que visitaban, el bueno de Josep Lluís Espejo se dedicaba a impartir clases particulares al joven, que parecía estar entusiasmado con la aventura que les ocupaba. A cambio, Gonzalo procuraba tener todo bien atado, portar los enseres de Leonardo, cerrar los precios de las posadas y tabernas, y echar un ojo a *Vitruvio*, que paseaba con total libertad y, de vez en cuando, se enzarzaba con alguna perra de las granjas vecinas.

Josep Lluís también se encargó de enseñar a Leonardo todo lo que podría servirle de interés con respecto a la cultura hispánica. Así fue como el hombre de Vinci trazó planos del territorio aún en ciernes de la llamada Spagna: Aragona, Granata, Portugalo, Galizia, Biscaglia y Castiglia.

Tras un largo camino entre romeros y custodios de la Virgen, llegaron a la plaza del Abad Oliva, dedicada al reformador del monasterio más de cuatros siglos atrás. Era una mañana fría de noviembre, mucho más en aquellas altitudes. Josep Lluís hizo un alto en el camino. Leonardo y Gonzalo debían esperar junto al pozo. Muy posiblemente, los monjes se encontraban en el coro cantando el *Miserere*, la última misa en el altar de la Virgen. El profesor aprovecharía el descanso entre la ceremonia y las vísperas cantadas y trataría de hablar con Llorenç Maruny, el abad de Santa Cecilia, mano derecha de Della Rovere.

Cuando el profesor se marchó, Gonzalo se disponía a correr tras *Vitruvio*, que a pesar de su edad ya avanzada había decidido ejercer de avanzadilla y reconocer el terreno, y Leonardo analizaba visualmente los dos pisos que formaban el claustro gótico. El inferior con arcadas ojivales y el superior formado con arcos carpaneles. Un capitel representaba a hombres y mujeres desnudos en un supuesto estado de inocencia original, mientras dos músicos tocaban la gaita. La obra pertenecía, como pudo saber más tarde, a Pere Basset y Jaume Alfons, elegidos por el propio Della Rovere y contratados finalmente por Llorenç. Una de las ménsulas estaba dedicada al abad comandatario, cuyo escudo de armas era simplemente un roble. En un instante, salió de su trance y volvió la mirada. El profesor regresaba de su entrevista.

—¿Cómo ha ido, profesor? ¿Qué noticias traéis? —preguntó Leonardo ávido de buenas nuevas.

—La situación de la abadía parece ser delicada. El rey Fernando no ve con buenos ojos la figura de un extranjero como Della Rovere al mando de Montserrat.

No hacía más de dos meses que el propio Fernando el Católico había estado en Montserrat con el fin de estrechar relaciones políticas. El monarca pretendía colocar a Juan de Peralta como abad. Lo conseguiría dos años después.

—Profesor, capearemos el temporal. ¿Qué hay de nuestra petición?

—Os han aceptado —dijo sin más.

—¿Y por qué la seriedad en el rostro, profesor? Era lo que aspirábamos a conseguir.

Gonzalo permanecía ajeno a la conversación, intentando domar a un perro que la había tomado con la ornamentación vegetal.

—No lo veo claro, florentino. No entiendo el porqué de vuestra contratación.

—¿Me subestimáis, mi querido y reciente amigo? —preguntó algo ofendido Leonardo.

—Para nada, maestro, para nada. Veréis, el único motivo por el que no alcanzo a entender vuestra admisión es que ya han contratado a un pintor.

Josep Lluís *el Profesor* tenía dudas. ¿Cómo era posible la contratación de un segundo pintor para la abadía? ¿Por qué el encargo de un San Jerónimo, «el que tiene nombre sagrado», para los benedictinos? Había algo que no le cuadraba.

21

1 de octubre de 1475, Florencia

Los años transcurrían veloces. Los talentos se desarrolla-
ban vertiginosamente. Un Leonardo da Vinci cada vez más
maduro había pulverizado cualquier récord en cuanto a la
permanencia en el taller se refería. Tan solo fueron necesarios tres años para que el hijo de Piero pasara a formar
parte del importante gremio de pintores de la Compañía
de San Lucas. A pesar de que Leonardo gustaba de jugue-
tear con caballos y que dedicaba mucho más tiempo a la
lira, el laúd y diversos instrumentos musicales que a los
pinceles, desarrolló la técnica de tal manera que, en pocas
jornadas, ya igualaba cualquier trabajo de sus compañeros
con semanas de dedicación.

La visita, en el mes de marzo del año 1471 de Nuestro Señor, del duque de Milán Galeazzo Maria Sforza había cambiado de nuevo las perspectivas de un Leonardo
cuyo cerebro funcionaba como una esponja. El taller del
Verrocchio fue el elegido para dirigir todo cuanto tuviera
relación con las celebraciones que tuvieran lugar, ya fueran

religiosas o civiles, y todo cuanto tuviera que ver con el protocolo y la recepción de embajadores extranjeros. Leonardo y su inteligencia expansiva, que buscaba relacionar elementos de diversas materias para un único fin, se situó en un lugar aventajado con respecto a sus compañeros de taller y pronto se convirtió en la mano derecha de Andrea.

De la misma manera, hacía casi un lustro que Andrea del Verrocchio había alcanzado el clímax de su carrera artística al coronar con una enorme bola de cobre dorado la cúpula de Brunelleschi. En su concepción, también había participado el joven Leonardo, por lo que pudo acceder a información privilegiada en cuanto a ingeniería se trataba. El de Vinci también tuvo oportunidad, en las jornadas en que los obreros paraban la obra del inmenso armazón de madera que serviría para levantar la enorme esfera, de probar sus propios diseños, hasta ese momento solo inmortalizados en unas hojas. Los cálculos rápidamente se convirtieron en madera, lienzos y cuerdas. Algo de cuero también se dejaba caer por allí. Y, poco a poco, el artilugio alado iba cobrando forma. Andrea del Verrocchio ordenó a Leonardo que se deshiciera de todos aquellos instrumentos fantasiosos, pero el joven se resistió y encontró la manera de poder ocultarlos por partes. En verdad, tenía el esquema de un rápido montaje en su cabeza. Algún día lo retomaría. En la ciudad, aún se hablaba de la fiesta con fuegos artificiales que se había celebrado en honor a la finalización de la obra.

Leonardo pronto adquirió fama en las calles de Florencia, no solo por su pasión desenfrenada en la elaboración de sus tareas, sino también por lo impecable de sus vestiduras y por la belleza adquirida con el paso de los años. La genética le había tratado bien y, lejos de aprovechar las insinuaciones tanto de ellas como de ellos, se dedicó en cuerpo y alma al trabajo. Eso provocaba que no pocas lenguas hablaran de los extraños gustos sexuales del joven, ya que nunca había sido visto acompañado de una buena dama. Tampoco lo verían acompañado de un mozo fornido, pero el hecho era que los rumores sobrevolaban talleres y posadas. Nadie entendía cómo un hombre tan bello y tan bien dotado en cuerpo y mente no se dejara llevar por los placeres más carnales.

«Leonardo es, por su hermosura y elegancia, uno de los jóvenes florentinos más admirados», dijo una vez el mismísimo Lorenzo de Médici.

A Leonardo lo podrían encontrar de la manera más extraña posible. A pesar de que había abandonado el taller del Verrocchio en calidad de alumno tres años atrás para convertirse en maestro, montar un taller propio no era una de sus prioridades, aunque tarde o temprano tendría que ponerse a ello. Algunas veces lo encontraban saliendo de las aguas del Arno poniendo a prueba su capacidad pulmonar. Otras veces, en lo alto de un árbol. Quería calcular la distancia de caída que un hombre podría arriesgarse a saltar sin perder la vida. Otras, rondando los mercados de animales gastándose su sueldo en liberar las aves encerradas en las jaulas. La gente lo veía como alguien extraño, pero Leonardo anhelaba la libertad por encima de todo.

El joven enamorado de las alas de la vida nunca notó que, por encima de las miradas de admiración, celos, envidia o respeto, dos ojos destacaban por encima de todos. Los ojos de una mujer que pocas veces podía permitirse el trayecto desde su lugar de residencia, Vinci, hasta la gran ciudad. Unos ojos que velaban innecesariamente por una seguridad que, como la madre a la que pertenecían, se sentían en la obligación de salvaguardar desde la distancia. Caterina era consciente de que su pequeño Leo, ya convertido en un gran hombre, estaba destinado a hacer grandes cosas. Tenía carisma, tenía talento y tenía capacidad de liderazgo. Quizá le faltaba algo de perseverancia y de confianza para con los demás, pero tarde o temprano se abriría al mundo.

Caterina veía, muy de vez en cuando, cómo Leonardo paseaba con Sandro, su amigo el Botticelli. Les veía conversar, comer, beber e incluso, si la situación le permitía recortar distancias, les escuchaba bromear sobre el emplazamiento que debía tener la *trattoria* que cambiaría la alimentación de la ciudad. Su hijo era un soñador. Pero de aquellos soñadores que no soñaban su vida, sino de aquellos que vivían sus sueños. Aquellos que, tarde o temprano, convertían en realidad lo que muchos otros dejaban en el tintero de la madrugada.

Mientras los jóvenes pintores que intentaban destacar de una u otra manera se ceñían a una manera de trabajo preestablecida, Leonardo aprovechaba su tiempo y huía de los trabajos tradicionales a base de témpera.

Estaba enamorado de la pintura al óleo. Añadía sus propias dosis de enebrina mezclando granos de mostaza con aceite de nuez. Incluso investigaba la posibilidad de aplicar un barniz brillante al óleo ya seco combinando resinas y yemas de huevo. No había fin, todo se podía hacer mejor.

Por otra parte, Leonardo no tenía en consideración la competitividad de talleres artesanales próximos al del Verrocchio. Se paseaba como un aprendiz más con ansias de saber. Leonardo no competía, aprendía. Solía rondar varios talleres. Por un lado, el taller de los hermanos Pollaiuolo, Piero y Antonio. Leonardo, bajo soborno gracias a sus ahorros de encargos tempraneros, convencía a los hermanos para que le otorgaran permiso para poder estar presente en las disecciones de cadáveres que practicaban en la sala final de su taller. Era tal la obsesión que tenían por plasmar de manera correcta la anatomía humana que solo podían, según ellos, plasmarla entendiéndola y copiándola de la realidad. Por otro lado, el taller del maestro, ya anciano, Paolo di Dono, a quienes sus conocidos llamaban *el Uccello.* Paolo, ante la insistencia de un joven que decía ser iletrado, le explicó conocimientos básicos de matemáticas y perspectiva, y el joven de Vinci no dejaba de disfrutar cada rato que pasaba con él. Aunque poco pudo disfrutar de su compañía. El estudio de la perspectiva le había sumido en la pobreza y tenía poca alegría. Esbozaba alguna sonrisa cuando el joven aprendiz, aunque ya inscrito como maestro pintor, se desprendía de su capa rosácea y se ponía a practicar sus ejercicios. En breve, redactaría su testamento y no vería llegar el año 1476 de Nuestro Señor.

A Andrea del Verrocchio no le gustaba la idea de «compartir» a su Leonardo, pero el espíritu ardiente de este era como un león indomable y el maestro sabía que, si le llamaba la atención, no volvería a verle durante mucho tiempo. La única manera de tener a Leonardo rondando por el taller era ampliar de algún modo su creciente biblioteca. Años atrás, cuando Andrea contaba con solo cuatro años de edad, sus padres se beneficiaron del Concilio de Basilea del año 1431 de Nuestro Señor que, años más tarde, la peste obligaría a celebrar en la ciudad de Florencia. El padre de Andrea, Michele di Francesco Cioni, trabajaba como recaudador de impuestos después de una vida dura fabricando azulejos y tejas. El concilio, las idas y venidas de dignatarios y mentes letradas, y el tráfico legal e ilegal de textos de toda índole se sucedieron hasta el año 1445 de Nuestro Señor. Los volúmenes que Michele fue adquiriendo se convirtieron en parte del legado que donó a su hijo Andrea el buen día en que se independizó de su maestro, Giulio Verrocchi, y se convirtió en maestro con taller independiente. Poco a poco ese legado fue tomando forma hasta convertirse en una pequeña biblioteca privada en el propio taller del Verrocchio. Allí, Leonardo dejaba volar su imaginación y se enamoró, por alguna extraña razón, de los textos de arquitectura e ingeniería de Marco Vitruvio. Pero a pesar de su amor platónico, insistía en que todo se podía mejorar.

Su maestro y amigo Andrea era consciente de ello. Estos últimos días de septiembre había tenido un compromiso y se había visto en la necesidad de tener que delegar la última parte del encargo de la iglesia de San Salvi de Florencia. El encargo consistía en un bautismo de Cristo y se encontraba en fase de producción final. Andrea se había encargado de ejecutar, con su maestría, la escena central de la tabla al temple y únicamente faltaban los detalles que enfatizasen al San Juan y al Cristo que terminarían de envolver la imagen bíblica. Ahora, falto de tiempo, necesitaba una mano amiga que concluyera el encargo a tiempo. No podía permitirse perder clientela por insustanciales demoras y tampoco decir no a un nuevo contrato. Para ello, requirió de su amigo Leonardo.

El de Vinci aceptó de buena gana con una única condición: él pintaría al óleo. Nunca era tarde para echar una mano a un amigo, y menos aún si tenía una biblioteca tan poderosa como la de Andrea. Solo había una en toda Florencia superior en cantidad y calidad, pero demasiado para sus humildes expectativas, ya que se trataba de la biblioteca personal de Lorenzo de Médici. La biblioteca del regente de Florencia se había convertido en toda una referencia, sobre todo después de la visita de Gemisto Pletón a Cosme de Médici tiempo atrás, quien introdujo volúmenes que contenían textos perdidos de Platón, textos neoplatónicos, himnos órficos y documentos esotéricos del Egipto faraónico. La traducción de los textos corrió a cargo de Marsilio Ficino. Se rumoreaba que el plan del Magnífico era instaurar bibliotecas públicas en la ciudad, algo que Leonardo deseaba imperiosamente. Además, Leonardo había servido como modelo para la escultura en bronce del David de su maestro y sabía que eso le convertiría en inmortal.

Poco tiempo tardó Leonardo en terminar el encargo. Añadió un ángel más arrodillado en la escena, que sobresalía por el brillo mágico que emanaba su figura y por lo realista del cabello. Asimismo, rediseñó parte del paisaje del fondo para otorgarle parte de la perspectiva aprendida en el taller del Uccello y, por último, se permitió la licencia de mejorar algunos aspectos del Verrocchio. Algunos cabellos dotados de mayor naturalidad y realidad fueron añadidos al primer ángel e incluso a la figura de Cristo.

«Sí, hay un hereje en mí», se decía a sí mismo entre risas.

Lo que sucedió cuando Andrea del Verrocchio recogió la pintura ya terminada fue difícil de descifrar. Andrea se quedó pálido cuando se dispuso frente a la tabla. Leonardo no sabía qué hacer y, disimuladamente, se apartaba y se escondía entre las decenas de aprendices que observaban la escena con cierto recelo. Si Andrea estallaba en cólera, que se salvase quien pudiere. El silencio se podía rasgar con una daga. Todos, absolutamente todos, interrumpieron sus quehaceres y se acercaron al tumulto. Andrea no articulaba palabra. Algunos jóvenes miraban a Leonardo, y un mozo atrevido se pasó la mano por el cuello. Mensaje alto y claro. «Te van a colgar», quería decir mientras mostraba una boca a la que faltaba algún diente, fruto seguramente de alguna pelea callejera.

Andrea del Verrocchio giró sobre sus talones. Buscó con la mirada, aún pálido por lo que acababa de ver. Su rostro era indescifrable. Nadie sabía qué podría suceder a continuación. De repente, como una tormenta, su boca descargó un grito:

—¡Leonardo da Vinci!

El silencio de los allí congregados dio paso al sonido que desprendían los calzados de los aprendices arrastrándose por el suelo. De repente, y como si se tratara de alguien que había sido contagiado por la peste, todos aquellos que rodeaban a un Leonardo que quería pasar desapercibido le vendieron como Judas y le dejaron solo en medio de la estancia. Leonardo miró a un lado y a otro, como si con los ojos quisiera decir: «Me las pagaréis, bastardos». Miró de nuevo al frente, pero era tarde para reaccionar. Andrea, su maestro, amigo y confidente avanzaba hacia él con unos pinceles en la mano. Al llegar a su altura, se los puso enfrente de la cara y exclamó:

—¡Leonardo da Vinci! ¿Qué sueles decir a los más jóvenes con respecto a los maestros?

Leonardo no sabía dónde meterse. Ni sabía ni podía. Tragó saliva. No quería que las primeras palabras que emitiese surgieran con un ridículo falsete fruto de los nervios.

—Me… —titubeó—, mediocre es el alumno que no supera a su maestro…

Todos los allí presentes esperaban lo peor. Muy posiblemente, Andrea del Verrocchio estamparía los pinceles contra la cabeza del descerebrado que había osado cambiar las partes principales del encargo a su gusto y sin permiso.

Andrea aún tenía los pinceles frente al rostro de Leonardo. Acto seguido, levantó la mano izquierda, agarró el extremo opuesto de las pequeñas brochas y, en un abrir y cerrar de ojos, las partió por la mitad.

—Has superado a tu maestro, Leonardo. Juro en el día de hoy que no volveré a pintar.

Tiró las mitades de los pinceles al suelo y salió del taller. Leonardo aún no había reaccionado. Ni siquiera había bajado la mirada. Se quedó mirando al frente como si Andrea, el conjunto de cerdas y las palabras aún flotaran delante de él.

Cuando reaccionó, se limitó a repetir la palabra «no» unas cuantas veces. No podía permitir que el maestro no pintara más. No cargaría con esa culpa. El resto de jóvenes observaron cómo Leonardo salía corriendo por la puerta. A la salida, esperaba Andrea con una pequeña camada de perros que acaba de adquirir por unos florines. Leonardo frenó en seco y esperó. Se mantuvo distante. Esperó a que su amigo moviera ficha. Por la esquina, asomaba su colega Sandro Botticelli, que le hacía aspavientos con las manos. Leonardo le miró y se llevó el dedo índice izquierdo a los labios, rogando silencio y prudencia.

Andrea se acercó a Leonardo mientras este no había terminado de bajar el dedo y quedó en evidencia. Parecía no estar enojado en absoluto y le dedicaba una amplia sonrisa a los cachorros que portaba en una cesta de mimbre.

—¡Escoge uno! —le instó Andrea.

—¿Cómo dice, maestro? —preguntó atónito Leonardo ante la mirada de Sandro.

—Vamos, hombre, es para ti. Pensaba regalártelo en compensación por tu trabajo con el bautismo, pero visto el resultado, ¡igual deberías quedarte con la camada entera!

—¡Para nada, maestro! Eso provocaría un agujero en mi bolsillo difícil de remendar —bromeó Leonardo, más aliviado tras las palabras amigables de su maestro.

—Pues no hablemos más, Leonardo. Escoge uno. Es para ti.

Media docena de mastines napolitanos de dos años de edad se desperezaban frente a él. Observó cómo un pequeñín macho estaba mucho más espabilado que el resto y no dejaba de moverse torpemente por encima de los demás. Parecía que la curiosidad le obligaba a dar sus primeros pasos en esa vida. Leonardo no lo dudó. Lo cogió y el gesto del pequeño no se torció. Siguió con su instinto de curiosidad y olisqueó la cara de su nuevo dueño. Comenzó a lamer la nariz de Leonardo, lo que le provocó un cosquilleo que se tradujo en risas.

—¿Puedo quedarme uno? —exclamó Sandro Botticelli con una mirada cargada de ternura.

—¡No! —contestó Andrea mientras apartaba la cesta de mimbre del alcance de su antiguo alumno—. ¡En un arrebato de hambre, serías capaz de comértelo!

El comentario de Andrea del Verrocchio provocó una nueva carcajada a Leonardo. No hubo tiempo de despedidas. Cuando Leonardo se hubo recuperado del retortijón, su maestro había desaparecido.

—¿Cómo le llamarás? —preguntó celoso Sandro.

—Podría ponerle *Botticello* —bromeó Leonardo—, pero creo que nunca llegará a comer tanto como comes tú.

22

27 de febrero de 1482, abadía de Montserrat,
Corona de Aragón

Leonardo iba diseñando poco a poco su San Jerónimo para una ermita, un espacio pequeño con dos cisternas, necesarias ante la dificultad de conseguir agua. Una pintura al temple y óleo sobre una tabla de poco más de un metro de alto. En definitiva, un encargo menor para un espacio menor. Las ermitas eran los espacios reservados a los primeros custodios de Santa María de Montserrat, que hacían vidas paralelas con los monjes de la abadía, pero ahora habían sido relegados a un segundo lugar.

Se habían acomodado rápido y bien. La antigua hospedería no era desmesurada, pero tenía cobijo para tres inquilinos más. A *Vitruvio* no se le tenía en cuenta y descansaba fuera, en una pequeña caseta de madera. Leonardo no se sentía el mayor de los pintores con el trabajo encargado, pero al menos estaba en contacto con la naturaleza. La energía que allí se podía sentir era mística. El florentino era un hombre agnóstico que deseaba creer en algo, pero su código de vida le prohibía amar aquello que no era capaz de demostrar. Aun así, y con sus sentimientos expuestos encima de la mesa, era aceptado por la comunidad benedictina. Comía con ellos, siempre en silencio, e incluso les ayudaba en las tareas de campo. El profesor les ayudaba con la creciente biblioteca e impartía de vez en cuando alguna clase magistral. Gonzalo cuidaba de *Vitruvio* y era admitido entre los pocos estudiantes que allí se encontraban.

Leonardo, gran virtuoso de la música desde pequeño, participó en algunas de las clases de la escolanía de Montserrat. Existían en territorio catalán varias escuelas de cantos y salmos, pero ninguna llegaba a la excelencia de Montserrat. La formación religiosa, intelectual y musical de los mozos no tenía parangón. Gonzalo se sentía muy atraído por la música, pero estaba a años luz de alcanzar un nivel mínimamente aceptable. Leonardo de buena gana le enseñó a tocar la lira. El instrumento, una *lira da braccio*, constaba de siete cuerdas y se tocaban con un arco mientras los dedos pisaban las cuerdas para producir los sonidos deseados. Gonzalo aprendió algunos poemas de Petrarca o Poliziano y, entre risas, algún poema de tono más elevado de Cammelli. La lira era preciosa, con forma de caballo, construida en plata por el mismo Leonardo. Un regalo que Gonzalo no pudo aceptar cuando hubo de volver a casa. Una vez cada quince días tanto Josep Lluís como el joven porteador marchaban a la ciudad de Barcelona para pasar unas jornadas con sus familias.

* * *

Los monjes negros estaban reunidos. El hábito, la vestidura superior que guardaba la camisa de lana y el escapulario era negruzco. Todos estaban ocupando un sitio en la antigua sala capitular. Monjes y ermitaños, a excepción de los donados y los escolanos, como marcaba la Regla de San Benito en su capítulo I sobre las clases de monjes:

Es sabido que hay cuatro clases de monjes.

La primera es la de los cenobitas, esto es, la de aquellos que viven en un monasterio y que militan bajo una regla y un abad.

La segunda clase es la de los anacoretas o ermitaños, quienes, no en el fervor novicio de la vida religiosa, sino después de una larga probación en el monasterio, aprendieron a pelear contra el diablo, enseñados por la ayuda de muchos.

Bien adiestrados en las filas de sus hermanos para la lucha solitaria del desierto, se sienten ya seguros sin el consuelo de otros, y son capaces de luchar con solo su mano y su brazo, y con el auxilio de Dios, contra los vicios de la carne y de los pensamientos.

Los sarabaítas y los giróvagos no eran tenidos en cuenta. Della Rovere se sentó en la poltrona que le correspondía. Cuando todo estuvo en silencio, leyó en voz alta la misiva de Roma. Todos se quedaron ingratamente sorprendidos. No se esperaban tal edicto del papa Sixto IV: «Matar a Leonardo da Vinci». Algunos murmuraron en voz baja, otros agacharon la cabeza. Della Rovere tomó la palabra.

—Estamos ante una prueba más, hermanos. Seguimos la Regla de San Benito y, o bien actuamos con autosuficiencia bajo nuestros propios sentimientos, o por el contrario cumplimos la voluntad del representante de Dios Nuestro Señor en la Tierra. Como es costumbre, lo someteremos a votación. Hermanos, el procedimiento será el mismo. La tradición es sagrada. Bola blanca, a favor de Sixto IV. Bola negra, en contra de la misiva. Bola marrón, abstención. Los jóvenes votarán primero.

Por orden de ingreso en el monasterio, uno a uno fueron votando. El primero de ellos, Gerard Guiu, no había recibido «esa llamada». La llamada de Dios, como mencionaban muchos. Él sentía un vacío en su interior, buscaba la conexión y el desarrollo conjunto entre el cuerpo, la mente y el alma. Creía que Montserrat era el lugar perfecto para descubrir el sentido de su estancia en el Universo. Ahora se enfrentaba a una gran decisión. Era el primero en mostrar en público su opinión. ¿Hacer caso al Vicario de Cristo y convertirse en cómplice de asesinato? ¿Oponerse al Pastor Universal frente a sus compañeros de celda?

Gerard se acercó al recipiente. Miró en su interior. Deseaba que dentro del receptáculo hubiera algún símbolo, una guía que le indicase el camino a seguir. De repente, su cuerpo, su mente y su alma entraron en sincronía. Los tres como una unidad decidieron ejercer su derecho a no voto. Ante la mirada del abad comandatario, Gerard Guiu depositó la bola marrón en el fondo del envase. Sin bajar la cabeza, se sentó de nuevo en su escaño y esperó. De repente, el camino parecía mucho más claro. Uno tras otro, cada monje fue depositando su bola marrón en el recipiente. Sergi d'Assís, Mateo de Penya, Rafael Gerona, Joan Despla, Ludovico Ferrer, Francisco de Rosella, Benedicto Solivella, Gaspar Mirambells. Todos.

Solo quedaba una bola por depositar. El voto de Giuliano della Rovere. En el interior, solo se vislumbraba el color marrón. Nadie había hecho uso de ningún otro color que no significase la abstención de voto. En definitiva, Giuliano della Rovere tenía la última palabra. El color de su bola decidiría el futuro de Leonardo da Vinci. Blanco, moría. Negro, vivía. Marrón, viviría, pero sería expulsado de la comunidad. Nunca antes la hermandad de monjes se había visto en tal situación. Nunca antes, por el contrario, habían recibido la visita de alguien como Leonardo da Vinci. Para algunos, un genio en ciernes. Para otros, un perro que metía su hocico donde no le correspondía.

Giuliano della Rovere debatía consigo mismo. El papa Sixto IV era su tío. Él había llegado donde estaba gracias a su poderosa influencia. Por otra parte, el objetivo final de Della Rovere era llegar a sentarse en el trono de Pedro. ¿Cómo actuar ante semejante dilema? No podía esperar demasiado tiempo. Sería un símbolo de debilidad, de duda.

Giuliano della Rovere tomó la decisión que creyó conveniente. La bola rodó. Leonardo da Vinci estaba sentenciado.

* * *

La semana del 27 de febrero la abadía de Montserrat recibió una visita inesperada. Los comentarios de Fernando el Católico sobre la belleza del monasterio y sus gentes no pasaron de puntillas en los círculos reales. Una comitiva arribó al monasterio con un salvoconducto real. En realidad, el séquito partía de viaje hacia las costas italianas. La nieta de Fernando I, rey de Nápoles, viajaba con ellos. La joven solo contaba con doce años de edad, pero era endiabladamente bella.

El matrimonio se había pactado tiempo atrás, y el séquito real alcanzaría el puerto de Barcelona para navegar hasta Génova. Al llegar a Milán, conocería a su futuro marido, Gian Galeazzo, sobrino del duque Ludovico Sforza, y familiar directo de la pequeña. Su nombre era Isabella de Aragón. Todos quedaron prendados de su dulzura, de su hermosura, de su mirar. Leonardo no pasó por alto a semejante musa, y quedó atrapado como el resto de los pobladores de la abadía. Algunos monjes la comparaban con los ángeles del cielo.

La estancia sería breve. Había sido dificultoso llegar hasta el monasterio a través de las pendientes de la montaña. Los caminos no estaban en muy buenas condiciones y las gentes se acumulaban en los apeaderos a uno y otro lado del camino.

El padre Llorenç se encargó de hacer las veces de guía. No hubo rincón alguno que la pequeña Isabella no conociera, incluido el pequeño taller de Leonardo. Allí, en su puerta, un achacoso *Vitruvio* gestionaba las entradas y salidas del taller. No era fiero, pero su raza no dejaba de ser

una raza guerrera y dominante. Aun así, al ver a la pequeña de cabellos castaños y rizados, empezó a comunicarse
corporalmente. Orejas relajadas, ojos abiertos, boca ja-
deante, la cola agitada y en posición de efigie. Solo significaba una cosa: quería jugar. Isabella no le negó la ociosa
invitación. El desenlace del recreo solo tenía un final, la
niña en el suelo. El peso del mastín, viejo pero fuerte, acabó impulsando al suelo a la pequeña que, lejos de gimotear,
seguía sonriendo y agarrando al can en una especie de extraña comunión.

El maestro Leonardo da Vinci abrió la puerta de su
bottega y vio el espectáculo. La visión era encantadora. Un
grupo de hombres frente a una hermosa niña que jugaba
con su perro

—Bienvenida, *madonna*. Gran distracción debe tener
Dios en el cielo para permitir que un ángel como vos se
mezcle entre los mortales.

Leonardo besó la mano de la hermosa Isabella, que
disfrutaba de la galantería recibida. La pequeña, al entrar
como invitada, se quedó entusiasmada con el taller del
maestro. Retazos de pinturas, cuadernos con dibujos y maquetas aéreas. Isabella volaba con su imaginación, tratando
de averiguar para qué servía cada instrumento que pendía
del techado. La comitiva de Isabella les dejó hacer. Decidieron esperar al otro lado de la puerta, mientras *Vitruvio*
se lamía las patas y se acostaba, rendido ante la vitalidad
de la niña.

—*Meser* Leonardo, ¿para qué sirven esos artilugios
que tenéis?

—Algunos no sirven para nada aún. Pero ese de ahí, el que tiene las alas fijas, sirve para planear.

—¿Planear? —preguntó Isabella sin entender del todo lo que significaba la palabra.

—Para que me entendáis, pequeño ángel, volar. ¡Con él se consigue volar! —Se notaba que Leonardo vibraba con aquella historia.

—¡Volar! ¿Cómo se siente alguien cuando ha volado, *meser* Leonardo? —preguntó la pequeña.

—Veréis, princesa, una vez hayáis probado el vuelo, siempre caminaréis por la Tierra con la vista mirando al Cielo, porque ya habéis estado allí y allí siempre desearéis volver.

Isabella miraba a Leonardo seducida. A pesar de su corta edad, el hombre que tenía frente a ella era admirable. Había volado, como los pájaros, como los ángeles.

—Seríais un buen esposo —dijo Isabella con una madurez impropia a su edad.

Leonardo se rio.

—No es gracioso en absoluto —le regañó la chiquilla—. Lo digo totalmente en serio. Sería capaz de huir con vos. ¡Volaría con vos!

—Disculpadme, pero no lo creo señorita. ¡No sería buen esposo en absoluto!

—¿Tenéis novia? —El descaro se apoderó de la pequeña.

—¡No! —contestó sonrojado el florentino.

—¿Y novio? Dicen que en Florencia hay chicos que se besan con chicos. Vos sois de Florencia, ¿no es así?

La corta edad de Isabella de Aragón le hacía perder cualquier pudor que pudiera desprenderse de cada pregunta.

—No, mi señora, tampoco tengo novio.

—Entonces deberíais ser mi esposo. Milán se encuentra muy lejos y no conozco al novio que me han elegido. A mí me gustáis vos. Me gustan vuestros ojos azules y me gustan vuestros cabellos largos. ¿Queréis ser mi novio?

Leonardo estaba sonrojado. Pocas personas habían conseguido callar al florentino, pero la niña que tenía enfrente era un torbellino de curiosidad y sensualidad. Seis años antes, Leonardo habría tenido algún problema a la hora de frenar sus impulsos sexuales. Pero entonces había descartado cualquier acto carnal. Ahora lo repudiaba por completo. Un capítulo de su vida que no deseaba recordar. Una herida que no quería cerrarse.

—Veréis, princesa. En realidad, hace tiempo que decidí practicar el celibato.

—¿Qué significa «celibato»? —preguntó, de nuevo, curiosa.

—Es, digamos, complicado de explicar. Cuando seáis mayor, tendré el gusto de despejar vuestra duda. Pero me es imposible atender a vuestra petición ahora.

—Eso significa que no queréis ser mi novio...

Isabella de Aragón se entristeció como una niña caprichosa que no había conseguido su objetivo. Pero, en el fondo de su aún pequeño corazón, sabía que no había nada de capricho en su deseo.

Una diminuta llama se encendió en el interior de la muchacha. Como si de un pacto secreto se tratase, el padrino de la pequeña interrumpió la conversación abriendo la puerta. Hora de retirarse, pues a la mañana siguiente partirían hacia el puerto de Barcelona para embarcarse rumbo a Génova.

Isabella se resistió al principio, pero se rindió pasado un breve periodo de tiempo. Miró seductora a Leonardo, con toda la seducción que una niña de doce años podía tener. Se acercó a él y le besó en la mejilla. Los pelos dorados de su barba vibraron ante un beso que duró más de lo debido. Se dio la vuelta y partió, no sin antes dedicarle una nueva caricia a un *Vitruvio* que yacía rendido en el suelo después de su momento de ocio. Leonardo no volvió a verla. No habría querido volver a verla. No debía volver a verla.

En otro tiempo, en otro momento, en otra vida. Isabella de Aragón habría terminado de una u otra manera en su vida. Leonardo lo daba por seguro.

* * *

Varias jornadas después de la partida de la pequeña Isabella de Aragón, Leonardo estaba creando en el taller. Su mano izquierda comenzaba a plasmar un león frente a San Jerónimo. El león representaba un episodio en la vida de San Gerásimo, pero un error de traducción siglos atrás regalaron a San Jerónimo un animal de compañía. En el fondo, daba igual. Leonardo adoraba a los leones. Solía componer metáforas con su nombre y el rey de la selva.

Leone ardente
Leon ardo
Leonardo

No sacrificaría al animal. En realidad, Leonardo no tendría tiempo de sacrificar nada. Fue llamado de inmediato a la plaza del Abad Oliva. Allí esperaban con síntomas de preocupación el profesor y el guardián de *Vitruvio*. A su alrededor, monjes y ermitaños se hacinaban en formación esperando al pintor. A medida que se acercaba, Leonardo aminoraba la distancia entre paso y paso. Algo no iba bien. Era incapaz de adivinar lo que se avecinaba y no era un futuro calculado. Se había relajado. Naturaleza, paz, montaña, energía. Era obvio que, tarde o temprano, su vida tenía que dar un giro inesperado. Estaba condenado a no encontrar la paz.

El abad comandatario dio un paso al frente. Leonardo llegó a su posición.

—¿Qué sucede? —preguntó mirando al grupo de benedictinos que le observaba.

—Hemos recibido una orden del Sumo Pontífice Sixto IV.

Leonardo tragó saliva. Los instigadores del asesinato de los Médici no podían guardar nada bueno para él. Giuliano della Rovere continuó.

—La orden del Vaticano es acabar con tu vida.

Ante semejante decreto, Leonardo no hizo sino sonreír irónicamente. No era la primera vez que la parca volaba sobre su cabeza.

—Lo hemos sometido a voto, según nuestras reglas. No rebatiremos la decisión del Padre de la Iglesia.

Gonzalo y Josep Lluís se miraron. Ambos buscaron la mirada del maestro. El peligro era serio.

—Soy todo vuestro. —Leonardo levantó las manos esperando ser apresado.

Si la decisión estaba tomada, si era menester obedecer la orden del Papa bajo pena de excomunión, cualquier intento de fuga era imposible. Leonardo esperó unas últimas palabras.

—Tampoco seremos cómplices de semejante atrocidad. Nos hemos reservado el derecho de voto imparcial. Leonardo da Vinci, no sé qué habréis hecho en vuestras tierras, pero aquí solo te profesamos gratitud. Desgraciadamente, mi deber es instarte a que abandones la abadía en los próximos meses, pues tu presencia ya no es segura ni para vos ni para nosotros.

Leonardo respiró aliviado. Sin saberlo, la última bola que acarició la pared interna del recipiente en la sala capitular era de color marrón. Todos, incluido el abad comandatario, habían ejercido su derecho a no votar.

* * *

Leonardo tenía poco tiempo. Debía pensar en sus posibles futuros y rápido. La Toscana a priori no parecía un lugar seguro. Si le habían localizado en Barcelona, Florencia podría llegar a convertirse en una trampa mortal, a pesar de que Lorenzo de Médici seguía en el poder. El reino de Nápoles se hallaba bajo influencia española y pretendía cambiar de aires. Quizá la opción de Milán, al norte, era la más adecuada. Regida por un duque amante del lujo y de lo ostentoso pero, a su vez, gran mecenas. Había acogido a Donato Bramante como arquitecto de la corte y buscaba pintores de exquisita calidad. Además, su sobrino desposaría a la bella Isabella de Aragón. Había llegado el momento de escribir una misiva solicitándole una recepción y una muestra de su talento.

Debía escapar de las garras de Sixto IV.

A Ludovico el Moro.

Después, señor mío ilustrísimo, de haber visto y examinado ya suficientemente las pruebas de cuantos se reputan maestros en la construcción de aparatos bélicos y de haber comprobado que la invención y el manejo de tales aparatos no traen ninguna innovación al uso común, me esforzaré, sin detrimento de nadie, en hacerme oír de Vuestra Excelencia para revelarle mis secretos; ofreciéndole, para la oportunidad que más le plazca, poner en obra las cosas que, en breves palabras, anoto enseguida (y otras muchas que sugieran las circunstancias de cada caso):

1. He concebido ciertos tipos de puentes muy ligeros y sólidos y muy fáciles de transportar, ya sea para perseguir al enemigo o, si ocurre, escapar de él; así como también otros seguros y capaces de resistir el fuego de la batalla y que puedan ser cómodamente montados y desmontados. Y procedimientos para incendiar y destruir los del contrario.

2. Sé cómo extraer el agua de los fosos, en el sitio de una plaza, y construir puentes, catapultas, escalas de asalto e infinitos instrumentos aptos para tales expediciones.

3. Si la altura de los terraplenes y las condiciones naturales del lugar hicieran imposible en el asedio de una plaza el empleo de bombardas, yo sé cómo puede arruinarse la más dura roca o cualquier otra defensa que no tenga sus fundaciones sobre la piedra.

4. Conozco, además, una clase de bombardas de cómodo y fácil transporte y que pueden lanzar una tempestad de menudas piedras, es tanto el humo que producen que infunde espanto y causa gran daño al enemigo.

5. En los combates navales, dispongo de aparatos muy propios para la ofensiva y la defensiva, y de navíos capaces de resistir el fuego de las más grandes bombardas, de la pólvora y los vapores.

6. También he ideado modos de llegar a un punto preindicado a través de excavaciones y por caminos desviados y secretos, sin ningún estrépito y aun teniendo que pasar por debajo de fosos o de algún río.

7. Ítem, construiré carros cubiertos y seguros contra todo ataque, los cuales, penetrando en las filas enemigas, cargados de piezas de artillería, desafiarán cualquier resistencia. Y en pos de estos carros podrá avanzar la infantería ilesa y sin ningún impedimento.

8. En caso de necesidad, haré bombardas, morteros y otras máquinas de fuego, de bellísimas y útiles formas, fuera del uso común.

9. Donde fallase la aplicación de las bombardas, las reemplazaré con catapultas, balistas, trabucos y otros instrumentos de admirable eficacia, nunca usados hasta ahora. En resumen, según la variedad de los casos, sabré inventar infinitos medios de ataque o defensa.

10. En tiempo de paz, creo poder muy bien parangonarme con cualquier otro en materia de arquitectura, en proyectos de edificios, públicos o privados, y en la conducción de aguas de un lugar a otro. Ítem, ejecutaré esculturas, en mármol, bronce y arcilla, y todo lo que pueda hacerse en pintura, sin temer la comparación con otro artista, sea quien fuere. Y, en fin, podrá emprenderse la ejecución en bronce de mi modelo de caballo que, así realizado, será gloria inmortal y honor eterno de la feliz memoria de vuestro señor padre y de la casa de Sforza.

Y si alguna de las cosas antedichas parecieran imposibles o no factibles, me ofrezco de buena gana a experimentarlas en vuestro parque, o en el lugar que más agrade a Vuestra Excelencia, a quien humildemente me recomiendo.

Leonardo da Vinci. Florentino

23

21 de mayo de 1482, Florencia

Deseo servir a mi Señor,
que me ha hecho semejante a Él.
Deseo amar al Salvador
que murió en la cruz por mí.
Mi padre y mi esposo
es Jesús, dulzura mía;
mi madre y mi reposo
es la Virgen María.

<small>GIROLAMO SAVONAROLA</small>

Se sentía preparado. Acababa de cumplir treinta años y era el momento perfecto para dar el salto deseado. La orden dominica estaba de acuerdo, aunque algunos compañeros de orden le tildaban de pobre orador y carente de gracia. Ferrara y Bolonia se quedaban pequeñas. Florencia sería su destino. Girolamo Savonarola fue puesto en aviso. Las gentes de Florencia tenían un gusto más exquisito. Gustaban de oradores con estilo, no de predicadores desgañitándose como animales en los púlpitos. En ese sentido, partía con ventaja fray Mariano de Gennazano, no solo muy del gusto de los ciudadanos, sino también el predicador oficial de la familia Médici. Para Girolamo no era un problema. Su misión divina estaba por encima de los gustos y de las familias apoderadas. No pretendía agradar a Lorenzo. Solo a Dios.

Sabía que debía empezar con humildad. No tenía prisa. Cada paso que debiera dar iría guiado por el Señor. Despacio, con pies de plomo, sin caer en la tentación de la impaciencia. Su misión era destruir cualquier vestigio de vida pagana y reconducir las almas perdidas. Era un hombre temperamental. Lo sabía, pero poco a poco debería saber cómo apaciguar su cólera interior, cólera germinada por Dios, para no quemar en la hoguera a todos los pecadores que asolaban el suelo italiano.

El convento dominico de San Marcos, a pocos metros de la basílica de la Santissima Annunziata, había sido reconstruido a manos de Michelozzo por orden de Cosme de Médici. Entre sus muros había acogido a personalidades como Antonino de Florencia o Fra Angelico, y ahora llegaba un nuevo convidado, el por el momento menos conocido Girolamo Savonarola. Un patio interior de un verde intenso oxigenaba el recinto.

Seis años atrás, Sandro Botticelli había recibido el pago por su obra de manos de fray Domenico en ese mismo convento. Parecía que tarde o temprano, los destinos del artista y del reformador de almas pecadoras terminarían cruzándose.

La aclimatación de Girolamo al convento fue rápida. Seguía con el mismo estilo de austeridad. Su pequeño claustro, apostado en la planta superior, estaba mínimamente amueblado. Según subía la escalera que accedía a la planta superior, recorría el pasillo repleto de pequeñas estancias y giraba a la derecha al final. Al fondo del pasillo le esperaba su aposento. Al encontrarse en el punto más alejado de la entrada, el silencio era reconfortante. Un escritorio de madera, una silla donde poder reposar y una pequeña pintura de Nuestro Señor en la cruz. Siempre estaba presente el martirio y el sacrificio supremo de Jesús de Nazaret. No necesitaba más. En la insignificante estancia contigua, una cama. Escribir y leer, estudiar y aprender. Sabía que tarde o temprano, a través de la educación y del gustoso sacrificio al que se había entregado profundamente, tendría su recompensa. Esperaba alguna visión, alguna señal que le cerciorara de estar en el camino correcto. Mas no perdía ni la fe ni el tiempo. No debía dudar, no debía parar. El mal se esparcía por el mundo y él era un paladín del Señor.

Girolamo se puso pronto manos a la obra. Debería ganarse el puesto y, sobre todo, la reputación como maestro. Enseñaría a los novicios las lecturas de la Biblia y la práctica del ascetismo, intentando purificar los espíritus de los más jóvenes negando cualquier tipo de placer material. Comenzaría con la renovación de los más jóvenes, continuaría con artistas y nobles de la ciudad, y concluiría su misión con los gobernantes políticos y religiosos. Nada podía salir mal.

A escasos metros del convento, se hallaba el jardín de San Marcos. Para Girolamo, un hervidero de *firenzers* sodomitas y artistas que pasaban más tiempo desnudos que trabajando con el pincel. Cada vez que un joven aprendiz o jornalero llegaba al jardín, Savonarola rezaba por su alma impía y guardaba ayuno y silencio. El sentimiento que profesaba era de «asco».

Sin embargo, para Lorenzo de Médici era todo lo contrario. Era la gran academia de arte que siempre había querido tener. Su mujer Clarice de Orsini, en el año 1475 de Nuestro Señor, había comprado los inutilizados terrenos al convento y, desde ese momento, la familia Médici se había puesto manos a la obra para construir una escuela dedicada a las artes. Todas las esculturas del mundo antiguo que Lorenzo había adquirido a Roma fueron expuestas allí y, durante breves periodos de tiempo, se pudieron encontrar las mentes más brillantes de la época. Lorenzo creó la primera academia de arte en toda Europa y, entre los selectos miembros de tan distinguida y exclusiva academia, se encontraban Domenico Ghirlandaio, el escultor Bertoldo di Giovanni, un aprendiz demasiado joven pero prometedor llamado Francesco Granacci o el mismísimo Leonardo da Vinci, en esos momentos alejado del territorio italiano.

* * *

Ese mismo año, Sandro Botticelli había llegado a Roma con la comitiva florentina formada por grandes maestros de la pintura. Para un espíritu creyente como el de Sandro, no había mayor honor que formar parte de los hombres que, con cada pincelada que daban, creaban una nueva capilla para el honor y la gloria del Todopoderoso.

Sandro estaba feliz. No competía con nadie. Los elegidos para la divina misión tenían su propio espacio y su propio trabajo. Nadie era más que nadie, porque, como solían comunicar allí, todos eran iguales ante los ojos del Señor. Sandro no echaba de menos nada. Ni a nadie. Aunque sabía que, después de un año y medio en territorio romano, poco tiempo le quedaba para retornar a Florencia. Acabaría su trabajo para Sixto IV, entraría en la historia del arte y la religión y volvería a su taller. Después de concluir *Las pruebas de Moisés* y *La tentación de Cristo*, ultimaba los postreros retoques de *El castigo de los rebeldes contra Aarón*. Tenía en mente seguir cultivando su fama para la posteridad y ya había decidido cuál sería su próximo paso: ilustrar nada más y nada menos que la *Divina comedia* de Dante Alighieri.

El *Infierno* sería su próxima obra. La realizaría en Florencia.

Precisamente Florencia no tardaría en convertirse en un infierno. No solo para Sandro Botticelli, sino para el resto de los mortales que moraran en la ciudad señalada por la ira de Dios.

24

3 de junio de 1482, Florencia

¿Hasta dónde podría llegar el amor de una madre? ¿Cuántas odiseas sería capaz de soportar con tal de llegar hasta su hijo?

Caterina llevaba varias jornadas tras la pista de su hijo Leonardo. No sabía qué había sido de él y los rumores solo apuntaban a que había dejado la ciudad. Después de la conjura de los Pazzi, donde Leonardo había tenido un protagonismo no deseado, todo eran habladurías. Caterina escuchó de todo. «Leonardo es un hereje». «El joven Da Vinci es un héroe». «Surcó los cielos como Ícaro». «Intentó asesinar a Lorenzo de Médici». Caterina ni siquiera supo filtrar tanta información. Tan solo necesitaba encontrar a su hijo. Había dado el paso firme y necesario para mostrarse ante él, arriesgándose a un posible rechazo.

El taller de Leonardo estaba cerrado. Pensaba que podría haber sido ocupado por algún otro maestro que necesitara del espacio, pero el contrato nunca se llegó a cerrar. Al menos en esos momentos. En el taller de Andrea del Verrocchio, no sabían nada. Por su condición de campesina, otrora esclava, no podía acceder a ninguna dependencia ligada a Lorenzo de Médici, quien quizá podría desvelar el presente incierto de su hijo. Solo le quedaba la posibilidad de encontrar a Sandro Botticelli, de quien, después de ver cómo quemaban su *trattoria*, había perdido la pista. El taller del Verrocchio en este caso sí fue de ayuda proporcionándole la dirección de su *bottega*, pues era frecuente intercambiar clientes de maestro a discípulo una vez este se independizaba.

Caterina atravesó una ciudad en la que poco a poco sus habitantes empezaban a mostrar nuevas inquietudes. La admiración hacia el filósofo griego Platón o el interés por los menesteres del alma estaban a la orden del día.

Caterina se encontró con un hecho insólito. Sandro se encontraba en el tejado a varios metros del suelo, con un enorme bloque de piedra que estaba a punto de empujar al vacío. El destino de la mole pétrea no era el pavimento. Por el camino, arrasaría con la casa colindante a la *bottega*, propiedad de un comerciante de telares. Más tarde, Caterina se enteró de que Sandro estaba molesto, porque el comerciante había instalado en su propia casa las herramientas necesarias para fabricar las telas, lo que proporcionaba un desagradable y continuo ruido que no dejaba trabajar al pintor. Semanas atrás, Botticelli se había quejado ante el mercader, pero solo había obtenido por respuesta: «La casa es mía y hago cuanto me plazca en ella».

Harto del ruido y de la insolencia del residente contiguo, alzó un enorme bloque de piedra a su azotea y se dispuso a lanzarla contra la propiedad aledaña. El vendedor, presa del pánico, preguntó qué diablos hacía Sandro Botticelli. El maestro pintor le devolvió la puñalada moral. «El tejado y la casa son míos, y tiro de ellos lo que me plazca».

Gracias a una reflexión por ambas partes, el incidente no fue a más y ambos llegaron a un acuerdo. Caterina fue testigo de la última discusión. Tras dejar un tiempo prudencial de recuperación de los ánimos, llamó a la puerta.

Sandro abrió, aún acalorado por la discusión y por el enorme esfuerzo realizado.

—*Buon giorno, signore*, soy Caterina, la madre de Leonardo da Vinci.

No hizo falta más. Los dos se instalaron rápidamente en las dependencias de Botticelli.

—Contadme, *madonna*, ¿qué os trae por aquí?

—Necesito encontrar a mi hijo, señor. Tengo que hablar con él.

—Temo decirle que Leonardo no se encuentra en la ciudad de Florencia en estos momentos —explicó Sandro.

—¿Tendríais la bondad de facilitarme cualquier información que me pudiera llevar a él?

Sandro escuchaba a una mujer que superaba en pocos años la cuarentena. A simple vista, se podría decir que era una señora agotada física y mentalmente. El pintor no acertaba a discernir cuál sería su profesión, pero por las huellas en sus manos era obvio que no residía en la ciudad. Muy posiblemente trabajaba el campo, quizá en Vinci.

—Por supuesto, *madonna*. Aunque hace meses que no hablo con él, exactamente desde el día en que partió, todo hacía apuntar a que marchaba al norte, pues quería asentarse en Milán.

—¿Al norte de los Estados italianos? —dijo Caterina apesadumbrada—. ¿Qué se le ha perdido a mi hijo en Milán?

—No lo sé, *madonna*, pero Leonardo quería huir de los rumores y de los dedos acusadores que le señalaban por donde quiera que fuese. ¿Sabíais que…? —Sandro dudó—. ¿Sabíais que Leonardo fue acusado de…?

No resultaba nada fácil administrar información de ese calibre para una madre que buscaba desesperadamente a su hijo.

—Lo sé, *meser* Sandro, lo sé. En absoluto doy credibilidad a ninguna de las falsas acusaciones que se pudieron verter sobre él. De hecho, tengo información sobre dicho suceso que se me antoja imprescindible que llegue a oídos de mi hijo.

—¿De qué información se trata, si no es mucha indiscreción? —preguntó chismoso Sandro.

—Es mucha indiscreción —atajó directamente Caterina.

No hubo tiempo para mucho más. La contestación irreverente de Caterina no fue tomada en cuenta por Sandro, pero ella se sintió incómoda. Lo suficiente como para no continuar una conversación que no le proporcionaría mucha más información que la que poseía. Su hijo Leonardo había partido tiempo atrás a la ciudad de Milán.

Una ciudad a doce o trece jornadas a caballo a un buen ritmo. Algo que su sueldo no le permitía concebir. Necesitaba tiempo y dinero. La pasión venía de serie. Trabajaría, ahorraría y partiría a Milán.

Leonardo da Vinci merecía saber la verdad.

Su hijo, de una vez por todas, merecía el calor de su madre.

25

17 de octubre de 1482,
Sant Pau del Camp, Barcelona

Leonardo miró con ojos melancólicos por última vez la que había sido su morada los últimos meses. Allí dejaba un pedazo de vida, de historia, de arte. Paseos interminables por los jardines de la abadía. Conversaciones interminables sobre lo humano y lo divino en los terrenos colindantes de la hermosa ermita de San Acisclo. El propio Giuliano della Rovere despidió al séquito del artista.

—*Grazie mille*, padre —inició Leonardo.

—*Un piacere* —contestó Giuliano en perfecto italiano.

—Lamento tener que abandonar a San Jerónimo en tales condiciones. Una obra de arte nunca se termina, solo se abandona.

—No os preocupéis, *meser* Leonardo. Prometía ser una gran obra a su finalización, pero aun así, en estas condiciones, es digna de ser alabada. Me encargaré de que semejante arte llegue a Roma.

Giuliano della Rovere no era consciente de la profecía que acababa de pronunciar. Bajo el nombre de Julio II, él mismo encargaría a un joven aretino la bóveda de la Capilla Sixtina años más tarde.

—Id con Dios. —Y el abad comandatario les bendijo.

Leonardo sabía adónde ir. Había sido bien aconsejado. La última parada la realizaría en otro monasterio benedictino, Sant Pau del Camp en Barcelona. Después de obtener la dependencia del monasterio de Sant Cugat, en breve se celebrarían allí los últimos capítulos generales de las dos provincias eclesiásticas de Tarragona y Zaragoza, aunque el deseo de los pocos monjes que lo habitaban era iniciar un proceso de unión con el de Montserrat, que tardaría unos cuantos años en hacerse realidad. La iglesia se hallaba en un pequeño recinto amurallado con bloques de piedra. La construcción descansaba sobre una planta románica; una nave, tres ábsides semicirculares y un cimborrio de piedra labrada. Solo cuatro ventanas circulares permitían la tímida entrada de luz natural. El conjunto arquitectónico lo complementaban la sala capitular y el claustro cuadrado.

Se encontraba cerca del puerto, con lo que la localización era perfectamente estratégica. Una parada imprescindible, pues la salud de *Vitruvio* ya no era la de antaño. No soportaría de nuevo un viaje marítimo hasta Génova y, de allí, en carro a Milán. Su nuevo destino.

Descansarían un par de noches y partirían, de nuevo, en busca de seguridad y tranquilidad. Y sobre todo, de un porvenir. El salvoconducto otorgado por Llorenç Maruny evitó preguntas innecesarias y los monjes confiaron automáticamente en aquel estrafalario grupo. Serían recibidos como huéspedes el tiempo que fuera necesario. Leonardo no pretendía abusar de la hospitalidad, pues los monjes se hallaban sumergidos en la búsqueda de la lápida sepulcral del conde Guifré Borrell, fundador del monasterio. No había nada que le hiciera prolongar su tiempo en aquellas tierras. El profesor Espejo había sido su guía una y otra vez pero, al igual que Gonzalo, tenía una familia que cuidar en la ciudad de Barcelona. No podía pedirles más.

Se citaron dos jornadas más tarde, tiempo suficiente para que Leonardo se aclarara las ideas y disfrutara del vetusto *Vitruvio*, que contaba con siete años de edad, demasiados ya para viajes de larga duración. Su amo lo había tratado bien. El can nunca lo había traicionado. Pero había llegado el momento de las despedidas. El maestro florentino estaba acostumbrado a decir adiós, mientras que *Vitruvio* no había sido adoctrinado en el difícil arte de las despedidas.

El profesor Josep Lluís y Gonzalo llegaron al alba, puntuales. Gonzalo portaba la lira que tiempo atrás le había prestado Leonardo. Había practicado lo suficiente como para poder disfrutar de la música desde otro punto de vista. «Igual es la música la que me abre las puertas de la corte de los Sforza», pensaba Leonardo.

El florentino no quiso perder mucho más tiempo. Que estuviera acostumbrado a las partidas no significaba que no le afectasen. Se acercó al profesor y le abrazó.

—Profesor Espejo, contad nuestra historia. Puede que algún día la lean, puede incluso que no le crean. Pero eso no significará que no haya contado la verdad.

El profesor Josep Lluís le prometió que así se haría y le obsequió con una capa catalana rosácea, un *«catelano rosato»*. Acto seguido el artista abrazó a Gonzalo fuertemente.

—Habéis sido un gran apoderado, Gonzalo. Gente como vos sería de gran valor en las tierras de las que procedo. Os entrego a *Vitruvio*. Este mastín napolitano os profesa casi el mismo cariño que a mí. Un viaje por mar sería funesto para su delicado estado de salud. Solo os pido que le tratéis en sus últimos años de vida como os traté yo a vos.

Gonzalo agradeció con una amplia sonrisa el cumplido y agarró a *Vitruvio* quien, nervioso, no dejaba de mover de un lado a otro el rabo. Tendría un retiro espléndido.

Leonardo agarró sus pertenencias. Gonzalo, por última vez, se ofreció de nuevo a portar parte de la carga del maestro, pero este se negó. Ya lo tenía preparado. Un pequeño carro esperaba en la puerta del monasterio de Sant Pau del Camp. Todo estaba perfectamente empaquetado, a la espera de partir hacia el puerto. Leonardo miró de nuevo al monasterio, de cuyos monjes se había despedido con anterioridad y les había provisto de una buena dádiva. Después miró al profesor y a Gonzalo, su ayudante. La calidez de sus ojos azules les traspasó. La última mirada se la dedicó a su compañero inseparable. Su amigo le miraba nervioso, con la boca abierta y la lengua asomada. *Vitruvio* no sabía decir adiós, pero sí sabía transmitir un «te quiero», un «gracias por todo». Antes de que las lágrimas empezaran a asomar por las ventanas del alma, giró la cabeza y arrastró su cuerpo al carro que esperaba paciente. El conductor instó al caballo a que arrancara, una mano abierta en señal de despedida se perdió al cruzar la primera esquina. Pronto, el puerto, el barco y Milán.

Dejaba Barchinona. Dejaba Barcelona. Dejaba, una vez más, un pedazo desgarrado de su vida.

26

26 de abril de 1483, Milán

La llegada a la ciudad de Milán había sido lo más parecido a un triunfo laboral y personal. La carta enviada al duque de la ciudad no solo le había abierto las puertas de una ciudad sin prejuicios como Florencia, sino que además le había colocado directamente en una posición privilegiada como artista e ingeniero.

La ciudad de Milán, al tiempo que Leonardo arribaba, se encontraba regida por el duque en funciones Ludovico Sforza, conocido como *el Moro* o el *Tirano Perfecto*. En realidad, el poder había residido en su hermano Galeazzo Maria Sforza, pero su asesinato volcó la corona en su hijo de siete años Gian Galeazzo Sforza, futuro marido de Isabella de Aragón. Ludovico asumió la tutela del joven y el rol de duque de Milán y, al parecer, haría todo lo posible por no desligarse del poder.

La ciudad estaba ocupada por alrededor de ochenta mil habitantes, un número algo superior al de Florencia. Sin embargo, el comercio estaba mucho más desarrollado en las tierras de los Médici. Milán necesitaba de un desarrollo urbanístico majestuoso dentro de sus murallas. La buena noticia para Leonardo era que se trataba de una ciudad mucho más barata que Florencia. Como peaje de acceso a la ciudad bastaba con pagar cinco sueldos, mientras que el precio general de una prostituta en Florencia ascendía a diez ducados de oro. Vivir en Milán era una ganga.

Dominando la ciudad, había un castillo muy fuerte y hermoso de ladrillo rojo rodeado de fosos. Abarcaba aproximadamente ochocientos metros cuadrados con un gran patio interior, una plaza de armas y un jardín amurallado de unos cinco kilómetros de perímetro. Se trataba del baluarte defensivo conocido como castillo Sforzesco, cuya torre de setenta metros estaba en conexión visual directa con el impresionante Duomo en ciernes de la urbe.

Leonardo se había instalado en un palacio situado en la vía Bossi, a medio camino entre la catedral y el castillo. Aunque sin saberlo todavía, no tardaría en asentarse de una manera más definitiva en otro lugar. Ya tendría tiempo suficiente para considerar las cosas mundanas. Se encontraba con una ciudad a medio hacer. Una ciudad más preocupada por las guerras con los invasores del norte que por el desarrollo urbanístico y artístico.

El florentino, ya recuperado de las tensiones sufridas en el extranjero, tuvo tiempo de relajarse y su mente se puso a funcionar. Milán podría ser la ciudad perfecta. Proyectaría cinco mil edificios nuevos con treinta mil apartamentos en su interior. Dividiría en dos niveles la ciudad. Un nivel superior para paseos frente a un nivel inferior dedicado al comercio. Diseñaría una enorme red subterránea residual, edificios públicos y privados, y grandes jardines sorteados por canales acuáticos. Crearía la ciudad ideal.

Leonardo no vivía a lo grande. Pero soñaba y creaba a lo grande.

Sin embargo, su aparentemente utópico plan de concepción ciudadana se vio interrumpido por su primer gran encargo: la celebración de la Inmaculada Concepción. La petición del por entonces prior de la Confraternidad Milanesa de la Inmaculada Concepción constaría de una tabla central de la Virgen con el Niño rodeada de ángeles y dos profetas protegiendo el grupo central, mientras que los dos paneles laterales que formarían el tríptico, encargados a los hermanos pintores de Predis, Evangelista y Giovanni, incluirían cuatro ángeles.

Durante los años venideros, Leonardo hizo caso omiso del encargo. En vez de seguir las pautas acordadas con el prior, el maestro florentino legó una estampa muy diferente a lo que se esperaba de la obra. La iglesia de San Francesco il Grande esperaba impaciente el resultado.

Leonardo apostó por una composición que no satisfizo a los frailes de la orden. Daba igual. Su primer trabajo debía causar la impresión de que era el genio de Florencia del que todos hablaban. Debía suponer un antes y un después. Si triunfaba como pintor, su fama como ingeniero crecería con los mismos pasos agigantados.

Decidió restar cualquier símbolo de divinidad de todos los personajes. Esto llamaría mucho la atención, para bien y para mal. Los halos sagrados brillarían por su ausencia y las alas del arcángel Uriel no se llegarían a representar nunca. En su lugar, el arcángel tomaría el papel protector de la madre y sujetaría a Jesús niño. La Virgen, por otro lado, concedería un papel más protagonista al segundo chiquillo, conocido como Juan Bautista, señalado incluso por el arcángel.

Algunos de los más curtidos historiadores afines a la orden creyeron ver una especie de mensaje oculto en la pintura aludiendo al *Apocalipsis Nova* de Amadeo de Portugal. Uriel, el arcángel protector vigilante de las puertas del cielo, trataba de reivindicar el papel del a priori actor secundario de la composición que iba ganando terreno; el Bautista, sospechosamente parecido a Jesús, parecía estar incómodo en un espacio que no llegaba a pertenecerle del todo. «¿Ha osado el florentino a representar al Bautista como un hermano gemelo del Hijo del Señor?», se preguntaban algunos eruditos. «¿Representa al Bautista o, como dicen los textos apócrifos, ha personificado al supuesto hermano de Nuestro Señor Jesucristo delante de nuestras caras?», preguntaban otros refiriéndose a Tomás el Gemelo. «La composición está perfectamente dominada por un triángulo aludiendo a la Santísima Trinidad», trataban de disipar dudas los más profanos en el tema.

Leonardo ni negó ni corroboró tal acusación. Se divertía con las discusiones a sus espaldas. Era más que evidente que el mensaje que se respiraba en la obra distaba mucho de los Evangelios. El acto representado como tal no aparecía en las Escrituras Sagradas. Si Leonardo trataba de representar la peregrinación a Egipto, allí sobraba el Bautista y faltaba José de Nazaret, padre terrenal del Hijo de Dios. La Virgen María y Juan Bautista parecían adquirir un protagonismo casi insultante, algo que defendían los textos de Amadeo en los que se suponía, había dialogado con el arcángel Gabriel.

Leonardo mantuvo el secretismo de su obra. Le encantaba la duda que sembraba en todos aquellos que rondaban sus círculos profesionales. Era nuevo en la ciudad y, poco a poco, se convertía en protagonista. Arte representado con su técnica del *sfumato* y misterio aludiendo a textos heréticos a partes iguales. Admiradores y detractores compartiendo peso en la balanza.

Los miembros de la cofradía se negaron a pagar el estipendio prometido y Leonardo se negó a entregar la obra. Decidió venderla al mejor postor y consiguió una buena suma de dinero. En realidad, fue el propio Ludovico Sforza el que adquirió el retablo. Según el duque, era «la pintura más bella que se podía contemplar». Cuatrocientas liras fueron las culpables de que Leonardo se deshiciera del trabajo.

Años más tarde, Leonardo realizaría una nueva versión del cuadro mucho menos apócrifa con la ayuda de Ambrogio, pues su interés volaría a otros lugares. Alas y halos sagrados se verían representados ante el espectador y el arcángel apartaría dedo y mirada del niño y de la audiencia, respectivamente.

Leonardo le restó importancia a este segundo encargo. Había llamado la atención. Se había convertido por derecho propio en uno de los grandes. Los años de persecuciones y falsas acusaciones habían terminado.

Un duque con una abundancia de medios capaz de ejercer el mecenazgo con dinero, terrenos o propiedades inmobiliarias. Una ciudad a medio construir. Una red particular de canales, coronada con el *Ticinello* y el *Naviglio Grande,* que facilitaban el acceso a la construcción del impresionante Duomo, presentaba una carencia de esclusas.

Milán parecía la ciudad propicia para él.

27

1488-1490, Estados italianos

Jesús, dulce consuelo y sumo bien,
de corazón inquieto,
protege a Roma con perfecto amor.
¡Ay! Mira compasivo en qué tormenta
se halla tu Esposa,
y cuánta sangre se acumula tras de nosotros,
si tu mano piadosa,
que siempre se complace en perdonar,
no le devuelve a aquella
la paz cuando era pobre.
Abre, Señor, ahora tu costado,
y deja que penetren
las oraciones de tus devotos fieles.

GIROLAMO SAVONAROLA

Habían pasado duros años de entrenamiento. Su primera incursión en el ambiente florentino no había arrojado el resultado esperado y, cabizbajo, tuvo que regresar a la vida errante y predicadora. Durante los años siguientes se empeñó en buscar seguidores con pasión. Su fervor oratorio iba *in crescendo* a medida que se granjeaba fieles y vituperadores por igual. Uno de los que encontró sintonía con el fraile fue Giovanni Pico della Mirandola, el joven humanista de Ferrara que contaba con no más de veinte años por aquel entonces.

Durante el año 1484 de Nuestro Señor, durante las idas y venidas por las tierras de la Toscana y Lombardía, el fraile tuvo una gran revelación. La divina inspiración le había clarificado su misión divina. Durante la Cuaresma en la colegiata de San Gimignano cargó de nuevo contra los vicios reinantes y contra la Iglesia corrupta que regía desde Roma. Amenazaba con un castigo próximo desde los cielos y su agresividad oral se veía recompensada por un extenso número de fieles. Su mensaje era claro: la Iglesia necesitaba una reforma. Debía ser flagelada y renovada. Él marcaría el camino a seguir.

Fue un largo periodo itinerante, pero enriquecedor. Las ciudades de Reggio, San Gimignano, Brescia, Pavía o Génova encontraron en Savonarola un soplo de aire fresco para sus ideales. Se estaba ganando una fama, antes ausente, que le abriría de nuevo las puertas de Florencia. Las palabras sobre su propio Apocalipsis no dejaban indiferente a nadie, y la mayoría veía con buenos ojos una reforma cada vez menos imposible de realizar.

Lorenzo de Médici cometió un error. Influenciado por las palabras de un ya maduro Pico della Mirandola y por la obsesión de dotar a la ciudad de Florencia de todo cuanto pudiera engrandecer la fama de la ciudad, hizo llamar a Girolamo Savonarola. Escribió al maestro de la orden de los dominicos instándole a que les mandara a «Hyeronimo de Ferrara», tal y como lo conocía el Magnífico.

Girolamo Savonarola no lo dudó. Era el momento perfecto. Tenía madurez, tenía experiencia, gozaba de la credibilidad del oyente y su energía rebosaba por los poros de su piel. La primera vez fue decisión suya. Esta vez era reclamado. Regresaba al convento de San Marcos. Volvía a la Ciudad. Volvía a Florencia.

Lorenzo de Médici ya tenía su propio caballo de Troya dentro de la ciudad.

28

*24 de julio de 1490,
taller de Leonardo, Milán*

Giacomo vino a vivir conmigo el
día de la fiesta de María Magdalena
del año 1490. Tenía diez años.

LEONARDO DA VINCI

De repente, como una especie de hijo adoptivo, ingresó un
pequeño diablo en el taller de Leonardo. En tan solo dos
jornadas, el hijo de unos campesinos de Oreno había puesto el taller y la vida de Leonardo patas arriba. El bello joven
de cabellos rizados, Gian Giacomo, solo tenía diez años,
pero comía por dos y hacía las mismas trastadas que cuatro.

La idea de Leonardo, a priori, era formarlo como artista. Aprendería primero los oficios de recadero y criado,
sirviendo incluso algunas veces de modelo. Pero no iba
a ser tan fácil como parecía. La *bottega* de Leonardo no
llevaba mucho tiempo abierta, pero los encargos empezaban a amontonarse y el dinero iba y venía. Se podía decir
que no le iban mal las cosas. Entre sus clientes, algunos

comerciantes acaudalados de la Corsia dei Servi. Entre el personal de Leonardo, se encontraban como colaboradores los Predis, Ambrogio y Evangelista con los que había colaborado años atrás en el encargo de la Confraternidad Milanesa de la Inmaculada Concepción. También deambulaban por allí Giovanni Antonio Broltraffio, un discípulo práctico y experto, y Marco d'Oggiono, un joven asociado al taller del maestro Leonardo. Iba y venía también de vez en cuando el maestro Tommaso, el metalista conocido como Zoroastro, gran amigo del florentino.

Gian Giacomo resultó ser un auténtico ladronzuelo. De vez en cuando, desaparecían plumas, estiletes con puntas plateadas y alguna que otra moneda de la faltriquera del maestro. En definitiva, Leonardo da Vinci había admitido en su taller a un pequeño diablo mentiroso, obstinado y glotón.

Los días transcurrían y Leonardo parecía sentirse como en su casa. Su taller, mediante Ambrogio de Predis, había facturado un bello retrato de Beatrice d'Este, futura esposa del duque de Milán Ludovico Sforza como regalo de boda. Al mismo tiempo, Leonardo había pintado para el duque el retrato de su amante favorita, Cecilia Gallerani. La bella amante adolescente y el pintor florentino se habían conocido tiempo atrás en el castello Sforzesco, y la virtud de la paciencia de la dama le creaba una enorme curiosidad. Al duque, hombre de dudosa fidelidad, le llenó de orgullo poseer esas dos obras de enorme valor. El poeta Bellincioni se hizo eco del retrato de la Gallerani.

Oh, Naturaleza, cómo envidias a Vinci,
que ha pintado a una de tus estrellas,
la hermosa Cecilia, cuyos bellos ojos
la luz del sol convierten en oscura sombra.

La posición de la *bottega* crecía y crecía en el Milán de los Sforza. A Leonardo también le avalaba el retrato de Atalante Migliorotti, músico, amigo y profesor del pintor. El mismo Franchino Gaffurio, el músico maestro de la capilla de la catedral de Milán, al verlo quedó impresionado. El retrato portaba un homenaje para él, la partitura del «*Angelicus ac divinum*», compuesta por el propio Gaffurio.

Atrás quedaba la boda de la bella joven que conoció en Montserrat. La pequeña Isabella de Aragón, princesa de Nápoles, había contraído matrimonio con Gian Galeazzo Sforza, que pasada la veintena aún esperaba hacerse cargo del Ducado de Milán. No perdía el contacto con Leonardo da Vinci, ya que les unía una profunda admiración recíproca. Él decía de ella que era «más bella que el sol». El maestro florentino había creado para sus esponsales una extraordinaria cabalgata. La *Procesión del Paraíso*. En ella, siete actores cuyas vestimentas representaban a los siete planetas conocidos orbitaban alrededor del escenario ovalado cubierto de oro declamando pura poesía en movimiento. El libreto era de Bernardo Bellincioni, quien había alabado el trabajo del vinciano para Cecilia Gallerani, pero esta vez la composición no estuvo a la altura del arte escénico. Un sistema de poleas provocaba el movimiento de los doce signos del zodiaco, un tema que apasionaba a Leonardo, un espectáculo móvil que la ciudad de Milán tardaría en olvidar. Lo que Ludovico Sforza tardó muy poco tiempo en olvidar fue el menú presentado por el florentino. Leonardo, en un ejercicio retrospectivo, diseñó el menú de la boda desde un enfoque mucho más estético que nutricional. Así pues, Leonardo recomendó:

— Una anchoa enrollada descansando sobre una rebanada de nabo tallada a semejanza de una rana
— Otra anchoa enroscada alrededor de un brote de col
— Una zanahoria, bellamente tallada
— El corazón de una alcachofa
— Dos mitades de pepinillo sobre una hoja de lechuga
— La pechuga de una curruca
— El huevo de un avefría
— Los testículos de un cordero con crema fría
— La pata de una rana sobre una hoja de diente de león
— La pezuña de una oveja hervida deshuesada

Ludovico se negó enseguida. No podía permitir que los invitados le señalaran de avaro y mezquino. El duque decidió que Leonardo se encargaría de las artes escénicas y él mismo del banquete. En contra de Leonardo, el duque encargó:

— 600 salchichas de sesos de cerdo de Bolonia
— 300 *zampone* (patas de cerdo rellenas) de Módena

- 1.200 pasteles redondos de Ferrara
- 200 terneras, capones y gansos
- 60 pavos reales, cisnes y garzas reales
- Mazapán de Siena
- Queso de Gorgonzola que debía llevar el sello de la Cofradía de Maestros Queseros
- Carne picada de Monza
- 2.000 ostras de Venecia
- Macarrones de Génova
- Esturión en bastante cantidad
- Trufas
- Puré de nabos

La decisión del gobernador de la ciudad abasteció de buena manera el estómago de los portadores de gula y el creativo de Vinci satisfizo a los hambrientos de espectáculo.

Ahora Leonardo había puesto a su disposición a Giovanni Antonio Boltraffio, quien por esas fechas se encargaba de dar forma a una nueva composición de la *Virgen y el Niño* usando a Isabella como modelo. El mismo Leonardo podría haberse hecho cargo, si bien es verdad que estaba profundamente sumergido en el estudio de la anatomía.

El panorama, por tanto, era iluminador. Un Leonardo al cien por cien de su capacidad intelectual; un taller que hervía de encargos con un gran número de profesionales trabajando puro talento; un nuevo hijo adoptivo al que llamaría *Salai*, el pequeño diablo, al que tendría que domesticar y, en breve, uno de los mayores encargos de su vida.

Y por encima de todo aquello, Leonardo da Vinci había sido elegido como maestro de ceremonias del enlace del duque de Milán Ludovico Sforza con Beatrice d'Este.

Hora de pasar a la historia.

29

Cuaresma de 1491-1492,
San Marcos-Santa Maria del Fiore, Florencia

San Marcos se había convertido en un fuerte fácil de conquistar. En menos de un año, el gran orador que paseaba por los tejados de San Marcos en plena noche se había ganado la admiración de sus iguales. Nada tenía que ver aquella figura con la del fraile que, tiempo atrás, tuvo que abandonar la ciudad con su inexperiencia como carga.

Ahora era un hombre distinto. En efecto, era un hombre. Estaba a punto de cumplir cuarenta años y las lecciones aprendidas en la última década le habían colocado en el lugar que él creía que le correspondía. A pesar que se le respetaba mucho más que hacía nueve años, Girolamo accedió por voluntad propia a volver a impartir clases de lógica entre los novicios. «La reforma empieza desde el interior».

Los sermones en San Marcos denotaban una mayor hondura espiritual. Hablaba con la misma pasión que antaño, pero sumaba conocimientos teológicos por encima del resto y una fuerza y convicción fuera de lo común. Poco a poco, en el transcurso de las semanas, San Marcos se quedó pequeño. Savonarola merecía y necesitaba debutar en un espacio mayor, digno de su cometido y de sus palabras. Digno asimismo de los oyentes que, de boca en boca, conseguían una mayor afluencia.

Fue así como Girolamo Savonarola fue invitado a predicar en el duomo de Santa Maria del Fiore. Había llegado el momento. Él sería la palabra de Dios.

Sandro Botticelli se encontraba entre los asistentes. Sabía que llegaría un nuevo orador a la ciudad. Formaba parte de un comité que decidiría la nueva fachada del Duomo y como hombre curioso y religioso decidió dar una oportunidad al fraile de Ferrara.

Girolamo Savonarola, con su ferviente anticlericalismo, comenzó a hablar.

—¡Escúchame bien, oh, Florencia! ¡Es nuestro Señor Jesucristo quien habla a través de mi voz! ¡Estás abarrotada de gente poco devota! ¡Tus gentes prefieren la envidia y la codicia, y se apartan del camino del Señor! ¡Oh, Florencia! ¡Te has dejado engatusar por los placeres carnales, permites que tus lienzos veneren lo pagano! ¡Arrepiéntete!

Las pocas decenas que deambulaban por el interior de Santa Maria del Fiore se multiplicaron en cuestión de segundos. Cientos de personas entraban en trance al escuchar las palabras de una voz desagradable pero segura de sí misma. Algunos religiosos se llevaron las manos a la cabeza. No entendían el porqué de las palabras de Girolamo, pero no lo podían parar. Por sorpresa, muchos de los presentes mostraban lágrimas en las mejillas al escuchar al pregonero. Cuantos más devotos se desnudaban el alma, más se crecía Savonarola.

Los clérigos que se oponían a las blasfemias del invitado les llamaron despectivamente *piagnoni* o llorones, porque parecían plañideras pagadas en vez de creyentes exaltados de pura emoción. Pero las lágrimas, lejos de ser gotas de contrabando, eran manantiales de pura verdad.

Aún faltaba la estocada final. Aquel sermón que le convertiría en mártir o en leyenda.

—¡Es mi deber abrir vuestros ojos y haceros saber que toda la bondad y toda la maldad recae sobre la cabeza de Lorenzo de Médici! ¡Su responsabilidad también está en sus pecados! ¡Si siguiera la senda del Señor, toda la ciudad se santificaría! ¡Es el orgullo el que no permite corregir al tirano! ¡Escuchad lo que os digo! ¡No siento temor al destierro! ¡Aunque yo venga de lejos y Lorenzo de Médici sea el principal ciudadano de Florencia, tened por seguro que, cuando Lorenzo parta de este mundo, yo seguiré entre vosotros!

Los florentinos creyentes vieron a un nuevo enviado de Dios, cargado no solo de cólera, sino también de coraje. Supieron apreciar el valor destilado en cada palabra, en cada gesto, en cada mirada.

El duomo de Santa Maria del Fiore había sido testigo de excepción. Un soplo de aire fresco había llegado a la ciudad.

Lorenzo de Médici no podía creer las palabras vertidas sobre él. El Magnífico era el artífice y único culpable de la presencia del fraile en la ciudad. ¿Cómo era posible que descargara su ira contra él? Lorenzo creía poseer un as en la manga. Creía que, en su intento de purificar la Iglesia desde dentro, cargaría contra el Papa, potenciando así la figura del príncipe en la ciudad. Florencia contaría con un nuevo soldado en sus filas contra los ejércitos vaticanos. Girolamo debía ser aquel que insuflara una nueva ilusión y una nueva ideología que acabara con la cortina que escondían en Roma. Pero el devenir de los hechos no era ni mucho menos lo que Lorenzo esperaba.

De una u otra manera, Lorenzo de Médici intentó acercar posiciones con Girolamo Savonarola. Ni siquiera haciendo, como patrón del convento, que se convirtiera en el prior de San Marcos en el mes de julio de ese mismo año 1491 de Nuestro Señor. Lorenzo necesitaba a un monje verdadero allí y quería mantener la amistad con Pico della Mirandola, el auténtico valedor de Savonarola. Era costumbre que, tras la investidura, el prior aceptara la invitación de Lorenzo de Médici para mostrarle sus respetos y su gratitud. Esta vez no ocurrió. Girolamo se excusó nombrando a Dios su Señor como el auténtico artífice de que fuera elegido prior de San Marcos. No le habían hecho ningún favor. Se había hecho justicia.

—Un monje extranjero se ha asentado en mi casa y ni siquiera se preocupa de visitarme —decía a sus círculos íntimos Lorenzo de Médici, que contaba con cuarenta y dos años de edad.

Así fue como una comitiva formada por cinco de los ciudadanos más prominentes de la ciudad de Florencia realizaron una visita bajo pagamento en nombre de Lorenzo al nuevo prior del convento de San Marcos. Francesco Valori, Guidantonio Vespucci, Domenico Bonsi, Paolantonio Soderini y Bernardo Rucellai hablaron con Girolamo. Le pidieron por activa y por pasiva que dejara a un lado sus sermones más provocadores. Le instaron a obviar términos como «purgas», «muertes» y «renovaciones espirituales», así como el nombrar al propio patrón del convento y regente de la ciudad. Girolamo Savonarola no accedió a las peticiones. Se limitó a apuntar que, si él tenía derecho a predicar, era libre de pronunciar las palabras que estimase oportuno, porque eran las palabras del verdadero Señor, del Señor Supremo.

Una vez más, los intentos de Lorenzo de Médici por ganarse al inquilino que se transformaba lentamente en su propio parásito fracasaron.

En sus últimos momentos de vida, tras una larga enfermedad, el día 9 de abril del año 1492 de Nuestro Señor, Lorenzo de Médici pidió confesarse ante Girolamo Savonarola. Nadie estuvo presente en esa sala. Nadie supo nunca qué se dijo entre esas cuatro paredes. Cuando Lorenzo *el Magnífico* expiró, Savonarola pronunció pocas palabras.

—Lorenzo de Médici se fue a la grupa de la muerte y yo me quedé.

Lorenzo de Médici no vivió lo suficiente para conocer las noticias del Nuevo Mundo. Por otro lado, la pequeña pero más que relevante profecía de Savonarola se cumplió.

Girolamo Savonarola se convirtió oficialmente en Caballero de Cristo.

30

La justa organizada junto con el capitán Galeazzo Sanseverino para los prolegómenos del enlace de Ludovico
y Beatrice había sido de nuevo un éxito. Esta vez, Leonardo tuvo la osadía de convertir a parte del grueso de los
soldados de Sanseverino en hombres salvajes represen-
tantes de la Madre Naturaleza. Ellos lucharían contra el
capitán en duelos de caballo y lanza, cuyo yelmo, diseñado por el florentino, recordaba a un dragón con los cuer-
nos trazados en espiral acompañados por una serpiente alada.

Debía seguir con el plan establecido. Justo antes del
amanecer de la jornada del 24 de enero, había convocado a
los mejores arquitectos, cocineros y pasteleros en la plaza
central del castello Sforzesco. La tarea prometía ser ardua.
El resultado garantizaba la inmortalidad.

—Escuchadme, amigos de Milán —comenzó Leonardo—. Hoy cambiaremos el curso de la historia. Mañana, cuando nos recuerden, decidirán cambiar el nombre de

esta plaza, la plaza de las Armas, y la denominarán plaza de las Tartas.

La gente, en un primer momento, no entendió nada. Leonardo, poco a poco, descubrió cuál era su secreto. Había decidido sustituir la tarta nupcial en el enlace del duque con Beatrice d'Este. En su defecto, celebrarían la alianza en el interior de ella. Con un meticuloso plan que Leonardo dibujó en la arena, explicó paso a paso lo que, entre todos, conseguirían.

Crearían una enorme tarta de sesenta metros de longitud con pasteles y bloques de polenta. Un banquete aderezado con nueces y uvas pasas, frutos secos que simbolizaban la fertilidad. En su interior, sustituirían cualquier mobiliario por mesas y sillas hechas de pastel. Sería una boda única.

Se formaron dos grupos de personas. Unos, le tildaban de genio pero se amedrentaban ante la dificultad de conseguir el reto en una jornada. Otros le suponían lunático y demente, pero querían formar parte indiscutiblemente de semejante proeza. Las palabras de Leonardo terminaron convenciendo a todos por igual y, de la mañana a la noche, Milán se convirtió en una única empresa con un fin singular: construir la tarta más grande del mundo.

Al término de la jornada, todos alabaron la capacidad creativa y organizativa de Leonardo, el florentino. Frente a ellos, ya iluminado con antorchas y lámparas de aceite, se alzaba triunfal el enorme pastel que contendría nada más y nada menos que a trescientos invitados.

Marco d'Oggiono se encargó de pagar los estipendios acordados y cada uno regresó triunfante a casa. Leonardo fue el último en abandonar el patio de armas. También sería el primero en llegar la mañana siguiente.

La jornada del 25 de enero del año 1491 de Nuestro Señor fue una hecatombe.

Al llegar, el maestro de ceremonias de Ludovico Sforza, el duque de Milán, enmudeció. A las primeras luces de la mañana, a falta de unas cuantas horas para la celebración de las nupcias, el banquete ya se había celebrado. Leonardo había calculado mal. En realidad, no había calculado como posible desenlace un elemento imprescindible en cualquier ciudad en obras que se precie. Las alimañas. El azúcar utilizado en la elaboración de la tarta despertó los sentidos de cuantos animales andaban por la ciudad. Ratas, gusanos, insectos y aves tuvieron el convite de su vida. Flaco favor le hizo a Leonardo la proximidad del enorme jardín ducal, el *Barcho*, sede de todo tipo de bestias.

Todo lo que había sido construido en el patio de armas, la plaza central de la fortaleza sforzesca, yacía derrumbado sobre el suelo. Las calzas de Leonardo se iban llenando cada vez más de inmundicia, mientras caminaba alrededor de las alimañas, a las que no parecía importar la intrusión de un nuevo ser. Al fin y al cabo, había para todos. Los instintos animales prohibían desperdiciar tal festín.

Los ayudantes de Leonardo en tal empresa, así como los miembros de su taller, se llevaban las manos a la cabeza. Unos intentaban librar una batalla campal contra las sabandijas. Otros miraban a Leonardo, suplicando una pronta solución. Salai, mientras tanto, se mofaba de las ratas intentando alcanzarlas con restos de nueces esparcidas por doquier. Realmente se divertía, haciendo caso omiso al desastre ocurrido y a los posteriores daños colaterales que ocasionaría.

Leonardo, horrorizado, huyó. No por miedo a Ludovico Sforza, no por miedo a lo que diría. Lo único que le asustaba era él mismo. Había fallado. No había calculado esa posibilidad, no estaba contemplado el fallo. El pequeño Salai se fue detrás de él, divertido, sin saber el alcance de la catástrofe.

Fueron los ayudantes los que tuvieron que dar explicaciones ante el duque. El bueno de Giovanni Antonio Boltraffio llevó la voz cantante. Él era el artífice del retrato de Beatrice d'Este como regalo de bodas y ayudaría a calmar la tensión. Por supuesto, culparon a la mala previsión de Leonardo, pero también supieron jugar una baza a su favor. Zoroastro evidenció que Milán necesitaba esa ansiada reforma urbanística que hiciera desaparecer las alimañas de una vez por todas. Ante semejante axioma, los duques dieron su brazo a torcer.

Aun así, lejos de enfurecerse, Ludovico Sforza actuó raudo. Aún tenían algunas horas por delante para deshacer el entuerto. Despejarían toda la plaza de las Armas para que los olores no afectasen a los invitados y decorarían in extremis la corte ducal coronada con el Pórtico del Elefante. Cuando terminaran las nupcias, ya rendiría cuentas con Leonardo da Vinci. Beatrice d'Este, lejos de sentir que su gran día se había echado a perder, admiró la valentía de aquel hombre. La tarta más grande del mundo yacía en el suelo del patio de las armas pero, al fin y al cabo, era su tarta. Su tarta más grande del mundo.

Ninguno lo vio con los ojos de Isabella, que aún recordaba aquella bella jornada en Montserrat. Aquella tarta habría hecho volar a cualquiera. A partir de ahí, todo fue cuesta abajo. El rumor se extendió como la pólvora y la fama de Leonardo poco a poco fue menguando. El florentino, presa de su propio fracaso, empezaba a imaginar un paralelismo con su antigua ciudad, con la obligación de abandonarla. Todo lo que había creado hasta ahora estaba a punto de desmoronarse. Sus pinturas, su taller, su «paraíso» de Isabella de Aragón. No importaba cuántos buenos trabajos hiciera uno en vida. La gente solo te recordaría por el último.

Tenía que jugarse su reputación a una sola carta. Había llegado el momento de recuperar el fragmento de su carta a Ludovico.

Y, en fin, podrá emprenderse la ejecución en bronce de mi modelo de caballo que, así realizado, será gloria inmortal y honor eterno de la feliz memoria de vuestro señor padre y de la casa de Sforza.

Crearía la estatua ecuestre, recuperaría la fama y la confianza perdida. Todos volverían a admirar a Leonardo da Vinci.

Mientras, en la calle, un rumor. Un fracaso. Una realidad: el genio de Florencia era incapaz de dar de comer a trescientas personas.

31

*16 de julio de 1493, jardines ducales
del castello Sforzesco, Milán*

Dos años habían pasado desde la catástrofe. Durante ese tiempo, el mundo parecía que cambiaba y evolucionaba a pasos agigantados. Solo en el último año un Borgia había ascendido al trono de Pedro. Rodrigo se había convertido en Alejandro VI. En las tierras de los Reyes Católicos, se había librado la última batalla contra los nazaríes de la Granada de Boabdil, y los judíos fueron expulsados mediante decreto ley. Por si fuera poco, Cristoforo Colombo o Cristóbal Colón, como lo conocían sus mecenas españoles, había llegado a las Indias Occidentales. En definitiva, muchos cambios. Nuevas oportunidades.

La ciudad de Milán seguía su curso. Nuevas obras, nuevos proyectos. Leonardo había presentado un nuevo bosquejo para la cúpula de la catedral de Milán, pero fue desestimado. Todo cuanto podía o quería hacer se encontraba con una negativa por respuesta. Al mismo tiempo, se iba preparando la estatua ecuestre que había prometido: el caballo, símbolo del poder conquistador en honor a la casa Sforza; el caballo, noble, rápido, libre, bello; el caballo, su salvoconducto para recuperar el prestigio perdido.

Gracias de nuevo a las peticiones cómplices de Beatrice d'Este y de Isabella de Aragón, Ludovico Sforza recibió a Leonardo. En un intento de desacreditar al pintor e ingeniero florentino, llamó a lo mejor de cada casa para un banquete que se celebraría en los jardines ducales, frente al castello Sforzesco. Precisamente el lugar de donde llegaron las alimañas que acabaron con la tarta más grande del mundo. Irónico.

Allí se encontraban el duque con Beatrice d'Este, su sobrino Gian Galeazzo con la princesa Isabella así como miembros destacados de la corte de Ludovico Sforza. Los escritores de la corte Baldassare Taccone y Gian Francesco Tantio, el escultor Gian Christoforo Romano, el conde de Caiazzo Gian Francesco Sanseverino, el ingeniero Francesco di Giorgio Martini y un largo etcétera. Todos querían ver al genio caer o renacer como el ave Fénix.

Un colosal andamio móvil se había presentado ante ellos. Una base de madera movida por cuatro ruedas que lograban transportar aquel gigante de siete metros de alto cubierto con un telar lo más livianamente posible. Los codazos entre los asistentes denotaban chismorreos y faltas de confianza. Ludovico Sforza *el Moro* miraba con atención. Gian Galeazzo estaba ausente, medio consumido por la ira, pues en el fondo era él quien debería estar dirigiendo el acto. Ludovico no soltaba el poder, ni lo haría.

—Damas y caballeros, señor mío ilustrísimo duque Ludovico. Fui un hombre iletrado, mas soy y seré siempre un hombre de palabra. Prometí de mi puño y letra realizar un encargo que sirviera de gloria inmortal y honor eterno a la feliz memoria de vuestro señor padre y de la casa de Sforza. He aquí el trabajo realizado. Presento ante ustedes el caballo más grande jamás conocido.

Zoroastro y Salai ayudaron al maestro a escurrir la enorme tela que cubría la talla equina. Ante los asistentes, una inmensa mole de arcilla parecía cobrar vida. Se podía escuchar el relinchar en los corazones y más de uno pensó que ese enorme caballo de siete metros de altura cobraría vida en cualquier momento y saldría al galope.

Los aplausos no tardaron en aparecer. Ludovico, el mismísimo *Moro*, observaba boquiabierto el enorme titán que Leonardo había construido para su casa Sforza.

—*Meser* Leonardo, tengo que confesaros que la confianza no era un sentimiento que os profesara hasta hace escasos momentos, pero tengo que admitir que estoy gratamente sorprendido. ¿Qué necesitáis para ultimar vuestra obra maestra?

—Setenta toneladas de bronce para fundir, que cubrirán el modelo de arcilla para que la gloria inmortal de la casa Sforza perdure en el tiempo. —Leonardo forzó la petición sin complejos.

—Así sea —respondió sin dudar el duque—. Mientras llevamos a cabo los preparativos y reunimos el bronce, propongo que el caballo de arcilla sea expuesto en la catedral de Milán, para honor de nuestros ciudadanos. *Meser* Leonardo da Vinci, bienvenido de nuevo.

Allí estaba Leonardo, con la sonrisa de oreja a oreja. Ante él, admiración. Leonardo había renacido de sus cenizas. Ante el público, el resurgir de una joven fogosidad, el renacimiento de un genio, la inmortalidad de una pasión.

Baldassare Taccone, escritor y poeta de la corte de Ludovico Sforza, que se encontraba allí presente, escribió:

> Miro su inmensa belleza sobrecogido,
> mayor que nada antes visto,
> ni siquiera en las antiguas Grecia y Roma,
> y ha sido creada por Leonardo da Vinci a solas.

El caballo de Leonardo da Vinci fue el tema de conversación durante las jornadas siguientes. «El florentino ha vuelto», decían unos. «El de Vinci ha resurgido de sus arcillas», bromeaban otros parafraseando la mitología del ave Fénix. Leonardo se sentía cómodo con esos apodos. A sus cuarenta y un años, se sentía joven. Siempre gustaba de equipararse con un «león ardiente» por el juego de palabras que hacía con su nombre: «Leonardo» y el «Leone ardente». Ese pasatiempo le hacía recordar tiempos lejanos en Montserrat, frente a San Jerónimo. Pero la similitud con el ave de fuego le hacía enorgullecerse también. Su fuego interno fusionado con su pasión por el vuelo.

La visita que recibió sí le hizo volar. Muy alto. Muy lejos. Voló en cuestión de segundos a su tierra natal, a su inocente infancia, al calor de su primer hogar.

Allí, en el zaguán de la puerta, una mujer que superaba los sesenta años de edad esperaba la bienvenida. Ese rostro lo había visto antes, mucho tiempo atrás.

—*Buona sera, signore*, soy Caterina da Vinci. Soy vuestra madre.

Unos segundos de pausa, de silencio. El tiempo se había detenido entre los dos. Leonardo se abalanzó sobre ella mecánicamente. La abrazó y la levantó varios centímetros sobre el suelo. Las lágrimas de ambos se fundían en un solo cauce y era difícil discernir qué gota era de quién. Los ayudantes de Leonardo atravesaron el taller y se reunieron en la entrada de la casa, sorprendidos por los sonidos que les llegaban. Allí estaban madre e hijo, fundidos en uno. Abrazados, desafiando al tiempo. El séquito de Leonardo le dejó hacer. Zoroastro agarró al pequeño Salai y se lo llevó fuera del alcance de los bolsillos de la *madonna* que acababa de llegar.

Después de descargar el austero equipaje que portaba y ofrecerle el aposento más digno que le pudo entregar, ambos se sentaron al aire fresco, pues julio era un mes en el que el calor apretaba, incluso por la tarde. Un par de copas de vino revitalizante rompieron el hielo. Había mucho de que hablar.

—*Mia madre!*, ¿cómo habéis llegado a Milán? ¿Cómo me habéis encontrado?

—Hijo mío, es una historia muy larga y no quiero aburríos hoy.

—Madre, tenemos todo el tiempo del mundo. Hoy mismo he…

—Lo sé, querido Leonardo, lo sé. He visto la estatua de caballo más bella que se pueda encontrar. Y ha sido fruto de las manos de mi propio hijo. En realidad, os consideran un genio. En realidad, sois un genio.

—Bueno, *mia madre*, no siempre fue así. Pero no quiero malgastar el tiempo hablando de mí. Quiero hablar de vos. Milán está muy lejos de Vinci.

—Antonio, mi marido, murió hace tres años. —Caterina comenzó su historia.

—Descanse en paz, madre… —la consoló Leonardo.

Caterina se tomó su tiempo antes de arrancar de nuevo.

—Durante todos estos años, he dado a luz a cinco criaturas más. A todas ellas les di educación y cobijo, tan dignamente como pude.

Leonardo posó su mano izquierda sobre la rodilla de su madre. Intentaba tranquilizarla, eximirla de culpa, invitarla a que prosiguiera.

—Aún tenía una tarea pendiente contigo, mi pequeño Leo. Solo vine a Milán para decirte que estuve allí. Que no te abandoné. Aunque tú no lo supiste nunca, estuve a tu lado.

Las lágrimas empezaron a brotar de nuevo. Caterina, de una u otra manera, trataba de abrir su corazón a un hijo casi desconocido para ella. No era fácil. Eran muchos los años con la ausencia del amor.

—No os entiendo, madre mía.

La primavera de Sandro Botticelli, 1477. (Foto: Erich Lessing/album).

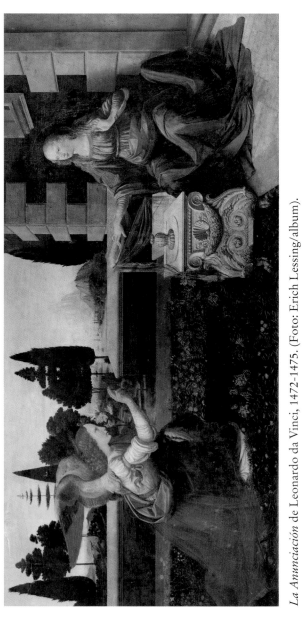

La Anunciación de Leonardo da Vinci, 1472-1475. (Foto: Erich Lessing/album).

El Bautismo de Cristo de
Andrea del Verrocchio,
1475-1478. (Foto: Erich
Lessing/album).

San Jerónimo
de Leonardo da Vinci, 1480.
(Foto: Oronoz/album).

La Virgen de las Rocas 1ª versión,
de Leonardo da Vinci, 1483-1486.
(Foto: DeA Picture Library/
album).

La Virgen de las Rocas 2ª versión,
de Leonardo da Vinci, 1492-1508.
(Foto: DeA Picture Library/album).

La última cena de Leonardo da Vinci, 1497. (Foto: Erich Lessing/album).

El nacimiento de Venus de Sandro Botticelli, 1486.
(Foto: Erich Lessing/album).

La liberación de San Pedro de Raffaello Sanzio, *Raffaello*, 1514.
(Foto: Oronoz/album).

La escuela de Atenas de Raffaello Sanzio, *Raffaello*, 1510.
(Foto: Joseph Martin/album).

La Capilla Sixtina de Michelangelo Buonarroti, *Michelangelo*, 1477-1480.
(Foto: Erich Lessing/album).

La Gioconda de Leonardo
da Vinci, 1503-1506.
(Foto: Erich Lessing/album).

La Gioconda 2ª versión
de Leonardo da Vinci, 1503-1516.
(Foto: Joseph Martin/album).

—Leonardo, yo estuve allí. Estuve en el palazzo del Podestà. Me avisaron de tu injusto encarcelamiento y aporreé las puertas para pedir clemencia.

Caterina da Vinci hundió la cara en las manos. El llanto proseguía cada vez más fuerte. Leonardo ató cabos. Su madre era la «intrusa». Entonces recordó:

Se vio siendo arrastrado hacia la sala de tortura mientras escudriñaba con la mirada un posible hueco por el que diseñar su plan de huida. De pronto, algo interrumpió su pensamiento; no era la voz de su torturador —que afilaba un instrumento para un próximo tormento—, sino el llanto de una mujer. Escuchó lágrimas acompañadas de lamentos y gritos ininteligibles que provenían de una sala cercana. Y entonces no pudo evitar insultar a su guardia. Le parecía que eran unos cobardes. Y le preguntó si también torturaban a mujeres allí y que esa actitud le parecía muy viril para alguien que acusaba de sodomía. No pudo evitar la ironía. Su torturador le cruzó la cara.

—Madre…, ¿estuvisteis dentro del palacio? ¿En los calabozos?

La madre no levantó la cabeza. Seguía enjugándose las lágrimas en sus manos de campesina. El silencio era una respuesta. En este caso, afirmativa. Los llantos de aquella mujer hacía casi veinte años, a lo lejos en los calabozos, eran los lamentos de Caterina Schiava da Vinci. Su madre. Leonardo conocía de sobra los apelativos de los tres carceleros. Había sincronizado, mediante un ejercicio de memoria fotográfica, las caras y sus correspondientes nombres. Giulio Sabagni, Stefano Molinari y Fabio Gambeta.

Leonardo aguardó paciente. La madre se había recuperado poco a poco de la amargura. No era fácil para ella entregarse en cuerpo y alma a su hijo.

—*Mia madre*, ¿qué aberraciones te hicieron sufrir?

Caterina dudó. No deseaba ser explícita. No hacía falta.

—Nada que una mujer, sea cual sea su clase social, deba sufrir ni en la vida ni en la muerte.

Leonardo aceptó la respuesta de mala gana. Era pasado. Posiblemente las heridas psicológicas de su madre se habrían cerrado. O tal vez no. Pero él no podía sino hacerla sentir como en casa. Hacerla feliz.

—*Mia madre*, desearía que descansarais. Mañana os enseñaré el taller y la ciudad de Milán. Veréis qué bello es el castello Sforzesco. Estoy seguro de que seréis bienvenida en el palacio ducal. Pero antes contestadme a una última duda. ¿Cómo supisteis dónde encontrarme?

—Fue fácil. Vuestro buen amigo Sandro Botticelli me facilitó la información. Hace ya años que le vi por última vez, pero me dijo que habíais partido a Milán hacía escasos meses. Yo confié en la capacidad de adaptación de mi hijo. Confié en que te ganarías el aplauso de estas gentes y que no retornarías a Florencia. Cuando murió Antonio, no sabía qué hacer. Fue mi corazón y no mi cabeza el que agarró el petate y, con lo poco que tenía ahorrado, decidí llegar a vos.

Leonardo tiñó su gesto de una grave seriedad. Frunció el ceño y se quedó pensativo. Su madre esperaba otra muestra sentimental, mucho más amable.

—Leonardo, ¿qué sucede? —Su voz se había vuelto más cálida, protectora.

—*Mia madre*. Nunca tuve en la cabeza venir a Milán. Cuando partí de Florencia, solo Sandro Botticelli sabía cuál era mi destino, y estaba lejos de las fronteras de nuestro país. Me fui a la Corona de Aragón, en territorios españoles. Viví allí casi dos años. Debido a un grave incidente, tuve que partir y fue el destino caprichoso el que me encaminó a Milán.

—¿Qué significa todo esto? —preguntó alarmada Caterina.

—Significa, madre mía, que por uno u otro motivo Sandro Botticelli os mintió. Os alejó de Florencia y, más grave aún, intentó alejarte de mí. Pero la naturaleza es sabia y ha querido que nos juntemos para desenmascarar al traidor. No ha sido vuestro corazón el que os ha traído aquí, *mia madre*. Ha sido una fuerza muy superior. Ahora descansad, mañana será un nuevo día en el que brillará el sol. Una nueva jornada donde disfrutaremos de todo el tiempo que nos han robado. Mañana la ciudad entera de Milán sabrá que Caterina da Vinci, *mia madre*, ha llegado a la ciudad.

Una vez se hubieron apagado todas las luces del hogar, Caterina apenas pudo conciliar el sueño con dificultad. Para Leonardo fue imposible. Sandro Botticelli no solo le había traicionado a él. Había conspirado contra su madre y la había vendido a su suerte. Ahora disfrutaría como nadie de ella. Después, quizá, se plantearía volver a la ciudad de Florencia.

Esta vez no regresaría el artista. No retornaría el genio.

Esta vez Florencia recibiría al hombre.

32

9 de noviembre de 1494, Florencia

La situación gubernamental en Florencia era insostenible.
Con la ciudad a punto de ser sometida bajo dominio francés, los Médici fueron expulsados definitivamente. La rebelión estalló la jornada anterior fruto de la incipiente impaciencia que se apoderaba de los ciudadanos. Era necesaria
una pronta respuesta mediante la creación de un nuevo sistema de gobierno que garantizase la seguridad y el porvenir
del pueblo florentino frente al invasor. Atrás quedaban los
días de gloria en que la ciudad era un referente, artístico
para los más soñadores, lujurioso para los más puros.

Envueltos en un mar de dudas, surgió como un iluminador rayo celestial la figura de Girolamo Savonarola.
Frente a la duda generalizada, su seguridad individual. Frente a la ausencia de fe, la palabra del Señor personificada en
su boca. Frente a la ausencia de liderazgo, el nuevo pastor
que guiaría al rebaño.

La inspiración divina le dio poder suficiente a Savonarola para hablar no solo de religión, sino también de gobierno.

—Habéis cambiado vuestra manera de gobierno, pero, si deseáis que vuestra política perdure, tendréis que cambiar vuestra manera de vivir. Debéis dedicar una nueva canción al Señor. Vuestra primera preocupación debe ser aprobar una ley que asegure que, en el futuro, nadie pueda autoproclamarse jefe de Estado. Vivid como cristianos y venid a escuchar los sermones, porque ellos os enseñarán cómo vivir. El que no oye la palabra de Dios ofende a Dios. Permitid que el más distinguido de vosotros sea el primero en dar ejemplo. Si estáis imbuidos del temor de Dios, Él os ayudará a encontrar una buena forma de gobierno, una que haga imposible para cualquiera hacerse con el liderazgo.

Poco a poco, ganó terreno espiritual y ya era frecuente verle recitar en el interior del Duomo. Los miembros de la Signoria, que ejercían un precario gobierno de contención, así como los magistrados y gentes de diversas índoles, se agrupaban para escucharle. En realidad, creían que sus palabras venían directamente del Divino. El golpe de efecto del fraile de Ferrara logró su propósito. La política le abría las puertas.

La Signoria había echado por tierra toda la organización relativa a los Médici. El único problema que afloraba era llegar a un acuerdo. ¿Cuál era la mejor manera de gobernar la ciudad? El único que exponía firmemente sus ideales sin temores, sin dudas, era Girolamo Savonarola. Una idea que conjugaba reforma política y moral a partes iguales. Debían coexistir sin ninguna duda. Nada podía quedar al azar. No solo se trataba de reformar una ciudad. Sus habitantes se reformarían con la urbe y viceversa.

Los siguientes sermones de Savonarola crecieron en intensidad y en contenido político a medida que avanzaban las jornadas. El duomo de Santa Maria del Fiore era su casa.

—¡Recibid instrucción, vosotros que juzgáis la tierra! Los viejos sistemas que han proporcionado lujuria y tiranía a la ciudad de Florencia deben ser abolidos de inmediato. La nueva Constitución de la República de Florencia debe fundamentarse en todos y para todos. No permitamos que, de nuevo, caigamos en el gobierno oligárquico de los poderosos para los poderosos. El sistema tributario debe ser revisado sin escrúpulos y el catastro debe ser abolido con rigurosa prontitud. Ayudemos a los más necesitados. Bendito sea el que ayuda al pobre y al necesitado, pues en los días de adversidad el Señor le recompensará.

Los sermones del fraile de Ferrara ayudaron a esclarecer los puntos que la Constitución debía contener obligatoriamente. Para Girolamo Savonarola, esa Constitución fue el triunfo de Dios sobre la Tierra.

—¡Oh, sacerdotes!, oíd mis palabras. ¡Oh presbíteros, oh, prelados de la Iglesia de Cristo!, dejad los beneficios, que no podéis tenerlos con justicia; dejad vuestras pompas y vuestros convites y vuestros banquetes, los cuales hacéis con demasiado esplendor; dejad a vuestras concubinas y vuestras danzas, pues es tiempo de hacer penitencia, ya que se acercan grandes tribulaciones por medio de las cuales Dios quiere reconciliarse con su Iglesia. Decid vuestras misas con devoción; de otro modo, si no queréis entender lo que quiere Dios, acabaréis perdiendo vuestros beneficios y vuestra vida. ¡Oh, monjes!, dejad las superfluidades de las vestimentas y de la plata, y de la cuantiosa abundancia de vuestras abadías y sus beneficios; entregaos a la simplicidad y trabajad con vuestras manos, como lo hacían los antiguos monjes, vuestros padres y vuestros antecesores; de otro modo, si no lo hacéis voluntariamente, tiempo llegará que lo tendréis que hacer por fuerza. ¡Oh monjas!, dejad también vuestras superfluidades; dejad vuestras simonías cuando aceptéis a las monjas que vienen a quedarse en vuestros monasterios; dejad tanto aparato y tanta pompa cuando se consagren vuestras monjas; dejad los cantos figurados; llorad más aprisa vuestros defectos y vuestros errores; porque os digo que viene más aprisa el tiempo de llorar que el de cantar y hacer fiestas, porque Dios os castigará si no cambiáis de vida y de costumbres. Por último, ¡oh, lujuriosos!, vestíos con cilicios y haced penitencia, pues buena falta os hace. Y, puesto que tenéis las casas llenas de vanidad y de figuras y cosas deshonestas y libros malvados, traédmelos para hacer con ellos una hoguera y un sacrificio a Dios.

Florencia estaba conquistada. Su próxima batalla que librar sería contra el papa Alejandro VI, el Borgia. Los ejércitos franceses tenían un objetivo en mente. La conquista de Roma para así debilitar la llamada Liga de Venecia, formada por Milán, Venecia, el Sacro Imperio Romano Germánico, España y los Estados Pontificios.

Girolamo Savonarola tomó cartas en el asunto. A priori, apoyaría al sucesor de Luis XI, el rey de Francia Carlos VIII. Después, en nombre de Dios, tomaría las riendas de Florencia y se desataría el fuego purificador.

33

4 de septiembre de 1495,
taller de Leonardo, Milán

Caterina da Vinci cerró los ojos e inició un viaje que Leonardo tardaría en recorrer.

Con sesenta y ocho años, una mujer valiente, antes esclava y ahora madre del mayor artista que habían dado los Estados italianos, partía de este mundo en brazos de su hijo. Leonardo contaba con cuarenta y tres años y había esperado treinta y ocho para tener ese último abrazo, cálido y frío al mismo tiempo. En los dos últimos años, habían recuperado todos los momentos perdidos. Madre e hijo gozaron uno del otro. Si bien es verdad que Leonardo a veces se convertía en un animal solitario, su madre le dejaba hacer y cuidaba de un quinceañero Gian Giacomo *Salai*. Pero como solía pensar el florentino, cosa bella y mortal pasaba y no duraba. Era parte del plan de la vida. Idas y venidas. Luces y sombras, vidas y muertes.

Durante dos años, había tenido el tiempo suficiente para ver cómo su hijo saboreaba las mieles del éxito. Florencia no había sido el lugar ideal, pero la ciudad sin prejuicios de Milán le había encumbrado. Todos saludaban al de Vinci. Todas querían un retrato del maestro florentino. Caterina incluso se mimetizó tanto con el ambiente milanés que trató de buscar sin éxito pareja para su hijo, que vivía con un adolescente como aprendiz. Al principio, trató de hallar la mujer ideal, pero también lo intentó con hombres. Poco a poco, se dio cuenta de que su hijo era inmune al apetito sexual, y Leonardo se cuidó mucho de no contar cuánto había padecido para llegar a tal punto.

Después de un fugaz paso por todos los bellos momentos vividos juntos, las últimas palabras de Caterina se grabaron en la extraordinaria mente de Leonardo.

—Te quiero, hijo mío, te quiero… —susurraba Caterina mientras las lágrimas de Leonardo resbalaban por sus mejillas—. Prométeme que no harás nada, prométeme que te quedarás en Milán.

Leonardo era incapaz de mentir, así que prometió.

—Madre, solo puedo prometer que te convertiré en inmortal.

Caterina da Vinci realizó un último esfuerzo como respuesta a la promesa de su hijo y sonrió levemente, enigmáticamente.

Todo se volvió negro.

Leonardo, intentando hacer caso omiso al dolor, apuntó los gastos del entierro de su madre. No era un entierro lujoso. Su madre no lo habría permitido. Fue una ceremonia austera, noble.

Gastos del entierro de Caterina:
— Kilo y medio de cera 27 sueldos
— Por el féretro 8 sueldos
— Paño para cubrir el féretro 12 sueldos
— Por cargar y plantar la cruz 4 sueldos
— Por cargar el féretro 8 sueldos
— Por 4 curas y 4 monaguillos 20 sueldos
— Campana, libro y esponja 2 sueldos
— Por los enterradores 16 sueldos
— Por el anciano 8 sueldos
— Licencia de las autoridades 1 sueldo
— El médico 5 sueldos
— Azúcar y velas 12 sueldos
— Total 123 sueldos

Así fue como Leonardo, con algo más de seis liras, cerró un capítulo más de su vida. Un capítulo que no debería haber sido escrito, ni mucho menos, con sangre. El final fue feliz. Leonardo era consciente de lo finito que era todo cuanto le rodeaba. Pero al menos, y a pesar del final, hubo una despedida. Hubo un «te quiero». Hubo un «te convertiré en inmortal».

Las semanas siguientes fueron semanas no de dolor, pero sí de una pesadumbre que le minaba el alma. Sentencias de aflicción salpicaban sus cuadernos de notas, con claras referencias a la ausencia de su madre.

"No mientas sobre tu pasado."

Salai procuró animar al maestro, cuya sonrisa de vez en cuando se ahogaba en su propio mar de lágrimas. No le quedaban fuerzas para seguir con la monumental obra ecuestre en honor a los Sforza, pero tarde o temprano tendría que reunir el ánimo suficiente.

Leonardo divagaba entre razón y sentimiento. Por un lado, la muerte de su madre le había afectado trágicamente. Pero no era lo único que le afligía. Había descubierto quién había sido el artífice de su encierro y tortura, y sobre todo había descubierto quién había permitido que su madre, al tratar de encontrarle, fuera objeto de diversas vejaciones.

Ludovico Sforza estuvo hábil. Recién reformada la iglesia de Santa Maria delle Grazie, necesitaban de artistas para elevar el estatus del futuro mausoleo de los Sforza. Donato da Montorfano había ejecutado ya su obra principal, el fresco de la crucifixión, hacía escasas semanas en la pared meridional del refectorio. Ahora buscaban con ahínco al artista que decorase la pared enfrentada a la obra de Montorfano. Ludovico no lo dudó. Si bien es verdad que las celebraciones nupciales no fueron de su agrado, Leonardo supo recompensarle con el modelo ecuestre de arcilla más grande del mundo. Decidió darle una nueva oportunidad. Le encargaría el fresco del muro virgen.

Los dominicos del convento soñaban con la representación de la celebración de la última cena de Jesús, su Señor, con los apóstoles. Leonardo, con el fin de salir del pozo donde últimamente se hallaba confinado, aceptó. Como única condición, exigió que representaría la imagen de acuerdo con sus ideales. Ludovico Sforza aceptó, incluso se llegó a frotar las manos. Los dominicos se echaron las manos a la cabeza. Todavía rondaba de boca en boca la representación de Leonardo de su Virgen, el ángel, Juan el Bautista y Jesús. Nada bueno podía salir de ese contrato.

La mente de Leonardo estaba muy lejos de allí. Ni siquiera la llegada a la ciudad de la mente prodigiosa de Luca Pacioli le sacaría de sus momentos de tristeza. Pacioli, un monje franciscano de alrededor de cincuenta años, era un maestro de filosofía y matemáticas. En los ratos de menor abatimiento, le abrió un nuevo mundo matemático. Sus conocimientos se verían reflejados en la geometría compositiva de su *Última cena* e incluso comenzarían a trabajar juntos. Luca Pacioli preparaba una nueva obra y necesitaba de un ilustrador capaz de plasmar la tridimensionalidad de los objetos. Se había juntado la pareja perfecta.

Pero entre clases y clases de matemáticas, mientras Salai y un buen número de ayudantes comenzaban a construir los andamios en el refectorio para el inicio de la obra, Leonardo da Vinci había llegado a una conclusión. Rendiría cuentas a su madre más adelante, en otro sitio, en otra vida quizá.

Saldría de Milán.

Despertaría al león ardiente.

Rugiría la llama de la venganza.

A ti, mia madre Caterina, que ya no estás...

Un vástago debería estar agradecido a una madre toda su vida. No hay motivos para reprender nada, nunca. Aunque la persona no nazca fruto del amor, sino del poder o de la pasión pasajera, la mujer acepta el calvario de los nueve meses de fecundación aun a sabiendas de que puede no llegar a ser amparada por la también imprescindible figura paterna.

Pero aun así, tengo cosas que recriminar.

Siempre me he sentido solo. Sin la figura del padre que me amparara en el dificultoso camino de la prosperidad laboral y sin el amor y la buena cocina de una madre, un vacío interior que será difícil de llenar en los anales venideros.

Solo sé que existo por mi propia conciencia. La breve nota del abuelo que se dispuso a plasmar con su pluma mi venida al mundo certifica legalmente que existo, de una u otra manera: «Nació un nieto mío, hijo de *ser* Piero, mi hijo, el 15 de abril, sábado, a las tres de la noche y fue llamado Leonardo. Lo bautizó el sacerdote Piero di Bartolomeo de Vinci», eso decía el abuelo.

El abuelo tampoco cumplió su misión. El destino solo nos permitió abrazarnos diecisiete primaveras en las que tú, *mia madre*, no estabas. Diecisiete primaveras en las que papá Piero solo me veía como una fuente de ingresos más.

Tío Francesco estuvo allí. Me mostró la importancia del saber observar minuciosamente todo lo que nos rodea. De saborear cada puesta de sol en los páramos de Vinci, de correr por los campos que rodeaban las lindes de nuestra casa en Anchiano, de distinguir cualquier tipo de ave que surcara nuestros cielos. En definitiva, de amar la naturaleza. Tío Francesco siempre estuvo allí.

Pero nadie me mostró el camino que uno debe tomar para amar a una persona por encima de todo, más allá de cualquier interés, más allá de cualquier objetivo. El amor puro, surgido del respeto y la admiración. De la pasión y del deseo. El amor surgido de la no explicación. Ese trabajo corresponde a los progenitores. Aquellos que nunca estuvieron a mi lado.

He recibido más amor de un perro y un caballo que de las personas que me trajeron al mundo. Aun así, ya no lo tengo en cuenta. Ya no estás a mi lado, *mia madre*, y papá Piero está en el final de sus días. No creo que vea salir el sol más allá de un lustro. También veo venir el desenlace final. Como hijo ilegítimo, seré desheredado y todo irá a parar a esos que dicen llamarse mis hermanos solo cuando los rumores apuntan a que Leonardo da Vinci está haciendo algo grande. Pero son ellos, los incultos hermanos, los que no saben que los hombres geniales empiezan grandes obras, pero son los hombres trabajadores los que las terminan. ¡Qué sabrán ellos de sacrificios!

Aun así, *mia madre*, decidiste ser fuerte. Una esclava como tú no lo tenía fácil. Nunca fue de mi agrado aquel hornero con el que decidiste comenzar una nueva vida. Pero valoro su esfuerzo por hacerte sentir esa mujer que papá Piero nunca logró pulir en ti. Para ese hornero fuiste mucho más que una simple esclava. Y, si fuiste una esclava, pasaste de ser una cautiva a estar cautivada por el amor y la atención.

Y aun así, *mia madre*, decidiste cumplir con ese deber divino de ejercer de protectora y tu instinto maternal te hizo venir a mí.

Has cumplido tu misión. Me has abierto los ojos. Y tu instinto ha despertado otro en mí. Un instinto disfrazado de matemático que ahora se quita la máscara para pedir solo una cosa. Venganza.

El instinto animal de un león ardiente cuyas llamas no conocen lugar recóndito donde no puedan iluminar, donde no puedan quemar, donde no puedan reducir a cenizas. Que tiemble el mismísimo ave Fénix, ese con el que todos me identifican ahora. El león ardiente se convertirá en el rey de esa selva que llaman Florencia.

Mia madre, la belleza perece en la vida, pero es inmortal en el arte.

Descansa en paz.

io, Leonardo da Vinci

34

6 y 7 de febrero de 1497,
piazza della Signoria, Florencia

Florencia estaba bajo el completo dominio de Girolamo
Savonarola. Atrás quedaba la prohibición de predicar y ser-
monear a los fieles. Lejos quedaba el apoyo a la Corona
de Francia y su misión consistía en atacar a Rodrigo Borgia, quien llegaría a convertirse en Papa gracias a las preferencias que otorgaba a la hora de conceder cargos públicos. Una vez elegido Sumo Pontífice, obligó a Savonarola a
abandonar los púlpitos de Florencia. El fraile hizo caso
omiso a la orden de Alejandro VI y subió de nuevo al es-
trado para cargar contra Roma.

—¡Oh, Roma, preparaos, pues vuestro castigo será
duro! Vos, Roma, seréis atacada por una enfermedad mortal. Habéis perdido vuestra salud y habéis olvidado a vuestro Señor. Para purificaros, olvidad los banquetes, el orgullo y la ambición. ¡Roma! El hedor de la lujuria de
vuestros sacerdotes ha llegado hasta los Cielos. ¡Roma!
Soy un instrumento en manos del Señor, estoy dispuesto
a llegar hasta el final.

Se había declarado una guerra religiosa entre los Estados Pontificios y la Florencia de Savonarola. Ni siquiera la tentación de convertirse en cardenal apartó a Girolamo de su obstinada misión. Había comenzado su carrera y en ningún momento estaba dispuesto a dar media vuelta.

Ahora, las calles eran mucho más peligrosas que en tiempos pasados, donde el libre albedrío jugaba un papel importante. En la Florencia de Savonarola, la Guardia Blanca, formada por jóvenes ataviados de ropajes blancos, paseaba por las calles y asaltaba las casas en las que pudiera haber cualquier tipo de indicio de inmoralidad. Los naipes fueron prohibidos, porque encaminaban el alma hacia el juego pecaminoso. Los cosméticos fueron retirados, porque provocaban la lujuria en el hombre. Los enseres pornográficos fueron confiscados, porque ensuciaban lo más profundo de cada ser. Las mujeres que regalaban generosamente su escote eran humilladas públicamente por los pequeños «ángeles blancos». La ciudad se vio sumida en un miedo que ella misma ayudó a crear.

Leonardo cumplió su promesa. Gracias al permiso *in extremis* otorgado por Ludovico Sforza, pudo ausentarse de las labores que le mantenían ocupado en Santa Maria delle Grazie. El juramento seguía su curso. La venganza se consumaría. Leonardo se vio completamente afectado por el cambio radical de su antaño bella Florencia. Los colores se habían tornado grises y las gentes de la ciudad paseaban sin dejar de mirar de un lado a otro con miedo a ser deportados.

En su cabeza solo tenía tres nombres. Giulio Sabagni, Stefano Molinari y Fabio Gambeta. Encontrarles no sería demasiado difícil. No cuando un puñado de monedas puede comprar cualquier silencio o cualquier delación. Los primeros lugares donde comenzar las pesquisas resultaban especialmente prometedores. Burdeles y tabernas. Sexo y alcohol. No esperaba encontrarse a ninguno de los tres en una biblioteca ni mucho menos en una iglesia, a no ser que el miedo difundido por el nuevo líder religioso se hubiera apoderado de ellos.

El primero no tardó en aparecer. Giulio Sabagni, veinte años mayor que la última vez que lo vio en los calabozos, se hallaba fundiendo su sueldo con un par de prostitutas. Su diseño de posibilidades de futuro le había llevado a trazar un plan especialmente fructífero para las damas de compañía. Los burdeles avisarían al galán de capa rosácea si recibían la visita de los tres guardias del palazzo del Podestà, al parecer ahora retirados con la nueva remodelación gubernamental.

Giulio no había cambiado mucho. La calva que una vez estuvo cubierta de pelo era la única señal del paso del tiempo. Los modales eran los mismos, su aversión u odio a las mujeres también. Para él, simplemente eran esclavas del placer, haciendo caso omiso a las predicaciones del jefe religioso de la ciudad. Había pagado una importante suma de dinero para dejarse azotar por dos rameras. Mientras una de ellas, pelo moreno y piel curtida, cabalgaba sobre su sexo, la segunda muchacha, con la piel más pálida, jugaba a amordazar a su cliente con el fin de elevar su éxtasis aún más. Cuando Giulio se quiso dar cuenta, era prácticamente imposible mover los brazos y las piernas, pero se dejó hacer. La mestiza se sacudía con violencia y él disfrutaba.

—Ya está bien, señoritas, gracias por su impecable labor —dijo una voz arropada por una barba perfilada de color miel.

De repente, como movidas por un resorte, ambas fulanas se cubrieron y salieron de la habitación. Cobraban por adelantado, por lo que en esta ocasión sacaron un buen tajo de la visita.

—¡Soltadme! —le gritó a las rameras—. ¿Quién sois, por amor de Dios? —exclamó furioso Giulio Sabagni en dirección al caballero.

—¿No me recordáis, *meser* Sabagni? —preguntó Leonardo enigmático. Iba a disfrutar del momento, sin duda.

—¡No os he visto en mi vida, lo juro! —Las ataduras aceleraban el nerviosismo del preso.

—Claro que sí, amigo mío, claro que sí. Hace veinte años me presentasteis la cuna de Judas y yo, a cambio, solo pregunté vuestro nombre.

Giulio Sabagni empezó a verlo claro.

—Sois..., sois aquel joven. El mismísimo Lorenzo de Médici os libró de una suerte peor.

—Así es. Soy Leonardo da Vinci. Lástima que esta noche no tengáis un Lorenzo de Médici que vele por vuestra seguridad. ¿Recordáis la tortura de vuestro tenedor de dos puntas?

El silencio hizo las veces de respuesta. Leonardo no estaba dispuesto a callar.

—Solo recé por que vuestro instrumento de tortura no tuviera más puntas. Veréis, he tenido mucho tiempo. He vivido muchos avatares. Digamos que he sobrevivido a muchos avatares. Y he perfeccionado algún que otro instrumento. En particular, vuestro tenedor. Dejadme que os explique, *meser* Sabagni, que un tenedor de tres puntas ejerce una mayor presión contra la carne que se quiere ensartar. Un bistec a la florentina puede resultar mucho más confortable de disfrutar si podemos atravesar más carne. Aún no lo he puesto a prueba con la carne de ningún hombre. De hecho, le reservaba tal honor.

Poca resistencia pudo ofrecer el reo. Demasiado tiempo fornicando como para impedir que un Leonardo arrastrado por la ira le agarrase del poco cabello que le quedaba y tirase hacia atrás y le clavara con violencia el tenedor de tres puntas en el pecho. De un movimiento brusco, la cabeza volvió a su posición natural atravesando con el tenedor la parte inferior de su mandíbula. Al gritar, Giulio no hizo sino clavarse aún más las tres afiladas púas.

—Tranquilo, no moriréis. No soy partidario de acabar con una vida animal, ni mucho menos humana. Además, sabéis tan bien como yo cuál es la solución ante semejante utensilio. Viviréis, más no volveréis a disfrutar de vuestra lengua nunca más.

Los ojos inyectados en sangre no guardaban rencor. El miedo lo había consumido. Sabía que nadie le sacaría de allí para evitar perder el órgano bucal. ¿Por cuánto tiempo habría alquilado la estancia Leonardo da Vinci? La duda también le consumiría.

—Por cierto, *meser* Sabagni. Me he reservado el derecho de no atormentar a una rata. Aún sigue agradeciéndome el animal que no le obligue a comer una basura como vos.

En ese momento, mientras Leonardo cerraba la puerta y se oía el sonido metálico de un candado, Giulio Sabagni recordó el tenedor, la celda, el inmundo roedor. Entonces era él quien tenía el poder. Veinte años después, se había convertido en la víctima. Si quería librarse de la tortura, solo podía presionar hacia abajo la mandíbula, sacrificando su lengua para siempre.

Fabio Gambeta abrió los ojos. Yacía boca arriba, con un fuerte dolor de cabeza. Notaba cómo el dolor provenía de la nuca, pero no recordaba nada. A pesar de tener la vista alzada hacia el techo, no notaba ningún tipo de apoyo. Se hallaba liviano, como suspendido en el aire. Fabio nunca llegó a adivinar que un reo al que había torturado después de abusar de su madre veinte años atrás le golpearía la cabeza en un callejón oscuro con tal fuerza que perdería el sentido. Gambeta dirigió la mirada a sus brazos, cuyas muñecas se hallaban atadas a unas cuerdas suspendidas en el aire. Sus piernas se encontraban en la misma posición. Al tratar de buscar un punto de apoyo, Fabio Gambeta comprendió el verdadero significado de la palabra «horror».

A escasos centímetros de su recto, se hallaba la mayor punta acerada de metal que había visto en su vida. Era la versión de una cuna de Judas forjada directamente en el infierno. La precisión de la punta era tal que podía llegar a atravesarle de caer con brusquedad sobre ella. Fabio buscó al artífice de tan macabro juego. Para su sorpresa, no había nadie a su alrededor. Identificó el lugar como una granja que debía de llevar tiempo abandonada, pues estaba muy deteriorada y no había signos de manipulación humana más allá del horripilante instrumento de tortura que tan bien conocía.

Un revoloteo le sacó brevemente de su horror. A escasos metros de distancia, había un plato enorme que colgaba de algún lugar. El recipiente estaba a rebosar de semillas, una cantidad que Fabio no había visto en su vida. Semejante festín estaba siendo disfrutado por un par de aves cuya especie no alcanzó a distinguir. Parecía la parte poética del siniestro martirio al que irrevocablemente estaba condenado. Por momentos, el plato se iba llenando de numerosas aves que no dejaban de ingerir semillas. Una sacudida inesperada le hizo apartar la vista de los pájaros. Fabio intentó no moverse, no forzar las sogas que le mantenían íntegramente sobre la cuna de Judas. ¿Qué había sido aquello? Volvió a mirar a los pájaros. Habían duplicado el número. Las semillas desaparecían violentamente del plato y una nueva sacudida meneaba el cuerpo rígido de Gambeta.

El otrora encargado de los presos del palazzo del Podestà ató cabos. La vista trazó un dibujo en el aire. Allí arriba, a una altura considerable, las sogas que sostenían su cuerpo estaban unidas al plato que mantenía parte de las semillas y decenas de aves en el mejor banquete de sus vidas. Le habían convertido en la otra mitad de una mortífera balanza cuyo extremo opuesto perdía peso cuantas más semillas eran engullidas. Los pájaros aguantaban el balanceo, pero era cuestión de tiempo. En algún momento, al finalizar el sustento, las aves partirían, y su propio peso le conduciría implacablemente a la lanza ávida de carne.

Una nueva sacudida le hizo sudar copiosamente. Su cuerpo desnudo empezaba a reaccionar frente al destino intentando adoptar una posición corporal que le librara del mismo. Al mirar una vez más, se dio cuenta de un detalle que había pasado por alto fruto del terror. En una de las caras de la afilada pirámide metálica, había una escueta nota. Un mensaje dirigido a él:

"Cortesía de Caterina da Vinci".

Fabio no entendió el mensaje. Solo oyó el sonido de una piedra contra la pared de madera. El impacto fue breve, ligero, pero lo suficientemente amenazador como para que las aves esperaran un segundo guijarro. Al unísono, decenas de aves desplegaron sus alas y alzaron el vuelo. La balanza cayó en el lado de la venganza.

Se hizo negro.

Cuando Stefano Molinari se despertó, notó que algo no iba bien. La resaca no se correspondía con nada que guardara en la memoria. Se notó pesado, mucho. Se notó erecto, aún más. Algo no iba bien. Algo frío le recorría la cintura. Algo frío y metálico. Al recorrerse el cuerpo con las manos se desperezó completamente. Estaba en su cama semidesnudo. La única prenda de vestir que llevaba puesta era un temible cinturón de hierro con un candado en uno de los laterales. El terror se desató. Stefano no podía dar crédito a lo que veía. El problema más grave no era el cinturón en sí. La incógnita era cómo podía haberse despertado con un cinturón de castidad y estar erecto.

—Supongo que no estáis acostumbrado a tales despertares.

Stefano alzó la vista. Allí se hallaba un hombre elegantemente vestido. Una capa rosácea más corta de lo normal. Unos calzones ajustados protegidos por unas botas de cuero de Córdoba hasta los muslos y una túnica que poco escondía el jubón.

—Soy Leonardo da Vinci. Me torturasteis y violasteis a mi madre hace veinte años. He venido a devolveros el favor.

—¿Vos? —Las palabras también eran presas del pánico—. ¡Vos sois aquel preso loco que preguntaba nuestros nombres! ¿No es así? No… ¡No sabía que era vuestra madre!

—Veo que ni siquiera perdéis la memoria cuando estáis a punto de perder vuestro órgano viril. Prestad atención. Como bien sabéis, lo que lleváis en la cintura es un cinturón de castidad. ¿Cómo llegó ahí? Sencillo de explicar. Anoche, mientras ingeríais alcohol en cantidades desproporcionadas, procuré que os administraran opio líquido preparado en infusión con la planta seca triturada. No solo produce somnolencia sino que, además, otorga una mayor virilidad. No sabía a ciencia cierta si iba a dar tal resultado, ya que la erección podría haberse retrasado. La naturaleza es sabia.

La escena era un tanto esperpéntica. Un hombre ataviado elegantemente frente a otro desnudo con un cinturón de castidad del que sobresalía su falo erecto.

—Stefano, ese cinturón está diseñado para las hembras. Nadie puede penetrarlas cuando portan tal armazón. En vuestro caso, tenéis un problema y, a la vez, una solución. Si bien es verdad que la parte metálica dentada impide que algo entre, no pone resistencia cuando algo sale. Ese algo ha sido tu pene. No ha tenido oposición. Pero tarde o temprano esa erección se debilitará y vuestro miembro volverá a su posición natural. Ese será el momento en el que tendréis algún problema. De vuestra capacidad de manteneros erecto, de encontrar al mejor herrero de la ciudad que os libere de esa prisión y de soportar la vergüenza ajena que puede suponer recorrer las calles de Florencia de semejante guisa depende vuestra integridad física.

Stefano Molinari no se lo pensó. Salió corriendo hacia la puerta con el fin de salvar su miembro amenazado. Al alcanzar el umbral, una mano tiró de él con violencia. Leonardo le plantó la cara contra la suya.

—Nunca volveréis a violar a nadie. Caterina da Vinci os saluda desde su tumba.

Stefano no pensaba en violaciones, Caterinas o amenazas. Bajó las escaleras que separaban su piso superior del nivel de la calle y salió corriendo. Su aventura no duró mucho más. En una esquina, esperaba Salai. Su misión era sencilla. Solo tenía que gritar.

—¡Guardia Blanca! ¡Lujuria!

Al otro lado de la calle, el ejército religioso de Girolamo Savonarola avistó al hereje desnudo cuyo férreo cinturón le impedía correr con agilidad. Fue apresado en cuestión de segundos. El miedo fue el último aliado de Leonardo y Salai. El pavor de Stefano frente a la Guardia Blanca le hizo contraer la musculatura. Cuando se dio por vencido, un alarido acompañó el reguero de sangre que dejó en la vía. La carne fue presa fácil para un perro hambriento.

Leonardo alcanzó a Salai. Se miraron.

—Estás hecho todo un diablo Giacomo.

Leonardo no se jactaba de los hechos. Para él había sido una decisión dura de tomar. Pero el corazón se adelantó a la razón a la hora de actuar. Al menos, ninguna muerte caería sobre su conciencia. Al menos no directamente. Giulio perdería la capacidad de hablar y, por consiguiente, de insultar y blasfemar. Fabio habría sentido el desgarro brutal de su sensibilidad y virilidad, y seguramente perdería el apetito sexual para el resto de su vida. Lo mismo le sucedería a Stefano, aunque este último había perdido algo más que el apetito. Ninguno de los dos volvería a poner las manos en ninguna otra mujer.

La jornada del 7 de febrero del año 1497 de Nuestro Señor se levantó en llamas. El fuego de la purificación había descendido de los Cielos y Girolamo Savonarola portaba el pebetero de Dios. Al menos eso decía él. El fraile había dado un paso más en su misión divina y había llegado el momento de purgar todo pecado material de la faz de la ciudad de Florencia.

Las columnas de humo, de más de veinte metros de altura, se podían divisar desde cualquier parte de la ciudad. Al otro lado del Arno, en la parte más alta de Florencia, la basílica de San Miniato al Monte era el lugar más privilegiado para contemplar el flagelo ígneo del fraile. Desde allí, parecía que la ciudad sufría un incendio de magnitud solamente equiparable a la de la Roma de Nerón. El fuego, gracias a Dios o por culpa del mismo, estaba focalizado en un lugar concreto. La piazza della Signoria.

Sería recordado como el martes de Carnaval más ardiente de la historia. El *falò delle vanità* había comenzado. Los ejércitos de ángeles de la Guardia Blanca habían recopilado todos aquellos objetos dignos de censura y su final se reduciría a polvo y ceniza. Girolamo Savonarola ejercía de maestro de ceremonias y su voz sobresalía entre el murmullo de las gentes y el crujir de las maderas presas del fuego.

Cosméticos, ropajes, cartas, libros de dudosa moralidad, manuscritos y textos con canciones seculares opuestas al ámbito espiritual fueron presas de las llamas. Ese también fue el destino de algunas obras de arte que incitaban a los pecados capitales o a la adoración o admiración de dioses paganos de la antigüedad. Algunos talleres se opusieron de plano a esta medida opresora, mientras que otros fieles devotos, como Sandro Botticelli, entregaron voluntariamente sus pecaminosos encargos para ser devorados por la combustión.

Girolamo Savonarola lo denominó la «hoguera de las vanidades», donde se purgaban pecados y se limpiaban las almas. El Divino tenía a su representante en la Tierra, su brazo armado, su paladín de la fe.

Dieciséis años habían pasado desde que Leonardo, el hijo de Vinci, se había marchado de la ciudad. Por el camino, amores, triunfos, fracasos, reencuentros, pérdidas y conspiraciones. No era el mejor momento para regresar a casa. No era el mejor motivo para volver a Florencia. Leonardo buscaba a Sandro Botticelli, mucho más difícil de encontrar por aquellas fechas. Se acercaba el fin del mundo que tantos profetizaban al acercarse el año 1500 de Nuestro Señor, y ese milenarismo favoreció a Savonarola a la hora de agenciarse nuevos seguidores.

Entre los cálculos de posibles futuros de Leonardo no se divisaba lo que sucedió. Al parecer, alguien, de nuevo anónimamente, le había señalado como el instigador de la amputación de miembros de algunos antiguos carceleros del Podestà. Era obvio que Stefano o Fabio se habían ido de la lengua, ya que a Giulio no se le iría nunca más. Era un hombre señalado, pero ¿cómo le habían encontrado? ¿Cómo un hombre dieciséis años mayor, nada que ver con el joven acusado de sodomía, había sido señalado? Leonardo perseguía a alguien. Pero el cazador se convirtió en presa. Alguien seguía sus pasos. Un *piagnone*.

Leonardo, aprehendido por un grupo de guardias de la Signoria fieles a Savonarola, fue conducido a la plaza coronada con la hoguera. Mientras la Guardia Blanca seguía alimentando la pira, Savonarola descendió del improvisado púlpito desde donde comandaba las huestes de fieles y alcanzó al grupo con el preso.

—Así que aquí hallamos al famoso Leonardo da Vinci, el pintor. —Las primeras palabras del fraile daban a entender que este sabía de su existencia.

—Prefiero el título de «hombre universal». Es multidisciplinar —bromeó Leonardo frente a su cara.

—¿Un hombre de bellas facciones que quiere asemejarse a Dios Todopoderoso? —preguntó irritado Savonarola.

—Si esta envoltura externa del hombre os parece maravillosamente elaborada, considerad que no es nada frente al alma que la ha formado. Ciertamente, quienquiera que sea el hombre siempre incorpora algo divino.

El grupo de hombres escuchaba. Dedicaron un primer vistazo de asombro a Leonardo y un segundo de confusión a Savonarola. ¿Estaba aquel hombre dando clases de teología? Girolamo Savonarola no pretendía librar una batalla dialéctica con nadie. Él tenía la Verdad Suprema, él era el instrumento de Dios.

—Sois un hombre letrado, Leonardo el de Vinci. Nada que ver con la información que ha llegado a mis oídos.

Detrás del fraile apareció la presa. Sandro Botticelli se asomó, carente de seguridad en sí mismo, y en su cara se reveló el traidor que le había acechado y señalado.

—Según me informan mis fieles, habéis sido toda la vida alguien iletrado.

—Dicen que, por no ser yo un hombre de letras, no puedo expresar bien lo que deseo tratar. Pero ellos no saben que mis cosas han de ser tomadas, más que de las palabras ajenas, de la experiencia, que es la maestra de quien bien escribe. El amor lo vence todo. El amor por la curiosidad, por la observación, por el sacrificio y la perseverancia. El amor por la pasión y el conocimiento. Si un hombre es perseverante, aunque sea duro de entendimiento, se hará inteligente; y aunque sea débil, se transformará en fuerte.

—No deseo que me contéis vuestra patética y pecaminosa existencia. Sois amigo de Sandro Botticelli, fiel siervo de mi mano derecha fray Domenico Buonvicini de Pescia. ¿Algo más que decir?

Da Vinci no sabía que, tiempo atrás, fray Domenico había comprado la voluntad de Botticelli, instándole a que depositara una falsa acusación en la Signoria. Las miradas de Leonardo y Sandro se cruzaron por un breve espacio de tiempo. La mirada de Sandro, huidiza. Los ojos de Leonardo, clavados como flechas. La tensión se respiraba en el ambiente, pero no era Sandro Botticelli el que estaba amordazado.

—Yo reprendo a los amigos en secreto y los alabo en público. Lástima que no vea ningún amigo a mi alrededor.

—Purificadle.

Con esas palabras, Leonardo fue sentenciado a arder en la hoguera. Los tres guardias empujaron a Leonardo. Sandro bajó la cabeza, presa del miedo y la vergüenza.

—Escuchadme bien, miserable marioneta de un Dios al que no reconozco como el mío. Cuando llegue vuestra hora, volaré sobre vuestra cabeza. Y tú, Sandro, que en otros tiempos gozabas de mi amistad… Bienvenido a mi lista de obsesiones.

Un pequeño empujón hizo desaparecer a Savonarola del campo de visión de Leonardo. Un grito oportuno cambió los planes de la guardia.

—¡Al ladrón! ¡Ese pequeño diablo hijo de Satanás me ha robado la faltriquera! ¡Al infierno con él!

Girolamo Savonarola nunca descubriría cuánta razón tenía. En verdad era un pequeño diablo. Salai se había apoderado del pequeño bolsillo colgante del fraile y se había dado a la fuga. Un elemento de distracción que aprovechó Leonardo. Uno de los guardias salió tras él. Otro se quedó a medio camino entre el ladrón y el preso. Leonardo aprovechó ese momento. Con tan solo la fuerza de un hombre sujetándole, fue fácil desprenderse de él. Un golpe fuerte e inesperado y el guardia estaba apoyando el trasero en las escaleras de la Signoria. Cuando el guardia despistado, fruto de su propia duda, quiso darse cuenta, Leonardo corría calle a través deshaciéndose de la capa y desabrochándose el jubón.

—¡Matad a Leonardo da Vinci! —gritó enfurecido Savonarola.

En un abrir y cerrar de ojos, Leonardo se había lanzado a las aguas del Arno. Cuando la Guardia Blanca llegó, esperaron el tiempo suficiente a que el fugitivo volviese a la superficie del agua. Sobre el ponte Vecchio, algunos de los soldados escudriñaban las aguas y vigilaban la orilla contraria. Leonardo no apareció, su cuerpo sin vida tampoco.

Dándolo por muerto, la guardia se retiró de nuevo en dirección a la piazza della Signoria. Salai, desde una posición discreta, observaba atentamente aguardando a que el ambiente se tranquilizase. Poco a poco, se fue aproximando al comienzo del Ponte Vecchio y, tras un salto espontáneo sobre la cornisa pétrea, se dirigió hacia la orilla. Bajo el puente, una escafandra herméticamente aislada fabricada en cuero marrón sobresalía del agua. Dentro, una bolsa pectoral inflada y una válvula que permitía el acceso y la expulsión del aire. Unos casquetes flexibles protegían los tubos respiratorios. Salai se tiró al agua. Era la señal que Leonardo esperaba. Vía libre, camino despejado. Lo habían logrado.

Leonardo esperaba utilizar su prototipo de respiración subacuática una vez hubiera ajustado cuentas con Botticelli, pero la situación se había comprometido demasiado. Aun así, el cálculo no había sido erróneo del todo. Su futuro pasaba por la funcionalidad del rudimentario traje acuático.

—Salai, recuérdame que, si alguna vez visitamos Venecia, proponga este artilugio para la guerra contra los otomanos.

Salai asintió sin hacer mucho caso. Aún seguía en su poder la faltriquera de Savonarola. Al fin y al cabo, el fraile representante de la austeridad portaba algunas monedas.

—Volvamos a Milán, maestro. Tiene que terminar la cena.

El doble sentido de la frase les hizo estallar en una sonora risotada.

35

22 de octubre de 1497,
Santa Maria delle Grazie, Milán

La tranquilidad de Milán había sosegado la ansiedad de
Leonardo. La experiencia de Florencia se arraigó en su
alma en forma de herida abierta. El sol acompañaba la
fría mañana de octubre. El viñedo no mostraba síntomas
de congelación. Buena señal. El terreno recién estrenado
había sido un regalo personal de Ludovico Sforza. Al parecer, no era un hombre rencoroso y sabía mirar el lado
positivo cuando le venía en gana, sobre todo después de
la soberbia estatua ecuestre de arcilla. La dádiva había
facilitado mucho la labor de Leonardo, ya que, al encontrarse en un sitio estratégico entre el monasterio de San
Vittore y Santa Maria delle Grazie, podía moverse sin
problemas y en un corto espacio de tiempo. Algunos lo
llamaban «el huerto de Leonardo». Para el maestro, era
su palacete, su jardín y su viña en una zona residencial
bastante acomodada en el lado exterior de la porta Vercellina.

Leonardo da Vinci había terminado. Había llegado el momento de mostrar al mundo su obra maestra. La piazza de Santa Maria delle Grazie estaba abarrotada. El mismísimo duque de Milán asistiría al acto a pesar de que había sido un año bastante duro para él. Su esposa Beatrice d'Este había fallecido el pasado mes de enero en el parto. El bebé también había nacido sin vida. Aun así, decidió asistir a la inauguración de la obra que él mismo había mandado ejecutar. Leonardo había concluido el trabajo que tanto tiempo habían estado esperando en el convento dominico.

Había acabado recientemente. Tal era el perfeccionismo con el que quería rematar la obra que luchó hasta el final por encontrar el verdadero rostro que simbolizase a Judas el traidor.

—¿Cuándo terminaréis, maestro? —preguntaba frecuentemente Salai.

—Me queda aún por hacer la cabeza de Judas, que, como sabéis, es el más grande de los traidores —contestó una vez el maestro Leonardo—. Llevo medio año acudiendo todos los días, por la mañana y por la tarde, al Borghetto, donde habita la más baja e innoble ralea. Gentes, muchas de ellas, sumamente depravadas y perversas. Tengo la esperanza de encontrar un rostro para tan maligno personaje.

Fue así como, mediante un permiso especial firmado por Ludovico Sforza con tal de que terminara la obra lo antes posible, Leonardo accedió a los calabozos del castello Sforzesco y allí encontró el rostro que andaba buscando.

El reo acompañó a Leonardo al refectorio, no sin guardia privada, y el pintor se apresuró a plasmarlo en el mural. Tras varias jornadas, cuando hubo terminado, el reo abrió la boca por primera vez.

—¿No me reconocéis, maestro? —preguntó con voz quebrada.

—¿Debería, señor? —preguntó extrañado Leonardo. Su memoria fotográfica no encontraba similitud con ninguna otra persona con la que hubiera tratado anteriormente.

—Ya me habíais pintado con anterioridad. Aparezco por duplicado en esta vuestra obra.

Leonardo le miró atentamente y repasó los rostros de cada una de las trece figuras representadas en la pared del refectorio. Abrió los ojos y devolvió la mirada al reo, con síntomas de confusión e incredulidad.

—Así es, señor, hace dos años serví de modelo para la figura de Nuestro Señor Jesucristo. Ahora sirvo como icono para Judas el traidor. Es obvio que la vida no me ha tratado bien, ¿verdad? —El reo desprendía nostalgia en cada letra.

—Al contrario, querido amigo, al contrario. Sois vos quien no habéis tratado bien a la vida. Muchas personas, después de haber encontrado el bien, siguen buscando y, al final, solo encuentran el mal.

Con estas palabras, cabizbajo, el reo fue conducido de nuevo a las dependencias del castillo regido por el Sforza.

En definitiva, idas y venidas. Jornadas enteras sin parar de pintar frente a ausencias demasiado prolongadas motivo de queja ante el mismísimo duque. Leonardo había pasado por muchas cosas durante el encargo. La muerte de su madre en Milán, junto a él, todavía dolía en su alma; el fuego de Florencia de la hoguera de las vanidades aún le arañaba el rostro; la amenaza de Savonarola o la pasividad de Sandro Botticelli le revolvían las entrañas. Toda esa carga llevaba a sus espaldas un Leonardo que sobrepasaba la cuarentena.

Había decidido hacer una convocatoria pública. Nadie le puso ningún pero. Al fin y al cabo, era la reputación de Leonardo la que estaba en juego. Si el trabajo no era aprobado por el gentío, vería contadas sus horas en el Ducado de Milán. Si, por el contrario, la obra era lo suficientemente buena, saldaría una cuenta pendiente. No ya con Ludovico Sforza. La deuda era consigo mismo.

Los curiosos tuvieron que esperar fuera. Algunos deambulaban por el interior de la capilla de Santa Maria delle Grazie. Los más privilegiados fueron llevados al interior del refectorio. Desde allí, accedieron al comedor de los dominicos. Un salón rectangular donde se celebraban los austeros banquetes. Leonardo había prometido un trabajo de perspectiva que haría que los comensales se sintieran dentro de la propia obra. Para la ocasión, sillas y mesas habían desaparecido dejando el lugar diáfano. Nadie podía ver la obra a simple vista, pues una gran tela cubría la pintura sujetada a un andamio de madera construido para la ocasión. Leonardo seguía disfrutando con el secretismo.

Todo estaba preparado. Mientras la impaciencia se cebaba con algunos, otros murmuraban sobre la posibilidad de que Leonardo desapareciera de nuevo ante otro fracaso público. Las risas estarían aseguradas.

Enseguida, Leonardo tomó la palabra y así las riendas del evento.

—*Buon giorno*, damas y caballeros. —Las palabras del pintor invitaron al silencio—. Gracias en nombre de mi humilde ayudante Gian Giacomo y servidor. Agradecemos la presencia de nuestro ilustrísimo duque Ludovico, de la casa Sforza, en cuyo honor hemos realizado este arduo trabajo que hoy presentamos ante vuestras miradas.

El Moro estaba algo impaciente. De buena mano sabía que el escudo de su familia estaría presente en la obra. Para bien o para mal. Los informes que le habían llegado de Matteo Bandello, un novicio de Santa Maria de la Grazie, no eran para nada alentadores.

Leonardo llegaba a primera hora, se subía al andamio y se ponía a trabajar. A veces se quedaba allí desde el alba hasta la puesta de sol, no dejaba el pincel ni un momento, se olvidaba de comer y beber, y pintaba sin cesar. En otras ocasiones, estaba dos, tres o cuatro días sin coger el pincel, pero en cambio se pasaba dos o tres horas al día delante del trabajo, con los brazos cruzados, examinando y evaluando las figuras en su mente. También lo vi, movido por algún impulso repentino, salir de la Corte Vecchia al mediodía, cuando el sol caía con más fuerza, sin buscar la sombra… y venir directamente a Santa Maria delle Grazie, encaramarse al andamio, coger el pincel, añadir uno o dos trazos, y marcharse otra vez.

Leonardo continuó con su discurso.

—Damas y caballeros. Hace años, cometí un error, lo reconozco. Por causas ajenas a mi persona no pude rendir el homenaje que nuestro duque hubiera merecido al tiempo de desposarse. Pero creedme cuando os digo que ha sido un laborioso esfuerzo el aquí realizado para enmendar, desde una humilde posición, todo cuanto pudiéramos haber causado años atrás. Asimismo, los portadores de la envidia y la maldad, algunos aquí presentes, no me cabe duda, me tildaron a mí, Leonardo da Vinci, de ser un maestro incapaz de alimentar a trescientas personas.

La tragedia se podía respirar en el ambiente. Fue un efecto sorpresa que Leonardo se rebajase tanto frente al duque y los asistentes. Leonardo quería jugar con la contraposición de efectos. Primero, refrescar en la memoria el fracaso en la boda del duque de Milán, algo que le había afectado de manera considerable. Después, al retirar la tela que mantenía a raya a los más impacientes, esta caería provocando el júbilo. Al menos, esos eran los cálculos del único futuro que creía posible Leonardo. Prosiguió.

—Y yo, Leonardo da Vinci, os digo: ¿cómo no voy a ser capaz de dar de comer a trescientas personas cuando soy capaz de dar de cenar al Hijo de Dios?

El experto orador giró la cabeza en dirección a Gian Giacomo *Salai*, quien rápidamente soltó la tela y, ante los asistentes, se reveló por primera vez *La última cena*. El cenáculo vinciano.

Bartolomé, Santiago el Menor, Andrés, Judas Iscariote, Pedro, Juan, Jesús, Tomás, Santiago el Mayor, Felipe, Mateo, Judas Tadeo y Simón.

Silencio. Hubo silencio. Ojos sin pestañear y algunas bocas abiertas. Una mezcla de sensaciones que nadie se atrevía a manifestar en primer lugar. Una palmada aislada, seguida de otra y una más, con unos intervalos cada vez más cortos y vertiginosos, rompieron el silencio que inundaba el refectorio. Ludovico Sforza no cabía en sí de gozo. Aplaudió a reventar y el resto de los allí presentes se sumaron a la celebración. Gritos de admiración empezaron a resonar y Leonardo supo que había acertado. El único futuro posible calculado se había cumplido. No podía ser de otra manera. Leonardo miró cómplice a Salai y sonrió, mostrando su impecable dentadura. Salai le devolvió la risa, un cincuenta por ciento condicionada por los nervios. El futuro calculado por Salai albergaba más posibilidades y no todas ellas con un final épico como el que comenzaban a disfrutar.

Mientras unos felicitaban al maestro, otros intentaban escudriñar la pintura desde un punto de vista teológicamente exhaustivo.

—Alabado sea el Señor —dijo un monje de avanzada edad—. La Santísima Trinidad está reflejada con belleza. El Hijo de Dios forma un triángulo en clara alusión a la divina concepción. Incluso los más cercanos al Maestro están agrupados de tres en tres. Verdaderamente este Leonardo es un enviado del Señor.

Frente a esta posición crédula, otros ponían el grito en el cielo ante tanta desfachatez.

—¿Dónde está el halo sagrado de Nuestro Señor? —preguntó uno de los monjes irritado.

—Dicen que el de Vinci es un hereje. En su primer encargo de la Confraternidad Milanesa de la Inmaculada Concepción, hizo lo mismo. ¡Rehusó pintar los halos sagrados!

—¿Y dónde está el cáliz sagrado? —gruñó de nuevo el primer monje.

Salai, huyendo de halagos y conversaciones protocolarias, no dudó en fisgonear alrededor de la sala. Con tono picaresco se sumó a la conversación de los frailes para añadir más leña al fuego.

—Disculpen mi intromisión. Dicen algunos que el pintor ha traído la herejía de Florencia, incluso cuentan que ha retado al mismísimo Dios pintando a una mujer en la composición.

Los monjes se acercaron asustados a la pintura para corroborar la información. Mientras, Salai se alejaba desencajado de la hilaridad que le había provocado semejante broma. «¿Una mujer entre los apóstoles? Bueno, con el maestro te podrías esperar cualquier cosa», pensaba Salai. De todas formas, la duda estaba sembrada.

Un nuevo grupo formado por nobles de alta cuna debatía la pertenencia de los rostros pintados en el mural.

—Fijaos, el segundo por la derecha parece tener los rasgos del propio Leonardo da Vinci —dijo uno de los nobles atribuyéndose el honor de haber realizado semejante descubrimiento.

—Imposible, el maestro cuenta con algo más de cuarenta años. Pocas canas empiezan a asomar en las tonalidades marrones de su cabello. Es mucho más apuesto en persona —corrigió una dama.

Salai, disfrutando como nadie de las conversaciones ajenas, se inmiscuyó de nuevo.

—En mi opinión, podría tratarse de una visión profética del maestro. Si bien es cierto que aún es demasiado joven para aparentar la edad del anciano que aparece en el mural, podría ser él dentro de unos años.

Se quedaron pensativos unos instantes.

—Aunque, en mi opinión —continuó Salai—, creo que el verdadero autorretrato del maestro se encuentra a la izquierda de la composición. El segundo comenzando por la parte más oscura. Santiago el Menor. El mismo rostro, el pelo y las barbas de color miel. ¡Es el verdadero rostro del maestro!

—¡Cierto! —exclamó la dama embelesada ante la belleza del pintor.

De nuevo, surgió una discusión en torno a la información facilitada por Salai. Daba igual si lo que sugería era verdadero o falso, de cualquiera de las dos maneras engrandecía la figura de Leonardo. En definitiva, la obra adquirió una fama sin parangón debido a la facilidad con la que el espectador podía sacar sus propias conclusiones. Mientras unos veían la eterna lucha de la luz contra la oscuridad o penumbra, debido a los efectos de iluminación con los que había impregnado la escena, otros veían una obra cósmica que reflejaba el Universo. Jesús como eje central representando al sol mientras las doce constelaciones orbitaban sobre sus palabras. Además, los cuatro grupos de apóstoles podrían dar a entender la conexión con los cuatro elementos: agua, tierra, aire y fuego.

Alguno incluso se atrevió a justificar la escena buscando equivalencias con la descripción de los signos zodiacales establecida por Hiparco dos siglos antes de Nuestro Señor. De derecha a izquierda y según la escritura especular del maestro, nos encontraríamos a Simón representando a Aries con su barba cabría, Judas Tadeo simbolizando a Tauro a punto de embestir, Mateo invitando a comenzar un diálogo como Géminis, Felipe y sus manos en forma de tenazas aparentando ser Cáncer, Santiago el Mayor con sus brazos extendidos sustituyendo a Leo, Tomás asaltado por la duda con el dedo levantado encarnando a Virgo, Juan interpretando la balanza de Libra inclinando la cabeza, un Judas retorcido sobre sí mismo suplantando a Escorpio, Pedro se revela como Sagitario sustituyendo flecha por cuchillo, Andrés reproduciendo la distancia que muestran los Capricornio, Santiago el Menor personalizando la sociabilidad de los Acuario y, por último Bartolomé, con la cuerda que une a los peces de Piscis.

En definitiva, multitud de teorías, secretos y pseudoconspiraciones que el maestro Leonardo, de haberlas, se llevaría a la tumba. Con una de las mejores campañas de publicidad nunca antes vista, Leonardo recuperó el estatus de gran maestro de la pintura para las gentes de Milán. A pesar de que el florentino no era muy dado a firmar sus obras, plasmó un pequeño detalle solo para los más sagaces.

Ahora llegaba el momento de asestar el golpe final. Ante el calibre de semejante trabajo, conseguiría el material y los fondos necesarios para alcanzar la cumbre. Necesitaba acabar su monumento ecuestre. Se le antojaba imprescindible realizarlo. Jugando con las palabras, Leonardo pintó un *vincolo*, un nudo en el extremo derecho del mantel, en clara alusión a Vinci, su pueblo natal.

Para sorpresa del ingeniero Da Vinci, el golpe final fue asestado en dirección contraria.

Leonardo recibió una nefasta noticia. Habían pasado los momentos de múltiples elogios y había llegado la hora de hablar de negocios. Las setenta toneladas de metal guardadas para fabricar la estatua ecuestre más grande del mundo irían destinadas a la construcción de cañones, con el fin de parar la avanzadilla del ejército francés. Milán estaba a punto de ser asediada y el duque necesitaba de todo el efectivo posible. En compensación, Leonardo sería nombrado ingeniero y encargado de los trabajos en los *navigli*.

¿Qué haría Leonardo da Vinci ahora? Había dado el gran golpe sobre la mesa y había conquistado a todo el público milanés. Altos cargos, medianos banqueros y bajos comerciantes. Todos admiraban la nueva obra del genio florentino. Pero ¿cuál era el paso que debía seguir? Tanto tiempo preparando su «caballo» y ahora el modelo de arcilla era todo cuanto quedaba de su titánico esfuerzo.

Los días pasarían y una tormenta de ideas se iría instalando en la cabeza de Leonardo. Encargarse de las esclusas de unos canales que profetizaban su desaparición no era lo que él había soñado. Ni siquiera la gracia del joven Salai era capaz de animar al maestro. No hablaban mucho, Leonardo no confesaba el fuego de otros tiempos que, de nuevo, comenzaba a arder en su interior. Terminaría el trabajo que había prometido a su amigo fray Luca di Bartolomeo di Pacioli. Dibujaría para su obra *De Divina Proportione*.

Después, Florencia sería de nuevo su destino. La última vez estuvo a punto de convertirse en una aventura mortal, pero las caras de odio de Savonarola y la pasividad de Botticelli desequilibraron la balanza a favor de una palabra. Un término que ya había sido parte de su yo más interno e intenso.

Vendetta.

36

23 de mayo de 1498,
piazza della Signoria, Florencia

«21 de abril de 1498. El lunes se despejará la gran Camera delle Asse de la torre. El maestro Leonardo ha prometido tenerla acabada para finales de septiembre». Así dejaba constancia *meser* Gualtieri Bascapè, el tesorero ducal de Milán, de las actividades de Leonardo por aquellas fechas. Tenía tiempo de sobra para finalizar la obra. Septiembre aún quedaba muy lejos. Los últimos días de mayo pasarían a la historia y Leonardo quería ser parte activa.

La jornada del 23 de mayo del año 1498 de Nuestro Señor sería coronada por las llamas. Girolamo Savonarola, Domenico Buonvicini y Silvestro Maruffi eran acusados de traicionar a la Constitución, imputados por delinquir contra la política y la religión. Habían traicionado a Dios, lo que este representaba y, para muchos algo incluso más importante que cualquier tipo de fe, habían traicionado a la República de Florencia.

El día anterior, la Signoria había pronunciado el edicto. Morirían ahorcados y quemados en la piazza della Signoria. Desde su captura en las primeras jornadas de mayo, el pueblo florentino sabía que la única forma de salir de la ciudad de Savonarola era siendo ya cadáver. Se sentían engañados y querían venganza. Querían ver el fuego purificador limpiando sus pecados. Nada volvía del fuego, nadie resurgía de sus cenizas. Aquella jornada no estaba pensada para el ave Fénix, por mucho que apareciera en la epístola de Clemente de Roma a los Corintios en el Nuevo Testamento.

Reminiscencias de la familia Pazzi se respiraban por las calles. Leonardo, en cuanto supo la noticia, partió de Milán para estar presente. Había jurado su venganza psicológica y estaba dispuesto a cumplirla.

Pocas veces la ciudad de Florencia y el Papa habían estado de acuerdo en algo. Girolamo Savonarola debía morir. Un mes de confinamiento en solitario fue suficiente. Savonarola estuvo encerrado en el Alberghettino, la cárcel situada en la torre de Arnolfo en el palazzo della Signoria y, a pesar de los interrogatorios y torturas, no había dejado de escribir.

A los tres acusados se les concedieron unos breves momentos para poder hablar entre ellos y, así, administrarse los sacramentos. Las últimas palabras de Girolamo denotaban un vaivén de sentimientos que sus ojos no reflejaron hasta su momento final.

Desgraciado de mí, todos me han abandonado, habiendo ofendido al cielo y a la tierra. ¿Hacia dónde me dirigiré? ¿Hacia dónde me volveré? ¿Dónde estará mi refugio?

¿Quién se apiadará de mí? No me atrevo a alzar la vista al Cielo, ya que he pecado gravemente contra Él. No encuentro lugar de refugio en la tierra, pues en ella soy un escándalo. ¿Qué haré, pues? ¿Me desesperaré? ¡No! La misericordia está en Dios, la compasión está en el Salvador. Dios es solo mi refugio, no despreciará la obra de sus manos, no rechazará a quien es su imagen. A vos, dulce Dios mío, vengo desolado y herido. Vos sois mi esperanza, mi refugio. Pero ¿qué más os puedo decir? No me atrevo a alzar la vista, exhalaré las palabras del dolor, imploraré vuestra compasión y os diré: «¡Compadeceos de mí, Dios mío!», apelando a vuestro perdón. No según el perdón de los hombres, que no es grande, sino según vuestro perdón, inmenso, incomprensible, infinito sobre todos los pecados. Según vuestra misericordia con la cual habéis amado nuestro mundo y le habéis dado a vuestro único Hijo. Lavadme, Señor, en su sangre, iluminadme en su humildad, renovadme en su resurrección.

En la plaza estaba todo dispuesto. Una gran pasarela construida para la ocasión ganaba terreno hacia el centro del recinto. Los más morbosos aguardaban en las primeras filas para ser espectadores de lujo ante la inminente ejecución. No tardó mucho el pueblo florentino en abarrotar la plaza. Las últimas palabras de la liturgia correspondían al obispo Benedetto Paganotti, palabras a las cuales nadie prestaría atención. Florencia quería sangre, no palabras.

Los reos avanzaron de uno en uno hacía el gigantesco mástil que terminaba en cruz. Allí, alzados, serían colgados y quemados. El fuego arrasaría la madera de la tarima, el mástil, la cruz y los cuerpos sin vida de los tres herejes. Los pies descalzos notaban la madera. Alguna astilla hacía mella en sus delicados pies, mas no sentían sino miedo. ¿Acaso no dudó el Hijo del Hombre en sus últimos momentos? Tan solo una toga vestía los cuerpos de los que se disponían a morir. Gritos de «traidores», «herejes» o «pecadores» llenaban la plaza y el alboroto llegaba incluso hasta las orillas del Arno.

Silvestro y Domenico fueros los primeros. Mediante una escalera, auparon sus cuerpos hasta que sendas sogas rodearon sus cuellos. No dejaron de repetir el nombre de «Jesús» hasta el final. Una vez colgados, los florentinos más irascibles trataron de prender las primeras llamas antes de que los reos colgados murieran, para aumentar aún más su sufrimiento final. Los miembros de la Signoria encargados de la seguridad evitaron que la ejecución se convirtiera en un espectáculo todavía más dantesco.

Acusados y acusadores esperaban que la tortura no durara mucho. Al fin y al cabo, la pena de muerte ya era suficiente precio a pagar. La gente tampoco quería que les tomara mucho tiempo. En realidad, los florentinos habían dejado en su estómago espacio suficiente para el postre final: la ejecución de Girolamo Savonarola.

Savonarola no se movió. Miró cómo sus compañeros yacían calcinados sin vida y esperó su turno. No puso resistencia. Incluso en esos momentos se sentía en verdad un enviado de Dios. Le llegó el turno. Con un leve empujón, Girolamo se acercó a la escalera. El ascenso fue interminable mientras intentaba transportar su mente a otro lugar, fuera del alcance de tantos improperios.

Pocos eran los que derramaron alguna lágrima. Los partidarios del fraile, conocidos como los *piagnoni* o *Llorones,* hicieron honor a su nombre. Semiocultos entre las gentes, poco podían hacer para evitar el funesto desenlace. Unos, como Sandro Botticelli, prefirieron no estar presentes por miedo a ser arrestados al ser reconocidos públicamente como seguidores del hereje. Otros, sin embargo, como Michelangelo, dejaron sus quehaceres para estar presentes en la ejecución. El de Caprese viajó desde Roma para ver morir al fraile, al que conocía de vista cuando frecuentaba el jardín de artistas de San Marcos, propiedad de Lorenzo de Médici.

Girolamo miró hacia abajo. La soga estaba a punto de ceñirse alrededor de su cuello. Con un poco de suerte, la brusca caída le partiría el cuello, evitando así momentos de dolor y sufrimiento. Había llegado a su fin. Continuaría su misión divina al otro lado. Más allá. Aun así, en sus últimos momentos, no perdió ni la fe ni la esperanza. Miró al cielo y exclamó:

—¡Dios mío! ¡Ha llegado la hora de realizar un milagro!

Savonarola había terminado de exclamar su petición. En ese momento, un ejército de aves oscureció el cielo que tenía sobre él. Por un instante, pensó que se obraría el milagro. Cuando Cristo fue crucificado, los cielos se tornaron en tinieblas y el sol se eclipsó. Savonarola veía una redención en la cortina oscura que apareció ante él. Fue el sonido del aleteo lo que le sacó de su incipiente éxtasis. Cientos de aves salidas de todos los recovecos de la ciudad surcaron los cielos. Y entonces recordó la promesa que le había lanzado un florentino engreído cuya barba se asemejaba al color miel. «Cuando llegue tu hora, volaré sobre tu cabeza».

Habían sido las palabras del llamado Leonardo da Vinci antes de escapar cuando se produjo su detención. El fraile, en sus últimos momentos, buscó con la mirada entre la multitud para focalizar su ira. Era imposible distinguir la cara de Leonardo entre los cientos, quizá miles de personas que se amontonaban pidiendo justicia. Entonces, optó por escudriñar los tejados. Quizá las palabras «volaré sobre tu cabeza» no se referían solo a las aves. Igual lo había pronunciado de manera literal.

Allí estaba él. Leonardo da Vinci había elegido un lugar privilegiado para ver la función. El tejado contiguo a la casa-torre Uberti, donde años atrás había estrellado su máquina voladora, le ofrecía una excelente visión así como una tranquilidad inaudita frente al gentío que se amontonaba en la plaza. Como era habitual en él, había pasado las últimas jornadas en Florencia recorriendo los puestos callejeros que traficaban con animales vivos. Después de desembolsar una gran cantidad por todas las aves disponibles en la ciudad, a cada uno de los mercaderes les dio una orden. Solo soltarían los pájaros en la hora convenida.

Había llegado el momento. La orden que había sistematizado Leonardo se ejecutaría entonces. Coincidiendo con la ejecución del azote de Florencia, como lo llamaba el de Vinci, los mercaderes abrirían las jaulas y dejarían libres a las aves. No preguntaron por qué. Leonardo se encargó de pagar por los animales y por evitar preguntas incómodas.

Allí estaba él. Leonardo da Vinci. Como una gárgola impertérrita observando su ejecución. Los ojos de Girolamo Savonarola se inyectaron en sangre. Más por ira que por la soga que amenazaba su garganta. Quiso decir algo, pero era demasiado tarde. Nada ni nadie podía cambiar el curso de la historia. Leonardo cumplió lo prometido. Girolamo no apartó la vista del vinciano. Esperaba que, en algún momento, Leonardo sonriese. Sonriese vencedor. Así, tendría motivos suficientes para esperarle en el Paraíso y mandarle a los infiernos de una vez por todas. Rezaría por Leonardo, desearía que ascendiera a los Cielos.

No sucedió. Leonardo no sonrió. No disfrutó de la tortura. Era justicia, sí. Pero no un divertimento. Leonardo no cambió el rictus de seriedad en ningún momento. Algo que Girolamo no llegó a entender. De repente, niebla. Le habían colgado y la soga ya le dificultaba la respiración, presionando la nuez. La imagen de la figura esbelta sobre los tejados de Florencia se tornó borrosa. Poco a poco, todo se volvió negro. O blanco. El humo empezaba a ascender. El cuerpo de seguridad de la Signoria había retrasado el desenlace ígneo todo lo posible, pero la gente no podía esperar más. El cuerpo se retiró y las llamas empezaron a devorar madera primero, carne después. La columna de humo sería en breve visible desde cualquier punto de la muralla de la ciudad.

No hubo gritos. No hubo más dolor. Los cuerpos de los tres herejes yacían sobre la madera después de que el fuego hubiera acabado con las sogas. Las llamas devoraron poco a poco la pasarela central construida para la ocasión. Leonardo no se quedó mucho más tiempo. La justicia había obrado correctamente. Los florentinos, sin embargo, esperaron a que los cuerpos se carbonizaran. La Signoria dispuso la orden de arrojar todo aquel resto que quedara sobre la pila de cenizas al río Arno. No quería de ninguna manera que se convirtieran en mártires y, si alguien tenía en mente venerar los restos de los traidores, lo tendría que hacer sumergido bajo las aguas del río que atravesaba la ciudad. Justo el mismo río donde, tiempo atrás, Leonardo se salvó de ser apresado por los *piagnoni* bajo mandato de Savonarola. Habían compartido destino. Solo que uno de ellos no participó en la hoguera.

Ahora, la familia Médici retornaría al poder.

El rostro de espanto de Girolamo Savonarola al ser ahorcado no solo se grabó en la mente de los florentinos. Michelangelo se encargó de que la piedra fuera también testigo ocular. Las mentes se perturbarían, los hechos se pondrían de manifiesto de manera subjetiva, pero la piedra nunca cambiaría su versión. Justo a la derecha de la entrada principal del palazzo Vecchio, antes de la esquina que conducía el callejón que separaba el palacio del futuro palacio que Giorgio Vasari reformaría y convertiría en una galería, sobre un banco de piedra el talentoso Michelangelo talló el rostro del ahorcado. Sin tiempo para detalles, su cincel trabajó mientras sus ojos no apartaban la vista del ahorcado. Terminó justo antes de que el cuerpo colgante se consumiera por las llamas. El bajorrelieve perduraría por los siglos.

Leonardo estaba a salvo.

Eso creía él.

Próximo objetivo: Sandro Botticelli.

37

25 de mayo de 1498, Florencia

La ejecución de Girolamo Savonarola aún se respiraba en el ambiente y era tema de conversación. Los ciudadanos organizaban banquetes en las *trattorias* para conmemorar el final del azote de Florencia y la posible vuelta al poder de los Médici, y los más distinguidos florentinos, fuera cual fuese su profesión, participaban en ellos. Banqueros, artistas o religiosos que plantaron cara al hereje charlaban y bromeaban. Dependiendo del barrio donde se hallasen y del precio del menú, las clases más bajas buscaban también su propio lugar de fiesta.

De repente, la opresión había desaparecido de la ciudad. La gente se sentía libre. Libre de reír, libre de actuar. Incluso algunos de los que participaban activamente en los sermones del fraile se contagiaron de la alegría. Se mezclaban con los pintores o los miembros del cuerpo de seguridad de la Signoria como si todo hubiera empezado de nuevo. Como si Florencia se hubiera despertado de una pesadilla. Las nubes se abrirían y el sol saludaría triunfante de nuevo. No importaba mucho la capacidad gubernamental del Médici que volviera victorioso. Los días de luto y ceniza habían acabado.

Sandro Botticelli fue uno más de aquellos que buscaron la sincronía con los celebrantes. Si el Papa y toda la organización cristiana se habían puesto en contra del fraile, algún motivo tendrían. Sandro no podía decir no a un suculento banquete de celebración. Trató de mantenerse lejos de sus más conocidos, de sus vecinos, o incluso de aquellos clérigos que una vez vitorearon a Girolamo Savonarola y ahora le tildaban de hijo de Satanás. Eligió el sitio más retirado de su taller. No hablaría, no discutiría. Comería y bebería hasta hartarse.

A veces sucede que, cuando alguien obstinado busca, encuentra. La lógica de Leonardo le llevó a discurrir que, si buscaba a Botticelli, debería hacerlo desde el punto más alejado de la ciudad y terminar en el taller. No hizo falta mucho tiempo para encontrarle. En efecto, no tardó en dar con él. Se sentaba a una mesa larga, llena de comensales. Algunos hablaban, otros reían, los más audaces comían sin parar. Un pequeño saco de florines fue suficiente para que el huésped sentado a la derecha de Sandro dejase su asiento al florentino ataviado con una capa rosácea y de barba color miel.

—¡Leonardo! —exclamó Sandro mientras trataba de levantarse.

La fuerza de Leonardo sobre sus hombros hizo que Sandro volviera a ocupar su asiento, esta vez algo más incómodo.

—Amigo Sandro, ¿cómo estáis? —La ironía, de momento, era sutil.

—*Tutto bene*, Leonardo, *tutto bene*. ¿Y tú? —La voz, temblorosa, le tuteaba, pero Leonardo mantenía verbalmente la distancia.

—¡Vivo, Sandro! Parece mentira, pero lo conseguí.

Sandro sonrió nerviosamente.

—Veo, amigo Sandro, que lo estáis pasando bien, que incluso tenéis ganas de reír. Veréis, os contaré una broma, un chiste.

Sandro estaba desconcertado. Sabía que Leonardo notaba que su risa no era ni mucho menos el reflejo de la alegría al ver a un antiguo amigo. ¿Adónde quería llegar Leonardo?

—Un hombre —comenzó Leonardo— trataba de demostrar, basándose en Pitágoras, que había vivido anteriormente en este mundo, y otro se negaba a aceptar tal argumento. El primero le dijo: «Como prueba de que ya estuve aquí antes, te diré que recuerdo que antes tú eras molinero». El otro, creyendo que el primero se burlaba de él, contestó: «Tienes razón. Yo recuerdo que eras el asno que llevaba la harina».

Leonardo se deshizo en una tremenda carcajada. Le hacía mucha gracia el chiste, pero Sandro no le acompañó como coro en el alborozo. Leonardo tardó unos segundos en retomar la compostura. Se apartó los cabellos que le estorbaban en la cara y prosiguió su soliloquio.

—¿Recordáis el poema que os dedicó el Magnífico? Decía algo así como:

Botticelli, cuya fama no es pequeña,
Botticelli, digo, es insaciable.
Más insistente e indiscreto que una mosca.
¡Cuántas de las locuras que ha hecho le recuerdo!
Si se le invita a cenar,
quien lo hiciera que se ande con cuidado,
ya que no va a abrir la boca para hablar,
no, ni siquiera que lo sueñe, pues tendrá la boca llena.
Llega cual pequeña botellita, y se marcha cual botella
[rebosante.

Sandro estaba perdido como un náufrago en un mar de dudas. Se debatía entre seguir escuchando o salir corriendo. Pero los antecedentes de Leonardo no invitaban a la fuga. No después de cómo había tratado a los carceleros del palazzo del Podestà.

—Veréis, amigo Sandro. No he venido a contar chistes. Tampoco he venido a recitar poemas. Aquí estáis, llenando la boca, y aquí estoy, recordando la cantidad de locuras que habéis cometido. Os revelaré que he desarrollado la técnica perfecta para sentar a un asesino a una mesa. —Leonardo comenzó el diálogo bruscamente.

—¿A un asesino? Leonardo, ¿has perdido la cordura en vuestros viajes? —replicó Botticelli.

—Vamos, Sandro, ambos sabemos que la traición y el asesinato están a la orden del día en la ciudad de Florencia, ¿verdad?

Sandro recibió la indirecta, aunque no tenía muy claro a qué se refería su amigo Leonardo. Le dejó continuar.

—Escuchad con atención, amigo mío. Si hay un asesinato planeado para la comida, entonces lo más decoroso es que el asesino tome asiento junto a aquel que será el objeto de su arte, y que se sitúe a la izquierda o a la derecha de esta persona dependerá del método del asesino, pues de esta forma no interrumpirá tanto la conversación si la realización de este hecho se limita a una zona pequeña. Después de que el cadáver, y las manchas de sangre, de haberlas, hayan sido retirados por los servidores, es costumbre que el asesino también se vaya de la mesa, pues su presencia en ocasiones puede perturbar las digestiones de las personas que se encuentran sentadas a su lado, y en este punto un buen anfitrión tendrá siempre un nuevo invitado, quien habrá esperado fuera, dispuesto a sentarse a la mesa en ese momento.

—Leonardo, me dejas perplejo. ¿A qué viene este incómodo tema de conversación en una celebración como esta? —preguntó nervioso Sandro.

—A dos razones. La primera de ellas es que no tendríais que estar aquí. —Leonardo dejó la solemnidad a un lado y le tuteó—. Eres tan culpable como Girolamo. Si creías en él, eras tan partícipe de sus atrocidades como él.

Sandro Botticelli guardó silencio.

—La segunda razón —prosiguió Leonardo—, la tienes frente a ti.

Sandro levantó la mirada y vio a un hombre apoyado en el umbral de la puerta. Como si esperara algo.

—No comprendo, Leonardo. No he visto a ese hombre en mi vida.

—Lo sé, amigo Sandro, lo sé. No lo conocerás en vida ni en la muerte. Él es el nuevo invitado de quien te hablaba. Él debería sentarse en el lugar del asesino.

—¿Del asesino? ¿Se va a cometer un crimen en la mesa?

El resto de los comensales, entre el ruido y el ir y venir de bandejas cargadas de manjares, hacía caso omiso al tenso diálogo.

—Sandro, mírame a la cara.

Sandro obedeció. El tono de Leonardo era firme y amenazante.

—Sandro. Sé que tú me traicionaste. Sé que por tu culpa pasé meses encerrado en un calabozo. Sé que, gracias a ti, mi madre sufrió vejaciones y yo fui torturado hasta la extenuación. ¡¿Cómo te atreviste a engañar a mi madre?!

Sandro se ahogaba en su propia saliva. Leonardo había levantado el puño y le asía por el cuello. No tenía ni argumentos ni valor para rebatir las palabras de su ¿amigo? Además, Leonardo era lo más parecido a un héroe entre aquellos hombres, por haber plantado cara a Girolamo Savonarola y por su afinidad a los Médici.

—Mandaste a mi madre a Milán para que no me encontrara nunca. Nunca supiste que yo iría a Milán. Esa ciudad ni siquiera entraba en mis planes. Solo sabías que iría a España. Pero el destino es sabio, amigo Sandro. Cuando salí de tierras aragonesas, me procuré una visita con el duque de Milán. Eso no lo podías controlar, ¿verdad? Podrías haberla enviado a cualquier otro sitio. Al Reino de Nápoles, donde habría perdido la pista para siempre. Pero te equivocaste. Una vez más. El destino te ha castigado, Sandro.

Botticelli mudó de repente el color de su rostro. Los ojos se le empezaron a aguar. Abrió la boca, pero no salió más que un estúpido sonido gutural.

—No necesito ni una palabra tuya, Sandro. Sé muy bien por qué lo hiciste. El sentimiento de envidia y celos no cabían en tu pecho. Nunca encajaste de buena manera que fuera superior a ti. Sandro, yo soy el asesino y tú eres la víctima.

Sandro Botticelli notó una micción entre sus piernas. El miedo le hizo descargar la orina allí mismo, sentado a la mesa de los fieles a los Médici.

Leonardo no lo notó. Estaba sumido en la ira.

—¿Sabes una cosa, querido Sandro? Existe algo peor para ti que la muerte. Dejarte vivir para que veas cómo tu decadencia no ha hecho sino empezar. Mientras tú destruías con fuego, yo creaba con la imaginación. No sé si tiempo atrás, cuando ambos reíamos en el taller del Verrocchio, fui superior a ti. Hoy, ahora, aquí, no tengo dudas. Deja de temblar, Sandro, porque vivirás. Vivirás para ver cómo todos a tu alrededor te superan, y en los tiempos venideros te recordarán con una parte oscura, no solo en tu arte, sino también en tu alma.

Leonardo sacó un puñal y se lo mostró a Sandro.

—Este puñal estaba destinado a tu podrido corazón. Ahora me doy cuenta de que sería una pena ensuciar tan bello acero.

Acto seguido Leonardo clavó el puñal en la mesa. Se hizo un breve silencio en el comedor. Leonardo alzó la vista y dedicó la mejor de sus sonrisas. El alcohol hizo el resto. Los demás comensales rieron al unísono y prosiguió la fiesta. Leonardo se levantó de su asiento, hizo un gesto con la mano, y el caballero apoyado en la puerta se acercó y ocupó su lugar.

A sus espaldas, Leonardo clavó un puñal más hiriente en el ánimo de Sandro Botticelli.

—Tu Venus es un monstruo. Cuello largo, pechos pequeños, hombro izquierdo dislocado y aún no sabes colocar el ombligo en el sitio correcto. ¿Artista te haces llamar? —Y desapareció.

Sandro Botticelli seguía mirando fijamente la daga clavada en la mesa. El tono pálido pintado por el miedo aún no había desaparecido de su rostro.

El pintor no sabía hasta qué punto le afectaría la traición a Leonardo y la admiración hacia Savonarola. En los años venideros entraría en un bucle artístico que lo sumiría en la pobreza.

En cuanto a Leonardo, poco tardarían los ejércitos franceses en entrar en Milán, y todo su trabajo y su esfuerzo habrían sido en vano. Poco a poco se fatigaría con la pintura, fuente principal de sus ingresos, y empezaría una vida que muchos calificarían como «vivir al día».

38

Para Leonardo, los últimos años habían sido constructivos y destructivos a partes iguales. Desde el último encuentro con Botticelli, un cúmulo de circunstancias hicieron que tomara un nuevo rumbo en su vida. Regresó a Milán solo para ver cómo caía ante el ejército francés. Durante un breve periodo de tiempo, cuidó de la duquesa Isabella de Aragón, ahora viuda de Gian Galeazzo Sforza, y su hijo Francesco el Duchino.

Una tarde Isabella susurró al oído del maestro.

—Conseguí entenderlo sin vuestra ayuda. Vos y vuestra estúpida idea del celibato. Juntos no habríamos conquistado el mundo. No lo hubiésemos necesitado. Pero habríamos conquistado el cielo. Habríamos volado juntos.

La admiración de Isabella pasaba por unas dosis de amor. Leonardo sonrió ante el comentario y dudó. Era demasiado tarde para dudar. La edad no era buena compañera y su apetito sexual había muerto en un calabozo de

Florencia años atrás. Pero dudó. Isabella de Aragón habría sido una buena compañera de viaje. Un lienzo demasiado bello donde plasmar sus pigmentos de amor. En otro tiempo, en otro momento, en otra vida.

Por otra parte, se terminaba de fraguar una alianza entre el rey de Francia Luis XII y el papa Borgia Alejandro VI. Cesare Borgia, hijo del Sumo Pontífice, entró a las órdenes del monarca francés después de abandonar su cardenalato y juntos encabezarían su ofensiva contra la ciudad de Milán. Ludovico Sforza estaba en el exilio y corrían rumores de que se alzaría contra los franceses y volvería a recuperar el ducado. Leonardo no esperaría su retorno. Como un superviviente nato se hizo valer frente a la Corona francesa, que recibió de muy buen grado su valía artística. El rey de Francia incluso propuso llevar *La última cena* leonardesca a territorios francos. Una empresa de tal envergadura no podía llegar a buen puerto, pero Francia le había echado el ojo a Leonardo da Vinci. El maestro florentino se habría quedado de buena gana con los franceses, pero el orgullo le hizo desistir de la idea cuando vio su sueño destruido en pedazos. Un grueso del ejército de Luis XII había decidido que la mejor diana donde practicar tiro con arco era una enorme estatua ecuestre de arcilla que se encontraba en el patio central de armas del castello Sforzesco. Un ataque repentino de ira cegó por completo a Leonardo, pero los buenos consejos de Isabella hicieron que se calmara, so pena de ser arrestado y asociado con Ludovico Sforza.

Sus diseños bélicos tampoco fueron obviados. A Cesare Borgia le parecía un aliado muy poderoso al que tener en cuenta en un futuro próximo. Así fue. Leonardo adoptó un estilo de vida nómada bajo las órdenes del hijo del papa Alejandro VI, que meses después ejercería como capitán del ejército vaticano. Sería nombrado arquitecto e ingeniero militar. Abandonaría Milán, cansado de demostrar una y otra vez sus talentos y valías.

No solo abandonaría la ciudad. Cansado de los pinceles, abandonaría las artes plásticas y se dedicaría, de momento, a las matemáticas y a la ingeniería.

Cesare Borgia era un estratega descomunal. No solo en el campo de batalla, sino también en cuanto a las relaciones políticas se refería. Contrajo matrimonio con la prima de Luis XII de Francia y fue nombrado duque de Valentinois. Pero su ambición no tenía límites. Poco a poco, se fue convirtiendo en el señor de las tierras de Imola, Forli, Pesaro, Rímini o Cesena durante sus campañas en la Romaña. Su ejército de diez mil hombres no tenía rival.

Desde el punto de vista más pacífico y diplomático, a la comitiva se unió Niccolò di Bernardo dei Machiavelli, un funcionario público que debía hacer entrar en razón no solo a Cesare Borgia, sino también a Luis XII en el momento de continuar la guerra contra la ciudad de Pisa. En realidad, ejercía las funciones de espía para la ciudad de Florencia.

La ciudad de Arezzo se había sublevado contra el dominio de Florencia y apoyaba públicamente al Borgia. Los juegos de la Justa del Sarraceno de San Donato en el mes de junio se habían dedicado en el verano del año 1502 a Cesare Borgia. Una gran comitiva había accedido a la ciudad y habían disfrutado de los enfrentamientos de lanzas entre los cuatro *quartieri:* Porta Crucífera, Porta Sant'Andrea, Porta del Foro y Porta Burgi o Santo Spirito. Cesare Borgia no rehusó la invitación de la familia Leti y Luciano, encargada de las actividades deportivas y artísticas de la ciudad. El mismísimo Dante Alighieri se hacía eco del *Giostre ad Burattum* en su *Divina comedia.*

> Caballeros he visto alzar el campo,
> comenzar el combate, o la revista,
> y alguna vez huir para salvarse;
> en vuestra tierra he visto exploradores,
> ¡oh, aretinos!, y he visto las mesnadas,
> hacer torneos y correr las justas;
> ora con trompas, y ora con campanas,
> con tambores, y hogueras en castillos,
> con cosas propias y también ajenas.

En esos momentos, los pensadores Niccolò y Leonardo se dieron un respiro y decidieron no tomar parte de la actividad. En su defecto, disfrutaron de un largo paseo a caballo que les condujo hasta la pequeña población colindante, Quarata. Allí cruzaron el río Arno, el mismo río que bañaba la ciudad de Florencia y el mismo caudal que en una ocasión le había salvado la vida. Cruzaron el ponte Buriano, un pontón de siete arcos edificado en el año 1277 de Nuestro Señor, y descansaron en una de sus orillas.

Leonardo expuso sus inquietudes. No deseaba ver más sangre, sufrimiento y muertes. Estaba hastiado de ver tanto horror a su alrededor. Sus diseños de máquinas bélicas habían sido proyectados por el mero instinto de supervivencia, si bien no era un tema que se le diera mal. Leonardo tenía conocimientos de ingeniería y anatomía, una mezcla mortal. Niccolò hablaba de su sueño utópico: ver un territorio unificado. Machiavelli era impulsivo y directo, algo nada conveniente para ejercer la diplomacia, pero sabía bien de lo que hablaba. Las tierras de los Reyes Católicos habían terminado el proceso de reconquista y su horizonte llamaba a la unión. Los territorios franceses presentaban una fuerte solidez y los Tudor empezaron la modernización de su Estado mostrando a Inglaterra como potencia política y marítima. La Península itálica se quedaba un paso atrás, segregada en cinco grandes estados: el ducado de Milán, la república de Venecia, la soberanía de los Médici en la república de Florencia, los territorios papales conocidos como Estados Pontificios y el reino de Nápoles. Niccolò hablaba de banderas. La única bandera que habría defendido Leonardo habría sido la sábana que calentaba a su madre mientras dormía, en Milán, años atrás. Pensaba en su madre mientras observaba con todo lujo de detalles el pequeño puente que se alzaba frente a ellos, cerca de la bella ciudad de Arezzo. Le recordaba a otro puente, lejos de allí: el puente de Monistrol de Montserrat, frente a la montaña mágica.

Pero la aventura de Leonardo no duró mucho más. Cesare Borgia asesinó a tres de sus hombres que parecían no pensar como él. Los estranguló hasta darles muerte. Uno de ellos, Vitelozzo Vitelli, amigo personal de Leonardo. Entonces, recordó las palabras que regaló a un joven llamado Ezio Auditore en su *bottega* de Florencia. «Nuestra vida está hecha de la muerte de otros».

Ahora, esa sentencia adquiría una nueva dimensión. De repente, se había dado cuenta de que el hombre era en verdad el rey de todos los animales, pues su crueldad sobrepasaba a la de estos. Eran, al fin y al cabo, tumbas andantes. Tras los vanos intentos de convencer a su señor de desviar el río Arno para evitar el enfrentamiento directo con Pisa y la muerte de su amigo, decidió que no era ni su tiempo ni su lugar. No para un científico como él, no para un alma inquieta como la suya.

El destino quiso que Alejandro VI falleciera por envenenamiento y Cesare Borgia no tuvo tiempo de reaccionar. Giuliano della Rovere, antiguo abad comandatario de Montserrat, accedió al trono de Pedro como Julio II y comenzó el ocaso de los Borgia.

Gracias a una llamada del confaloniero de Florencia, Piero Soderini, Leonardo volvió a la ciudad que le había visto crecer. Allí formaría parte de un comité que elegiría el emplazamiento de la nueva obra maestra de la ciudad, la enorme estatua de mármol de un David, esculpida íntegramente por un joven que no alcanzaba la treintena: Michelangelo di Ludovico Buonarroti.

Michelangelo era un joven bastante irascible que había aprendido los oficios en el taller de Domenico Ghirlandaio. Como ocurriera con Leonardo y Verrocchio, Michelangelo superó a su maestro y pronto abrió su propio taller. Cuando Savonarola ocupó el liderazgo de Florencia, Michelangelo partió hacia Roma, evitando así tener que dar explicaciones de su arte y de sus tendencias sexuales. Fue allí donde realizó la *Piedad* con tan solo veintitrés años. Un bloque de mármol escogido de los Alpes Apuanos que le valió el reconocimiento artístico en los Estados italianos. Savonarola desapareció y, con él, todo tipo de prejuicios para con los artistas. Michelangelo Buonarroti fue llamado de nuevo a Florencia para dar vida a un nuevo patrón de la ciudad. Ese patrón sería el joven pastor David, que acabó con la vida de Goliat, historia narrada en el primer libro histórico de Samuel, en el Antiguo Testamento.

El éxito del *David* de Michelangelo residió en la sorpresa, tal y como le sucedió a Leonardo en Milán con su cenáculo. Todos esperaban un David victorioso, con la cabeza de Goliat a sus pies, tal y como el Verrocchio lo había representado años atrás. En vez de eso, Michelangelo decidió mostrar el lado más humano del joven héroe. El momento de la duda. El instante en el que decidía si huía o plantaba cara al gigante. Una situación en la que el épico desenlace se presentaba utópico.

Corrían rumores de que, al pasar por el taller del escultor, se podía oír su voz gritando: «¡Libérate de tu prisión de mármol!».

El resultado fue esperanzador. Tenían el bloque de mármol más hermoso de la historia de la ciudad y no sabían qué hacer con él. Piero Soderini designó un comité para ubicarlo formado por Andrea della Robbia, Piero di Cosimo, Davide Ghirlandaio, Simone del Pollaiolo, Filippino Lippi, Pietro Perugino, Cosimo Rosselli, Giuliano y Antonio da Sangallo, Leonardo da Vinci y Sandro Botticelli.

Durante la exposición de opiniones sobre dónde debería situarse la estatua del *David*, Sandro Botticelli no cruzó ni una sola vez la mirada con Leonardo, mientras este se dedicaba al arte de la oratoria que tanto le gustaba sin prestar atención a un artista cada vez más insignificante que se había quedado clavado en un estilo pictórico obsoleto.

La decisión final se tradujo en la colocación del coloso de mármol junto a la entrada principal del palazzo della Signoria, así se le otorgaría un significado mucho más civil. Un grupo de artistas propuso situarla enfrente, en la Loggia dei Lanzi, alegando que allí no sufriría las inclemencias meteorológicas. Era lógico; se sustituía visibilidad por mantenimiento. Leonardo se encontraba en este último grupo, algo que enojó a Michelangelo, ya que iba en contra de sus intereses y pensaba que aquel grupo actuaba de mala fe. Fue en ese mismo momento cuando comenzó a surgir una inesperada enemistad. El corvado, insolente y huraño Michelangelo Buonarroti frente al esbelto, cortés y charlatán Leonardo da Vinci. El morbo estaba servido.

Un joven Raffaello, invitado por el confaloniero Soderini bajo recomendación de Giovanna Felicia della Rovere, disfrutaba de la ciudad de Florencia. Con solo veintiún años, deseaba aprender todo cuanto estuviera relacionado con las artes. Sabía del comité reunido para la ocasión especial del *David* y no dudó en presentarse en la ciudad para ver de cerca a dos de sus mayores ídolos: Leonardo da Vinci y Michelangelo. El propio Raffaello fue testigo de un suceso entre los dos genios.

A lo largo de la calle Pacaccia degli Spini, había un grupo de florentinos que discutían sobre un texto de Dante. Raffaello se encontraba en un puesto de especias muy cercano a ellos, por lo que podía escuchar la conversación perfectamente. Leonardo caminaba por allí. Un hombre de su envergadura ataviado de rosa con una larga melena y una barba frondosa era inconfundible. Los ciudadanos le reconocieron enseguida y, en un humilde acto, le preguntaron al de Vinci que les aclarase el pasaje. Leonardo gentilmente se detuvo ante ellos. Respondiendo a sus preguntas, se giró y señaló al hombre que pasaba frente a ellos.

—Ahí va Michelangelo, él os lo puede aclarar.

Buonarroti se sintió insultado. Lleno de ira, se dio media vuelta y le contestó cara a cara.

—Aclaradlo vos, que sabéis tanto. ¡Ah, no! No sabéis tanto como creéis. Es verdad que diseñasteis un caballo para fundirlo en bronce y, al no poder hacerlo, tuvisteis que abandonarlo. El estúpido pueblo de Milán confiaba en vos. ¡Menuda vergüenza!

Michelangelo se marchó, dejando a Leonardo con la palabra en la boca. El mismo Raffaello dudaba de si Leonardo tendría una pronta respuesta, pues la actitud del escultor les cogió a todos por sorpresa. Leonardo se disculpó y partió.

Los meses siguientes fueron un cúmulo de sucesos. El 9 de julio murió *ser* Piero da Vinci, padre de Leonardo. Lo recogió en sus escritos sin un ápice de preocupación: «En la hora séptima del miércoles, noveno día del mes de junio de 1504, falleció *ser* Piero da Vinci, notario del palazzo del Podestà, mi padre. Contaba con ochenta años de edad y dejaba diez hijos y dos hijas».

Leonardo cometió dos fallos. En primer lugar, su padre murió en martes y, en segundo lugar, falleció con setenta y ocho años. No prestó mucha atención a lo sucedido. La misma que le prestó su padre cuando años atrás se encontraba preso en el mismo palacio donde tiempo después terminaría trabajando. Los hijos legítimos se disputarían su testamento. Él no participaría de ese juego cruel.

Ese mismo mes, casualidades del destino, Sandro Botticelli era acusado de forma anónima de sodomía. Leonardo no tuvo nada que ver. Él lo habría hecho personalmente. Es probable que un Salai de más de veinte años estuviera celebrando la detención de Botticelli con una pícara sonrisa y una mano dudosamente inocente.

En los meses venideros, Leonardo descubriría uno de los hallazgos más importantes de su vida y, a su vez, competiría con el peor de sus enemigos.

Nada de armas. Solo pigmento y pincel.

39

«Es imposible que un templo posea una correcta disposición si carece de simetría y de proporción, como sucede con los miembros o partes del cuerpo de un hombre bien formado», decía el arquitecto romano Marco Vitruvio en el capítulo primero de su tercer libro de arquitectura.

El error en la búsqueda de las proporciones humanas se basaba en no saber diferenciar lo importante de lo urgente. Era urgente desentrañar el fenómeno pautado por Marco Vitruvio pero, a su vez, era necesario despejar la incógnita de qué era lo importante. Leonardo lo tuvo claro. Lo que pretendía era demostrar matemáticamente el canon de las proporciones humanas. El resto era secundario. Lo primero que haría sería dibujar un hombre cuyo cuerpo recrearía una cruz. Con ello, representaría la anatomía con sus miembros plenamente extendidos. Necesitaba un eje con el que diseñar el círculo donde contendría el estudio anatómico. No había posibilidad de errores. El ombligo, centro natural del cuerpo humano, era el epicentro del círculo que trazó con sumo cuidado. A partir de ahí, Leonardo evolucionaría el pensamiento. Si intentaba encajar el círculo dentro del cuadrado o viceversa, el resultado sería deforme. Bien los brazos o bien las piernas del hombre dibujado menguarían o engrandecerían en proporciones monstruosas.

—El elemento importante de la composición es el ser humano. No puedo prostituir su figura ante la geometría.

Leonardo pensó, discurrió. Probó con un trozo de papel nuevo, llenándolo de tinta con infinitas pruebas. Al final, la lógica, el sentido común, se impuso.

—Los problemas no tienen por qué tener una única solución. Tengo dos elementos: un círculo y un cuadrado. Tengo un cuerpo con un solo eje. ¡Añadiré un segundo eje!

Efectivamente, Leonardo, al añadir un segundo eje localizado en las partes genitales del hombre, que marcan la mitad del hombre, encajó el cuadrado como si de un simple y brillante puzle se tratara. Añadió dos brazos y sendas piernas para comprobar que matemáticamente era correcto y sonrió.

Por fin había desenmascarado el misterio. En honor a Vitruvio, el arquitecto, y a *Vitruvio*, su perro. Lo plasmó rápidamente en el último recoveco libre que agonizaba entre apuntes varios.

—La mañana de…

No le satisfizo en absoluto. Le parecía una forma demasiado poco poética para dar a conocer uno de los mayores logros matemáticos de su vida. Merecía algo más profundo, más onírico.

—La noche de San Andrés di con la □ del ○; tocaban a su fin la candela, la noche y el papel en que escribía; al filo del amanecer, quedó concluido.

Debido a la escasez de espacio, sustituyó las palabras «cuadratura» y «círculo» por símbolos. El círculo, símbolo del todo, del universo, sin principio ni fin, representaba a Dios. El cuadrado, los cuatro puntos cardinales; incluso en el islamismo, la representación de las influencias de lo divino, lo angélico, lo humano y lo diabólico, como una vez le contó su madre cuando era niño. Las abreviaturas no restaban en absoluto importancia a tal descubrimiento. La simetría del cuerpo humano.

Había ocurrido pocos meses atrás. Sin embargo, ahora estaba enfrascado en un encargo que requería de cuidadosa preparación. Leonardo, asentado en el local de la Sala del Papa de Santa Maria Novella, preparaba el cartón que después le guiaría a la hora de realizar su versión de la batalla de Anghiari en el palazzo della Signoria. La mano de Machiavelli se notaba en la elección del artista. El diplomático había regresado de Roma después del cónclave de Julio II. En los últimos tiempos, siguiendo los consejos de Leonardo, había realizado un amago de desviar el río Arno, pero, sin la supervisión del ideólogo, estaba encaminado al fracaso. Una vez en la ciudad, procuró dotar a Leonardo de lo necesario para seguir mostrando su talento y maestría. Leonardo había encontrado en Niccolò Machiavelli una persona sin rencor, alguien que le tenía en cuenta, que le deseaba el bien.

Leonardo preparaba y dibujaba su cartón entre libros. Solía decirse que la grandeza de un hombre se medía por los volúmenes que formaban su biblioteca. En el taller de Leonardo, se podían encontrar ciento dieciséis volúmenes de todo tipo: el libro de arquitectura de Alberti, las fábulas de Esopo en francés, algunos sonetos del poeta de los Sforza Visconti, un libro de aritmética de Luca Pacioli, libros relajantes, novelas de caballería y algún que otro poema de tinte erótico. En definitiva, la biblioteca de un curioso, de un investigador, de un amante del misterio en su totalidad.

La información que buscaba no la halló en sus libros. Fue Niccolò quien le facilitó todo cuanto pudiera hacerle falta para llevar a cabo su fresco en la Sala del Gran Consejo del palazzo Vecchio. Así pues, Leonardo, Salai y el resto de ayudantes construyeron un gran andamio móvil con la ayuda del carpintero Benedetto Buchi para evitar las idas y venidas cada que vez que el maestro deseara cambiar de ubicación.

Leonardo se hallaba en lo alto del andamio, inspirado por los planos del andamio de Brunelleschi y Verrocchio para el Duomo años atrás, cuando apareció en la sala Michelangelo.

Dos titanes frente a frente. El de Vinci, con cincuenta y un años. El de Caprese, con tan solo veintinueve. Experiencia frente a frescura.

—*Buon giorno*. Me han concedido la mitad de la Sala del Gran Consejo —fueron las únicas palabras que pronunció Michelangelo al entrar en los aposentos.

El séquito de Leonardo miró alrededor. No había nadie más. Buonarroti venía solo.

—Disculpad, *meser* Michelangelo —se atrevió a preguntar Salai, el discípulo aventajado de Leonardo—. ¿Dónde se encuentran sus ayudantes?

—¿Me tomáis por estúpido? —la respuesta fue cruel—. No necesito a nadie a mi lado. Soy capaz de realizar la tarea yo solo.

Leonardo no permitió tal insolencia para con sus discípulos.

—Tranquilo, Salai, cuentan en Florencia que son los discípulos los que no quieren trabajar con el maestro Buonarroti. Al parecer, le tiene pavor a la higiene y pasa semanas sin ni siquiera sumergir su cuerpo en agua.

Todos se rieron. Por lo visto, Leonardo no solo tenía memoria, también tenía rencor, como apuntaba desde joven. El único que no se rio fue Gian Giacomo *Salai*, que quedó prendado de la bruta personalidad de Michelangelo.

—Bueno, al parecer tendrán que pagar una cantidad superior a la mía, ya que no solo pintaréis, sino que además ejerceréis de bufón. ¿Con qué encargo pretendéis sorprendernos, maestro Leonardo?

—Me han encargado la batalla de Anghiari en la que Florencia venció a Milán en el año 1440 de Nuestro Señor. He diseñado una batalla ecuestre sin parangón. Y vos, ¿cuál es vuestro cometido?

—¡Cuidado, bufón! Los caballos nunca se os dieron bien. Me han encargado la victoria de Florencia frente a Pisa en la batalla de Cascina de 1364. Soldados celebrando una victoria en el río. Como veis, Leonardo, siempre estoy antes que vos.

—Puede ser, escultor, puede ser. Pero seguramente os pagarán el doble a vos. No solo por la pintura, sino para que aprendáis el arte del baño como los soldados que os disponéis a retratar.

Leonardo no soportaba la irreverencia del escultor, pero tampoco deseaba un enfrentamiento público violento. La situación parecía terminar inexorablemente en una competición dialéctica y no artística.

—Además —Leonardo no pudo evitar pronunciar estas palabras—, tendréis que mostrarnos que sabéis pintar. La escultura es un arte totalmente mecánico, que provoca sudor y fatiga corporal a su realizador. Lo cubre de escombros, y le deja el rostro pastoso y enharinado de polvo de mármol como un molinero. Salpicado de esquirlas, parece cubierto de copos de nieve, y su habitación está sucia y repleta de escombros y del polvo de la piedra. Vos solo quitáis lo que sobra de un bloque de mármol. Nosotros, los pintores, partimos de cero, añadimos, creamos. Vuestro gremio solo resta. El mío solo suma.

—No sabía que, aparte de ser un fracasado a la hora de fabricar esculturas, también erais poeta. —La ironía de Michelangelo atravesó el orgullo de Leonardo.

En el ambiente flotaba el caballo de arcilla de Leonardo, atravesado por un infinito número de flechas. El de Vinci guardó la compostura.

—La poesía es superior a la pintura en la representación de las palabras y la pintura es superior a la poesía en la representación de los hechos. Por esta razón, considero que la pintura es superior a la poesía. —Leonardo expuso su tesis con suma delicadeza y cuidado.

—La buena pintura es del tipo que se parece a la escultura. —Michelangelo defendía su gremio, su pasión.

—Disculpad, querido amigo. Un buen pintor ha de pintar dos cosas fundamentales: el hombre y la obra de la mente del hombre. Lo primero es fácil, lo segundo difícil.

—No seáis ingenuo, *meser* Leonardo, no somos amigos. Se pinta con el cerebro, no con las manos. Por eso no dudo.

—Aquel pintor que no tenga dudas poco logrará. —Y con esta última respuesta, Leonardo dio media vuelta y comenzó a trabajar.

De espaldas a la tensa situación, una sonrisa de felicidad recorría el rostro de Leonardo. Si bien era cierto que el escultor y él eran polos opuestos, había encontrado en su oponente una de las mentes más brillantes con las que conversar, con las que discutir.

Sin embargo, la Madre Naturaleza no estaba preparada para decantar su balanza a favor de ninguno de los dos. El papa Julio II, ante las noticias del brillante *David*, decidió llamar a Michelangelo a Roma. El encargo de la tumba papal se antojaba imprescindible para el maestro del cincel. Dejó el cartón con los dibujos preparatorios de su batalla de Cascina y decidió partir de Florencia dejando el trabajo a medias.

La suerte tampoco saludó al maestro Leonardo. Ante la oportunidad de ganar la batalla pictórica frente a Buonarroti, la jornada del 6 de junio del año 1505 de Nuestro

Señor empezó a jarrear. Era tal la cantidad de agua que caía copiosamente de los cielos que las paredes del palazzo della Signoria no pudieron evitar la filtración de humedades. El cartón de Leonardo se desprendió de la pared y los primeros colores aplicados se deslizaron hasta el suelo. Por uno u otro motivo, ambos pintores abandonaron sus trabajos y el palazzo Vecchio perdió dos obras maestras con sus respectivos maestros.

El gobierno italiano concedió a Leonardo un permiso especial para viajar a Milán, donde el gobernador y mariscal de Francia Charles d'Amboise le reclamaba. Leonardo sabía que los franceses admiraban su figura y no quiso dejar pasar la oportunidad. El representante de Luis XII le esperaba con los brazos abiertos.

La Madre Naturaleza decidió que el resultado del enfrentamiento fuera nulo.

No era la primera vez que Leonardo y Michelangelo se enfrentaban.

Tampoco sería la última.

40

Leonardo tuvo una buena acogida en Milán. Siempre que alguien relacionado con la nobleza francesa le hacía llamar, le recibía con los brazos abiertos. Esta vez Charles d'Amboise tenía una petición del mismísimo monarca Luis XII. En agradecimiento a los buenos servicios prestados por Girolamo Melzi, capitán de la milicia milanesa a las órdenes del monarca francés, se había propuesto entregar a su hijo de catorce años Francesco bajo la tutela del maestro Leonardo da Vinci. Al maestro florentino, lejos de disgustarle, le causó mucho agrado. Era un honor recibir tales dignidades del monarca francés. Al parecer, el joven Melzi había sido educado de las mejores maneras posibles y era diestro con el pincel. Era bello, como años atrás lo había sido Salai cuando entró a formar parte de la vida de Leonardo. El viñedo de Porta Vercellina recibía así un nuevo inquilino.

Salai, que se acercaba a la treintena, no recibió de buen grado la nueva incorporación. Temía ser desplazado en el orden de preferencias del maestro, aunque de un par de años a esta parte Salai había comenzado a practicar una vida más independiente. Sus idas y venidas del taller eran un misterio para Leonardo que, con cincuenta y cinco años de arrugas y experiencias, comenzaba a peinar canas. Pero Gian Giacomo *Salai* se había ganado por derecho propio su propia libertad, tanto laboral como personal. Si bien el trabajo, poco para el gusto de Leonardo, lo realizaba en el taller, su vida privada le llevaba a lechos desconocidos.

Francesco Melzi se incorporó como el suplente perfecto, con una educación más exquisita que la que Salai jamás pudo llegar a adquirir. Melzi poco a poco se destapó como un excelente gestor del dinero ajeno en contraposición a Salai, derrochador de cuentas ajenas. Leonardo nunca dejaría de admitir que Salai fue útil mientras él quiso. Sin él, su vuelta a Florencia para consumar su venganza no habría tenido éxito. Pero las inquietudes también movían al ladronzuelo, que comenzó a probar placeres que en el taller de Leonardo no podía encontrar. Solo por ello merecería un premio al final de sus días. Sin embargo, la ayuda de Melzi, a pesar de su juventud, se iba convirtiendo en imprescindible a cada paso que daba.

Por si fuera poco, el refinamiento exquisito de sus modales se veía reflejado en su técnica con el pincel. No había ejercido la profesión de pintor, ni siquiera tenía unas bases adecuadas, pero el cariño y la discreción que ponía a cada tarea que le encargaba Leonardo hicieron que el maestro le permitiese estudiar los apuntes que algún día se convertirían en una especie de tratado de pintura.

Como agradecimiento a tal gesto, Francesco Melzi prometió dibujar un retrato de su maestro en cuanto hubiera adquirido la técnica suficiente, a lo que Leonardo accedió gentilmente.

—Maestro Leonardo, tan pronto como me deis el visto bueno, pretendo haceros un retrato de modo que vuestro rostro sea inmortal para las generaciones venideras.

—Gracias, Kekko. Pero debéis ejecutarlo pronto. Poco a poco voy perdiendo pelo y no quiero que retratéis a un vejestorio.

Leonardo tenía razón. No solo asomaban canas donde antes predominaba el color miel. Tanto cabellera como barba presentaban los síntomas inequívocos que la vejez no perdonaba. Leonardo no parecía estar muy obsesionado. Atrás quedaban los años en los que el físico jugaba un papel importante ante mecenas ansiosos de apostar por un nuevo talento. No tenía que demostrar nada a nadie. A nadie salvo a sí mismo.

Había recibido una importante noticia desde Florencia. En el hospital de Santa Maria Nuova, había ingresado un hombre cuya partida de nacimiento databa de hacía más de cien años. Para Leonardo, era una oportunidad única de comprobar el estado de la anatomía de un anciano frente al cadáver de un recién nacido. Necesitaba saber cuál era el motor de la vida y dónde residía la energía que lo ponía en marcha. Tenía ante él la oportunidad de ver con sus propios ojos la máquina más perfecta de cuantas había diseccionado.

En pocas jornadas, llegaron a Florencia. Salai, como si de una cita se tratara, se excusó rápidamente y abandonó a la pareja en un visto y no visto. «Es y seguirá siendo un diablo», le acertó a explicar Leonardo al joven Melzi. Alcanzaron la estancia acompañados del personal del hospital y Leonardo intentó no perder tiempo alguno. Habló directamente, evitó circunloquios innecesarios.

—Decidme, honorable señor, ¿por cuántos años habéis vivido?

La voz de aquel hombre era pausada, muy pausada. Leonardo estaba impaciente. Tenía todo el tiempo del mundo, pero el anciano agotaba el suyo.

—He vivido más de cien años… Y echando la vista atrás, no recuerdo haber padecido ningún trastorno que no fuera una simple debilidad.

—¿Cómo os encontráis ahora, señor?

Melzi, recluido en una de las esquinas de la sala del hospital, observaba la dulzura y la delicadeza con la que el maestro se dedicaba a entrevistar al centenario.

—Cansado, muy cansado. No tengo dolor alguno, mas no tengo energía ya para seguir viviendo.

—Escuche con atención, señor. Puede que lo que vaya a proponerle ahora le parezca un tanto irresponsable e inoportuno. Pero si usted me concediera el permiso que necesito, pasaría a la historia como el hombre más vetusto que donó su cuerpo a la ciencia.

—¿Qué queréis decir, joven?

A Francesco Melzi le hizo gracia. En comparación con el decrépito hombre que yacía en la cama, Leonardo, a pesar de aproximarse a los sesenta años, era aún joven para él.

—Pretendo estudiar vuestro cuerpo por dentro. Pretendo descubrir el secreto de vuestra longevidad y, asimismo, pretendo descubrir el motivo de vuestra inminente defunción.

A Melzi se le borró la risa de un plumazo. Leonardo había sido sincero. Quizá demasiado. Un exceso de información que el centenario podría no asimilar con su delicado estado de salud. Leonardo definitivamente se había dejado llevar por su pasión, por su espíritu científico por encima de todo.

—Por supuesto, joven, por supuesto —contestó sin dudar ante la sorpresa de Melzi—. El alma no puede estar nunca afectada por la corrupción del cuerpo, y eso es lo que me llevo yo, mi alma. Mi cuerpo corrupto lo dejo en vuestras manos.

Al terminar, el centenario cumplió con su cometido y se llevó su alma lejos de la habitación que albergaba su cuerpo corrupto por los años.

—Amén, señor. *Requiescat in pace.*

Al pronunciar estas palabras, Leonardo cerró los ojos del cuerpo recién donado a su ciencia y comunicó a los encargados del hospital de Santa Maria Nuova la defunción. Asimismo, firmó los documentos necesarios y cargó con el cuerpo hasta la precaria sala de autopsias.

Francesco Melzi aprendía con cada palabra. Era la pasión la que hablaba a través de la boca de Leonardo. No era su cerebro. Con la pasión, podía conseguir cualquier cosa. En el caso de no conseguirla, si se había realizado con pasión, no había que justificar el fracaso.

Mientras Salai se marchaba bastante apresurado antes de entrar en el hospital solo Dios sabía por qué, Francesco Melzi estaba a punto de recibir su primera clase de anatomía con el cuerpo del hombre más anciano que había visto en su vida. Había llegado la hora de cambiar pincel por bisturí. Todo era aprendizaje a un ritmo frenético. El conocimiento era contagioso, la pasión aún más.

Una vez terminado el trabajo, regresarían a Milán de nuevo bajo la protección de Charles d'Amboise. No había lugar más cómodo ni más seguro. Pero esta vez la decisión tendría una consecuencia casi mortal para Leonardo da Vinci. Los soldados suizos entrarían en Milán en el año 1510 de Nuestro Señor con una ofensiva inesperada, y Leonardo caería víctima de ese ataque. Francesco Melzi le salvaría la vida, pero el daño ocasionado por un derrame cerebral le pasaría factura.

41

20 de marzo de 1515,
taller de Leonardo, Roma

Giovanni di Lorenzo de Médici se había convertido en Papa. El hijo de Lorenzo de Médici el Magnífico había hecho carrera y había aprovechado la oportunidad que se le presentó al fallecer el Papa Guerrero, Julio II, también conocido como Giuliano della Rovere, antiguo abad comandatario de Montserrat.

Con cierta habilidad política, destronó a quien parecía tener todas las posibilidades de coronarse Sumo Pontífice, Tomás Bakócz. Giovanni, ahora León X, enmendó un error que había cometido su padre en el pasado. Una espina clavada en la vida de Leonardo, el de Vinci. El comité que partió en el año 1481 de Nuestro Señor recomendado por Lorenzo para el papa Sixto IV no incluyó el nombre de Leonardo, algo que le molestó y decepcionó profundamente. Ahora era su hijo el que reclamaba la presencia del artista para que engrandeciera aún más la ciudad de Roma. Asimismo, los parientes del nuevo Papa, la familia Médici, habían recuperado el poder en Florencia gracias a la ayuda de los españoles. Piero Soderini había sido conducido al exilio.

El 24 de septiembre del año 1513 de Nuestro Señor Leonardo y su séquito partieron de su casa en porta Orientale en Milán. Francesco Melzi y Salai iban con él. La salida fue un golpe de suerte, pues los milaneses habían expulsado al ejército francés y Maximiliano Sforza, hijo de Ludovico, recuperaría el poder. El nuevo regente no vería con muy buenos ojos a Leonardo, el amigo de los franceses. En el camino, se tomaron un breve espacio de tiempo para hospedarse una jornada en Sant'Andrea de Pecussina, donde un degradado Niccolò Machiavelli hacía las veces de hidalgo rural apartado de toda actividad política tras ser cesado de su cargo en el gobierno Soderini. La república había caído un año antes en Florencia y el retorno de los Médici al poder le desterró de su vida como oficial. Arrestado, torturado y castigado, un hombre que solo buscaba convencer a los ciudadanos de que se amasen unos a otros, que evitasen discutir entre ellos y prefiriesen el bien público ante cualquier ganancia privada.

Hablaron de lo humano y lo divino. Del amor y del odio. De la paz y la guerra. Hablaron de la producción del filósofo, que se encontraba corrigiendo *Dei principati*, y de las nuevas aventuras que correrían a cargo de los florentinos llamados a Roma.

Esta vez el adiós fue definitivo. Leonardo portaría un mensaje de agradecimiento de Niccolò a León X, pues, al parecer, el mismísimo Papa intervino antes de que la encarcelación de Machiavelli fuera a más y le procuró la libertad. Se despidieron con un fuerte abrazo y ambos prometieron recordarse el uno al otro. Siempre. Las últimas palabras de Machiavelli le instaban a autorretratarse para pasar a la historia. Leonardo le dio su promesa.

Leonardo y sus discípulos y ayudantes se hospedaron en la villa Belvedere, un palacio veraniego rodeado de jardines dentro del Vaticano. A priori, la ciudad se antojaba pequeña con respecto a Milán. Si bien es verdad que, siglos atrás, había gozado de tener el honor de ser el centro del mundo, solo los vestigios pétreos esparcidos por la ciudad recordaban vagamente tales honores. Alrededor de cincuenta mil habitantes protegían la ciudad de Roma, una cantidad bastante inferior a los ochenta mil ciudadanos de los que se enorgullecía Milán. El sistema político estaba lleno de contradicciones. Las autoridades vaticanas concedían permisos de licencia para nuevas aperturas de burdeles y en el gremio había un catálogo excepcional de casi siete mil prostitutas en la ciudad. Los romanos incluso llegaban a bromear sobre aquella exagerada situación, y a enfermedades como la sífilis la conocían como «la enfermedad de los clérigos».

También había sitio para el odio y el rencor. En la propia Santa Sede, algunos valientes se atrevían a gritar en la plaza vaticana que la única Iglesia que iluminaba era la que ardía pasto de las llamas. Por supuesto, ninguno era lo suficientemente estúpido como para quedarse allí disfrutando del eco de la blasfemia.

En la ciudad, Leonardo se reencontraría con viejos conocidos. Desde principios de siglo, trabajaba allí Donato Bramante, cuyo primer encargo fue la iglesia de Santa Maria della Pace. Actualmente rondaba los setenta años y tenía casi abandonado por completo su proyecto de reconstrucción de San Pedro. Él mismo había diseñado la tribuna, el tambor y la cúpula de Santa Maria delle Grazie de Milán, en cuyo refectorio reposaba la gran cena de Leonardo. Desde la celebración del Año Santo del 1500 de Nuestro Señor, había inundado Roma un ambicioso proyecto urbanístico que incluía la transformación de las calles de la ciudad, para dotarlas de una anchura mayor. El primer ejemplo se vio reflejado en la vía Alesandrina, que unía el castillo Sant'Angelo con la basílica de San Pedro. Dentro del propio castillo ya habían comenzado las reformas. El propio papa Sixto IV había mandado construir la cámara del tesoro, donde ahora se guardaban los archivos privados.

El mismo año que Leonardo llegó a la Ciudad Eterna, un amigo suyo también fue reclamado. El ilustre matemático Luca Pacioli ejercería de maestro catedrático de matemáticas en la Universidad de la Sapienza a pesar de su ya delicada salud.

En principio, el panorama se antojaba alentador. Una deuda, la de los Médici, saldada; un nuevo futuro prometedor, como a priori se suponía que tendría que haber ocurrido en Milán; y, por último, amigos o al menos conocidos a su alrededor. Raffaello Sanzio era uno de ellos. Poco más de diez años hacía que se conocían, desde que coincidieron en Florencia, y era tal la admiración que le profesaba el joven de Urbino que le había usado como modelo en su obra *La escuela de Atenas* en la Estancia del Sello de los aposentos vaticanos. Eran ya sesenta y tres primaveras a sus espaldas y buscaba un retiro dorado, una jubilación digna de su talante.

En su contra, la figura irritada a la par que irritante de Michelangelo, que vivía sus días de gloria gracias al trabajo realizado en la bóveda de la Capilla Sixtina. No presumía de su trabajo, pues no le gustaba rodearse de gente, mas cuando le preguntaban sacaba toda la artillería que llevaba en su interior. Había dos mensajes muy claros en sus monólogos. Él solo, sin ayuda, había realizado la obra de la capilla y Raffaello, su gran rival, debía todo lo que había aprendido a él. Por supuesto, el susodicho joven no entraba en las provocaciones. Raffaello admiraba a Leonardo, artística y personalmente.

Los paseos a orillas del río Tíber permitían a Leonardo componer un plano mental de la ciudad. Leonardo evitaba a toda costa pasear cerca de los restos del coliseo romano, el expolio que sufría la inmensa obra de arte le entristecía profundamente. El travertino empezaba a escasear en su fachada y, poco a poco, la construcción megalítica mostraba sus entrañas. Comenzaba por Santa Maria in Cosmedin, anteriormente un dispensador de comida conocido como Statio Annonae. Aún no mostraba con orgullo la máscara de mármol conocida como la *bocca della veritá*, que un siglo después llamaría la atención incluso de los menos curiosos. Un poco más al norte, la isla Tiberina se representaba con la silueta del palazzo Pierleini Caetani, recientemente convertido en convento franciscano. Justo enfrente, la vía Catalana, donde el papa Alejandro IV había decidido acoger a los judíos españoles conversos, ahora apodados «marranos». A pocos metros se llegaba a Santa Maria in Monserrato degli Spagnoli, algo que a Leonardo le causaba una leve sonrisa. Al parecer, la catalana Jacoba Ferrandes construyó en el año 1354 de Nuestro Señor un hospicio para pobres y enfermos de la Corona de Aragón. Su nombre era un claro homenaje a la Virgen de Montserrat, algo que seguía removiendo por dentro al florentino. Justo en su interior descansarían los restos del papa Borgia Alejandro IV.

Un leve giro a la derecha de su camino, lento y a veces dubitativo, le encaminaba inexorablemente al ponte Sant'Angelo, antiguamente conocido como ponte Aelius. El final del trayecto sobre el Tíber desembocaba en un enorme basamento paralelepípedo que protegía el tambor cilíndrico que ya no lucía los mármoles que en épocas doradas habían servido como homenaje a los que habían recibido entierro en el inmenso sepulcro. A su izquierda, el trayecto llegaba a su fin. La basílica de San Pedro, de reciente reconstrucción, albergaba a su nuevo mecenas, el Vicario de Cristo, el papa León X.

Muchas ironías en su vida. Aunque Leonardo tampoco ocultaba que se vendía al mejor postor, algunos le acusaban de traficar con el talento. Él se limitaba a sonreír y sobrevivir.

En su contra jugó su manera de trabajar los encargos, por lo que poco a poco se vio adelantado por la competencia. De hecho, en uno de los primeros encargos de León X,

Leonardo se dispuso a mezclar los ingredientes que formarían parte del barniz que debía ser aplicado a la obra y el Papa rescindió el contrato poco tiempo después. No entendía cómo el artista empezaba su obra pensando en el final de esta.

«Ay de mí, este no sirve para hacer nada». Esas fueron las palabras que dilapidaron artísticamente en Roma a Leonardo da Vinci. El florentino se recluyó en su estudio mientras Francesco Melzi crecía como pintor, enseñado pacientemente por su mentor. Salai jugaba al gato y al ratón con la sífilis. Iba y venía, y dedicaba poco tiempo al estudio. Leonardo solo le pedía que no le metiera en problemas. En realidad, Salai había aguantado a su lado por el prestigio colateral que se le otorgaba por ser ayudante del maestro Leonardo da Vinci. Su cariño mercenario estaba a la venta ante cualquier buen postor. Leonardo sospechaba desde sus tiempos en Milán y Florencia de la dualidad sexual de Salai, mas no le importó. «Cada uno hace con su cuerpo lo que quiere». Lo único que lamentaba el maestro era que su discípulo no había probado el sexo por amor. Unos florines se anteponían al sentimiento siempre.

Por si esto fuera poco, el derrame cerebral le tenía diezmado. La edad no perdonaba y sus idas y venidas con Cesare Borgia no le habían sentado nada bien. El regreso a Milán en el año 1510 de Nuestro Señor no había sido una idea brillante. Las tropas suizas entraron en Milán y cargaron con todo y todos. Un nefasto golpe en la cabeza le provocó a Leonardo un accidente cerebrovascular y tuvo que verse en la obligación de retirarse por un tiempo a la villa de los Melzi en Vaprio d'Adda. De nuevo Melzi, siempre dispuesto a darlo todo por el maestro.

Algo fallaba en su interior, lo sabía. Su brazo derecho comenzaba a resentirse. Las jaquecas le proporcionaban visitas pasajeras. Algo no iba bien. Se sentía en la obligación de priorizar la salud frente a cualquier otra cosa y así lo expresó:

Si quieres mantener la salud, este régimen has de observar:
No comas sin apetito y cena siempre ligero.
Mastica bien e ingiere tan solo ingredientes sencillos y bien cocinados.
Quien toma medicinas mal consejo sigue.
Guárdate de la ira y evita los aires viciados.
Después de las comidas permanece de pie un rato.
Mejor no duermas al mediodía.
Bebe vino bautizado, poco, pero con frecuencia, mas nunca entre comidas ni con el estómago vacío.
No retrases ni prolongues tus visitas al excusado.
Si haces ejercicio, que no sea muy intenso.
No te acuestes boca arriba ni con la cabeza hacia abajo, y arrópate bien por la noche.
Mantén la cabeza apoyada y la mente serena.
Huye de la lascivia y atente a esta dieta.

Al parecer, lo que en un principio fue una invitación artística ahora se había convertido en una suerte de molestias. Los círculos cercanos al Papa no eran ajenos a todo cuanto se gestaba en el taller del florentino. Las idas y venidas de Salai, la extraña relación del maestro con *meser*

Melzi, los paseos por el Tíber rondando los hospitales. Necesitaban ojos y oídos allí dentro. Quizá traer a Leonardo da Vinci había sido un error, pensaban los miembros del Colegio Cardenalicio, pero el obispo de Roma León X quería tener al pintor cerca de él. Por uno u otro motivo, había estado presente en eventos importantes de carácter histórico. Cuando el, ahora jefe de la Iglesia católica, era un niño, fue testigo de cómo un joven atlético ataviado de rosa salvaba a su padre de una muerte segura en Santa Maria del Fiore. Tenía la información de su visita a tierras españolas y de cómo se frustró el atentado organizado por Sixto IV, el papa que instó al abad de Montserrat Giuliano della Rovere a ejecutarlo. Quizá por ello Leonardo se apegó a Cesare Borgia y a Charles II de Amboise, primer ministro del rey francés Luis XII. Todos ellos combatieron contra los ejércitos papales, ya que eran considerados bárbaros en tierras italianas. También sabía de su enfrentamiento público contra la extrema reforma que pretendía llevar a cabo Girolamo Savonarola contra Florencia y Roma.

En definitiva, Leonardo da Vinci era esa clase de hombre que resultaba incómodo. Esa clase de hombre que convenía tener cerca para vigilarlo, o para borrarlo del mapa.

Recogiendo receptivamente los consejos del Colegio, León X le proporcionó al artista florentino dos ayudantes para su taller. Al parecer, el maestro Leonardo, al no recibir encargo alguno, volvió a sus tiempos de investigador del cuerpo humano y realizaba disecciones prohibidas en los terrenos sagrados de Dios. Nadie vio un cadáver nunca. Nadie sabía, si era cierto que Leonardo estaba practicando la herejía, cómo entraban los cuerpos en sus estancias y cómo salían. De ser cierto, a Leonardo se le debería llamar la atención y prohibir inmediatamente las prácticas del diablo.

Para Leonardo, no solo era una investigación. Gustaba de retar el ingenio de las mentes humanas y les ponía a prueba. En el hospital romano de Santo Spirito nadie decía nada, bajo amenaza de perder el sobresueldo que les proporcionaba Francesco Melzi por su silencio. De noche Leonardo y su ayudante partían a caballo. El regreso era registrado por los espías vaticanos, que no se daban cuenta debido a los ropajes y a la oscuridad de que el jinete que seguía al maestro era en realidad un cuerpo sin vida atado mediante poleas a la montura.

Por si esto fuera poco, Leonardo había ejercido una tremenda fascinación en el pintor por excelencia de Roma, con permiso de Michelangelo. Raffaello Sanzio admiraba no solo la obra del florentino, sino su carácter y su tremenda curiosidad. El Vaticano no se podía permitir tener dos herejes en caso de que las sospechas sobre Leonardo da Vinci fueran verídicas.

El alemán Georg, o Giorzio que así lo llamaba Leonardo, el forjador y Johann, Giovanni degli Specchi según Da Vinci, serían los delatores. Se asentaron en los talleres de Leonardo causando más entorpecimiento que producción artística.

Francesco Melzi no sabía el motivo exacto de su inclusión en el taller. No había ninguna razón para tenerles cerca, ya que se negaban a trabajar. Habían sido colocados a dedo.

Leonardo enseguida captó el verdadero motivo de la presencia de los alemanes en el taller. Sin embargo, no sabía que el instigador de todo era el propio Papa. Leonardo descubrió que Giorgio tenía doble cara. Había construido en sus aposentos un pequeño taller alternativo con el fin de realizar encargos para terceros clientes, saltándose el mecenazgo del taller. Leonardo se enojó y deshizo el acuerdo. En realidad, Giorgio solo servía de distracción, puesto que era Giovanni, el fabricante de espejos, quien acumulaba toda la información del taller necesaria para el Colegio Cardenalicio. En principio, la pareja formada por los germanos tenía su explicación. El forjador proporcionaría el soporte de los espejos de Giovanni. Pero las voces corrieron, y Giovanni se reveló ante ellos como el pregonero de todo cuanto sucedía en el taller de Leonardo. Con la ayuda de cantidades ingentes de vino, Salai aportaría sin darse cuenta su granito de arena.

Efectivamente, Leonardo da Vinci se hallaba estudiando anatomía. Más grave aún, en su taller yacían dos cuerpos inertes de mujeres encintas, ya que el objeto de su investigación abarcaba en esos momentos la gestación humana. Tener cadáveres de mujeres desnudas en el sótano del taller podría ser tergiversado de una manera sutil y confusa, y poner en peligro al maestro y a su gente.

La información, a cambio de una importante suma de dinero, llegó a oídos poco transigentes. «Leonardo da Vinci practica nigromancia». Definitivamente, el mensaje estaba manipulado. En el Vaticano debían tomar una decisión. Dejar que Leonardo da Vinci se dedicara al libre albedrío y ensuciara las almas de jóvenes como Raffaello o deshacerse de una vez por todas del molesto anciano. León X dudó. Él, al fin y al cabo, sobrevivió gracias a la rauda actuación de un joven Leonardo durante la conjura de los Pazzi. ¿Debía morir Leonardo da Vinci? ¿De verdad atentaba contra la vida y contra Dios?

Mientras tanto, encerrado con su edad y sus obsesiones, Leonardo se dedicó en cuerpo y alma, pesara a quien le pesara a su deber como científico. El conocimiento puro y duro. La verdad.

Desgraciadamente, tal y como en un principio creyó, Roma no sería su retiro dorado.

42

23 de marzo de 1515,
aposentos vaticanos, Roma

«*Meser* Leonardo da Vinci tiene un concepto tan herético
que no se atiene a ninguna religión y estima más ser filósofo que cristiano. Por lo tanto, la resolución es firme
y clara: debemos matar a Leonardo da Vinci». Precisamente esa misma orden había salido de las mismas estancias
treinta y cuatro años atrás. La primera vez, firmada por el
líder de la Iglesia. Esta vez, en contra de las palabras del
Sumo Pontífice.

León X se había negado a atentar contra la vida de
Leonardo da Vinci bajo sugerencia del Colegio Cardenalicio. Si bien era cierto que poco a poco su padre le había
dado la espalda al pintor, le debían mucho. León X decidió
que Leonardo da Vinci fuera expulsado de Roma, castigo
más que suficiente para un anciano a punto de cumplir sesenta y cuatro años afectado por una parálisis galopante.

El de Vinci, ajeno a todo cuanto ocurría en paralelo,
decidió verse con Raffaello Sanzio y disfrutar juntos de las
estancias que había pintado en los aposentos vaticanos.

La admiración de los genios era mutua, y Leonardo se deleitó con las pinturas que albergaban las Salas de la Signatura, antigua biblioteca de Julio II donde se reunía el Tribunal de la Signatura, y del Heliodoro, destinada a audiencias privadas. Una tercera sala acababa de ser iniciada, la Sala del Incendio del Borgo, pero Raffaello se sonrojó frente al maestro Leonardo y prefirió no mostrar los bocetos primarios. Leonardo aceptó. Él, maestro de todo lo secreto, supo entender.

El florentino felicitó a Raffaello por su obra, especialmente sus trabajos con la luz. En la Sala del Heliodoro, el fresco de *La liberación de San Pedro*, perfectamente encajado en una ventana cerrada, mostraba una escena nocturna solo iluminada por los haces de luz que desprendía el ángel. Raffaello eligió dividir la escena en tres partes, para que la ventana no afectase al resultado final. Una petición expresa del Papa anterior, Julio II, cuya iglesia principal era San Pietro in Vincoli, San Pedro encadenado.

—Querido Raffaello, ¿puedo contaros un chiste a propósito de la pintura? —preguntó travieso Leonardo.

Raffaello, desprevenido ante semejante petición, accedió con un leve movimiento de cabeza acompañado por una sonrisa.

—Una vez —prosiguió gracioso Leonardo—, preguntaron a un pintor por qué pintaba imágenes tan hermosas, aunque eran de cosas muertas, y sin embargo sus hijos eran tan feos. Él replicó que hacía sus pinturas de día, mientras que a sus hijos los hacía de noche.

Ambos rieron y la carcajada retumbó en las cuatro paredes. Leonardo nunca lo había tenido en cuenta, pero en los Estados italianos se tenía en mejor consideración a los buenos contadores de chistes frente a los vulgares bufones. *L'uomo piacevole* siempre era mejor que el *buffone*. Tan solo la tos del anciano cortó la desternillante situación. Raffaello no cabía en sí de orgullo. No era de costumbre que los grandes maestros se dedicaran a alabarse los unos a los otros. Sanzio nunca esperó eso de Michelangelo, a quien también admiraba, pero Leonardo era diferente.

Leonardo le comentó sus pareceres respecto a las obras de Raffaello. Le había encantado el paisaje nítido y la perspectiva perfectamente delineada de su obra llamada *Sposalizio della Vergine*. No estaba muy desarrollado el *sfumato*, técnica que iría mejorando con el tiempo. La *Madonna Sixtina* conseguiría ese halo de misticismo. Una nubosidad abrumadora y dos *putti* que pasarían por seguro a la historia.

El joven pintor no hablaba, solo escuchaba al maestro, experto en oratoria. A pesar de ser un maestro, sabía encajar cualquier tipo de crítica por muy destructiva que fuera. Humilde como pocos, sabía dialogar sobre los aciertos y errores de cada una de sus obras.

Llegaron adonde Leonardo quería arribar. La Sala de la Signatura donde, según decían, el maestro Raffaello había pintado a Leonardo da Vinci y a Michelangelo Buonarroti. Efectivamente, sobre ellos, se alzaba majestuosa *La escuela de Atenas*, de casi ocho metros de longitud. Leonardo alzó la vista maravillado.

Los grandes intelectuales de la antigüedad allí reunidos, todos juntos. Platón, Aristóteles, Heráclito, Parménides, Hipatia, Pitágoras, Sócrates e incluso Alejandro Magno. Todos tenían su protagonismo en la descomunal obra.

—Enhorabuena, amigo mío. Gran dominio de la narrativa y la composición, querido Raffaello. Incluso habéis desarrollado con maestría el *sfumato*. —Leonardo fijó la mirada y soltó de nuevo una carcajada—. ¡Y yo que pensaba que nadie podría superar mi belleza! ¡Fijaos, soy yo!

Leonardo no podía parar de reír. En un arrebato de querer realzar la figura de Leonardo da Vinci, Raffaello le había representado como el filósofo Platón.

—¡Incluso me habéis hecho conservar el refinamiento y el buen gusto!

Raffaello sabía a qué se refería. Leonardo, desde muy joven, era de los pocos osados florentinos que se atrevió a vestir los colores violas o rosáceos.

—Siempre me pregunté el significado del dedo índice levantado, maestro Leonardo. Lo plasmé así en homenaje a vuestra obra, mas no consigo descifrar su significado.

—Unos no enseñan sus bocetos y otros no hablan de sus dedos —replicó jocoso Leonardo en clara alusión a los trabajos preparatorios de la Sala del Incendio.

Durante un buen rato, Raffaello le explicó la caracterización real de cada uno de los personajes allí presentes. Había algo en Raffaello que le recordaba a él, años atrás, mientras diseñaba *La última cena* en Milán. Fue así como, además de la pareja formada por Platón y Leonardo, surgieron nuevos nombres.

Heráclito, sentado sobre la escalera y apoyado sobre su mano, era un calco de Michelangelo. Solo, ausente, ajeno a todo cuanto le rodeaba.

Hipatia estaba personificada en Margherita Luti, la amante de Raffaello, su verdadero amor.

Con Bramante quiso jugar a la dualidad. Por un lado, la representación de Euclides con el compás podría llevar a la confusión, aunque muchos querían ver a Arquímedes como Donato di Pascuccio d'Antonio, alias *Bramante*.

Incluso el abad comandatario de Montserrat que salvó a Leonardo, Julio II, se hallaba representado allí, haciendo las veces del filósofo Plotino. Raffaello desconocía la información referida a Leonardo, y narró cómo lo pintó con la misma intensidad que los demás personajes. Leonardo sonreía cómplice.

Pasaron las horas. Los dos hablaban y escuchaban al mismo tiempo. Los dos aprendían y enseñaban a la vez. Al ocaso del sol, un Leonardo agotado decidió regresar a su descanso.

—Una cosa más, querido Raffaello. No pidáis el beneplácito del espectador. Sois un maestro por encima de muchos.

—¿A qué os referís, maestro Leonardo? —preguntó el joven.

—Derecha de la composición, fila inferior, segundo personaje de la derecha. El autorretrato no os hace justicia. Mostráis el semblante esperando un juicio benévolo. Insisto en que no lo necesitáis. Pintad vuestro rostro con alegría, con la sonrisa que os caracteriza.

Raffaello se sonrojó. No sabía adónde mirar.

—Es el amor el que os delató. Posiblemente estaríais comprometido con otra dama de manera forzada. Eso justificaría que vuestro verdadero amor, Margherita Luti simbolizando a Hipatia, esté representado en el polo opuesto. Un amor prohibido pero verdadero. Casualidad que los dos estéis mirando al frente, buscando una aprobación. ¿Artística o sentimental? Amigo Raffaello, en los tiempos que corren, olvidad la depresión, al fin y al cabo no es más que un exceso de pasado. No caigáis en la ansiedad, pues no es más que un exceso de futuro. Vivid el presente y disfrutad.

Acto seguido, Leonardo le guiñó un ojo como símbolo de complicidad y se retiró a su villa Belvedere. Leonardo no sabía en esos momentos que sería la última vez que vería al joven maestro de Urbino. Raffaello sabía diferenciar muy bien las actitudes y aptitudes de ambos rivales. Para él, Michelangelo encarnaba el claro ejemplo de una inteligencia concentrada. Todos los trabajos que realizaba, tanto en escultura como en pintura, tendían al mismo fin: la exaltación de la potencia. Tanto en el *David* como en las figuras representadas en la bóveda de la Capilla Sixtina se reflejaban músculos por doquier. Incluso las figuras femeninas presentaban torsos y brazos fornidos. Una oda a la potencia, a la fuerza. «¡Más fuerte!», parecía gritar la obra de Michelangelo.

Sin embargo, para Raffaello, Leonardo significaba todo lo contrario. Una inteligencia predominantemente expansiva. El de Vinci no solo era multidisciplinar, sino que además era capaz de sincronizar diferentes ramas del saber para mejorarlas recíprocamente. Leonardo estudiaba anatomía para poder pintar mejor sus figuras. Estudiaba el movimiento de las aguas para poder representar mejor las ondas del cabello. En definitiva, Leonardo buscaba la perfección de todo mediante el conocimiento. «¡Más lejos!», parecía gritar el trabajo de Leonardo. A pesar de todo, no significaba que uno fuera mejor que otro, simplemente representaban maneras distintas de trabajar.

Esta incipiente amistad estaba condenada a convertirse en una relación sólida. Pero, desgraciadamente, Raffaello nunca llegaría a cumplir la cuarentena. Unas altas fiebres durante días y varios errores médicos se llevarían al maestro Raffaello a la otra vida un lustro después.

La jornada siguiente Leonardo da Vinci recibiría la visita menos esperada de su vida. Una visita con funestas consecuencias.

43

24 de marzo de 1515,
taller de Leonardo, Roma

Leonardo seguía preocupado por la enfermedad que le
acosaba. Poco a poco y de vez en cuando, un hormigueo
en la parte derecha del cuerpo que le limitaba la sensibilidad seguía amenazándole. Los ataques, tan pronto como
venían, desaparecían. Los doctores lo denominaban «per-
lesía», una disminución de movilidad de partes del cuerpo causada por una debilidad muscular propia de la edad
u otros motivos, como determinadas enfermedades o golpes fuertes en la cabeza. Leonardo no sabía cuál era el motivo exacto.

La posibilidad de sufrir una hemiplejía, síntomas que
al parecer comenzaba a experimentar, aterraba al maestro.
Demasiadas cosas por hacer. Demasiados tratados por escribir. Demasiados cuerpos que explorar. Demasiado de
todo. Solo el cuerpo desnudo de un hombre le sacó de sus
preocupaciones. Ante él, un cadáver recién adquirido
yacía con el tórax abierto de par en par. Lejos de parecer
una escena macabra, se apreciaba un científico estudiando

una nueva lección, apuntando cuidadosamente cualquier detalle por insignificante que pudiera parecer.

Los chicos estaban ausentes. Francesco Melzi dormía desde hacía bastante rato. Caprotti el *Salai* había salido como cada noche a la caza de hembras con los bolsillos llenos, no fuera que tuviera que pagar por los servicios de alguna fulana.

Frente a él, dos Bautistas. Ambos óleos sobre tablas parecían mirarle desafiantes, enigmáticos. Leonardo parecía reflejar en su obra sus propios polos opuestos. Un San Juan envuelto en tinieblas y otro metamorfoseado en el dios Baco. Un debate interno entre el mundo clásico y el mundo actual, mucho más católico.

Cogió el candil y se dispuso a bajar las escaleras que desembocaban en su estudio. Allí, después de alimentar las velas con el fuego que portaba, depositó la lámpara de aceite sobre la mesa y contempló el dantesco espectáculo.

Sobre la mesa, un cadáver reciente, comprado a un buen precio con fines medicinales. Leonardo le llamaba «el número 33». Tantos habían sido los cuerpos diseccionados por el artista. El ostracismo al que había sido sometido por parte de las estancias vaticanas le desvió hacia su curiosidad anatómica. Años de experiencia ya le acompañaban, por lo que buscaba perfeccionar sus conocimientos y, de nuevo, intentar encontrar el lugar exacto donde reposaba el alma. El instrumento cortante fue solo el principio. El tórax fue puesto al descubierto en cuestión de segundos con gran precisión. Con cuidado, sin manchar ninguna página, solo reservadas para la tinta.

Allí se perdió en sus pensamientos durante un gran periodo de tiempo. Ríos de sangre y tinta se mezclaban con sus reflexiones. Apenas le daba importancia al hedor. Una mano sujetaba y la otra dibujaba. Y así interminables momentos. De repente, una voz le sacó de su entramado mental.

—Aquí os encontráis… —dijo Michelangelo en un tono nada amigable.

Michelangelo recorrió con la mirada la estancia inferior. Leonardo terminaba de limpiar un instrumento cortante lo suficientemente afilado como para cortar piel y músculo. La sala mostraba signos evidentes de haber sido testigo de una nueva disección por parte del florentino. El cadáver sobre la tabla de madera aún chorreaba algo de sangre y algún órgano se encontraba bajo estudio. A pesar de parecer una carnicería, Leonardo cuidaba mucho no solo su aspecto sino la higiene en general. Trabajaba con restos humanos y aun así, sus apuntes aparecían perfectamente incólumes. Leonardo depositó sobre la mesa el instrumento afilado, exento de sangre, y se dirigió a tender su mano a su inesperada visita.

—*Buona sera!* —Sonrió Leonardo, algo sorprendido por la espontánea visita.

Michelangelo rechazó la mano de Leonardo, pero este no dejó de sonreír.

—No tan buena, *signore* —cortó tajantemente el escultor—. No son positivas las noticias que porto. Noticias, por otro lado, solo para vuestros oídos.

—¿De qué se trata, mi querido rival? —La ironía se respiraba en el ambiente.

En realidad, era mucho mayor la admiración que sentían el uno por el otro que los celos profesionales que se profesaban, pero nunca, de ninguna manera, lo admitirían.

—Tenéis que partir de inmediato de Roma.

—¿Una estrategia para no competir con artistas de vuestra categoría? —se regodeó Leonardo.

—Una estrategia para evitar que os maten.

Leonardo el dicharachero se quedó sin palabras. No esperaba esta sentencia de Buonarroti. «Otra vez no», pensó. De nuevo una amenaza real se asomaba en su futuro cercano. ¿Por qué era el foco de toda ira? ¿Qué tenía la humanidad contra él? Y una última duda que le asaltaba súbitamente, ¿por qué su rival, su contrincante, era la única persona que quería salvarle la vida?

—Pero… ¿por qué? —acertó a pronunciar el señalado.

—Os habéis convertido en una persona incómoda para la Iglesia. La información de Giovanni, espía del Papa, ha caído como un jarro de agua fría. No aprueban tus métodos científicos. Lo de diseccionar cadáveres no va con la fe cristiana. Habéis pasado de oler a agua de rosas a oler como un carnicero.

—Pero… es Giovanni di Lorenzo de Médici. El Papa es hijo de Lorenzo el Magnífico. ¡Le salvé la vida!

—Ya no se le conoce como Giovanni de Médici. Ahora es León X. Olvida todo lo que fue. Teme lo que puede llegar a ser. Pero no es una orden directa del Papa. Él me envía para salvar vuestra vida. Teme que el Colegio Cardenalicio actúe contra sus instrucciones.

León X estaba preocupado por otros asuntos, ahogado por las deudas, empezaba a recurrir a la venta de indulgencias. La indulgencia de Leonardo se había pagado más de tres décadas atrás. En el Vaticano necesitaban reflotar la economía y, días después, emitió una bula. Instaba a los fieles a donar todo cuanto pudieran para financiar la obra de la basílica. Así pues, ordenó que fuera el propio Michelangelo el que le pusiera sobre aviso.

—Pero el Papa es un Médici. ¡Adora el arte! Donato Bramante, que en paz descanse, fue un protegido suyo. Raffaello, gracias a su amistad con el cardenal Bibbiena, sigue gozando de ciertos privilegios en las estancias vaticanas. Incluso el gran Michelangelo Buonarroti goza de su protección, aunque os falta algo de respeto hacia la tradición eclesiástica. Toda mi investigación científica está ligada al arte. Ciego aquel que no lo vea. Muchos han comerciado con ilusiones y falsos milagros, engañando a la estúpida multitud. Yo solo busco la verdad. Él puede convencer al Colegio Cardenalicio de que estoy haciendo lo correcto.

Michelangelo sabía a qué se refería su compatriota. Parte de él, trabajaba para la Iglesia. Parte de él, como Leonardo, también era un hereje.

—Buscadla lejos de aquí. Nada os retiene, Leonardo. No tenéis que demostrar nada a nadie. Y sin embargo, algo más valioso que vuestro arte y vuestro talento tenéis en juego.

—*Meser* Buonarroti, sois tan hereje como yo. Habéis arriesgado vuestra carrera y vuestra vida. Y sin embargo, no sufrís las persecuciones que he soportado.

—¿De qué habláis? Intento salvaros la vida. ¿Cómo osáis entrometerme en este asunto? —Michelangelo se enojó.

—Vamos, amigo mío. Sois un excelente escultor. Bastante mejor escultor que pintor, en mi opinión. Pero no sois un intérprete. Sois un neoplatónico. Y escondéis mensajes ocultos en la capilla. Hay detalles de la tradición judía y gestos obscenos. Cortejasteis años atrás a Giuliano della Rovere, conocido como Julio II, y le convencisteis de representar aquello que solo vos queríais representar. Agasajarle fue fácil, fue la primera cara que pintasteis. Mas, decidme, ¿cómo sabéis representar el corte transversal de un cerebro? ¿Acaso no ejercisteis, como yo, el arte de la medicina? Dios el Todopoderoso envuelto en un cerebro gigante mientras otorga el primer hálito de vida a Adán. ¿Intentando racionalizar la religión? ¿Por qué no aparece ningún personaje del Nuevo Testamento? Aún queda la pared del altar mayor. Quizá podríais en un futuro enmendar vuestro «error». Pero, por favor, no pintéis sacos de nueces en vez de cuerpos humanos.

Michelangelo calló. Leonardo, ante él, se había descubierto como un verdadero genio. Poseía información privilegiada. Memoria fotográfica. Nunca dijo nada. Nunca aprovechó sus conocimientos para pasar por encima de su competencia sin miramientos. Leonardo no utilizaba las debilidades de los demás. Solo aprovechaba sus propias virtudes. Ahora, un hombre acorralado como él se desahogaba. Michelangelo no percibió ira ni rencor en las palabras del florentino. Simplemente buscaba una explicación a su hostigada existencia.

—¿Por qué, Buonarroti? ¿Por qué? —preguntó apesadumbrado.

—No tengo respuesta. —Michelangelo era sincero.

—No me refiero al Papa ni a sus secuaces, Michelangelo. Ni siquiera a tu herejía. Creemos en algo, pero no creemos en quien quieren que creamos. Me refiero a vos. ¿Por qué me alertáis del peligro? ¿Por qué no dejarme a la suerte de los sicarios?

Michelangelo Buonarroti dudó. Sabía que tenía al alcance de la mano trabajar para el Vaticano. Donato Bramante, el gran arquitecto encargado de la obra más importante de la cristiandad, había muerto un año antes. Tan solo el joven Raffaello, que había sobrevivido laboralmente a la muerte del papa Julio II, se alzaba sobre la figura del escultor de Caprese. Un paso en falso y todo su empeño se perdería. Ni siquiera la magnífica obra de la Capilla Sixtina le había ganado la total confianza del Vicario de Cristo. Aun así, en su interior sabía que estaba haciendo lo correcto. No permitiría que se cometiese tal atrocidad.

—Os necesito vivo.

—¿Me necesitáis vivo? —La sorpresa de Leonardo era aún mayor.

—Para llegar a ser el más grande, necesito que me comparen con los más grandes, y vos Leonardo sois uno de ellos. No puedo permitir que desaparezca aquel a quien quiero superar. No podéis morir. No ahora, no así.

Leonardo se quedó sin palabras. Había escuchado las palabras de un genio. Palabras sinceras, cargadas de veracidad. Pocas veces un hombre se había enfrentado a él con tanta franqueza. Leonardo esta vez le dio más importancia al cómo que al qué. El de Vinci sabía perfectamente la competencia que existía entre ellos desde tiempo atrás. Lo que nunca tuvo en cuenta fue que esa misma competencia le iba a salvar la vida. Daba igual si Michelangelo lo hacía en beneficio propio. El fin era salvar la vida. Su propia vida. Daba igual el motivo.

—*Grazie mille* —se sinceró Leonardo—. Podéis partir en paz. En cuanto recoja mis enseres, iré a Florencia y, de allí, de nuevo a Milán lejos del alcance de los Estados Pontificios. Necesito la protección de los franceses.

Michelangelo no dijo nada más, muy propio de su carácter. Se dio media vuelta y, sin despedirse, se encaminó a las escaleras que le llevarían al piso superior y a la salida.

—Una cosa más…

Michelangelo se detuvo. Ni siquiera giró la cabeza. Solo esperó aquello que Leonardo tuviera que decir.

—No necesitáis comparar vuestro talento con nadie. Ya sois un genio. Comparad vuestro arte con vos mismo. Solo así os superaréis una vez más.

—Si la gente supiera cuántas veces fracasé en mis obras y cuántas veces lo volví a intentar, no me llamarían genio.

Leonardo no vio cómo su rival cerraba los ojos y frunció el ceño. Su orgullo no le permitía agradecer las palabras del barbudo florentino, pero en el fondo de su ser, guardó aquellas palabras para siempre. Emprendió su camino.

—Y decidle a Salai que no tiene por qué visitar vuestro taller en secreto. El amor entre hombres es tan puro como cualquier otro.

El ceño de Michelangelo se relajó y su rostro dibujó una leve sonrisa, sonrisa que Leonardo no llegó a ver. Al volver a su semblante serio, Michelangelo volteó la cabeza.

—¿Alguna vez amasteis, Leonardo? —preguntó el escultor.

—Por supuesto —replicó el pintor.

—¿Hombre o mujer? —acotó Michelangelo.

—¿Qué más da? Solo os diré que su cadera medía treinta y dos besos. —La poesía resbalaba por cada palabra del vinciano.

Michelangelo comprendió al momento. Hombre o mujer. Dama o caballero. Lo importante era amar y ser amado. La correspondencia en el amor por encima de cualquier duda ética o moral.

La atracción de la riqueza corresponde al interés.

La atracción del físico corresponde al deseo.

La atracción de la inteligencia corresponde a la admiración.

La atracción sin un determinado porqué corresponde al amor.

Amor.

Al parecer, esos dos genios tan dispares coincidían en algo. Algo intangible e inexplicable. Algo que ningún método científico o artístico podría explicar nunca.

El escultor salió de la estancia sin despedirse. No hacía falta decir más. Cualquier palabra adicional habría empañado la belleza de aquel silencio.

Leonardo se quedó solo. Miró alrededor. Una frase de Niccolò Machiavelli le vino a la cabeza: «La clave del éxito: querer ganar, saber perder», le había dicho mientras disfrutaban de las vistas de los campos de Arezzo. Varios dibujos se dispersaban en las mesas de madera. Los ordenaría y recogería. Un cadáver esperaba una nueva inspección que nunca llegaría. Lo dejaría descansar en paz. Francesco Melzi, que dormía en las estancias superiores. Pronto sería desvelado. Salai había salido de caza por la noche. Esperarían su regreso. Leonardo, abatido, apoyó las manos sobre la mesa. Cabizbajo, perdió la vista en el infinito.

—Los Médici me han creado… Los Médici me han destruido.

De nuevo, el hormigueo le recorrió el brazo derecho. De nuevo, empezó a perder parte de la sensibilidad. Aunque fuera arrastrándose, debía salir de Roma. Aunque fuera contra su destino, debía salir de la península itálica.

44

14 de septiembre de 1515,
Melegnano, Península itálica

La pequeña población italiana, al sur de Milán, vivía una de sus semanas más nefastas. La Confederación Suiza, propietaria del Milanesado, recibía la carga de los ejércitos aliados de Francisco I de Francia, incluyendo a los venecianos. Algunos comparaban al joven rey francés con Aníbal, cruzando los Alpes con su ejército y sus sesenta cañones. El ejército suizo gozaba de gran popularidad en Europa. Era una milicia casi invencible, pero al parecer sus días de gloria llegaban a su fin. Los mercenarios suizos se veían sobrepasados por las huestes de Francisco I, que había conseguido reunir a más de treinta mil hombres días atrás en la ciudad de Lyon.

En un principio, la estrategia ofensiva de los confederados daba su fruto, a pesar de encontrarse en una evidente inferioridad numérica. El ejército de Francisco I aguantaba cuanto podía la posición, y se replegaba poco a poco cuando era necesario.

Los sesenta cañones de bronce cumplieron su cometido. Galiot de Genouillac abría grandes huecos entre el grueso del ejército enemigo y cientos de mercenarios caían bajo la munición de su artillería. El sonido era similar a una tormenta, pero esta vez, la lluvia era de plomo sobre sus cabezas. Aun así, faltaba el golpe de efecto. A la voz de «¡San Marcos!», el ejército confederado se vio sorprendido en la retaguardia. El ejército veneciano reventó en una última ofensiva toda esperanza de los suizos que, aún con la sorpresa mezclada con carne y sangre, se retiró de la batalla. La combinación de artillería pesada y caballería resultó ser demoledora. Las ofensivas de las columnas de piqueros nada pudieron hacer.

Maximiliano Sforza fue derrotado. Francisco I se alzó victorioso. La primera gran victoria de su aún joven reinado. Una victoria con un alto coste, por otra parte. Más de quince mil cuerpos yacían en tierra. Un número demasiado elevado para solo dos jornadas de combate, fueran quienes fuesen los que yacían sobre sangre, lodo y lágrimas.

Esta épica victoria sería recordada en los años venideros gracias a la composición poética de Clément Janequin, un compositor muy del agrado del joven Francisco I.

Tardaría una década en publicarla, pero sus versos recorrerían miles de oídos orgullosos de tales hazañas, bajo el título de *La guerre* o *La Bataille de Marignan*.

> Escuchad todos, amables muchachos,
> la victoria del noble rey Francisco.
> Y oiréis, si escucháis bien,
> los golpes que llegan de todos lados.

Pífanos, soplidos, golpes.
¡Tambores sin parar!

Soldados, buenos compañeros,
juntos levantad vuestros bastones,
uníos rápidamente, gentiles gascones.
Nobles, saltad en las sillas,
la lanza empuñad intrépida y pronta,
¡como leones!

Arcabuceros, ¡lanzad vuestro sonido!
Preparad vuestras armas, pequeños.
¡Pegadles! ¡Golpeadles!
A las armas, a las armas.

Sed intrépidos, alegres.
Cada cual se engalane,
la flor de lis,
flor de alto precio,
está aquí en persona.

Seguid, franceses,
al rey Francisco,
¡seguid a la corona!
Que suenen trompetas y clarines,
para alegrar a los compañeros.

Fan frere le le fan,
fan fan feyne,

farirarira.
Tras el estandarte,
todos adelante,
saltad a la montura,
gentes de armas a caballo,
frere le le lan.

Gritad, tronad
bombardas y cañones,
lanzad fuertemente cañones grandes y pequeños,
para socorrer a los compañeros.

Von pa ti pa toc,
tarirarirarirareyne,
pon, pon, pon, pon,
valor, valor,
dadles en la cabeza.

Presiona, coge, golpea, destrózalos,
pa ti pa toc,
tric que, trac zin zin.
¡Mátalos! ¡Muerte, presión!
Sacad el coraje,
golpead, matad.

Buenos compañeros, estad vigilantes,
abalanzaos y golpead desde arriba.
¡A las armas, a las armas!

Ellos están confusos, están perdidos,
muestran los talones,
huyen completamente débiles,
haciendo sonar las armaduras.
Están derrotados.

Victoria al noble rey Francisco.
Huyen. ¡Todo se ha perdido! ¡Pues claro![1]

Una vez se disipó el olor a batalla, procedieron a la recuperación de los territorios que, según Francisco I, pertenecían
a su esposa Claudia de Orleans. El rey francés solo pidió
una cosa. Años atrás el anterior rey de Francia Luis XII no
cejó en su empeño de tener a su servicio a Leonardo da Vinci. A punto estuvo de conseguirlo en el año 1507 de Nuestro
Señor, pero la invasión de Milán por parte del ejército sui-

---

[1] *Escoutez, tous gentilz Galloys, / La victoire du noble roy Françoys. / Et orrez, si
bien escoutez, / Des coups ruez de tous costez. / Phiffres, soufflez, frappez. / Tambours
toujours! / Avanturiers, bons compagnons, / Ensemble croisez vos bastons, / Bendez
soudain, gentilz Gascons, / Nobles, sautez dens les arçons, / La lance au poing hardiz
et promptz, / Comme lyons! / Haquebutiers, faictes voz sons! / Armes bouclez,
frisques mignons, / Donnez dedans! Frappez dedans! / Alarme, alarme. / Soyez
hardiz, en joye mis. / Chascun s'asaisonne, / La fleur de lys, / Fleur de hault pris,
/ Y est en personne. / Suivez Françoys, / Le roys Françoys, / Suivez la couronne! /
Sonnez trompetes et clarons, / Pour resjouyr les compagnons. / Fan frere le le fan, /
Fan fan feyne, / Fa ri ra ri ra, / A l'estandart, / Tost avan, / Boutez selle, / gens d'armes
à cheval, / Frere le le lan. / Bruyez, tonnez, / Bombardes et canons, / Tonnez gros
courtaux et faulcons, / Pour secourir les compaignons. / Von pa ti pa toc, / Ta ri ra ri
ra ri ra reyne, / Pon, pon, pon, pon, / Courage, courage, / Donnez des horions. /
Chipe, chope, torche, lorgne, / Pa ti pa toc, / Tricque, trac zin zin, / Tue! à mort; serre,
/ Courage prenez, / Frapez, tuez. / Gentilz gallans, soyez vaillans, / Frapez dessus,
ruez dessus, / Fers émoluz, chiques dessus, / Alarme, alarme! / Ils sont confuz, its sont
perduz, / Ils monstrent les talons. / Escampe toute frelore, / La tintelore, / Ilz sont de-
ffaictz. / Victoire au noble roy Françoys, / Escampe toute frelore bigot.*

zo hizo que sus sueños se disiparan y tuvieran que regresar a tierras francesas. Luis XII de Francia sabía que Leonardo era alguien especial, y Francisco I también, aconsejado por sus más cercanos consejeros Gian Francesco Conti, Christophe Longueil y François Desmoulins. Fue por eso que lo único que pidió el rey fuera que el maestro florentino pasara a formar parte de su séquito real.

La oferta fue presentada formal y personalmente meses después, cuando transcurría la jornada del 17 de diciembre de ese mismo año. El artista aprovechó la información facilitada por amigos milaneses y se presentó en la conferencia que tuvo lugar en la ciudad de Bolonia entre Francisco I, con solo veintiún años, y el papa León X. La sorpresa de este último fue mayúscula, pues no esperaba encontrarse a nadie inesperado en aquella reunión, y mucho menos a Leonardo da Vinci. El Papa no era ajeno a los crímenes que se cometían en nombre de Dios. Pero se alegraba de ver al anciano aún con vida. Michelangelo había cumplido su cometido.

Leonardo sabía que gozaba de la credibilidad suficiente para ser requerido, una vez más, por el monarca francés. Su fuerte relación con el ya difunto Charles II de Amboise de Chaumon era bien conocida en todo el territorio galo. Bajo su mecenazgo, *La Virgen de las Rocas* o la *Santa Ana* traspasaban fronteras de boca en boca. Era el momento perfecto para que Francisco I librara una batalla más. En esta ocasión, una batalla artística. El Papa poco pudo hacer y, cansado de la actitud arrogante del rey de Francia, abandonó la ciudad.

La oferta del mecenas francés era exquisita, unos diez mil escudos de pensión. Los títulos de primer pintor, primer arquitecto y primer ingeniero del rey. «*Premier peinctre et ingénieur et architecte du Roy, Meschanischien d'Estat*».

Leonardo ya no tenía motivos para permanecer en su patria. Se había cansado de huir, de crear, de pintar, de pensar en una tierra donde nunca se supo reconocer su talento. Nada humano le ataba ya, pues Francesco Melzi le acompañaría. Salai sería más difícil de convencer, así que lo dejaría a su libre albedrío. A su recién incorporado sirviente Battista de Villanis le dejaría en Milán, a cargo de los jardines que poseía en la ciudad extramuros.

Un Leonardo sesentón requirió un tiempo extra para dejar todo bien atado en su tierra, pues sabía de buena tinta que era un viaje solo de ida. Meses más tarde, la Península itálica se despidió para siempre, sin saberlo, de Leonardo da Vinci.

Su hijo bastardo.

45

10 de octubre de 1517,
mansión de Clos Lucé, Amboise

La aclimatación a una nueva vida fue relativamente fácil.
A pesar de ser un país extranjero y no dominar la lengua,
todo fueron facilidades y comodidades para los nuevos
inquilinos de la mansión de Clos. Los italianos pronto se
sintieron como en casa, no solo por la generosa hospitalidad, sino también porque al fin y al cabo eran unos super-
vivientes. Una mansión con jardines, un arroyo y un pa-
lomar. ¿Qué más podían pedir?

Allí hacía las veces de ama de casa Mathurina, una
señora bajita, ancha, con ojos marrones y cabellos largos
y morenos. Fuerte y sana. Una persona entrañable que
enseguida conectó con sus nuevos inquilinos. Cocinera,
señora de la limpieza, consejera y amiga. Todo en uno.
Tanto Leonardo, bastante afectado por la parálisis de su
parte derecha, como Francesco Melzi gozaban de su compañía. Sabía perfectamente cómo mantener los tempos
y sabía que, cuando maestro y discípulo trabajaban, no
podían ser interrumpidos, ni siquiera para una ligera vian-

da. Poco a poco, su amor por ellos la convirtió en una persona recelosa, pues era tal la confianza que se profesaban que Francesco y Leonardo le pusieron al día de todo cuanto había ocurrido en tierras italianas y españolas. Esperaban que en tierras francas todo fuera paz y tranquilidad. Mathurina, como cualquier buena madre haría, gustaba de dar consejos, a pesar de que no había probado en sus carnes el fruto de la maternidad. Maestro y alumno agradecían cuantas palabras les dedicase su sirvienta.

A nivel profesional, el anciano Leonardo había encajado a la perfección. Nada más llegar, embelesó a su nuevo mecenas Francisco I rey de Francia con planes de saneamiento para la región del valle de Sologne. Entre sus proyectos se encontraban el edificar un palacio en Romorantin para la madre del monarca y la construcción de un canal de irrigación para transportar aguas del río Saona entre Tours y Blois. Francisco I, joven, apasionado, lleno de energía, veía posibilidades en todo. Leonardo, ante tanto interés y pasión del joven monarca, le regaló uno de sus cuadernos. Un borrador sobre apuntes de pintura con extraños dibujos encabezando cada capítulo. Enamorado intelectualmente de Leonardo da Vinci, solo tenía una preocupación. Cuánto tiempo disfrutaría del maestro. Ya fuera por su edad o por la parálisis que le hacía desplazarse torpemente, Leonardo estaba muy lejos del cien por cien de su capacidad física, aunque no así en cuanto se refería a su capacidad intelectual.

Asimismo, Leonardo estaba muy agradecido por un nuevo título otorgado por el monarca. Una labor que le apartaba de sus quehaceres más técnicos y le instaba a desarrollar mucho más la imaginación, por encima de cualquier resultado útil. Como *arrangeur de festes*, Leonardo era inagotablemente creativo y su mente volaba una vez más hacia el infinito de la invención.

Francesco Melzi no solo aprendía. Disfrutaba como el que más, por encima incluso de Francisco I. Mathurina a veces se perdía. No entendía el porqué de tanto júbilo cuando el joven y el anciano celebraban un nuevo experimento que sería objeto de atención en la próxima celebración, pero la felicidad fluía en el ambiente y era contagiosa.

Leonardo se sentía valorado. Un sentimiento que jamás había percibido en ningún otro sitio. Siempre vigilado, siempre cuestionado, siempre acechado. Sin embargo, el sentimiento de júbilo se veía ennegrecido por el tormento que aguardaba al maestro. La parálisis le había inmovilizado su brazo y pierna derechos. Leonardo gustaba de explicar y razonar todo a través de la experiencia, pero se enfrentaba a un enigma mucho mayor que ninguno. Un enigma cuya solución no podía ser testada ni mucho menos resuelta. ¿Cuánto tiempo le quedaba? ¿Sería capaz de acabar todas las obras que acababa de empezar? ¿Sería la parca lo suficientemente generosa con él?

La jornada del 10 de octubre del año 1517 de Nuestro Señor sería una jornada inolvidable. La ciudad de Amboise recibía la visita del cardenal napolitano Ludovico d'Aragona, nieto del rey de Nápoles y su secretario, Antonio de Beatis. El cardenal se encontraba en un extenso viaje por el centro de Europa y decidió pasar por el valle del Loira para presentar sus respetos al monarca francés, que por aquel entonces disfrutaba de su fortaleza en la ciudad.

Un recibimiento cálido y cortés. Francisco I intervino como representante de las dos partes y el pequeño comité italiano se presentó en la mansión de Clos.

Leonardo no permitía que le interrumpieran durante su trabajo. Fuera quien fuese, debía esperar a que terminara cualquier cosa que estuviera haciendo por el bien de la ciencia de la observación. No fueron pocas las veces que el propio monarca tuvo que esperar, pero no le importaba siempre y cuando pudiera estar frente a él observando su trabajo. Esta vez recibió de buena gana la visita de nuevos hablantes en lengua italiana. Leonardo les recibió con los brazos abiertos a pesar de no haber coincidido nunca antes, al menos que Leonardo recordara.

Para romper el hielo, Francesco Melzi introdujo la obra del maestro a los nuevos visitantes. Tuvieron el privilegio de contemplar algunas de las obras maestras del florentino. Una Santa Ana con la Virgen y niño, un San Juan Bautista joven y el retrato de una dama con sonrisa enigmática. Ludovico y su secretario se quedaron embelesados con la brillante técnica del italiano.

De vez en cuando, la evidente parálisis del maestro hacía desviar la atención de los interlocutores, pero era tal la pasión que Leonardo ponía en cada descripción con su brazo izquierdo, que pronto volvían a sumergirse de lleno en las historias.

Asimismo, pudieron deleitarse con los estudios anatómicos que Leonardo realizó en Roma, que fueron motivo de una buena charla sobre nuevos descubrimientos. Lo que no sabían los visitantes es que Leonardo solo mostraba lo que él quería que vieran. Durante la conversación, surgió algo que Leonardo recibió de muy buena manera. Al parecer, Ludovico d'Aragona era primo de Isabella de Aragón. De repente, decenas de recuerdos invadieron su mente como si de repente, le transportaran a Montserrat, años atrás. Aquella niña que osó retar los sentimientos del florentino y con la que años después se reencontró en Milán. Ludovico d'Aragona conocía la excelente labor de Leonardo en la boda de su prima. Sumergidos entre palabras y trazos, fueron llamados a la mesa por la sirvienta. Subieron por las escaleras que comunicaban con la cocina, presidida por una gran chimenea que hacía las veces de fogón y, tras cruzarla, entraron en el comedor, una gran sala rectangular cubierta por un techado de bellas maderas.

Se sentaron a la mesa y Mathurina desplegó un exquisito menú compuesto de carne de cisne asada, carne de res y carnero, y un buen vino para acompañar, que siempre era de agradecer. Leonardo se sentó junto a ellos como buenamente pudo, en el lugar donde no se hallaba ningún plato.

—¿No coméis, *meser* Leonardo? —preguntó Ludovico d'Aragona.

—No, señor. Yo renuncié a comer carne cuando era joven y llegará el tiempo en que los hombres condenarán, como yo, al asesino de animales del mismo modo como se condena al asesino de hombres.

Por un momento se hizo el silencio. Mathurina estaba acostumbrada, pero cualquier otra sirvienta se habría sentido por seguro ofendida. Por un momento, Ludovico y su secretario dudaron si continuar con el almuerzo.

—Adelante, por favor. Que mis palabras no sean impedimento alguno. —Leonardo relajó el ambiente—. ¿Qué os trae por aquí?

Antonio de Beatis miró directamente a Ludovico d'Aragona, gesto que Leonardo y Francesco interpretaron como un suceso venidero alarmante. Si sus invitados mentían, Leonardo lo descubriría. Ludovico no tenía ni mucho menos la intención de mentir.

—Veréis, *meser* Leonardo. En verdad os digo que nuestra estancia aquí es fruto del azar. Recorremos Europa y nos encaminamos a territorios franceses. Francisco I nos acogió como huéspedes reales y fue Su Majestad quien nos instó a venir a verle. Su fama le precede, *meser* Leonardo. La buena y la mala. A nuestros oídos llegan todo tipo de rumores, y ya sean verídicos o falsos, en verdad le digo que su nombre debe tenerse muy en cuenta.

Leonardo seguía sin entender nada. Era consciente de toda la información dada hasta el momento.

—Veo que no entendéis —aclaró Ludovico—. Veréis, *meser* Leonardo. Participé en el cónclave durante la elección de Giovanni di Lorenzo de Médici. Vi cómo se convirtió en el Vicario de Cristo, el papa León X. Por ende, fui testigo, igual que vuestro amigo Michelangelo, de la peor orden que alguien ligado a la religión puede dar: «Matar a Leonardo da Vinci». ¿Recordáis?

Leonardo, torpemente, se puso en guardia. Su parálisis no le impidió adquirir una posición defensiva. Francesco Melzi dio un paso adelante. «Por encima de mi cadáver», pensó.

Ludovico d'Aragona se excusó raudo.

—No, por favor, Dios me libre. No pretendía asustar ni mucho menos amenazar. Habéis malinterpretado mis palabras. Solo mencioné que estaba al tanto de todo cuanto acaeció, mas no pude en su momento hacer nada para evitarlo. Es lo que pretendo decir con estas palabras, *meser* Leonardo.

El ambiente se relajó de nuevo. El eclesiástico continuó.

—Escuchad mis palabras con atención. Ni todos los hijos del Señor que vivimos por y para la Iglesia estamos marcados por el pecado ni toda la religión es como vos la habéis vivido. Son tiempos difíciles. Incluso para la fe. El poder es apetecible y muchos están dispuestos a cualquier cosa con el fin de obtenerlo y preservarlo, incluso matando en nombre de Dios. En nombre del Señor os digo que no todos somos iguales. Algunos aún no perdemos la fe en el ser humano.

Leonardo por fin alzó la palabra.

—Verdaderamente, el hombre es el rey de los animales, pues nuestra brutalidad supera a la de estos. En verdad, nuestra vida está formada por la muerte de los demás.

—Leonardo, debo avisaros. En Florencia se estableció tiempo atrás un gremio, los *piagnoni*. Estoy convencido de que estabais al tanto. Son seguidores de la doctrina revolucionaria de Girolamo Savonarola. Escapasteis de su ira. Pero cuando algo empiezan, deben terminarlo. De una u otra manera. Tened cuidado. Estad alerta. Si tenéis que llegar al Señor, mejor tarde que pronto, que sea porque Él así lo quiere. Que nadie os robe un día de vida.

Leonardo da Vinci nunca agradeció lo suficiente tales palabras del cardenal. Abrazos, despedidas y encomiendas a Dios. Antonio de Beatis apuntó todo cuanto vieron en su visita al gran Leonardo da Vinci, aunque evitó transcribir todas las conversaciones. Había mensajes que solo se emitían para un único receptor.

Por lo que Francesco pudo curiosear, escribió mensajes como «ya no podemos esperar de él ninguna otra gran obra, pues tiene la mano derecha paralizada» o «aunque el maestro Leonardo ya no puede colorear con aquella dulzura que le era propia, aún sigue dibujando y enseñando a otros». También observó alusiones a los estudios de anatomía: «El caballero cultiva los estudios de anatomía con la misma precisión que muestra en sus pinturas, de miembros y músculos, nervios, vasos sanguíneos, articulaciones, tanto de hombres como de mujeres, de un modo sin precedente. Nos dijo que había practicado la disección de más de treinta cuerpos de hombres y mujeres de todas las edades».

Una vez se quedaron sin compañía, Leonardo repasó la información facilitada. Un anciano de sesenta y cinco años, ¿seguía siendo un problema para cierta comunidad? ¿De verdad peligraba aún su vida? Con estos pensamientos y con la ayuda de Melzi, se fue a la cama.

No concilió el sueño en toda la noche.

46

Navidades de 1517,
mansión de Clos Lucé, Amboise

Cualquier noche era un tormento para Leonardo da Vinci.
En un estado de duermevela, no dejaba de imaginar miles de
murciélagos que se amontonaban primero en su ventana, después sobre su cama. Murciélagos que, según su subconscien-
te, le miraban invitándole a volar. Leonardo se levantaba de
la cama y, olvidando su parálisis, avanzaba a pasos agigantados que terminaban en un salto. Atravesaba el umbral de la
ventana y volaba alto, más alto. Lejos, más lejos. Las alas que
le proporcionaban la capacidad del vuelo estaban adheridas
a él, como si desde su gestación hubieran formado un todo.

Disfrutando del aire puro sobre su rostro y jugando
con el aleteo y los cambios de presión sobre sus alas, de repente sentía cómo una flecha le atravesaba la mano derecha
y la dejaba inmovilizada. Ante tal inoportuno ataque desprevenido, Leonardo caía en picado a tierra. Lorenzo de
Médici, con un arco recién destensado, se proclamaba autor
de tan certero disparo. Lejos de aproximarse a su presa, se
daba media vuelta y caminaba en dirección contraria.

En contraposición al Magnífico, una bella esclava oriental se acercaba a él, corriendo, con los brazos abiertos y una sonrisa enigmática. Su madre Caterina, como el exregente de Florencia, parecía volver de entre los muertos para pasarle factura. Cuando Caterina estuvo frente a él, varias manos impidieron el contacto con su hijo.

Allí, ante él, como la peor de las pesadillas, se alzaban las tres personas que Leonardo menos se podía imaginar. Giulio Sabagni, Stefano Molinari y Fabio Gambeta apartaban a su madre y, en su lugar, traían una especie de réplica ridícula de la cuna de Judas. La punta afilada de la pirámide metálica había sido sustituida por un enorme pene de madera lubricado. Los tres sonreían. Parecía una invitación de amigos más que un ejercicio de tortura. Tras mostrar todo tipo de gestos obscenos, señalaron en dirección contraria.

Allí se encontraba Michelangelo. Desnudo, fornido, con los músculos exageradamente representados. Parecía que una de sus pinturas había cobrado vida. Pero Michelangelo no pintaba. Al parecer, terminaba de esculpir una estatua gigante de mármol. Leonardo conocía el modelo. Lo había diseñado él años atrás, pero era Michelangelo el que, con cincel, recibía los aplausos y vítores de una multitud que rodeaba la gigante estatua ecuestre en honor a los Sforza. Frente a él, un también desnudo Salai se comparaba con el *David*. Mismo rostro, mismo pelo, distinto material. Mármol contra piel.

Unas manos calurosas y conocidas se apoyaban sobre sus hombros. Francesco Melzi le hacía las veces de inseparable escudero. Leonardo se sentía algo más seguro, pero cuanto más confortable empezaba a sentirse, más imágenes se le presentaban. Para finalizar, sin previo aviso, dos hombres frente a él discutían acaloradamente. El tema de conversación llegaba nítidamente a oídos de Leonardo. Discutían por él. Los dos querían atribuirse el título honorífico de «hombre que más daño había provocado al fracasado de Leonardo da Vinci». En medio de tal discusión, de repente las voces se dejaban de escuchar. Como sendos autómatas, al mismo tiempo, ambos volteaban sus rostros hacia Leonardo, aún en el suelo protegido por Melzi. Sus caras eran inconfundibles. Leonardo no las olvidaría ni en mil vidas que viviese. Sus nombres, grabados a fuego en el pecho. Sandro Botticelli y *ser* Piero da Vinci. Tan pronto como sus nombres se dibujaron en su mente, estallaron en una carcajada maléfica. Avanzaron hacia él mientras sus rasgos se deformaban cual caricaturas esperpénticas cuyo fin era devorar a Leonardo.

Cuando llegó su fin, Leonardo se despertó. Asustado, solo. Empapado en sudor, empapado en recuerdos que le perseguían. Una noche, otra noche. Las palabras de Ludovico d'Aragona le hicieron sentir miedo. Una vez más. «Tened cuidado, estad alerta».

Leonardo amaba todo aquello que pudiera experimentar y comprender. Acababa de sentir el miedo. Entendía cuál era la raíz del temor.

Aun así, Leonardo distaba mucho de amar el sentimiento que le recorría noche tras noche.

47

4 de mayo de 1518,
mansión de Clos Lucé, Amboise

La resaca de júbilo del día anterior aún duraba en las mentes y en los corazones. Los preparativos y la celebración organizada por el encargado de festejos Leonardo da Vinci para el bautismo de Francisco de Francia habían sido un éxito. Todos los ojos estaban puestos en el acontecimiento, pues se trataba del primer hijo varón de Francisco I de Francia y, por consiguiente, delfín heredero al trono de Francia.

Del heredero, dijo su padre: «Un hermoso Delfín quien es el más bello y potente niño que uno podría imaginar y que será fácil de educar». La madre, Claudia, fue más allá: «Díganle al rey que es incluso más bello que él mismo». Francia entera estaba de celebración. Tenían un nuevo heredero del reino.

Todos descansaban, pues la fiesta fue de tal magnitud que muchos de los allí presentes terminaron ebrios. Leonardo, sin embargo, se levantó pronto. Tenía todavía trabajo por hacer. Salai les había abandonado hacía poco a pesar de que solo llevaban meses en aquella nueva residencia. «Tengo negocios que atender», dijo. Y Leonardo supo que ese adiós era para siempre. Aun así, pensaba en el trabajo. Pensaba en la manera de seguir siendo útil. «El hierro se oxida si no se usa y el agua se vuelve putrefacta si se estanca y, así, la ociosidad mina la fuerza del espíritu», solía repetirse.

Leonardo necesitaba poca iluminación. Como cada noche, tanto Mathurina como Francesco ponían lo necesario al alcance del maestro, ya que siempre se levantaba el primero y la parálisis le hacía moverse con lentitud. Colocó las velas necesarias en su escritorio, frente a la cama de terciopelo grana presidida por el retrato de una dama de sonrisa enigmática, y se dispuso a trazar el futuro. A su izquierda, la chimenea coronada con un escudo azul que albergaba tres flores de loto amarillas reposaba fría y desnuda. A su derecha y frente a él, sendas ventanas que aún no saludaban los primeros rayos del sol.

Su mente viajaba en el espacio y en el tiempo. Su tío Francesco en Vinci, su amigo el traidor Sandro, su valiente madre Caterina, el vuelo con Lorenzo de Médici, la adorable pequeña Isabella de Aragón, sus amigos Gonzalo y Josep de Barcelona, sus coloquios sobre una Italia unificada con Niccolò en Arezzo, Melzi y Salai, Ludovico Sforza y Francisco I, Girolamo o León X, Giulio Sabagni, Stefano Molinari y Fabio Gambeta, Michelangelo o Raffaello. Un sinfín de nombres, lugares y momentos cabalgaban por su mente mientras trataba de concentrarse en una escalera de doble hélice, pensada para el futuro château de Chambord. El trazado de los pliegues espirales se le hacía harto complicado, pues no era capaz de mantener al cien por cien su concentración. Su mano derecha, inerte, reposaba sobre la mesa. Su mano izquierda insistía en escribir a contracorriente.

Todo sucedió demasiado rápido. En cuestión de segundos, una daga afilada atravesó la mano de Leonardo, que quedó pegada a la mesa. El grito, ahogado al instante por un trozo grueso de tela, estaba formado por la sensación física y por la psicológica. De repente, sintió cómo un nudo le apretaba la nuca y cerraba la boca. No podía hablar. No podía gritar. Alguien tras él. Alguien frente a él. Dos hombres habían osado irrumpir en su residencia privada aprovechando la resaca de la fiesta durante la jornada anterior. No era un plan improvisado. Seguramente estarían esperando acontecimientos propicios. Había llegado el momento.

Uno de los rostros se aproximó al maestro italiano. La luz tenue de la vela le marcaba las facciones. No era alguien conocido. Leonardo no había visto en su vida a aquel hombre. Era de suponer que tampoco conocía a aquel que le amarraba por la espalda. Años atrás, Leonardo era un portento físico de más de metro ochenta de estatura. Con los años, la curvatura de la espalda y la parálisis parcial habían convertido al, en otros tiempos, atleta florentino en una presa fácil. Más aún para dos hombres fornidos.

—Aquí estáis *meser* Leonardo. Mucho tiempo, pero la búsqueda ha dado resultado. —La voz no era ni mucho menos desagradable. Era melodiosa, pero con un toque cruel al final de cada frase.

Leonardo intentó sin éxito emitir alguna palabra.

—No os molestéis. No hay nada que tengáis que decir ni mucho menos que nosotros querríamos escuchar. No nos conocéis y os iréis a la tumba sin conocernos. Pertenecemos a un gremio que pretende volver a instaurar la fe en Florencia y, por extensión, a todo el territorio italiano. Somos *piagnoni*, herederos del legado de Savonarola. «Llorones», nos llaman, mas somos nosotros los que hacemos derramar lágrimas.

Leonardo abrió los ojos como platos. Las palabras del cardenal Ludovico d'Aragona se habían convertido en realidad. Le habían atrapado, le habían amordazado y le habían apuñalado. Miró de nuevo a la mesa y cerró los ojos. Su mano yacía inerte atravesada por la daga. La sangre manchaba su utópico diseño para Chambord.

—Os preguntaréis cómo os hemos encontrado, ¿verdad? La bebida y las mujeres a veces son fieles ayudantes. Basta con preguntar a la persona indicada y ofrecerle todo cuanto un hombre encaminado al pecado no pueda rechazar. Gian Giacomo Caprotti. Lo conocéis, ¿no es cierto?

A Leonardo se le aguaron los ojos. ¿Traicionado por su propio discípulo? Salai era un ladrón y un chico de mala vida. Pero ¿traidor?

—Leo la decepción en vuestro mirar. Tranquilo. Caprotti solo se fue de la lengua, pero no tenía ninguna intención de desearos ningún mal. A pesar de su evidente estado de embriaguez, se destilaba cierta admiración hacia vos en sus palabras. Nos encantaría quemaros vivos, *meser* Leonardo. Tal y como le sucedió a nuestro predecesor. Lástima que vuestra chimenea lleve jornadas durmiendo. Tendremos que realizar el trabajo de una manera rápida y limpia. ¿Recordáis las palabras de Girolamo Savonarola?

¿Cómo no recordarlas? Eran palabras que habían acompañado al hijo de Vinci durante toda su vida. «Matar a Leonardo da Vinci». Daba igual en qué territorio se hubieran pronunciado. Daba igual quién las hubiera pronunciado. Seguía sin saber por qué y sabía, en ese mismo momento, que se iría con la duda a la tumba, si es que fuera a gozar de semejante privilegio.

Su cerebro estaba colapsado y aterrorizado. No podía pensar. Peor aún, era consciente de que, por mucho que pudiera pensar, no podría actuar. Se rindió.

—«Matar a Leonardo da Vinci» —repitió el terrorista—. Habéis sido una persona muy molesta, *meser* Leonardo. Habéis ido contra las normas de la religión y de la naturaleza. Habéis ofendido no solo a los hombres, sino al mismísimo Dios. Nunca debisteis salir de prisión. Deberíais haber pagado por vuestros pecados. Hoguera u horca. Que no se presentaran pruebas concluyentes no significa que no cargarais con el pecado encima. Gustáis de exhibir vuestras flaquezas en público, os vanagloriáis de ser mejor que vuestros semejantes. ¡No sois digno del Señor! ¡No sois dignos de pasar a la historia como un héroe!

Lo último que Leonardo da Vinci alcanzó a ver fue un gran puñal avanzando por encima de la cabeza del *piagnone* en dirección a su pecho. Leonardo cerró los ojos.

48

4 de mayo de 1518,
mansión de Clos Lucé, Amboise

El pecho estalló en una explosión de sangre. El acero le atravesó de un lado a otro de manera salvaje. Los ojos, abiertos con una expresión de pánico instantáneo, casi se le salieron de sus órbitas. El cuerpo cayó desplomado en el suelo. La cara de Leonardo estaba cubierta de sangre.

—Las reglas del juego se han de pactar primero.

Al abrir los ojos, Leonardo se encontró con Francesco Melzi. Francesco tenía en la cara una expresión de ira inusitada. Parecía que hubiese perdido toda cordura. Parecía que sus manos habían portado algo afilado un momento antes. En el suelo yacía el *piagnone* atravesado por una espada. La ira de Melzi se transformó en pánico. Nunca le había quitado la vida a un hombre, no estaba acostumbrado a matar. Por su rostro, era fácil adivinar que no había disfrutado con ello, pero tampoco había rastro de duda. Lo repetiría de volverse a encontrar en la misma situación.

El paño que enmudecía a Leonardo se destensó y le resbaló por el cuello. Intentó girar la cabeza lentamente. En el suelo, su otro raptor. Mathurina apareció con una cacerola de cobre en la mano. El instrumento de cocina estaba teñido de color carmesí, sangre proveniente de la nuca del *piagnone*.

Leonardo respiró tranquilo. Para él, todo estaba sucediendo a cámara lenta. Miró su mano. Allí estaba posada sobre la mesa, atravesada todavía por la daga. Francesco Melzi se acercó y agarró la empuñadura. Tiro fuerte del puñal y la sacó de un golpe seco. La mano, inerte, cayó de nuevo sobre la mesa. Leonardo no hizo gesto alguno.

—*Meser* Leonardo, ¿estáis bien? —preguntó con evidente preocupación su amigo.

—Ahora sí, querido Kekko, ahora sí —respiró aliviado y con dificultad el maestro.

—Gracias al Señor, le apuñalaron la mano derecha. Todavía podrá seguir trabajando, maestro.

—Sin duda... —Leonardo hablaba casi mecánicamente.

Aún no había reparado en semejante hecho. Si el puñal hubiera atravesado su mano izquierda, habría quedado inválido para el resto de sus días. La cicatrización y la recuperación, a su edad, habrían necesitado de una eternidad. Los terroristas apuñalaron su mano inerte. Falta de información suficiente para preparar su cometido. Melzi se hizo cargo de la herida.

Mathurina se aproximó y, con un paño, limpió de sangre la cara de su señor. Melzi había ensartado con tal fuerza al agresor que la cara de Leonardo, por un momento, se había convertido en un lienzo teñido de un pigmento escarlata.

—Aquel que no valora la vida, no la merece... —susurró Leonardo mientras miraba los cuerpos tendidos sobre las baldosas de su dormitorio.

Mientras Mathurina se encargaba del maestro, Francesco Melzi hizo llamar a la guardia para dar fe del acto y que pudieran retirar los cadáveres. Nadie sabía cómo los *piagnoni* habían sorteado el extenso muro de la propiedad y habían burlado la torre de vigilancia. Muy probablemente, Francisco I de Francia ordenaría la disposición de una guardia privada más numerosa en la mansión de Clos.

Leonardo sabía que había estado a punto de morir. El destino, personificado en las figuras de su ayudante y amigo Francesco Melzi y de su sirvienta y cada vez más cercana Mathurina, había evitado su evidente defunción.

A pesar de retrasar la visita de la guadaña, sabía que no tenía mucho más tiempo. Trataría de organizar sus escritos sobre el tratado de pintura que quería completar y resolvería algunos problemas matemáticos que llevaban tiempo revoloteando por su cabeza.

—Solo necesito tiempo, más tiempo.

Frente a él, como si no existiera, Mathurina terminaba de enjuagar su cara con el paño. Leonardo estaba ausente, desafiando sus propios límites de longevidad.

Pasó bastante tiempo hasta que se recuperó la confianza en la mansión de Clos. Mathurina consiguió reconciliar el sueño a las pocas jornadas. Leonardo sufría pesadillas todas las noches. Le atacaban de nuevo, esta vez en sueños. ¿Y si era la tecnología militar que había inventado el motivo de tanto atentado? Nunca lo supo, nunca lo sabría. Quizá solo fue alguien que se hallaba en el momento y el sitio erróneos.

Francesco Melzi se convirtió en el guardián más fiel del maestro. *Vitruvio* se habría puesto celoso. El can había desaparecido años atrás, pero Melzi estaba convencido de que el perro les habría puesto en alerta enseguida. «¿Y si tuviéramos un perro de nuevo?», se preguntaba Francesco. Igual, con el despliegue de la nueva seguridad proporcionada por Francisco I, era prescindible. Tampoco tenía Leonardo tiempo ni fuerzas para cuidar a uno más. Aunque, en realidad, a esa edad, eran los demás los que cuidaban a Leonardo.

—Maestro, ¿creéis que se repetirá el ataque? —El tiempo no tranquilizaba a Melzi.

—No lo creo, Kekko, no lo creo —contestó Leonardo con voz cansada, exento de cualquier preocupación.

—De nuevo un grupo de religiosos… —Esta vez, Francesco pensaba en alto. Fue Leonardo quien le sacó de su error.

—No os equivoquéis, querido amigo. No tiene que ver con la religión. En la Iglesia, como en todo cuanto nos ofrece la naturaleza, hay sitio para el bien y para el mal. Los *piagnoni* no eran religiosos, eran fanáticos. No mezclemos a todos en el mismo saco. Fueron los monjes benedictinos los que me salvaron en Montserrat. Y estoy convencido de que Michelangelo actuó de buena manera, a sabiendas de que la orden no había sido pronunciada por el Médici León X. Los asuntos internos son desconocidos y, a veces, oscuros. Si se me permitiera, amigo Kekko, me gustaría recibir en mi lecho de muerte la última unción.

—Así se hará, maestro. Se preparará en su momento la extremaunción. Ahora descansad.

—Si Dios existe, le voy a pedir cuentas de lo absurdo de la vida, del dolor, de la muerte, de haber dado a unos la razón y a otros la estupidez… y de tantas otras cosas.

El tiempo pasaba, las arrugas surcaban los rostros y las llamas de las almas se extinguían. Poco a poco, Francesco apartó el miedo del «cómo» y se centró en el «cuándo». Cuándo moriría Leonardo da Vinci.

Semanas después Leonardo da Vinci, en la jornada del 24 de junio de ese mismo año, escribió:

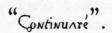

49

2 de mayo de 1519,
mansión de Clos Lucé, Amboise

Esta vez fueron los ojos de Leonardo los que, a través de la humedad, se volvieron cristalinos. El aire que se respiraba en aquella habitación tenía olor a despedida… y sabor a amargura. François Desmoulins, la personificación del protocolo en la corte real, hacía un titánico esfuerzo por mantener la compostura. No había formado parte del círculo de confianza del casi extinto maestro florentino, pero le profesaba cariño solo por cómo trataba a su alumno y, a la vez, señor de Francia. A los pocos meses de instalarse en los dominios franceses de Francisco, ya se podía leer en la cara del avezado artista italiano la expresión más sincera de agradecimiento por un mecenazgo sin parangón en su tierra natal.

—No soy yo quién para dar consejos a un rey, eso es trabajo de otros que, muy posiblemente, lo hagan mejor que yo —dijo Leonardo señalando con su única mano útil a François, que en ese momento salía de sus pensamientos—. Pero dejadme deciros, majestad, que tenéis que procurar adquirir en esta, vuestra juventud, lo que disminuirá el daño de vuestra vejez. Vos, amante de las letras y las artes, y que creéis que la vejez tiene por alimento la sabiduría, haced lo que sea posible e imposible en vuestra juventud de tal modo que, a vuestra vejez, majestad, no os falte tal sustento.

—Así haré, *maître* Leonardo…

Un nudo en la garganta le impedía hablar. Ni siquiera el utilizar sesenta cañones de bronce contra veinte mil soldados pertenecientes a los tres contingentes de los confederados en la batalla por Milán le había dejado sin palabras.

—Kekko, amigo mío —se dirigió a Melzi—, disponed de todo tal y como hemos decidido. Ahora vos sois el protector.

Las pausas entre palabras eran cada vez más largas.

—Así se hará, maestro —asintió de manera más sentimental que profesional Francesco—. Todo está preparado. Podéis descansar en paz.

Leonardo se volvió hacia su vetusta sirvienta. Antes de abrir la boca, la abrazó con una enorme sonrisa. Mathurina se secaba las lágrimas con un paño, el mismo que días después le sería entregado de una manera especial.

—Mathurina, mandad mis cumplidos a Battista de Villanis, que cuide de Milán y de Salai. Y a vos, constante compañera, gracias por cada palabra de aliento que me habéis dedicado. —Ni siquiera la tos del maestro ensució la atmósfera de cariño—. A veces, al igual que las palabras tienen doble sentido, las prendas están cosidas con doble forro.

Nadie entendió esa última frase, ni siquiera Mathurina. Tampoco nadie hizo un esfuerzo ipso facto por entender el enigma de sus palabras. Tarde o temprano, alguien se llevaría una sorpresa o el maestro se llevaría el resultado del acertijo a la tumba.

—Leonardo, he dado la orden de iniciar vuestro proyecto. El *château* de Chambord se empezará a construir en cuanto dispongamos de lo necesario. Domenico está ansioso por visualizar su trabajo arquitectónico fusionado con tu escalera de doble hélice. Francia e Italia todo en uno. A pesar de la dificultad que suponía crearlo partiendo de la nada, os aseguro que será un éxito, *mon ami.*

Francisco I le regaló esas bellas palabras. Sabía de sobra que Leonardo nunca llegaría a ver la obra terminada. Ni siquiera llegaría a ver el ocaso del sol. Aun así, daba por hecho que una buena noticia alegraría los oídos receptivos de su sabio amigo. Sin embargo, el rey no estaba preparado para escuchar las palabras que serían pronunciadas a continuación.

—Majestad, no he perdido contra la dificultad de los retos. Solo he perdido contra el tiempo… —dijo Leonardo restando importancia a las noticias de Chambord.

—*Maître*, prefiero que me llaméis Francesco —respondió el rey en un acto de humildad que Leonardo supo agradecer con la más cálida de sus miradas.

—Así sea, querido Francesco, así sea. —Y cerró los ojos—. Kekko…, acercaos…

Su ayudante se acercó raudo. En ese breve espacio de tiempo, Francesco Melzi obvió la presencia del rey de Francia, y el mismo Francisco I pasó por alto cualquier ausencia de formalidad.

—Decidme, maestro… ¿Qué necesitáis? —preguntó como si el tiempo se parara solo para complacer a su instructor.

—Solo un abrazo, amigo mío. Solo un abrazo —respondió Leonardo con un delicado tono de voz.

Cuando Melzi se abalanzó apaciblemente sobre el cuerpo de su mentor, se creó tal fusión que cualquier pareja de amantes habría recelado. Pero lejos de toda libido, allí se respiraba cariño, respeto, admiración y dolor, mucho dolor.

—Kekko, amigo mío. No estéis tan triste. —Leonardo intentó apaciguar a su joven incondicional con bellas palabras—. Viviré cada vez que habléis de mí. Recordadme. —Y terminó guiñándole un ojo cargado de complicidad.

Leonardo inhaló de tal manera que los camaradas allí presentes supieron al instante que no vería un nuevo amanecer. Que se le escapaba la vida. Después de tanto sufrimiento y tanta persecución. Después de tanto mensaje cifrado y tanta pincelada para la historia. Leonardo da Vinci llegaba a su fin.

—Francesco…, amigos… Ha llegado la hora… —venerable y vulnerable a la vez, Leonardo estaba preparado para partir— de que andéis el camino sin mí.

—¡Maestro! —gritó Melzi sin reprimir el sollozo.

—*Maître… Mon père…* —Las siguientes palabras del rey se ahogaron no solo en su propio mar de lágrimas, sino en el océano que se fusionaba con las lágrimas de los demás.

—Ha llegado la hora… de volar…

Y voló. Más alto y más lejos que nunca. Un vuelo solo de ida. Un vuelo que, tarde o temprano, todos tomaremos. Un silencio sepulcral invadió la sala.

François Desmoulins, como si de un fantasma se tratara, dio media vuelta y, sigilosamente, atravesó la puerta que, acto seguido, cerró con extrema precaución. No quiso usurpar ninguna intimidad.

Mathurina empapó de lágrimas el paño que ya no enjugaba líquido alguno.

Francisco I guardó silencio. Un silencio cortés y admirable. Un silencio que lo decía todo.

Francesco Melzi, *Kekko*, se derrumbó en el suelo al pie de la cama con el guiño cómplice revoloteando en su memoria.

Leonardo da Vinci había conquistado el cielo anclado al suelo.

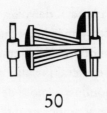

50

15 de mayo de 1519,
oficio del notario, Amboise

Todos los testigos requeridos por ley estaban presentes. El
único objetivo era dar fe de cuanto allí se leía y, por consiguiente, se otorgaba. Francesco Melzi estaba rodeado de
desconocidos, a excepción de Mathurina, la sirvienta. Battista de Villanis se encontraba en la ciudad de Milán, termi-
nando de atender las propiedades y asuntos del maestro en
estos tiempos de tristeza. Gian Giacomo Caprotti, *Salai*,
hizo caso omiso de la llamada de Francesco Melzi, como era
de esperar. Siempre había sido un superviviente a la vez que
un mercenario de sentimientos y, consecuentemente, salvo
sorpresa, Francesco Melzi no esperaba su comparecencia.

Allí presentes, los religiosos *monsieur* Esprit Fleuri,
monsieur Guillermo Croysant, Cipriano Fulchin, fray
Francisco de Corton y Francisco de Milán. Todo estaba
dispuesto. La última voluntad del maestro estaba a punto
de hacerse realidad.

El notario de la ciudad de Amboise, Guillermo Borcau, se dispuso a leer el testamento de Leonardo da Vinci:

Sea manifiesto a todas y cada una de las personas presentes y por venir que en la corte de nuestro Rey y Señor, en Amboise, ante nosotros personalmente constituido, *meser* Leonardo de Vinci, pintor del rey, residente en la actualidad en el dicho lugar de Clos, cerca de Amboise, el cual, considerando la certeza de la muerte y la incertidumbre de su hora, ha conocido y confesado en la dicha corte ante nosotros, en la cual se ha sometido y se somete a propósito de lo que habrá hecho por el tenor del presente, su testamento, y manda de su última voluntad tal como sigue:

Primeramente, encomienda su alma a nuestro soberano dueño y señor Dios, y a la gloriosa Virgen María, a monseñor San Miguel y a todos los bienaventurados ángeles, santos y santas del Paraíso.

Ítem: el dicho testador quiere ser enterrado en la iglesia de Saint Florentin de Amboise y que su cuerpo sea llevado allí por los capellanes de la misma.

Ítem: que su cuerpo sea acompañado desde el dicho lugar hasta la dicha iglesia de Saint Florentin por el colegio de la dicha iglesia y también por el rector y el pintor, o por los vicarios y capellanes de la iglesia de San Dionisio de Amboise, así también como por los hermanos menores de dicho lugar. Y, antes de que su cuerpo sea llevado a la dicha iglesia, el testador quiere que sean celebradas en la dicha iglesia de Saint Florentin tres grandes misas con diácono y subdiácono; y en el día se dirán todavía treinta misas gregorianas.

Ítem: en la iglesia de San Dionisio será celebrado el mismo servicio y también en la iglesia de los dichos hermanos y religiosos menores.

Ítem: el mencionado testador da y concede a *meser* Francesco Melzi, gentilhombre de Milán, en agradecimiento por servicios que le prestó en el pasado, todos y cada uno de los libros que el dicho testador posee ahora y otros instrumentos y dibujos concernientes a su arte y a su profesión de pintor.

Ítem: el testador da y concede para siempre y a perpetuidad a Battista de Villanis, su sirviente, la mitad del jardín que posee fuera de los muros de Milán, y la otra mitad de ese jardín a Salai, su sirviente, en cuyo jardín el mencionado Salai ha construido y hecho construir una casa, la que está y quedará igualmente a perpetuidad propiedad del dicho Salai, o de sus herederos y sucesores, y esto en recompensa de los buenos y agradables servicios que los dichos Villanis y Salai, sus dichos servidores, le hicieron antes de este día.

Ítem: el mismo testador le da a Mathurina, su sirvienta, un vestido de buen paño negro adornado de piel, un manto de paño y diez ducados pagados por una vez solamente, y esto, igualmente, en recompensa de los buenos servicios de la dicha Mathurina hasta este día.

Ítem: quiere él que en sus funerales haya sesenta antorchas que serán llevadas por sesenta pobres, pagados a discreción del mencionado Melzi, cuyas antorchas se repartirán entre las iglesias susodichas.

Ítem: el dicho testador da a cada una de las dichas iglesias diez libras de cera en gruesos cirios que serán mandados a dichas iglesias para servir el día en que se celebrarán los mencionados servicios.

Ítem: que sea hecha limosna a los pobres del asilo y a los pobres de San Lázaro de Amboise, y para ello que sea dado y pagado a los tesoreros de cada cofradía la suma de setenta sueldos.

Ítem: el testador da y concede al dicho Francesco Melzi, presente y aceptante, el resto de su pensión y la suma de dinero que le es debida en el presente y hasta el día de su muerte por el tesorero general, Juan Sapin, y todas y cada una de las sumas de dinero que ya ha recibido del dicho Juan Sapin, sobre la dicha pensión, y en caso de que fallezca antes del dicho Melzi y no de otra manera, los cuales dineros se hallan en posesión del dicho testador en el dicho lugar de Clos, como se ha mencionado.

Y del mismo modo da y confiere al dicho Melzi todos y cada uno de sus vestidos que en el presente posee en el mencionado lugar de Clos, tanto por reconocimiento de los buenos y agradables servicios que le ha tributado hasta este día, como por los salarios, ocupaciones y molestias que pueda causarle la ejecución de este testamento, bien que todo sea a cargo del dicho testador.

Quiere y ordena que la suma de cuatrocientos escudos «al sol» que puso en depósito en manos del camarlengo de Santa Maria de Novella, en la villa de Florencia, sean dados a sus hermanos carnales residentes en Florencia, con el provecho y emolumento que por ellos se puedan deber hasta el presente por el dicho camarlengo al dicho testador, por causa de los dichos cuatrocientos escudos desde el día en que fueron consignados por el dicho testador al dicho camarlengo.

Ítem: quiere y ordena el dicho testador que el susodicho *meser* Francesco Melzi esté y permanezca, único en todo y para todo, ejecutor del presente testamento, y que el dicho testamento tenga su entero y pleno efecto y, como se ha dicho, debe tener, retener, guardar y observar. El dicho *meser* Leonardo de Vinci, testador constituido, ha obligado y obliga por el presente a sus herederos y sucesores con todos sus bienes muebles e inmuebles presentes y por venir, y ha renunciado y renuncia, expresamente, a todas y cada una de las cosas a esto contrarias.

Dado en el dicho lugar de Clos en presencia de *monsieur* Esprit Fleuri vicario de la iglesia de San Dionisio de Amboise, *monsieur* Guillermo Croysant, cura y capellán, *monsieur* Cipriano Fulchin, fray Francisco de Corton y Francisco de Milán, religioso del convento de hermanos menores de Amboise, testigos a esto solicitados y llamados a presentarse para el juicio de la dicha corte. En presencia del susodicho Francesco Melzi, aceptante y comerciante, el cual ha prometido por la fe y juramento de su cuerpo, dados por él corporalmente, entre nuestras manos, de no hacer jamás, venir, decir o ir en nada contrario a esto.

Y sellado a su requisición con el sello real establecido para los contratos legales de Amboise, y ello en signo de verdad.

Y en el mismo 23 del mes de abril de 1518, en presencia de *monsieur* Guillermo Borcau, notario real, en la corte de la alcaldía de Amboise, el susodicho *monsieur* Leonardo de Vinci ha dado y concedido por su testamento y expresión de última voluntad, como más abajo se dice, al dicho Battista de Villanis, presente y aceptante, el derecho de agua que el rey, de buena memoria, Luis XII, último difunto, dio antaño al dicho de Vinci, sobre el curso del canal de San Cristóbal, en el Ducado de Milán, para gozar de ello el dicho Villanis, pero de tal manera y forma como el dicho señor le ha hecho de él en presencia de *monsieur* Francesco Melzi y la mía.

Y en el mismo día del dicho mes de abril, en el dicho año de 1518, el mismo Leonardo de Vinci, por su mismo testamento y expresión de última voluntad, ha dado al susodicho Francisco de Villanis, presente y aceptante, todos los muebles y utensilios que le pertenezcan en el dicho lugar de Clos. Siempre en el caso de que el dicho de Villanis sobreviva al susodicho *monsieur* Leonardo de Vinci.

En presencia del dicho *monsieur* Francesco Melzi y de mí, notario.

Firmado:
Borcau

Francesco Melzi se juró a sí mismo, en nombre del maestro, que así se haría. Todo se cumpliría. Lo hizo mientras Leonardo vivió. Lo haría de nuevo después de que el maestro expirara.

51

16 de mayo de 1519,
mansión de Clos Lucé, Amboise

La sirvienta acababa de recibir el pago estipulado por Leonardo da Vinci en su testamento. Las palabras de la última voluntad de aquel hombre italiano aún sonaban en su cabeza: «Ítem: el mismo testador le da a Mathurina, su sirvienta, un vestido de buen paño negro adornado de piel, un manto de paño y diez ducados pagados por una vez solamente, y esto, igualmente, en recompensa de los buenos servicios de la dicha Mathurina hasta este día».

Los diez ducados pagados al contado, sumados a los sueldos obtenidos en los tres últimos años, procuraban un futuro nada desolador para la sirvienta gala. No era un momento para pensar en dinero. Mathurina nunca supo reconocer la valía de aquel anciano con quien compartió los últimos años de su vida. Sabía que era especial. Sabía que era distinto a todo hombre que había conocido. Pocos hombres gozaban de la confianza de un rey, y Leonardo era uno de ellos. Al principio, el idioma había supuesto una barrera difícil de romper, pero poco a poco y con un poco de predisposición de los dos, la comunicación fluyó sin problemas.

Aún podía oler la última sopa que preparó para el maestro. Si no llega a ser por su testarudez para con los horarios de las comidas, Leonardo se habría quedado frente a sus apuntes a pesar de su parálisis y no habría probado bocado de la cena. Su última cena.

También podía saborear las lágrimas que días atrás recorrían sus mejillas mientras un amigo partía del mundo de los vivos. Leonardo, en el lecho de muerte, tuvo un mensaje críptico para ella. «A veces, al igual que las palabras tienen doble sentido, las telas están modeladas con doble forro».

En la habitación, sobre la silla, reposaba el vestido negro de paño y piel que le había legado en su testamento. ¿Se refería Leonardo al caro ajuar? O, por el contrario, ¿se referiría al manto de paño? Este último no podía ser, ya que no cabía la posibilidad de esconder nada en él. Se acercó al vestido. No podría negar, si le preguntaran, que se le había pasado por la cabeza venderlo y obtener una suma importante de dinero. No sabía el motivo real por el que el italiano le había legado aquel traje ostentoso y de muy buena calidad. Acto seguido, se dispuso a recorrer con los dedos cualquier palmo susceptible de albergar un doble forro. Primero recorrió el exterior, mas no halló recoveco alguno. Cada palmo recorrido con las manos le llevaba algún recuerdo a la cabeza. En los últimos años había tenido la oportunidad de recibir visitas inesperadas del rey de Francia por el pasadizo que unía el château de Amboise con la mansión. «Son tiempos de pasadizos secretos», repetía de vez en cuando Leonardo, el de Vinci. Asistió con sus propios ojos a experimentos de nuevos artilugios diseñados en compañía de Francesco Melzi, su fiel escudero. Había cuidado de la parálisis que sufría su amo y que parecía no afectarle a nivel psicológico. Y, por supuesto, había sido víctima de un atentado en la morada donde residía y tuvo que sentir cómo se extinguía la vida de un hombre. Al principio, pensó que le afectaría mucho más, pero sus sentimientos hacia los hombres venidos del extranjero era tan profundo que juró interponerse entre ellos y cualquiera que amenazase sus vidas. Se sentía fuerte, preparada. No contaba los años, sumaba experiencias. Y la hacían más sabia.

De repente, y volviendo de sus pensamientos, el interior del vestido se le antojaba igual de apetecible que el exterior, tratando de resolver el significado de las palabras de Leonardo antes de morir.

Un sonido metálico le hizo detenerse en seco. El sonido no provenía de los diez ducados que momentos antes había depositado en la mesa, sino del interior de la tela del vestido. Al parecer, el metal contenido entre los forros estaba tan ajustado que no emitía sonido alguno al moverlo. Solo con el registro manual exhaustivo pudo comprobar que, por alguna extraña razón, alguien había escondido un pequeño tesoro en el interior. Un tesoro con un nuevo dueño. En este caso, una mujer. Ella. Mathurina.

Con la habilidad de un maestro con un pincel frente a una tabla a punto de ser inmortalizada, Mathurina buscó

el origen de la nueva costura. Allí tiró suavemente del aña-
dido, como si no quisiera romper el nuevo pedazo de tela,
hasta que pudo ver el contenido. Mathurina se llevó la pal-
ma de la mano a la boca abierta fruto de la sorpresa. Tardó
unos momentos en recuperar la compostura.

Francesco Melzi hizo aparición en la sala. Distraí-
do, no se percató de la presencia de la sirvienta. Esta,
como si de repente hubiera sido descubierta cometiendo
algún crimen, apartó la mano de la boca y rápidamente
intentó cerrar el remiendo del atuendo. Con la torpeza
propia de la sorpresa, varias monedas cayeron a sus pies
trazando círculos concéntricos antes de pararse sobre el
suelo. Los colores asaltaron las mejillas de Mathurina,
que miró directamente a Francesco Melzi para esperar
cualquier tipo de reacción. Él siguió con la cabeza el movimiento de Mathurina primero, el movimiento de las
monedas después. Acto seguido, su mirada se cruzó con
la de la criada, cuyos colores servían en bandeja su vergüenza.

Francesco Melzi no pudo evitar, en ese momento de
profunda tristeza, emitir una carcajada. Mathurina no entendió.

—Tranquilizaos, amiga mía —dijo Melzi, tratando
de mantener la compostura.

—Esto… Yo… Fue él… —no encontraba las palabras
suficientes.

—Lo sé, Mathurina, lo sé —replicó Melzi ayudando
a su antigua sirvienta a recoger las pocas monedas que reposaban en el suelo.

—¿Lo sabéis, *meser* Francesco? —preguntó aún impávida.

—Por supuesto. —Le entregó las últimas monedas—. No sé la cantidad ni me importa. Es vuestro. Disfrutadlo. Honrad sus últimas voluntades.

—Pero ¿por qué? —La pregunta, tan simple como complicada en la mayoría de los casos.

—Leonardo no era una persona que profesara sus sentimientos mediante palabras. Podemos hallar más sentimentalismos en su obra que en sus diálogos. Quizá era su manera más próxima de decir *grazie*.

—¿Gracias por qué? *Meser* Francesco, tenía un sueldo por mis servicios, era suficiente gratitud.

—Mathurina, vos le quisisteis. Más allá de labores o remuneraciones, vuestro cariño estuvo por encima de cualquier cosa. Le adorasteis sin condiciones, para bien o para mal. Leonardo se sentía feliz simplemente con ser aceptado tal y como era, con sus defectos y sus virtudes. Vos fuisteis más allá. Le disteis amor, cariño y cuidados. Y eso, Mathurina, no se paga con dinero. Lo que guardáis en ese forro no es un sueldo póstumo. Es la manera más fría de decir *grazie* pero, al fin y al cabo, era su manera. Honrad su memoria, honrad vuestro cariño.

Francesco Melzi abrazó a Mathurina y, sin hacer más preguntas ni responder más dudas, recogió una saca apoyada en la pata de la cama del maestro y salió por la puerta.

Mathurina se quedó mirando el lecho del maestro. Se lo imaginaba allí tendido antes de partir. Esta vez no se lo imaginaba tosiendo, ni derramando lágrimas, ni partiendo al más allá.

Esta vez se imaginaba a Leonardo da Vinci sonriendo mirándola fijamente. Con la mirada fija en ella.

Se imaginó al maestro guiñándole un ojo. Cómplices para el resto de la eternidad.

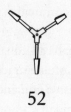

52

18 de mayo de 1519,
mansión de Clos Lucé, Amboise

Francesco Melzi, con la pena sobre sus hombros, recogía despacio las pertenencias de su maestro. Entre los ropajes, jubones, calzas, capas y algún sobretodo forrado de piel; sobre el escritorio, los últimos retazos de cualquier tipo de estudio que el maestro estuviera realizando en sus últimos momentos. Ahora daba igual, pero tarde o temprano empezaría a recopilar los trabajos de Leonardo y a clasificarlos. No debía faltar ninguno. Tampoco tenía prisa. Una vez terminadas sus labores, recogería todo y partiría de nuevo a su patria, pues nada le quedaba ya en tierras francesas. Paseaba y deambulaba desde el dormitorio principal hasta la cocina, pasando por la sala de reuniones. Miraba de un lado a otro y trataba de poner en orden no solo sus pensamientos, sino también sus sentimientos. La casa, sin el ir y venir de sirvientes, visitas, amigos o desconocidos, maestros o aprendices, había adquirido un silencio fantasmal.

De repente, algo sonó en las estancias inferiores. Una puerta chirrió en los talleres que había instalado años atrás.

Francesco, desde la cocina, bajó las empinadas escaleras que le llevaban a la fuente del sonido.

La gorra de terciopelo con joyas y plumas, el jubón de satén con cuchilladas y papos, y el forro de piel blanca formando ribetes, la ropilla con falda y la típica abertura triangular, y unos zapatos de puntera roma y abombada. Era el rey de Francia, Francisco I. Solo, sin compañía, sin escolta.

Ambos se sorprendieron. No pensaban encontrarse el uno con el otro. Francisco I había accedido a la mansión de Clos por el pasadizo secreto, tan útil en los tiempos en los que Leonardo aún recorría aquellas salas. Francesco Melzi no supo qué decir. Estaba, a fin de cuentas, ante un rey.

—*Meser* Francesco, disculpad la intromisión —comenzó el rey.

—Disculpad vos, majestad. Al fin y al cabo, esta mansión es de vuestra propiedad y ya estoy tardando en abandonar vuestros aposentos —se excusó Francesco—. No deberíais entrar aquí sin escolta, majestad. No desde el último atentado.

—No os preocupéis, amigo. Y no tengáis prisa, requerid del tiempo que sea necesario. Si no es problema para vos, me gustaría pasear por la mansión. Se hace extraño no contar con la presencia del maestro y amigo *meser* Leonardo.

Ambos echaron un vistazo al taller, tiempo atrás fuente de estudios, que ahora empezaba a acumular polvo.

—Majestad, con respecto al testamento del maestro Leonardo… —Las palabras parecían estar suspendidas en el aire. Aun así, Francesco Melzi continuó—: No todo lo dejó por escrito...

—¿Qué queréis decir? —espetó el rey de Francia.

Francesco avanzó unos pasos hacia una sala contigua. Allí, algunos enseres de Leonardo estaban cubiertos por túnicas de lino. Aparatos que no tenían uso ya, maquetas de madera de invenciones anticipadas a su tiempo, caballetes que escondían el mismo número de pigmentos y de secretos.

—Hay algo que Leonardo quería que tuvierais en vuestro poder.

Francesco se quedó intrigado. Leonardo siempre tenía una sorpresa más. Esta vez, incluso desde el más allá.

—Se trata de una pintura —explicó Melzi—, quizá no su mejor trabajo, a mi gusto, pero sí el trabajo al que más cariño profesaba.

Francesco tiró del lienzo. El óleo sobre tabla se presentó majestuoso ante el monarca. La *madonna* allí plasmada para la eternidad no entendía de realeza, ni de riqueza, ni de protocolos. Sonreía tan enigmática como siempre tuviera a quien tuviese en frente.

—¿Quién es? —preguntó Francisco I, quien ya había visto el cuadro, aunque Leonardo nunca quiso desvelar la identidad de la dama.

—¿Queréis que os diga la versión oficial, majestad? ¿O por el contrario, preferís que os muestre la verdad? —preguntó enigmático Francesco Melzi.

—Ambas, *meser* Francesco —contestó impaciente el monarca.

Francesco Melzi invitó a Su Majestad a tomar asiento.
Él hizo lo mismo. Frente a frente, se dispuso a contarle la
historia del legado que le había asignado Leonardo tiempo
atrás, en vida.

—En un principio, majestad, ha sido conocida como
Lisa di Antonio Maria Gherardini, una noble florentina
que contrajo matrimonio con Francesco di Bartolomeo
del Giocondo, mercader de textiles. La familia Del Giocondo era amante del arte y algunos de ellos, incluso, mecenas de artistas. En el año 1503 de Nuestro Señor, nuestro
amigo Leonardo aceptó un contrato. Un retrato privado.
Fue así como realizó el retrato de la *madonna* Lisa.

—¿Por qué decís «en un principio»? ¿Qué clase de
secretos oculta la pintura? —preguntó sin perder detalle
Francisco I.

—Porque este, majestad, no es el retrato de Lisa
Gherardini. Ese encargo fue entregado tiempo atrás. Pin-
tada en una tabla de mejor calidad, madera de nogal, y con
detalles que se diferencian de esta. Alguno de sus discípulos en la época en la que Leonardo trabajaba en el palazzo
della Signoria ayudó a que se produjera la duplicidad de
la escena, pues es bien semejante. Mientras Leonardo mi-
maba esta obra que tiene ante sus ojos, los discípulos venidos de España Fernando Yáñez de la Almedina, conocido como Ferrando Spagnolo y Hernando de los Llanos
aportaban su talento al verdadero retrato de Lisa Gherardini. ¿Quién sabe si esa obra al final no terminará en la
patria de sus creadores? Talento, por otra parte, nada com-
parable al del maestro Leonardo. En aquel encargo entre-

gado no podíamos observar una de las cualidades que hacían al maestro único. El *sfumato*. Y por otra parte, el retrato verdadero de la esposa del Giocondo tiene cejas. ¿No veis, majestad, que el rostro ante vos carece de semejante detalle?

Francisco I seguía con atención todos los detalles que le transmitía el mayor confidente de Leonardo da Vinci, pero aún era incapaz de averiguar hasta dónde quería llegar el italiano.

—¿Quién es, pues, la dama del retrato? —preguntó sin vacilaciones Francisco I.

—Esa no es, si me permitís, majestad, la pregunta exacta —respondió cortésmente Melzi—. La pregunta correcta es quién y qué es lo que está plasmado en el cuadro.

De nuevo, Francisco I se quedó sin palabras. Simplemente esperó a que Francesco continuase con la exposición.

—Para Leonardo da Vinci, descanse en paz, el elemento principal de la pintura es el fondo —continuó sin dilación Melzi—. Majestad, lo que estáis viendo no tiene más misterio que el amor. El cuadro en sí mismo es una historia de amor.

—¿Una historia de amor? Perdonadme, joven, pero ¿qué papel desempeña alguien como yo en una historia de amor plasmada al óleo?

—Simplemente la gratitud, señor. Vos, a través del amor y del cariño, ofrecisteis a mi maestro aquello que nunca tuvo en su tierra. La confianza digna que merecía alguien de su talento. Y ahora le lega su trabajo más personal. Su mensaje más codificado. Su historia de amor.

—¿Cuál es esa historia, amigo Melzi? —preguntó algo ruborizado el monarca, cuya admiración por el maestro florentino no tenía fin.

—La información que estoy a punto de revelaros, majestad, es por orden directa de *meser* Leonardo, más no le gustaría que se propagara innecesariamente. Dejemos creer que este trabajo fue un encargo sin más que nunca llegó a entregar.

Francisco I asintió con la cabeza. Francesco Melzi continuó.

—Si os fijáis con atención, comprobaréis que la línea del horizonte no tiene continuidad en una y otra mitad de la imagen. El maestro, por tanto, nos indica que son dos mensajes distintos. En primer lugar nos encontramos con el paisaje representado a la izquierda. No sé si lo reconoceréis, pero lo podríais hallar cerca de tierras francesas, al sur. Está situado en la Corona de Aragón, en España. Se trata de una montaña, quizá el lugar más cercano al cielo. Las montañas son símbolos de pureza y eternidad. Es el macizo rocoso de Montserrat.

Francisco I no salía de su asombro. Lo importante de la pintura era el fondo. Pero aun así, ardía en deseos por saber quién era la dama que ocupaba la parte central de la composición. Tiempo al tiempo. Aún había mucho que explicar.

—Sin embargo —prosiguió Francesco—, en el lado de la derecha de la composición observamos un paisaje que poco o nada tiene que ver con el macizo de Montserrat. Esta vez Leonardo nos habla de un pasaje de su vida que sucedió en las tierras de Arezzo, una localidad a pocas jornadas de Florencia. En un largo paseo a caballo, pasando Quarata, llegamos al ponte Buriano, un puente de piedra realizado con siete arcos que data del año 1277 de Nuestro Señor. Leonardo llegó allí como parte de la comitiva de Cesare Borgia. Los puentes, a menudo, representan de una manera simbólica el camino entre el mundo terrenal y el mundo divino. Incluso se puede interpretar como la transformación del estado de un ser en otro.

Francisco I había olvidado por un momento el elemento principal de la escena. La *madonna* que le seguía observando con una enigmática sonrisa.

—Por último —añadió Melzi—, nos encontramos con la prueba definitiva del amor de Leonardo. Un amor jamás correspondido. Un amor despojado antes de tiempo. Un amor del que solo ahora podrá disfrutar, si Dios quiere.

—¿Una amante? —preguntó Francisco I con ganas de llegar al final de la historia.

Francesco Melzi no pudo evitar soltar una carcajada. El monarca había pasado poco tiempo con el maestro florentino. Pero Melzi, que acompañaba a Leonardo desde el año 1507 de Nuestro Señor, jamás había conocido dama ni mozo de compañía. Melzi se excusó como buenamente pudo, pues no podía olvidar que, frente a él, tenía a un rey. El rey se contagió de la sonrisa, pero la impaciencia no le abandonaba. Instó de nuevo a Francesco para que continuara.

—Majestad, si tuvierais que retratar el rostro de una mujer que no fuera por encargo y no tuvierais esposa, ni amante, ni mucho menos descendencia, ¿de quién pintaríais vos un retrato que os acompañara toda vuestra vida? —preguntó Melzi.

Francisco I se quedó pensativo. Sabía de primera mano que el retrato de la supuesta Gioconda había recibido su primer trazo de pigmentos en el año 1503 de Nuestro Señor. ¿Quién tardaría dieciséis años en pintar un retrato? Un genio no, nunca. «A no ser que el retrato estuviera terminado ya», pensó el monarca.

—Si *meser* Leonardo tuvo consigo el retrato durante tanto tiempo, sería por algún motivo especial —acertó a pronunciar Francisco I.

Francesco Melzi se limitó a afirmar con la cabeza.

—Es el retrato de alguien importante para él. La imagen de alguien que no está a su lado. Que nunca más estará a su lado... —El rey de Francia pensaba en voz alta.

Melzi sabía que el rey no tardaría mucho en reconocer la imagen de la tabla.

—Pero... —titubeó Francisco I—. Leonardo querría esconder su identidad...

—En parte, majestad, solo en parte —arrancó Melzi—. Leonardo quería su amor para él, pero se cuidó mucho de dejar un pequeño mensaje codificado en la pintura.

—¿De qué se trata, amigo? —Los ojos del rey estaban más expectantes que nunca.

—Leonardo enmascaró su firma y la identidad de la *madonna* con sus iniciales.

—¿Dónde? —preguntó el rey.

Francesco Melzi se levantó y se aproximó a la pintura.

—Veréis, majestad, como sabréis, el maestro Leonardo dedicó gran parte de su trabajo a los estudios de la óptica. A través de sus escritos, podemos encontrar diferentes artilugios relacionados con los espejos curvos, y estaba sumergido de lleno en el ámbito de las lentes de aumento. Sin ellas, sería imposible descifrar el mensaje secreto del retrato. Pero no seáis impaciente, majestad, os sacaré de la ignorancia. En el ojo derecho del retrato, con la lente de aumento adecuada, encontraríais las iniciales LV, correspondientes sin lugar a duda a nuestro difunto amigo y maestro Leonardo da Vinci. Pero el ojo izquierdo contiene otro mensaje: CS.

Por más que intentó combinar las iniciales con el fin de resolver el enigma, a Francisco I le resultó imposible desenmascarar el misterio.

—Lo siento, amigo Francesco, pero no consigo ligar las iniciales con alguien cercano al maestro.

—Vuestra majestad, ya lo habéis adelantado. Además, habéis tenido la solución en vuestras manos todo este tiempo. El libro que os entregó el maestro. Si os fijáis con atención, cada capítulo está encabezado por un extraño símbolo. Cada símbolo pertenece a una letra, un sistema simple de cifrado por sustitución. Si cambiáis los símbolos por las letras adecuadas, desvelaréis el misterio. Cuidado, majestad, pues cualquiera que tuviera el tesón necesario podría descifrarlo. Es un sistema básico, pero el maestro Leonardo jugaba con la escasez de perseverancia de las gentes. Volviendo al retrato, es y no es al mismo tiempo alguien cercano a nuestro querido amigo. Es pero no está. Partió, como Leonardo, del mundo de los vivos tiempo atrás. Las iniciales CS corresponden a Caterina Schiava de Vinci.

—¿Caterina? ¿Esclava? —preguntó el rey frunciendo el ceño al no comprender su significado.

—El rostro que tenéis ante vos es el de la madre de Leonardo da Vinci, Caterina.

Francisco I se lo imaginó por un momento, pero dudó. Esperaba la confirmación oral de alguien muy cercano a *meser* Leonardo. Y ahora, por fin, comprendía el significado del enigma.

—Pero ¿no hay más enigma en el cuadro? —preguntó de nuevo.

—A veces, los sentimientos de los mortales son más enigmáticos que los códigos cifrados, majestad. El único enigma verdadero de la pintura es el amor. La madre de Leonardo era una esclava a la que se le prohibió hacerse cargo de su hijo, de su salud y de su educación. El velo con la que la representa su hijo significa modestia. Gracias a Caterina, Leonardo comprendió en su totalidad los conceptos de competencia, lealtad y traición. Solo la perseverancia, el cariño y el calor de una madre, a pesar de la distancia, podría tirar de ella para alcanzar sus objetivos, que no eran otros que abrir los ojos de su hijo. Y lo consiguió. Bien por el azar o bien por el destino, Caterina alcanzó a Leonardo y este prometió convertirla en inmortal. Además, Leonardo nunca tuvo en consideración a la figura paterna. Supongo que le culpó de ser el responsable del alejamiento de su madre y, a través de su obra, Leonardo se encargó de eliminar al padre. Tomad como ejemplo la *Adoración de los Magos* o la *Santa Ana*, majestad. El único amor familiar que profesó en los últimos tiempos fue hacia su madre. Fijaos bien, majestad. Tiene rasgos parecidos al maestro. Una vez, incluso, Leonardo bromeó sobre el retrato cuando le preguntaron sobre la identidad de la dama. «Soy yo, en mi versión más femenina». Nadie le entendió, y los que lo hicieron se quedaron a medias.

—Disculpad la osadía, admirado Francesco Melzi. Pero si el cuadro refleja el amor que Leonardo sintió por algunas personas cercanas a él, ¿no debería haber entregado la obra a alguien como vos, que le acompañó hasta el final de sus días?

Francesco Melzi se rio.

—Majestad, ¿a vos os parece poco amor hacerme cargo de todo su legado artístico? No solo lo interpreto como un símbolo de amor, sino también como un símbolo de confianza, majestad. No hay nada más grande.

—Su madre… —susurraba Francisco I pensativo—. Retomemos el tema paternal, amigo Melzi.

Francesco Melzi negó con la cabeza.

—Leonardo tuvo una relación bastante tormentosa con su padre. Este le ignoró debido a su ilegitimidad y solo le utilizó para sacar provecho de su arte. Nunca estuvo a su lado cuando surgieron problemas. Como os dije, majestad, el maestro Leonardo siempre excluyó a la figura paterna de sus obras. Lo hizo en su representación de la *Virgen de las Rocas,* donde San José está ausente, a pesar de tratarse de la Sagrada Familia, y en los retratos de la

Virgen con el niño. En esta ocasión, se duplica el sentimiento materno, ya que es la abuela del Niño la que aparece en el lugar del padre.

—A pesar de faltarle el amor de un padre, no creo que haya existido un hombre que supiera tanto como Leonardo, no solo por sus conocimientos de escultura, pintura y arquitectura, sino también por ser además un grandísimo filósofo. Hay algo fascinante en el retrato, la enigmática sonrisa que no deja de embelesar.

—¿Enigmática decís, majestad? Yo solo veo una sonrisa cansada por la fatiga, los años, el tiempo perdido. Pero una sonrisa que se esfuerza en reflejar el pequeño triunfo de una madre que, al fin, ha encontrado a su hijo para exprimir el poco tiempo que le queda en sus brazos. La sonrisa de un triste triunfo. O la sonrisa de una triunfal tristeza.

Francisco I escuchaba a Francesco Melzi sin apartar la vista de la sonrisa de Caterina. Mucho menos enigmática ahora. Mucho más real. Más brillante.

—Ahora, majestad, sois poseedor de dos espíritus inmortales —interrumpió Francesco Melzi.

—¿Cómo decís, Francesco?

—Ahora poseéis el espíritu inmortal de Caterina en este lienzo y el espíritu inmortal de Leonardo en vuestro corazón.

53

*1 de junio de 1519, carta de Francesco Melzi a los
hermanastros de Leonardo da Vinci, Amboise*

Supongo que conocéis la noticia de la muerte de *meser* Leonardo, vuestro hermano y, para mí, el mejor de los padres.
Me sería imposible expresar el dolor que he sentido y, mientras viva, constituirá un sufrimiento perpetuo, muy justi-
ficado, porque me tuvo un afecto muy constante y muy
grande. Todos hemos deplorado la pérdida de un hombre
como él.

Que Dios Todopoderoso le conceda el eterno descanso. Ha partido de la vida presente el 2 de mayo con todos
los sacramentos de la Santa Madre Iglesia y bien preparado.

Como tenía cartas de rey cristianísimo que le permitían testar y legar lo que le pertenecía a quien él quisiera,
ha podido hacerlo así, y esto sin que *creces supplicantis sint
regnicolae*. Sin ellas, no podía otorgar testamento válido
y todo se habría perdido, lo cual es costumbre aquí, al menos con respecto a lo que se posee en este país.

El maestro Leonardo ha hecho un testamento que os
habría enviado de disponer de una persona de confianza.

Espero la llegada de un tío mío, que regresará enseguida a Milán; se lo daré y será un buen intermediario; además, no dispongo de otro medio.

En cuanto a lo que os concierne de este testamento, si no existe otro, el mencionado maestro Leonardo posee en Santa Maria Novella, en manos del camarlengo que ha asignado y numerado los resguardos, cuatrocientos escudos, los cuales están al cinco por ciento; el 16 de octubre próximo habrá seis años de intereses.

Hay también una propiedad en Fiésole que desea se reparta entre vosotros. El testamento no contiene nada más que os concierna.

Nec plura, sino que os ofrezco cuanto valgo y cuanto puedo, poniendo mi celo y mis deseos a disposición de vuestras voluntades, con la certidumbre de mis cumplimientos.

Dado en Amboise, el 1 de junio de 1519

Francesco Melzi

54

13 de agosto de 1519,
iglesia de Saint Florentin, Amboise

François Desmoulins se adentró en la iglesia. Sabía que allí hallaría a quien buscaba. Lo que le sorprendió fue cómo lo encontró. En la parte de la derecha del transepto de la iglesia de Saint Florentin, se encontraba la tumba de Leonardo da Vinci, y esta vez no podría decirse que se tratara de un lugar destinado al silencio y al descanso eterno. El sepulcro del florentino recibía en esos momentos una visita multitudinaria que golpeaba sin cesar la fría losa sin apenas hacer ruido. Para Desmoulins era una visión insólita a la vez que poética. Decenas de aves buscaban alimento en forma de migas de pan sin tener en cuenta qué terreno profanaban.

El epitafio rezaba:

Leonardus Vincius.
Él solo a todos vence.
Vence a Fidias, vence a Apeles.
Y aun a toda la tropa victoriosa.

Desmoulins dudó. No sabía si era un buen momento para interrumpir el concierto de muchos para uno. Solo la sólida amistad y los años transcurridos mano a mano le dieron la confianza suficiente para alzar la voz.

—¿No os parece un poco macabro, majestad? —espetó el consejero del rey sin ánimo de perturbar la paz del lugar ni la mente ausente de Francisco I.

—¿Por qué preguntáis eso, mi querido mentor? No hago sino respetar el legado de *monsieur* Leonardo —respondió Francisco I, convencido absolutamente de lo que hacía y decía.

François se acercó y se sentó junto a su amigo y alumno vitalicio y advirtió que pocas veces le había visto en ese estado. Francisco I, todo un rey, estaba sentado con el cuerpo encorvado hacia delante, desmenuzando una pieza de pan e invitando a los pájaros que se asomaban del exterior de una puerta cercana a tan generoso e improvisado banquete.

—Es la primera vez, majestad, que veo a alguien arrojar comida a propósito encima de una tumba… ¿Os encontráis bien? —preguntó algo preocupado Desmoulins.

—Claro, claro. Todo va bien. ¿Sabéis qué dijo *monsieur* Leonardo una vez? —Francisco I no dio tiempo a que su compañía tomara la palabra—. «Si es posible, se debe hacer reír hasta a los muertos». Y, querido amigo, doy por seguro que el genio ahora mismo está feliz.

Un largo silencio ahogó la estancia. Tan solo el leve ir y venir de diminutos picos hambrientos rasgaba la cortina de respeto que se había construido con ladrillos de admiración. François Desmoulins se preguntaba una y otra vez por qué Leonardo, el gran Leonardo da Vinci, había elegido esta pequeña iglesia cercana a las aguas del río Loira, cuando tenía asegurado su sitio de honor dentro del castillo de Amboise. Ni siquiera la respuesta que le dio el rey de Francia le había convencido. «Era su deseo, el maestro no dejaba nada al azar. Además, siempre le gustó estar cerca del agua», le había espetado Francesco días atrás. Era un lugar pequeño, no muy luminoso, para nada a la altura del genio italiano.

—Amigo mío —la voz del rey retumbó en el diminuto lugar, sobresaltando a su compañero pero no así a las visitas aladas—, sé lo que estáis pensando. Debería estar en el castillo. No os preocupéis, tarde o temprano nuestro Leonardo estará en el lugar que le corresponde, ya sea en el castillo o en nuestros corazones.

—En verdad os digo, majestad, que no termino de entender esta manera italiana de dejar nuestro mundo. Primero fue el séquito de sesenta vagabundos como cortejo funerario… Y ahora esta iglesia. Incluso su manera de repartir el testamento. Grandes donaciones a gente que no ha estado a su lado en su último aliento y aun así, no les guardaba rencor.

—Supongo que quiso valorar a cada uno en su justa medida por el tiempo que pasaron juntos. Leonardo no era estúpido, François.

—Ni pretendía insinuarlo, majestad. Sobre las últimas palabras del florentino… ¿creéis que tenía razón? ¿Creéis que el mayor enemigo del maestro fue el tiempo?

—Para nada, amigo. Leonardo nunca perdió contra el tiempo. Es posible que de todas las personas que he conocido últimamente, sea la que menos tendría que haberse sentido así, sobre todo en sus últimos momentos. Leonardo siempre estuvo por delante del tiempo. Y me temo que no viviremos lo suficiente para ver el resultado de esa carrera. Aunque no me cabe ninguna duda de quién será el ganador. El tiempo sabe que ha perdido contra el maestro y, tarde o temprano, le devolverá lo que le quitó.

—¿Qué puede arrebatarnos el tiempo, algo que no podemos ver, majestad? —Su alumno, definitivamente, le había superado.

—La vida, amigo mío, la vida. Leonardo se fue antes de tiempo. Pero dentro de unos años, cuando nuestra descendencia, los hombres del mañana, se den cuenta de lo que hizo Leonardo en nuestro tiempo, le convertirán en inmortal. Y entonces será cuando Leonardo, no en vida pero sí en memoria, se convertirá en ganador absoluto de esa guerra que libró no solo contra el tiempo sino también contra sí mismo.

François meditó un momento esa respuesta. No mucho tiempo atrás, las Cruzadas habían sido el centro de atención no solo de su Francia, sino de toda Europa. La Tierra Prometida, el Santo Grial, la Sabiduría o la Vida Eterna habían formado parte de su exquisita educación, pero hasta ese momento no había comprendido el verdadero significado de la inmortalidad más allá de las creencias relacionadas con la religión. Su amigo y monarca absoluto de las tierras de Francia hablaba de otra inmortalidad. Una inmortalidad que no entendería de materia, sino de inspiración. De respeto. De honor.

—¿Creéis, majestad, que Leonardo ha sido un hombre adelantado a su tiempo? —acertó a preguntar Desmoulins mientras aún vacilaba en su mente la idea de inspirar a futuras generaciones.

—Más que eso, François, ¡os quedáis corto! —exclamó Francisco, muy seguro de las palabras que diría a continuación—. Leonardo no solo se adelantó a su tiempo. ¡Se adelantó a cualquiera de nosotros, solo que muchos no pudieron o no quisieron verlo! ¿Envidia? Puede ser. ¿Ignorancia? Una lástima...

—Tres semanas tardó en llegar a nuestras tierras, majestad —apuntó brevemente Desmoulins—, y solo han bastado tres días para que se marchara de nuevo.

—Pero tardaremos una eternidad en olvidarle —sentenció el rey de Francia.

Francisco I miró a los ojos de su mentor y amigo François Desmoulins. Este no podía evitar sentir la tristeza de un rey que, en esos momentos, podría pasar desapercibido entre cualquier multitud si no fuera por la indumentaria y el pequeño ejército de la guardia personal que rodeaba en esos instantes el lugar donde reposaban los restos de un genio venido del extranjero. Tres años, contaba Francisco, de diálogos sobre filosofía, matemáticas, amores prohibidos y venganzas clandestinas. Tres años de chascarrillos y de chistes, de consejos y de discusiones, de arte y de ciencia, de amistad y de sabiduría. Solo tres años. Y un legado. Objetos de valor para el florentino que al rey de Francia se le antojaban solo un recuerdo material de un alma mucho más valiosa. Excepto uno. Un cuadro que le llamaba poderosamente la atención. Un cuadro cargado de amor.

Francisco respiró profundamente y, decidido, echó un último vistazo al interior de la iglesia de Saint Florentin y, mientras una lágrima le recorría la mejilla antes de perderse por el bosque de su negra barba, pronunció las últimas palabras:

—Leonardo se despertó demasiado pronto de la oscuridad, mientras que los demás seguimos dormidos. *Qu'elle repose en paix.*

La puerta de Saint Florentin se cerró.

55

12 de enero de 1560,
Capilla Sixtina, Roma

El frío invierno azotaba Roma.

El primer arquitecto de la ciudad, Michelangelo Buonarroti, había recibido una misiva en la que se le citaba en
las estancias de la Capilla Sixtina. Su mismísima Santidad
el papa Pío IV, que apenas llevaba unas semanas en el trono
de Pedro, era el que enviaba el mensaje. El pontífice anterior solo había durado cuatro años en el cargo. Paulo IV
había sido inquisidor general antes de ocupar la Santa Sede
y su mandato al frente de la Iglesia no le granjeó muchos
amigos. Persiguió a los luteranos, a los reformistas y a los
judíos de una forma exagerada. Todos los a priori seguidores de Paulo IV celebraron su muerte con saqueos de con-
ventos e incendios en los edificios de la Inquisición. Así
pues, Pío IV tenía un largo trabajo por delante. Debía recuperar la fe de los creyentes en la Iglesia y en el papado.

Había decidido que la Iglesia debía ser un vehículo
de propaganda publicitaria contra la reforma protestante
de Martín Lutero, el teólogo germano que había roto con

la doctrina católica. Lutero acusaba al pontificado de haberse prostituido de una manera mercantil, otorgando bulas eclesiásticas al mejor postor. Además, consideraba la comunicación con Dios todopoderoso como un acto individual, en cuyo diálogo nada tenía que aportar como mediadora la Iglesia.

Desde el trono de Pedro, estos mensajes debían ser silenciados. Pío IV pensó que, lejos de librar batallas físicas, podía escudarse en librar batallas morales. El pueblo tenía que volver a sentirse orgulloso con sus templos dedicados al Todopoderoso. Las pinturas debían tener el componente sagrado para ser veneradas. Pío IV decidió llamar a su arquitecto principal, Michelangelo Buonarroti, que ahora estaba a cargo de la dirección de las obras de la basílica de San Pedro.

—Espero que no os haya causado demora alguna en cualquiera de vuestros asuntos.

—Nada que tuviera la importancia suficiente para no asistir a su llamada, Santidad. Estaba trabajando en una nueva Piedad. De momento, solo puedo definirla como un Cristo con otra figura encima, juntas, esbozadas y aún sin acabar. Los años me hacen ir despacio.

—Despacio, pero brillantemente, como siempre, Buonarroti —le halagó Pío IV—. Veréis, os he hecho llamar para consultaros una duda. Son tiempos difíciles, tanto para la religión como para el arte. Veo como, tarde o temprano, tendremos que utilizar a los maestros del arte como propaganda contrarreformista. La reforma protestante de Martín Lutero desde las tierras germánicas provocará en los años venideros una guerra. Estoy seguro. Antes o después, terminará la época dorada en la que hemos vivido. Apartaremos la creatividad del individuo para dar paso a un dimensión más global, con una finalidad enfocada al conjunto. El arte será el vehículo de la fe reflejado en la arquitectura y en los proyectos urbanísticos que se empiezan a fraguar en nuestras estancias. Después de ver el resultado de mi antecesor en el trono, a veces me paro a pensar sobre qué dirán de mí, de mi legado, de mi mensaje, las generaciones venideras. Cómo me tratará la historia. ¿Habéis pensado, maestro Buonarrotti, cómo os recordarán a través de los tiempos, a vosotros los maestros del arte?

—Santidad, no le deis más vueltas. Yo no sé lo que la historia dirá de mi obra ni en qué lugar me colocarán los hombres del mañana —dijo Michelangelo con una humildad impropia en él—. Como no sé qué dirán de Donatello, ni de Fra Angelico, ni de Masaccio, ni de Filippo Lippi, ni de Piero della Francesca. Ni de los Jacopo, Gentile y Giovanni, ni de Bramante, ni de Verrocchio ni de Botticelli ni del Perugino… Pero sí sé lo que dirán y escribirán de Leonardo da Vinci, porque él fue sin duda el mejor. La cúspide del arte y del saber de nuestros tiempos. ¡Dios mío, lo que yo habría dado por tener la cabeza y los sentidos de aquel hombre!

—¡Buonarroti! —le increpó el santísimo padre—. No toméis el nombre de Nuestro Señor en vano.

—Disculpad, santidad. Era y es tanto lo que me producía ese hombre… Era un verdadero arquitecto de la imaginación. Dicen que murió en brazos del rey de Francia…

—No os preocupéis, vos casi podréis morir en brazos de un papa —dijo solemne Pío IV.

Michelangelo sonrió, pero no era una sonrisa de alegría. Era una sonrisa cargada de tristeza.

—¿No os parece lo suficientemente generoso morir, cuando tenga que llegar la jornada nefasta, en brazos del representante del Todopoderoso en la Tierra?

—No es eso, señor. Le agradezco enormemente su generosidad. Son ya ochenta y cuatro primaveras las que me acompañan. No queda mucho tiempo. Me esforzaré al máximo para terminar la basílica, pero mi descanso eterno no está en Roma. Me gustaría reunirme con el Hacedor desde Florencia.

—Lo entiendo, lo entiendo —asintió el Sumo Pontífice.

—He recibido una carta, Santidad. Un texto de un escritor florentino amigo mío, Benedetto Verchi. No es un gran desconocido para la gente que ronda el trono de Pedro, pues ha servido como nuncio del Papa anterior en Francia. El contenido de la carta no es en absoluto un secreto. De hecho, en nombre de Florencia, me pide mi regreso. «Toda esta ciudad desea sumisamente poderos ver y honraros tanto de cerca como de lejos. Vuestra Excelencia nos haría un gran favor si quisiera honrar con su presencia su patria». Esas fueron sus palabras.

—Bellas palabras, sin duda.

Pío IV, otrora conocido como Giovanni Angelo Médici, pertenecía a una rama secundaria del árbol genealógico de los Médici, que en otros tiempos, fueron los mecenas de los artistas más renombrados de Florencia.

—¿No deseáis nada más? —insistió el Médici.

Michelangelo miró hacia arriba. Todas las escenas de la Creación que años atrás había pintado sobre la bóveda de la capilla le observaban. El Juicio Final en el ábside, el fresco más grande del mundo con la temática religiosa descrita en el Apocalipsis de San Juan, parecía tomarse un respiro entre juicio y salvación para escuchar las palabras de su creador. Veía una obra maestra, ¿cómo no?, pero también recordaba las últimas palabras de aquel loco florentino de pelo largo, barba prodigiosa y amante de las telas de color rosa pastel. Había descifrado los mensajes ocultos de la Capilla Sixtina. Michelangelo también recordó los últimos verbos que le dedicó al de Vinci: «Para llegar a ser el más grande, necesito que me comparen con los más grandes y vos, Leonardo, sois uno de ellos. No puedo permitir que desaparezca aquel a quien quiero superar. No podéis morir. No ahora, no así».

Buonarroti y sus ochenta y cuatro años se estremecieron. El orgullo y el mal humor le habían acompañado toda su vida. Pero una imagen le acompañaba también desde aquel año 1515 de Nuestro Señor. La sonrisa de Leonardo ante la noticia de su inminente arresto y posterior ejecución. No perdió el sentido del humor, ni siquiera frente a su máximo rival. Michelangelo se preguntó a sí mismo: «¿Alguna vez Leonardo, el de Vinci, compitió contra mí? ¿Alguna vez compitió contra alguien, o solo competía contra sí mismo?». Sabría que nunca hallaría respuesta para tanta retórica.

—Solo una cosa más, Santidad. Pero no depende de vos.

—¿De quién depende si no? —preguntó extrañado el Papa.

—De lo que hemos realizado en vida. De lo que hemos hecho, no de lo que debemos realizar —respondió Michelangelo.

Pío IV sabía que ese mensaje tan enigmático llevaba intrínseca una información que su conversador no se atrevía a comunicar. Decidió, envuelto en la curiosidad, preguntárselo.

—¿De qué se trata, amigo Buonarroti?

Michelangelo Buonarroti *el Divino*, mientras daba por concluida la conversación dirigiéndose a la salida más próxima, contestó sin rodeos:

—El mayor peligro para la mayoría de nosotros no es que nuestra meta sea demasiado alta y no la alcancemos, sino que sea demasiado baja y la consigamos. Yo quiero ser como Leonardo da Vinci. Quiero ser inmortal.

FIN

Quién es quién en
Matar a Leonardo da Vinci

ABADÍA, GONZALO (1461-?). Joven catalán que pretendía instaurar una oficina de portavoces de artistas. En sus horas extra trabajaba en el puerto para sacarse un sobresueldo.

ALIGHIERI, DANTE (1265-1321). Poeta italiano cuya obra influyó en la cultura italiana del Renacimiento al dejar obsoleto el pensamiento medieval.

AMADORI, ALBIERA DI GIOVANNI (1436-1464). Primera esposa de *ser* Piero da Vinci y madrastra de Leonardo en los primeros años de su vida. Murió al dar a luz por primera vez.

AMBOISE, CHARLES II DE (1473-1511). Mariscal y almirante de Francia, gobernador de la ciudad de Milán y admirador de la obra de Leonardo da Vinci.

ARAGÓN, ISABELLA DE (1470-1524). También conocida como Isabella de Nápoles, era nieta de Fernando I e hija de Alfonso II. Contrajo matrimonio con Gian Galeazzo Sforza y tuvieron tres hijos.

ARAGONA, LUDOVICO D' (1475-1519). Noble y eclesiástico napolitano. Entre 1517 y 1518 realizó un largo viaje por Austria, Alemania, Países Bajos y Francia.

BACCINO (¿-?). Sastre de Florencia y cliente de Andrea del Verrocchio. Fue acusado junto a Leonardo da Vinci de sodomía. Quedó en libertad por falta de pruebas.

BAGNONE, STEFANO DA (1418-1478). Sacerdote que tomó parte de la conjura de los Pazzi.

BANDINI BARONCELLI, BERNARDO (1453-1479). Sicario italiano que tomó parte activa en la conjura de los Pazzi.

BEATIS, ANTONIO DE (¿-?). Secretario personal de Ludovico d'Aragona. Le acompañó en sus viajes por territorios extranjeros y escribió un diario.

BELLINCIONI, BERNARDO (1452-1492). Poeta italiano cuya carrera comenzó con Lorenzo de Médici y continuó con Ludovico Sforza.

BIBBIENA, BERNARDO DOVIZI (1470-1520). Cardenal y escritor afincado en Roma. Gran amigo de Raffaello.

BORCAU, GUILLERMO (¿-?). Notario real de la alcaldía de Amboise que redactó el testamento de Leonardo da Vinci ante Francesco Melzi.

BORGIA, CESARE (1475-1507). Hijo de Rodrigo Borgia y hermano de Lucrecia Borgia, fue capitán del ejército vaticano. Se rodeó de hombres como Leonardo da Vinci o Niccolò Machiavelli. Fue un sangriento estratega y sirvió de modelo para la obra de este, *El príncipe*.

BORGIA, RODRIGO (1431-1503). Papa nº 214 de la Iglesia católica, practicó el nepotismo y ascendió al trono de Pedro siendo sobrino del Papa nº 209, Calixto III. Ejerció con fuerza la política y estuvo inmiscuido en la guerra italiana desde 1494 hasta 1498. Padre de Cesare Borgia.

BOTTICELLI, ALESSANDRO DI MARIANO DI VANNI FILIPEPI 'SANDRO' (1455-1510) Pintor florentino bajo el mecenazgo de Lorenzo de Médici. Alumno del Verrocchio y amigo íntimo de Leonardo da Vinci.

BRAMANTE, DONATO D'ANGELO (1443-1514). Pintor y arquitecto italiano, que introdujo el estilo del primer Renacimiento en Milán y el «Alto Renacimiento» en Roma.

BROLTRAFFIO, GIOVANNI ANTONIO (1466-1516). Pintor italiano que trabajó en el taller milanés de Leonardo.

BUONARROTI, MICHELANGELO (1475-1564). Arquitecto, pintor y escultor italiano. Su trabajo estuvo bajo el mecenazgo de la familia Médici y el papado romano.

BUONVICINI, FRAY DOMENICO (1450-1498). Fraile del convento de San Marcos. Realizaba encargos a Sandro Botticelli y sería compañero de Girolamo Savonarola en el convento.

BUTI DEL VACCA ANTONIO DI PIERO, 'ACCATTABRIGA' (1429-1490). Campesino de Vinci. Se casó con la madre natural de Leonardo, Caterina. Tuvieron cinco hijos.

CAPROTTI GIAN GIACOMO, 'SALAI' (1480-1525). Pintor renacentista de Oreno. Entró en el taller de Leonardo con tan solo diez años. Permaneció junto a él veinticinco años. Volvió a tu patria cuando Leonardo decidió quedarse en Francia. El maestro le llamaba «ladrón, embustero, obstinado y glotón».

CONTI, GIOVANNI FRANCESCO (1484-1557). Poeta y humanista italiano afincado en Francia como consejero del rey Francisco I.

DELLA ROVERE, FRANCESCO (1414-1484). Papa nº 212 de la Iglesia católica conocido como Sixto IV. Uno de los dirigentes, en la distancia, de la conjura de los Pazzi. Su papado se dividió en luces y sombras, artífice del Renacimiento y creador de la Capilla Sixtina y usuario del nepotismo para introducir a familiares cercanos en cargos de autoridad.

DELLA ROVERE, GIULIANO (1443-1513). Papa nº 216 de la Iglesia católica conocido como Julio II, *el Papa Guerrero*. Ejerció, entre muchos otros deberes, como abad comandatario de la abadía de Montserrat. Posteriormente fue mecenas de artistas como Michelangelo o Raffaello.

DESMOULINS, FRANÇOIS (Fin. XV-1526). Preceptor y maestro de latín de Francisco I de Francia. Desempeñó un papel importante en la divulgación de las grandes ideas filosóficas de su época.

ESPEJO, JOSEP LLUÍS (1432-?). Estudioso de la historia y cronista de los sucesos de la ciudad de Barcelona.

ESTE, BEATRICE D' (1475-1497). Duquesa de Milán y esposa de Ludovico Sforza.

FRANCIA, CARLOS VIII DE (1470-1498). Rey de Francia y primo de su sucesor Luis XII.

FRANCIA, FRANCISCO I DE (1494-1547). Rey de Francia y propulsor del Renacimiento francés. Mecenas de artistas como Leonardo da Vinci. Continuó la campaña bélica de Luis XII en el ducado milanés.

FRANCIA, LUIS XII DE (1462-1515). Rey de Francia y primo del padre de Francisco I, su sucesor. Estuvo en constante guerra con el norte de Italia, el Ducado de Milán.

GALLERANI, CECILIA (1473-1536). Amante de Ludovico Sforza. Su retrato a manos de Leonardo da Vinci pasó a la historia como «La dama del armiño».

GAMBETA, FABIO (¿-?). Guardia del palazzo del Podestá. Torturó a Leonardo da Vinci.

GENOUILLAC, JAQUES GALIOT DE (1465-1546). Capitán y gran maestro de artillería del ejército de Francisco I de Francia.

GHIRLANDAIO, DOMENICO (1449-1494). Pintor italiano y retratista oficial de la alta sociedad florentina. Aprendiz del Verrocchio, conocido de Sandro Botticelli y maestro de Michelangelo Buonarroti.

GUIU, GERARD (1457-?). Joven monje de la abadía de Montserrat. Otros monjes: Sergi d'Assís, Mateo de Penya, Rafael Gerona, Joan Despla, Ludovico Ferrer, Francisco de Rosella, Benedicto Solivella o Gaspar Mirambells.

JANEQUIN, CLÉMENT (1485-1558). Músico francés y famoso compositor de las *chansons* populares.

LANFREDINI, FRANCESCA DI 'SER' GIULIANO (1449-1474). Segunda esposa de *ser* Piero da Vinci. Murió sin darle prole alguna.

LONGUEIL, CHRISTOPHE DE (1490-1522). Humanista nacido en el ducado de Brabante que sirvió de consejero y abogado a Francisco I de Francia.

LUTI, MARGHERITA (¿-?). Conocida como la Fornarina o Panadera ya que su padre Francesco Luti di Siena ejercía tal profesión. Era la amante de Raffaello en la ciudad de Roma.

MACHIAVELLI, NICCOLÒ DI BERNARDO DEI (1469-1527). Diplomático, funcionario público, filósofo, político y escritor italiano. Amigo de Leonardo.

MAFFEI, ANTONIO (1450-1478). Monje de la República de Florencia y ayudante de los Pazzi durante la conjura.

MARUFFI, SILVESTRO (1461-1498). Fraile dominico en el convento de San Marcos.

MARUNY, LLORENÇ (¿-?). Antiguo monje de Montserrat y mano derecha de Giuliano della Rovere.

MASINI, TOMMASO DI GIOVANNI (1462-1520). También conocido como Zoroastro de Peretola o Maestro Tommaso, acompañó a Leonardo en su etapa de Milán y posteriormente a Florencia. Practicaba alquimia e ingeniería. Trabajaba el metal como pocos.

MATHURINA (¿-?). Ama de casa y cocinera de la mansión de Clos. Se ocupó de Leonardo da Vinci y de Francesco Melzi en sus últimos años.

MÉDICI, COSME DE (1389-1464). Padre de la dinastía Médici y fundador del mecenazgo gracias a los consejos de Donatello.

MÉDICI, GIOVANNI ANGELO (1499-1565). Papa nº 224 de la Iglesia católica conocido como Pío IV. Consagró toda su atención a la realización de los trabajos del Concilio de Trento.

MÉDICI, GIOVANNI DI LORENZO DE (1475-1521). Papa conocido como León X, nº 217 de la Iglesia católica e hijo de Lorenzo de Médici y Clarice Orsini.

MÉDICI, GIULIANO DE (1453-1478). Hermano de Lorenzo de Médici. Ejerció la dirección de la actividad bancaria de la familia. Como mecenas, reunió a artistas de la talla de Michelangelo, Raffaello, Leonardo o Bramante en Roma. Martín Lutero se levantó contra su mandato por las ventas ilegales de indulgencias.

MÉDICI, LORENZO DE (1449-1492). Hijo de Piero de Médici. Conocido como el Magnífico, fue gobernante de la República de Florencia y un gran mecenas del arte de su tiempo.

MÉDICI, PIERO DE, 'EL GOTOSO' (1416-1469). Hijo de Cosme de Médici y padre de Lorenzo y Giuliano de Médici. Su permanente mala salud le valió el sobrenombre de el Gotoso.

MELZI, GIROLAMO (¿-?). Padre de Francesco Melzi, capitán de la milicia milanesa a las órdenes del monarca francés Luis XII.

MELZI, GIOVANNI FRANCESCO (1493-1570). Pintor milanés del Renacimiento. Uno de los alumnos favoritos de Leonardo da Vinci y secretario personal del maestro. Era conocido cariñosamente como Kekko. Le acompañó hasta sus últimos momentos. Recibió gran parte de la herencia de Leonardo.

MÉDICI, LUCRECIA/PIERO/MAGDALENA/GIOVANNI DI LORENZO DE. Hijos del matrimonio entre Lorenzo de Médici y Clarice Orsini.

MIRANDOLA, GIOVANNI PICO DELLA (1463-1494). Humanista y pensador italiano, amigo personal y valedor de Girolamo Savonarola.

MOLINARI, STEFANO (¿-?). Guardia del palazzo del Podestà. Torturó a Leonardo da Vinci.

NICCOLÒ DI 'SER' VANNI, VANNI DI (¿-1451). Adinerado banquero florentino próximo a los círculos de Piero da Vinci. A su muerte le entregó, entre otras muchas cosas, una esclava de nombre Caterina.

OGGIONO, MARCO D' (1470-1549). Pintor italiano que trabajó en el taller milanés de Leonardo.

ORSINI, CLARICE (1453-1488). Esposa de Lorenzo de Médici.

PACIOLI, FRAY LUCA DI BARTOLOMEO DI (1445-1517). Fraile franciscano y matemático italiano. También ejerció de profesor en las universidades de Perugia y Roma. Amigo y colaborador de Leonardo da Vinci.

PAGANOTTI, BENEDETTO (1485-1522). Obispo de Vaison, Francia, con negocios en la casa del Popolano en Florencia. Ofreció la última liturgia de Girolamo Savonarola.

PASQUINO, BARTOLOMEO DI (¿-?). Orfebre de Florencia acusado junto a Leonardo da Vinci de sodomía. Quedó en libertad por falta de pruebas.

PAZZI, FRANCESCO DE (1444-1478). Noble florentino tesorero del papa Sixto IV cuya familia rivalizaba con los Médici. Principal protagonista en la conjura que llevaba su apellido.

PAZZI, JACOPO (1421-1478). Uno de los ciudadanos más ricos de Florencia y protagonista de la conjura contra Lorenzo de Médici.

POLIZIANO, ANGELO (1454-1494). Humanista y poeta italiano, era el secretario privado de Lorenzo de Médici.

POLLAIUOLO, ANTONIO (1432-1498). Pintor, escultor y orfebre de Florencia cuyo taller, con su hermano Piero rivalizaba con el de Andrea del Verrocchio.

PORTUGAL, AMADEO DE (1420-1482). Monje y después fraile y reformador de la orden franciscana, fue secretario personal de Sixto IV. Sus obras *De revelationibus et prophetiis* y *Apocalypsis nova* influenciaron a artistas como Raffaello y Leonardo da Vinci.

PREDIS, HERMANOS EVANGELISTA Y GIOVANNI AMBROGIO (?-1491/1455-1508). Pintores italianos activos en la corte de Milán. Colaboradores de Leonardo da Vinci.

RIARIO, GIROLAMO (1543-1488). Capitán General de la Iglesia bajo el mandato de su tío el papa Sixto IV. Tomó parte en la conjura de los Pazzi.

RIARIO, RAFFAELLE (1461-1521). Cardenal de la Iglesia católica y sobrino del Papa Sixto IV. Ofreció la misa en el duomo de Santa Maria del Fiore en Florencia en la jornada de la conjura de los Pazzi.

SABAGNI, GIULIO (¿-?). Guardia del palazzo del Podestá. Torturó a Leonardo da Vinci.

SALTARELLI, JACOPO (1454-?). Miembro de una ilustre familia florentina y aprendiz de orfebre. Un supuesto abuso sobre él denunciado anónimamente condujo a Leonardo da Vinci a la cárcel.

SALVIATI, FRANCESCO (1443-1479). Arzobispo de Pisa y cómplice de la conjura de los Pazzi.

SANSEVERINO, GALEAZZO (1460-1525). Capitán general del ejército sforzesco. Se casó con Bianca Sforza, hija de Ludovico.

SANZIO, RAFFAELLO (1483-1520). Pintor y arquitecto italiano. Su arte estuvo influenciado por Leonardo da Vinci y Michelangelo.

SAVONAROLA, GIROLAMO (1452-1498). Religioso dominico que predicó contra la corrupción de los gobernantes de Florencia y de la propia Iglesia católica. Sus sermones cautivaron a una gran multitud.

SFORZA, GALEANO MARIA (1444-1476). Duque de Milán lujurioso, cruel y tiránico. Hermano de Ludovico Sforza y padre del heredero Gian Galeazzo Sforza.

SFORZA, GIAN GALEAZZO (1469-1494). Heredero del Ducado de Milán que nunca llegó a gobernar. Hijo de Galeano y sobrino de Ludovico Sforza, que le arrebataría el trono. Casado con Isabella de Aragón.

SFORZA, LUDOVICO (1452-1508). Duque de Milán conocido como el Moro y mecenas de artistas durante su mandato. Combatió constantemente con los ejércitos invasores de Francia.

SFORZA, MAXIMILIANO (1493-1530). Duque de Milán, hijo de Ludovico, que gobernó la ciudad entre las ocupaciones francesas.

SODERINI, PIERO DI TOMMASO (1450-1522). Estadista florentino elegido confaloniero vitalicio en 1502. Fue el encargado de nombrar embajador a Niccolò Machiavelli bajo las órdenes de Cesare Borgia.

TACCONE, BALDASSARE (1461-1521). Poeta de la corte de Ludovico Sforza de Milán y conocido de Leonardo.

TORNABUONI, LIONARDO (1425-1492). Hermano de Lucrecia Tornabuoni y tío de Lorenzo de Médici. Fue acusado junto a Leonardo da Vinci de sodomía. Quedó en libertad por falta de pruebas.

TORNABUONI, LUCRECIA (1425-1482). Esposa de Piero de Médici y madre de Lorenzo y Giuliano. Amante de las obras sociales y de la poesía.

VALOIS, CLAUDIA DE (1499-1524). Esposa de Francisco I y duquesa de Bretaña.

VALOIS, FRANCISCO I DE (1494-1547). *Véase Francia, Francisco I de.*

VERROCCHIO, ANDREA DEL (1435-1488). Pintor, escultor y orfebre florentino. Trabajó para la corte de los Médici y fue maestro de Leonardo da Vinci, Sandro Botticelli y Ghirlandaio, entre otros.

VILLANIS, BATTISTA (¿-?). Servidor milanés de Leonardo da Vinci en sus últimos años.

Vinci, Antonio da (1372-1469). Padre de Piero da Vinci y abuelo de Leonardo. Casado con Lucía di *ser* Piero di Zoso.

Vinci, Caterina da (1427-1495). Madre de Leonardo da Vinci. Esclava de Oriente Próximo regalada a *ser* Piero Da Vinci. Se casó con Antonio di Piero Buti del Vacca.

Vinci, Francesco da (1436-1507). Hermano de Piero y tío de Leonardo da Vinci. Se encargó de su educación durante los primeros años y le enseñó todo lo que la naturaleza podía ofrecer.

Vinci, Giovanni da (¿-1406). Hermano del bisabuelo de Leonardo da Vinci. Ejerció la notaría y murió en España.

Vinci, Leonardo da (1452-1519). Hijo de Piero da Vinci y Caterina. Alumno de Andrea del Verrocchio y amigo de Sandro Botticelli. Maestro de Gian Giacomo *Salai* y Francesco Melzi. Fue pintor, científico, ingeniero, inventor, anatomista, escultor, arquitecto, urbanista, botánico, músico, poeta, filósofo y escritor. Se le considera una de las mentes más brillantes de la historia y encarna el prototipo del hombre del Renacimiento.

Vinci, 'ser' Piero Fruosino di Antonio da (1426-1504). Padre de Leonardo da Vinci. Fue notario, canciller y embajador de la República de Florencia. Casado en 1452 con Albiera, fruto del romance pasajero con la esclava Caterina nació Leonardo. La relación entre padre e hijo nunca fue buena.

VITRUVIO, MARCO (siglo I a.C.). Arquitecto, escritor e ingeniero romano.

ZOSO, LUCÍA DI 'SER', PIERO DI (1392-?). Esposa de Antonio da Vinci y abuela de Leonardo. Le inculcó el arte de la cerámica.

Anexos

SITUACIÓN DE ITALIA SIGLOS XIV-XV

PAPAS DE 1471 A 1521

1471-1484	Sixto IV	Francesco della Rovere
1484-1492	Inocencio VIII	Gioavanni Battista Cybo
1492-1503	Alejandro VI	Rodrigo Borgia, sobrino del papa Calixto III
1503-1513	Julio II	Giuliano della Rovere (sustituyendo a Pío III), sobrino de Francesco della Rovere
1513-1521	León X	Giovanni de Médici, hijo de Lorenzo de Médici

JEFES DE ESTADO EN FLORENCIA (1469-1519)

1469-1492	Lorenzo de Médici, hijo de Piero de Médici, *el Gotoso*
1492-1494	Piero de Médici, *el Infortunado*
1494-1512	Restauración de la República
1512-1513	Giovanni de Médici, hijo de Lorenzo de Médici y papa León X
1513-1519	Lorenzo II de Médici, duque de Urbino

DUQUES DE MILÁN (1476-1525)

1476-1494	Gian Galeazzo Sforza
1494-1499	Ludovico Sforza

GUERRAS HISPANO-FRANCESAS DE MILÁN

1499-1500	Luis XII de Francia
1500	Ludovico Sforza
1500-1512	Luis XII de Francia
1512-1515	Maximiliano Sforza
1515-1525	Francisco I de Francia

REYES DE ESPAÑA (1474-1556)

1474-1504	Castilla	Isabel I de Castilla la Católica con su marido Fernando II de Aragón el Católico (desde 1475)
1479-1516	Aragón	Fernando II de Aragón el Católico
1504-1555	Castilla	Juana I de Castilla la Loca junto a Felipe I de de Castilla (solo el año 1506)
1516-1555	Aragón	Juana I de Castilla la Loca junto a Felipe I de Castilla (solo el año 1506)
1516-1556	Castilla	Carlos I de España (V de Alemania) con su madre Juana I de Castilla la Loca

REYES DE FRANCIA (1461-1547)

1461-1483	Luis XI, *el Afable*
1483-1498	Carlos VIII, *el Prudente*
1498-1515	Luis XII (Valois-Orleans)
1515-1547	Francisco I (Valois-Angulema)

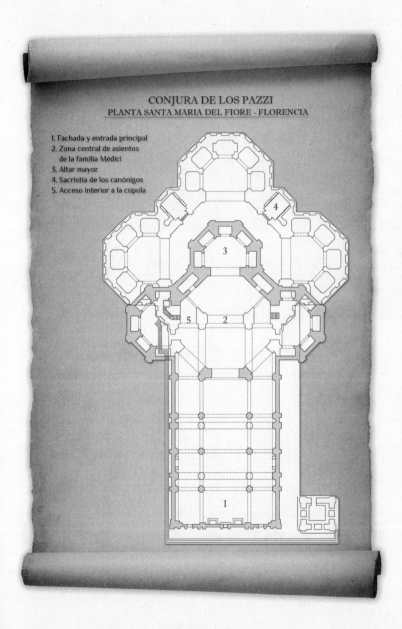

CONJURA DE LOS PAZZI
PLANTA SANTA MARIA DEL FIORE - FLORENCIA

1. Fachada y entrada principal
2. Zona central de asientos
   de la familia Médici
3. Altar mayor
4. Sacristía de los canónigos
5. Acceso interior a la cúpula

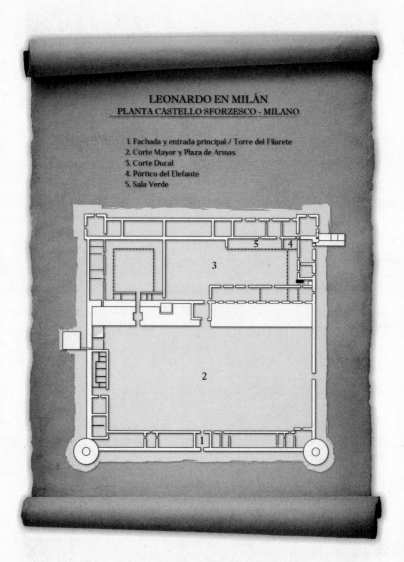

LEONARDO EN MILÁN
PLANTA CASTELLO SFORZESCO - MILANO

1. Fachada y entrada principal / Torre del Filarete
2. Corte Mayor y Plaza de Armas
3. Corte Ducal
4. Pórtico del Elefante
5. Sala Verde

LEONARDO EN ROMA
PLANTA BASÍLICA DE SAN PEDRO - ESTADOS PONTIFICIOS

1. Plaza de San Pedro (posterior edificación 1656-1667)
2. Basílica de San Pedro (finalizada en 1626)
3. Capilla Sixtina de Michelangelo
4. Estancias de Raffaello

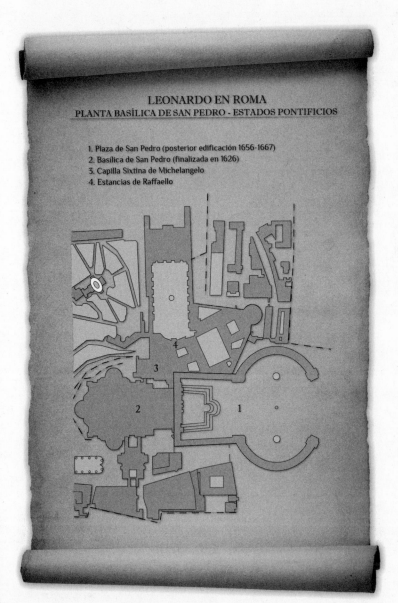

Agradecimientos

Quiero dar las gracias:

A todos aquellos que apreciáis la multidisciplina. A los que sabéis la diferencia entre el talento y la pasión y a quienes fusionáis ambos términos para realizar cosas geniales. Leonardo estaría orgulloso de vosotros.

A toda la audiencia que hace posible que, un programa de televisión sea un referente cultural y de entretenimiento durante tantos años, y a todos aquellos que, redes sociales mediante, me hacen partícipes de sus inquietudes y pasiones.

A Pablo Álvarez, mi editor, por enamorarse de un producto y no de una cara. No sabes lo que significó, significa y significará para mí. Muchos deberían aprender de ti.

A todo el equipo de Suma de Letras (Santillana Ediciones Generales) por tratarme como un escritor consagrado y demostrar pasión en cada charla, en cada email. En definitiva, por ser un gran equipo.

A Eric Frattini, porque el primer empujón fue el tuyo. Sin condiciones.

A Alessandro Colomo, Alice Salvagnin, Antonio Leti, Rosaria Luciano, Irene Leti, María Teresa Gómez Horta y Paloma Gómez Borrero. Este libro respira algo de «sus Italias».

A Luis Racionero, Charles Nicholl, Carlo Pedretti, Carlo Starnazzi, Kenneth Clark, Mario Taddei, Martin Kemp, Giorgio Vasari, Fritjof Capra, Michael J. Gelb, Ross King y a todos aquellos que me hicieron conocer un poco más a Leonardo.

A José Luis Espejo, por abrir un nuevo camino de investigación. ¿Quién sabe? Igual el tiempo te da la razón.

A Ana Santos Aramburo, directora de la Biblioteca Nacional de España, y a todo su equipo. También saben de pasión.

A Luis Larrodera, Marina G. Torrús y Rafa Guardiola. Vosotros sabéis.

A José Manuel Querol, mi antiguo profesor de literatura y amigo personal, que me hizo ver que en el instituto tenía déficit de atención y que solo me movía por pasión. Estamos de acuerdo.

A Gonzalo Abadía, posiblemente el mayor proveedor bibliotecario de Leonardo da Vinci en este planeta y parte del extranjero.

A Iker Jiménez, por los emails trasnochadores, quien ha sabido guiarme y entenderme paso a paso y me ha enseñado que la realidad supera a la ficción. La intuición y la sincronía nunca fallan.

A mis padres, que me regalaron una humilde edición de *El conde de Montecristo* recién estrenada mi adolescencia. Hay mucho de Edmundo en esta novela.

A Almudena. Por entender, por esperar, por admirar, por sonreír, por abrazar, por besar. Por amar.

EL SEGUNDO VOLUMEN DE LAS
CRÓNICAS DEL RENACIMIENTO

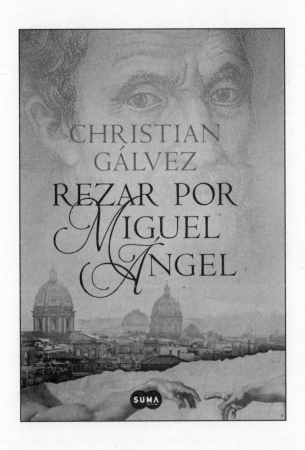

CHRISTIAN
GÁLVEZ
REZAR POR
MIGUEL
ÁNGEL

SUMA
de letras

A PARTIR DE MARZO DE 2016 EN LAS LIBRERÍAS